*Goulds* Buch der Fische

Richard Flanagan

# *Goulds* Buch der Fische

Ein Roman in zwölf Fischen

Deutsch von Peter Knecht

BERLIN VERLAG

Für Rosie, Jean und Eliza,
die in immer weiteren Kreisen staunend schwimmen.

Meine Mutter ist ein Fisch.
*William Faulkner*

# Das dickbäuchige Seepferd

*Entdeckung des* Buchs der Fische *–*
*Antiquitätenschwindel und heilender Glaube –*
*Die Conga – Mr. Hung und* Moby Dick *–*
*Victor Hugo und Gott – Ein Schneesturm –*
*Warum Geschichte und Geschichten zweierlei sind –*
*Das Buch verschwindet –*
*Der Tod von Großtante Maisie – Meine Verführung –*
*Ein männliches Seepferd kommt nieder – Der Sturz.*

## I

Das Staunen, das ich empfand, als ich das *Buch der Fische* entdeckte, ist mir geblieben, licht wie das schillernde Marmormuster, das meinen Blick an jenem sonderbaren Morgen auf sich zog; glitzernd wie diese unheimlichen Strudel, die meinen Geist mit Farben erfüllten und meine Seele in ihren Bann schlugen – worauf mein Herz, ja, schlimmer noch mein Leben von diesem Wirbel erfasst und aufgerollt wurden zu dem armseligen, struppigen Garn dieser Geschichte, die Sie gleich lesen werden.

Was hatte es mit jenem sanften Strahlen auf sich, das mir, als wäre ich irgendein Hindu-Mystiker, gefangen im Großen Rad der Erscheinungen, den Gedanken aufzwang, ich hätte ein und dasselbe Leben immer wieder gelebt? das mir zum Schicksal werden sollte? das mir meine Persönlichkeit raubte? das meine Vergangenheit und meine Zukunft untrennbar voneinander in eins setzte?

War es der hypnotisierende Schimmer, den das unordentliche Manuskript spiralförmig auszusenden schien, ein Manuskript, aus dem bereits Seepferdchen und Seedrachen und Himmelsgucker herausschwommen und blendendes Licht in einen noch jungen trüben Tag brachten? War es einfach erbärmliche Eitelkeit des Geistes, wenn ich mir einbildete, in mir seien alle Menschen und alle Fische und alle Dinge enthalten? Oder war es etwas eher Prosaisches – schlechte Gesellschaft und noch schlechterer Fusel –, was mich auf diese monströse Bahn brachte?

Persönlichkeit und Schicksal, zwei Wörter, schreibt William Buelow Gould, für ein und dieselbe Sache – auch hier liegt er, wie immer, ganz entschieden falsch.

Der liebe, gute Billy Gould, dieser Spinner, und seine dummen Sprüche über die Liebe, über ein Maß an Liebe, das heute gar nicht mehr möglich ist und das schon damals nicht durchzuhalten war. Aber ich fürchte, ich schweife bereits ab.

Wir, unsere Geschichten, unsere Seelen – das haben seine stinkenden Fische mich gelehrt –, sind ständig dabei, uns zu zersetzen und wieder neu zu erfinden, und dieses Buch enthielt, wie ich entdecken sollte, die Geschichte des Komposthaufens, der mein Herz ist.

Selbst meine fiebrige Feder kann mein Entzücken nicht annähernd einfangen, als ich das *Buch der Fische* aufschlug, ich war hingerissen, mir war, als ob der Rest meiner Welt – die ganze Welt! – im Dunkel versunken wäre und im Universum nur noch ein Licht existierte, das aus diesen vergilbten Seiten in meine staunenden Augen strahlte.

Ich hatte keine Arbeit – schon damals gab es wenig genug davon in Tasmanien, wenn auch nicht so wenig wie heute. Vielleicht war deswegen mein Geist für Wunder besonders empfänglich. Vielleicht erging es mir wie dem armen portugiesischen Bauernmädchen, das die Jungfrau Maria sah, weil es nichts anderes sehen wollte, vielleicht sehnte auch ich mich danach, meine Welt nicht wahrnehmen zu müssen. An irgendeinem anderen Ort als Tasmanien, wo normale Zustände herrschen, wo man einen richtigen Job hat, wo man ein paar Stunden im Gewühl unterwegs ist und dann etliche Stunden mit gewöhnlichen Ängsten und Sorgen zubringt, bevor man in die gewohnte häusliche Enge zurückkehrt, und wo kein Mensch je davon träumt, ein Seepferdchen zu sein, ja, dort kann einem vielleicht so etwas Anormales, wie ein Fisch zu werden, nicht passieren.

Ich sage vielleicht, aber sicher bin ich nicht.

Könnte ja sein, dass solche Sachen in Berlin und Buenos Aires andauernd vorkommen und dass es den Leuten bloß peinlich ist, das zuzugeben. Könnte sein, dass die Jungfrau Maria jeden Tag in den Sozialbauten und Hochhäusern von New York und Berlin und den Vorstädten im Westen von Sydney auftaucht, und alle tun so, als wäre sie nicht da, und hoffen, dass sie schnell wieder verschwindet und sie nicht weiter in Verlegenheit bringt. Könnte sein, dass das neue Fatima irgendwo in der endlosen Ödnis des Revesby Workers' Club liegt, ein Heiligenschein über dem Bildschirm des Spielautomaten, der blinkend die Botschaft verkündet: »*BLACKJACK FEVER*«.

Könnte es sein, dass, weil alle ihr den Rücken zukehren,

weil alle Augen starr auf die Automaten gerichtet sind, niemand Zeuge wird, wie eine alte Frau, die ihren Keno-Spielschein ausfüllt, vom Boden abhebt und schwebt? Vielleicht haben wir die Fähigkeit, jenen sechsten Sinn verloren, den man braucht, um Wunder wahrzunehmen, um Visionen zu haben, um zu verstehen, dass wir etwas anderes sind, etwas Größeres als das, was man uns immer eingeredet hat. Vielleicht ist eine umgekehrte Evolution schon länger im Gange, als ich dachte, und wir sind bereits triste, stumme Fische. Wie gesagt, ich bin nicht sicher, und die einzigen Leute, denen ich traue, unter ihnen Mr. Hung und die Conga, wissen es auch nicht genau.

Überhaupt bin ich, ehrlich gesagt, zu dem Schluss gelangt, dass nur wenige Dinge im Leben sicher sind. Auch wenn Sie im Folgenden vielleicht einen anderen Eindruck gewinnen werden, liegt mir sehr wohl etwas an der Wahrheit, aber ich frage mich – wie William Buelow Gould, der unermüdlich nach der Wahrheit seiner Fische forschte, auch wenn sie über seiner zwecklosen Suche längst gestorben waren –: Wo ist die Wahrheit zu finden?

Was mich betrifft, so sind mir das Buch und alles Übrige genommen worden, aber letztlich ist auf Bücher ja auch nicht mehr Verlass als auf Märchen, oder?

Es war einmal ein Mann namens Sid Hammet, und der entdeckte, dass er nicht der war, für den er sich gehalten hatte.

Es war einmal eine Zeit, da gab es noch Wunder, und jener Mann namens Hammet glaubte, er wäre in eines davon mitten hinein geraten. Bis zu dem Tag hatte er sich immer von seinem gesunden Menschenverstand leiten lassen, was weniger freundlich ausgedrückt heißt, dass sein Leben aus fortschreitender Ernüchterung bestand. Danach war er mit dem grausamen Gebrechen des Glaubens geschlagen.

Es war einmal ein Mann namens Sid Hammet, der in dem Licht eines sonderbaren Buchs über Fische seine eigene Geschichte aufscheinen sah. Sie begann wie ein Märchen und endete wie ein Kinderreim: … reitet ein Pferdchen nach Banbury Cross.

Es war einmal, es war einmal, vor langer Zeit, da geschahen furchtbare Dinge, aber sie geschahen an einem fernen, vergessenen Ort, und der ist, wie wir alle wissen, nicht hier, nicht jetzt, nicht wir.

## II

Bis zu jener Zeit beschäftigte ich mich damit, vergammelte alte Möbel zu kaufen, die ich auf alle mögliche Weise noch weiter demütigte und ramponierte. Wenn ich irgendwelche kläglichen Kommoden mit Hämmern bearbeitete, um ihnen die rechte Patina der Armseligkeit zu verleihen, wenn ich meine Pisse über die alten Metallbeschläge regnen ließ, um die Bildung von fauligem Grünspan zu befördern, wobei ich genüsslich ordinäre Flüche aller Art ausstieß, stellte ich mir immer vor, diese Möbelstücke wären die Touristen, die sie unweigerlich in der irrigen Vermutung kaufen würden, sie hätten es mit Treibgut einer romantischen Vergangenheit zu tun und nicht mit dem, was sie waren, Belegstücke einer verrotteten Gegenwart.

Meine Großtante Maisie sagte, es sei ein Wunder, dass ich überhaupt Arbeit gefunden hätte, und ich musste insgeheim zugeben, dass sie wahrscheinlich wusste, wovon sie redete, denn hatte sie mich nicht mit sieben auf den Rugbyplatz von North Hobart mitgenommen, um im wunderschönen roten Spätwinterlicht der Mannschaft von North Hobart auf wundersame Weise das Halbfinale gewinnen zu helfen? Sie hatte den aufgeweichten Rasen mit heiligem Wasser aus Lourdes besprenkelt. Der große John Devereaux war Captain und Coach, ich war eingewickelt in den rot-blauen Schal der Demons wie eine ägyptische Katzenmumie, nur die großen neugierigen Augen waren zu sehen. In der Halbzeit rannte ich aufs Feld, um durch einen Wald stämmiger, schweißparfümierter Spielerbeine zu lugen und eine Brandrede des großen John Devereaux zu hören.

North Hobart lag weit zurück; ich wusste, dass er seinen Spielern etwas Bemerkenswertes sagen würde, und der große John Devereaux war nicht der Mann, der seine Anhänger enttäuschte. »Schlagt euch eure gottverdammten Sheilas aus dem Kopf«, sagte er. »Du, Ronnie, vergiss diese Jody. Und du, Nobby, reiß dich von dieser Mary los.« Und so weiter. Es war großartig, zuzuhören, wie er da die Namen von all den Mädchen aufzählte, und zu spüren, wie viel sie diesen Riesenkerlen bedeuteten. Und als sie dann wirklich loslegten und gewannen, wusste ich, dass Liebe und Wasser zusammen einfach unschlagbar sind.

Aber um auf meine Arbeit mit den Möbeln zurückzukommen, so war das, wie Rennie Conga (nur für den Fall, dass jemand von ihren Verwandten das liest und daran Anstoß nimmt, füge ich gleich hinzu, dass das nicht ihr korrekter Name ist, aber ihren vollen italienischen Namen kann sich kein Mensch merken, und irgendwie passt der andere ganz gut zu ihrer sehnigen Gestalt und den hochgeschlossenen, dunklen Sachen, in die sie ihre Schlangenfigur hüllt), meine Bewährungshelferin damals, es ausdrückte, ein Job mit Zukunft, vor allem dann, wenn die Kreuzfahrtschiffe voller dicker alter Amerikaner anlegten. Mit ihren hervortretenden Bäuchen, den komischen dünnen Beinen in Shorts und den noch komischeren großen weißen Schuhen, die den Punkt unter diese überdimensionalen Gestalten setzten, waren die Amerikaner liebenswerte Fragezeichen der Menschheit.

Ich sage liebenswert, aber was ich eigentlich sagen will, ist: Sie hatten Geld.

Sie hatten allerdings auch ihre besonderen, etwas merkwürdigen Vorlieben, aber was das Geschäft betrifft, kam ich mit ihnen gut zurecht und sie mit mir. Eine Zeit lang hatten die Conga und ich einen guten Lauf mit alten Stühlen, die sie auf einer Auktion ersteigert hatte, als wieder einmal der tasmanische Ableger einer australischen Bundesbehörde aufgelöst wurde. Ich malte die Dinger schön bunt an, ging mit Sandpapier drüber und machte mit einer Gemüsereibe hie und da Kratzer rein, ich pinkelte drauf, und am Ende kamen sie als Shaker-Möbel raus, die irgendwann im vorigen Jahrhundert, so sagten wir den Fragezeichen, mit Walfangschiffen aus Nantucket, immer auf der Jagd nach den Riesen des Meeres, in diese Breiten geraten waren.

Es war eigentlich die Geschichte – diese, und nur diese –, welche die Touristen kauften, eine erhebende, herzbewegende, maßgeschneidert amerikanische Geschichte – Wir finden die Unseren, wir retten sie und führen sie heim! –, und eine ganze Weile lief die Sache bestens. So gut, dass wir bald ausverkauft waren und die Conga das Unternehmen um eine Produktionsabteilung erweitern musste. Sie tat sich mit einem Vietnamesen zusammen, der mit seiner Familie neu zugezogen war. Ich kümmerte mich um die Geschichte, die ich schön ordentlich abtippte, und um unanfechtbare Echtheitszertifikate von einer extra zu diesem Zweck erfundenen Organisation, die wir die »Vandiemonische Antiquitätenhändler-Vereinigung« nannten.

Die Geschichte des Vietnamesen (er hieß Lai Phu Hung, aber die Conga, die Wert auf Respekt legte, bestand darauf, dass wir ihn Mr. Hung nannten) war nicht weniger interessant, die Flucht der Familie aus Vietnam gefährlicher, die Überfahrt nach Australien in einer überfüllten, heruntergekommenen Fischdschunke entbehrungsreicher als alles, was je in alten Walfängerlegenden erzählt werden könnte, und obendrein konnten es die Leute in der Kunst der Walbeinschnitzerei mit jedem Seemann aufnehmen. Diese Arbeiten – die Motive waren den Holzschnitten in einer alten Volksausgabe von *Moby Dick* entnommen – brachten dem Laden recht beachtliche Nebeneinnahmen.

Aber Mr. Hung und seine Familie hatten keinen Melville, keinen Ishmael oder Queequeg oder Ahab auf dem Achterdeck, sie konnten nicht mit einer romantischen Vergangenheit aufwarten, sondern nur mit ihren ganz gewöhnlichen Sorgen und Träumen, und die waren so schmuddelig und unheilbar normal, dass die gefräßigen Fragezeichen ihnen keinerlei Beachtung schenkten. Sie wollten nur Sachen, die sie davor bewahrten, mit der Vergangenheit und den Menschen im Allgemeinen konfrontiert zu werden, sie wollten nichts, das irgendeine schmerzliche oder menschliche Verbindung mit sich brachte.

Sie wollten, das wurde mir nach und nach klar, Geschichten, in denen sie bereits gefangen waren, und nicht Geschichten, in denen sie gemeinsam mit dem Erzähler entkamen. Sie wollten das Stichwort »Walfänger« hören, damit sie prompt »Moby Dick« antworten und die dazu passenden Fernsehserien, die sie im Kopf hatten, aufrufen konnten; und dann konnte man sagen: »Antik«, und sie konnten antworten: »Wie viel?«

Solche Geschichten.

Geschichten, die Geld bringen.

Das, was Mr. Hung zu erzählen hätte, wollten die Fragezeichen nicht hören, und diesem war das in gewisser Weise ganz willkommen, unter anderem, weil er im Grunde seines Herzens nicht Kranführer sein wollte wie früher in Hai-Phong, sondern Dichter, und dieser Traum ermöglichte es ihm, der Gleichgültigkeit einer kalten Welt in einer Haltung romantischer Resignation zu begegnen.

Denn Mr. Hungs eigentliche Religion war die Literatur. Er gehörte zu der buddhistischen Cao-Dai-Sekte, die Victor Hugo als eine Gottheit betrachtete. Aber er erwies nicht allein den Romanen dieses Gottes religiöse Verehrung, sondern war auch vertraut (und stand in offenbar innigem geistigen Verkehr) mit etlichen anderen Großen der französischen Literatur des 19. Jahrhunderts, lauter Autoren, die ich allenfalls dem Namen nach kannte.

Die Touristen waren schließlich nach Hobart gekommen und nicht nach Hai-Phong, und deshalb interessierten sie sich nicht die Bohne für Mr. Hung und seinesgleichen, und sie dachten nicht daran, Geld für seine Geschichten von den Kormoranen, mit denen sein Vater gefischt hatte, auszugeben, und auch mit seiner Poesie und seinen Ideen von den Beziehungen zwischen Gott und der französischen Literatur war nichts zu verdienen. Und so richtete denn Mr. Hung im Keller seines alten Hauses in Lutana, das der Zinkbergwerksgesellschaft gehörte, eine kleine Werkstatt ein, wo er pseudoantike Stühle schreinerte und in falsches Walbein Illustrationen schnitzte, die die schmutzigeren unserer Lügengeschichten ergänzten.

Und warum hätten Mr. Hung und seine Familie, die Conga und ich uns deswegen je Gedanken machen sollen?

Die Touristen hatten Geld, und wir brauchten Geld. Sie wollten dafür lediglich belogen und betrogen werden, nur eines war ihnen wichtig, und das wollten sie von uns hören, nämlich, dass ihnen nichts geschehen konnte, dass ihr Gefühl von Sicherheit – von nationaler, persönlicher, spiritueller Sicherheit – nicht bloß eine tückische Illusion war, ein böser Streich einer gelangweilten, launischen Vorsehung. Sie wollten bestätigt bekommen, dass es keine Verbindung zwischen damals und jetzt gab, dass sie keine schwarze Armbinde tragen mussten und kein schlechtes Gewissen zu haben brauchten, weil sie reich und mächtig waren und alle anderen nicht, dass sie sich keine Vorwürfe machen mussten, weil niemand erklären konnte oder wollte, weshalb der Reichtum der wenigen auf so merkwürdige Weise mit dem Elend der vielen zusammenhing. Wir taten in aller Freundlichkeit so, als ginge es um ein Geschäft mit alten Stühlen, um Fragen von Preis und Herkunft, die wir gerne beantworteten.

Aber es ging nicht um Preis und Herkunft, es ging um nichts dergleichen.

Die Touristen hatten beharrlich drängende unausgesprochene Fragen, und wir antworteten, so gut es eben ging, mit falschen Antiquitäten. In Wirklichkeit fragten sie: »Sind wir sicher?«, und eigentlich lautete unsere Antwort: »Nein, aber wenn Sie genügend nutzlose Sachen vor sich auftürmen, sehen Sie nicht mehr so genau, was los ist.« Und weil Hybris nicht bloß irgendein altgriechisches Wort ist, sondern etwas, was der Mensch ganz tief in seinem Inneren, mit einem geradezu unfehlbaren Instinkt, spürt, wollten sie auch wissen: »Wenn wir schuldig sind, müssen wir dann auch dafür büßen?«, und wir sagten: »O ja, und wie! Aber wenn Sie so einen Stuhl kaufen, ist uns beiden ein bisschen besser zu Mute.« Sicher, das alles war nicht so toll, aber es war auch nicht so schlimm, es war eben mein Lebensunterhalt damals, und ich musste zwar eine Menge Stühle rumtragen, aber ich hatte nicht das Gefühl, dass die Welt auf meinen Schultern lastete.

Man sollte meinen, so ein Unternehmen hätte den allgemeinen Beifall finden müssen, es hätte unweigerlich expandieren und sich immer weiter verästeln müssen, um zu einem von der ganzen Nation hoch geachteten riesigen Erlösungswerk zu werden. Ja, es hätte Exportpreise gewinnen müssen. In jeder Stadt, die auch nur einen Schuss Pulver wert ist – Sydney zum Beispiel –, wäre ein solch visionärer Schwindel reich belohnt worden. Aber wir befanden uns nun einmal in Hobart, wo Träume eine streng gehütete Privatsache blieben.

Und so machten verschiedene ortsansässige Antiquitätenhändler, deren Rechtsanwälte uns brieflich mit rechtlichen Schritten drohten, unseren hochgesinnten Bemühungen, den pensionierten Tribunen eines dahinsiechenden Imperiums Trost zu spenden, den Garaus. Die Conga sah sich gezwungen, zusammen mit dem vietnamesischen Möbelfälscher ein Ökotourismusprojekt aufzuziehen, und ich musste mich nach etwas Neuem umsehen.

# III

So standen die Dinge an jenem Wintervormittag, der sich als schicksalsträchtig erweisen sollte, wenn er auch zunächst nicht mehr als Eiseskälte versprach. Ich trieb mich an jenem Morgen an den Kais von Salamanca herum. Ich kam an einem alten Lagerhaus aus Sandstein vorbei, das noch nicht geschmackvoll herausgeputzt und zu einem schicken Touristenrestaurant mit Garten umgewandelt war, sondern einen Trödlerladen beherbergte.

Dort fiel mir ein alter Fleischschrank aus Eisenblech auf, der halb versteckt hinter einigen schwarz gebeizten Kleiderschränken aus den 40er Jahren stand, unansehnlichen Dingern, die keinen Touristen je hätten reizen können, mochte er sich auch noch so sehr nach Absolution sehnen. Neugierig wie ein Kind, das hinter jeder geschlossenen Tür ein Geheimnis wittert, ging ich hin und schaute hinein.

Ich sah zuerst nur einen Stapel verstaubte alte Frauenzeitschriften. Enttäuscht wollte ich die Tür wieder schließen, als mir ein paar abgerissene feine Leinenfäden in die Augen sprangen, die sich von irgendwo unter all den vergilbten Klatschgeschichten und Sensationsberichten von sterbensunglücklichen Prinzessinnen frech ans Licht sträubten wie die Stoppeln meiner Großtante Maisie, ganz ohne Scham, wie von einer gewissen archaischen Vitalität hervorgetrieben.

Die Blechtür ächzte dumpf, als ich sie ganz aufzog, um genauer hineinzuschauen. Die Fäden standen, das sah ich jetzt, aus einem aufgeplatzten, nur unvollständig erhaltenen Buchrücken heraus. Ganz vorsichtig, als müsste ich einen kapitalen Fisch aus dem Gewirr meines Netzes befreien, fasste ich ins Innere des Schranks, hob die Zeitschriften hoch und zog sachte meine Beute darunter hervor, ein halb zerfallenes Buch.

Ich hielt es hoch.

Ich schnupperte daran.

Merkwürdig, es hatte nicht den süßlich dumpfen Geruch, den alte Bücher sonst haben, es roch vielmehr wie der salzige Wind, der von der Tasmansee hereinweht. Ich strich mit dem Zeigefinger über den Einband. Er war von einem feinen schwarzen Schmutzfilm überzogen, dennoch fühlte er sich seidig glatt an. Und als ich diesen Treibsand der Jahrhunderte wegwischte, geschah das erste von vielen erstaunlichen Dingen.

Ich hätte schon damals wissen müssen, dass dies kein gewöhnliches Buch war, und schon gar nicht eines, mit dem ein Verlierer wie ich sich einlassen sollte. Ich kannte, so dachte ich zumindest, die Grenzen meines Ganoventums, ich glaubte, ich hätte gelernt, mich vor Narreteien in Acht zu nehmen, die mit persönlichem Risiko verbunden sind.

Aber es war zu spät. Ich war, um einen Ausdruck zu verwenden, der mir im Zusammenhang mit strafrechtlichen Verhandlungen öfter begegnet ist, bereits »verstrickt«. Denn unter dem feinen schwarzen Puder passierte etwas höchst Ungewöhnliches: Der marmorierte Einband des Buchs begann, erst schwach, dann immer intensiver, purpurrot zu glühen.

## IV

Es war ein melancholischer Wintertag.

Schnee ummantelte den Berg über der Stadt. Nebel waberte über dem breiten Fluss und fiel langsam wie eine schwere Decke über das Tal, in dem die stillen, wenig belebten Straßen von Hobart lagen. Durch die eisige Schönheit des Morgens eilten ein paar in das gescheckte Bunt eines kalten Tages gekleidete Gestalten und verschwanden. Das Weiß des Berges verwandelte sich in Grau, dann verschwand er, um hinter einer schwarzen Wolke zu brüten. Die Stadt glitt in sanft dösenden Schlaf hinüber. Wie verlorene Träume tanzten Schneeflocken durch ihre verstummte Welt.

Alles das ist nicht ganz nebensächlich, denn was ich eigentlich sagen will, ist, dass es kalt war wie in einem Grab und zehnmal stiller, dass es an einem solchen Tag keine Vorzeichen gab, nichts, was mich vor dem, was sich anbahnte, hätte warnen können. Und natürlich verirrte sich außer mir kein Mensch an einem solchen Tag in einen düsteren, kaum beheizten Trödlerladen. Der Besitzer rührte sich nicht weg von seinem Platz am anderen Ende des Raums, wo ein Heizstrahler stand. Zusammengekauert saß er da, den Rücken mir zugewandt; er hatte die ordinäre Hymne moderner Verkaufskultur, Vivaldis *Vier Jahreszeiten*, verstohlen abgedreht und machte es sich bequem im gemütlichen Rubato der Rennberichte, schlüpfte hinein wie in einen goldenen Hausschuh des Lauts.

Keine Menschenseele außer mir wurde Zeuge dessen, was sich ereignete, als ich die Staubschicht vom Deckel dieses sonderbaren Buches abwischte, eines Wunders, das die ganze Welt auf den düsteren Winkel eines Trödlerladens und die Ewigkeit auf diesen einen Moment zusammenschnurren ließ.

Der Einband des Buches war wie die Haut eines Trompeterfisches, den man bei Nacht gefangen hat, eine einzige Masse von pulsierenden purpurroten Flecken. Und je mehr ich wischte, desto mehr breiteten sich diese Flecken aus, bis fast die ganze Fläche farbig glühte. Und so, wie sich das gesprenkelte Leuchten auf den nächtlichen Fischer überträgt, der den Trompeterfisch in die Hand nimmt, so begannen nun auch meine Hände zu phosphoreszieren, ein unregelmäßiges Muster von purpurroten Sommersprossen erschien, funkelnd wie die Lichter einer exotischen, unbekannten Stadt, die man nachts vom Flugzeug aus sieht. Als ich meine schimmernden Hände in ungläubigem Staunen hob und langsam vor meinem Gesicht hin und her drehte, Hände, die mir so vertraut und doch so fremd waren, hatte ich das Gefühl, dass eine verstörende Verwandlung begonnen hatte.

Ich legte das Buch auf die Resopalplatte eines Tisches, der neben dem Fleischschrank stand, strich mit meinem funkelnden Daumen über die weiche Flanke verletzlicher bebender Seiten und schlug es auf. Aus den geöffneten Seiten sprang mir das gemalte Bild eines dickbäuchigen Seepferds in die staunenden Augen. Umrahmt wie von angeschwemmtem Riementang und Seegras wurde es von unregelmäßigem handschriftlichen Gekrakel, in das immer mal mit Wasserfarben gemalte Fische eingestreut waren.

Es war, um die Wahrheit zu sagen, ein fürchterliches Tohuwabohu. Wie Kraut und Rüben lagen mehrere Schichten von mit Tinte und Bleistift geschriebenen Zeilen übereinander. Offenbar hatte der Schreiber, als er auf der letzten Seite angelangt war, das Buch einfach umgedreht und, sozusagen in umgekehrter Richtung, in den Zwischenräumen der Zeilen weitergeschrieben, weil der Platz nicht ausreichte. Und als ob das noch nicht chaotisch genug gewesen wäre – und das war es –, hatte er noch eine Unmenge an Nachträgen und Anmerkungen hinzugefügt, teils irgendwo am Rand, wo sich ein freies Plätzchen fand, teils auf losen Blättern, einmal sogar auf etwas, was wie getrocknete Fischhaut aussah. Er schien alles verwendet zu haben, was ihm in die Finger kam – altes Segeltuch, aus irgendwelchen gedruckten Büchern herausgerissenes Papier, Sackleinen, ja sogar Jute – und hatte es in diesem ausdrucksvoll krakeligen Duktus, der ohnehin schwer zu entziffern war, vollgeschrieben.

Das chaotische Ganze machte den Eindruck eines Buchs, das weder einen richtigen Anfang noch ein Ende hatte. Es war, als schaute man in eines dieser hübschen Kaleidoskope: eine sonderbare, manchmal frustrierende, manchmal faszinierende Geschichte und überhaupt nicht das, was man erlebt, wenn man ein anständiges, ordentliches Buch aufschlägt.

Und doch war ich, bevor ich eigentlich wusste, wie mir geschah, mitgerissen im Strudel der Geschichten, die diese Fische begleiteten – sofern man das, was der Band enthielt, Geschichten nennen kann, denn es war eher eine Art Journal oder Tagebuch, das manchmal von Ereignissen aus den ordinären Niederungen der weltlichen Existenz berichtete, manchmal aber auch von so übergeschnappten Dingen, dass ich zuerst dachte, ich hätte es mit einer Chronik von Träumen oder Albträumen zu tun.

Offenbar war dieses seltsame Werk von einem Sträfling namens William Buelow Gould verfasst worden, der 1828 von dem Arzt der Strafkolonie Sarah Island angeblich im Dienst der Wissenschaft beauftragt worden war, alle Fische zu malen, die man dort fing. Die Bilder malte er auf Befehl, die Texte aber schrieb er aus eigenem Antrieb und obwohl es den Häftlingen ausdrücklich verboten war, solche Aufzeichnungen zu führen. Jede Geschichte war in einer anderen Farbe geschrieben; der Autor teilt mit, er habe die verschiedenen Tinten erfinderisch aus allerlei Materialien, die eben gerade zur Hand waren, selbst hergestellt: die rote aus Kängurublut, die blaue aus einem gestohlenen Edelstein, den er zu Pulver zerstieß, und so fort.

Der Mann schrieb farbig, ja, ich habe den Verdacht, er *fühlte* farbig. Ich meine damit nicht, dass er etwa endlos von weinroten Sonnenuntergängen geschwärmt hätte oder von der azurblauen Pracht einer stillen See. Es kommt mir eher so vor, als hätten gewisse Farbtöne in seiner Welt ihn überwältigt, als ergäbe sich das Universum aus den Farben und nicht umgekehrt. Erlöste ihn, überlegte ich, das Wunder der Farbe von den Schrecken seiner Welt?

Trotz – aber vielleicht auch wegen – des ungeschliffenen Stils, trotz vieler Ungereimtheiten, obwohl der Text so mühsam zu entziffern und von sehr befremdlicher Schönheit war, nicht zu reden von eher närrischen und manchmal schlichtweg abstrusen Momenten, schlug mich dieser Regenbogen von Geschichten, den er im Verborgenen geschaffen hatte, derart in seinen Bann, dass ich bereits das halbe Buch verschlungen hatte, ehe ich zu Sinnen kam.

Ich fand einen alten Lumpen auf dem Fußboden und wischte mir damit die Hände ab. Ich musste lange reiben, bis die letzte Spur der leuchtend roten Sprenkel getilgt war. Das Buch vergrub ich wieder unter den Illustrierten in dem Fleischschrank, den ich nach einigem Feilschen zu einem angemessen niedrigen Preis kaufte, denn natürlich durfte so ein halb verrosteter Blechkasten, der nicht einmal – noch nicht – in Mode war, nicht viel kosten.

Was ich eigentlich vorhatte, als ich, schwer beladen mit dem sperrigen Schrank, in das Schneegestöber hinaustrat, weiß ich bis heute nicht. Mir war klar, dass ich den Blechkasten auf antik spritzen und für das Doppelte dessen, was ich bezahlt hatte, irgendjemandem andrehen konnte, der seine Stereoanlage darin aufstellen würde, und wenn ich die alten Illustrierten einem Zahnarzt für sein Wartezimmer gab, so würde er mir dafür eine Füllung erneuern, aber was ich mit dem *Buch der Fische* anfangen würde, war mir schleierhaft.

Zu meiner Schande muss ich gestehen, dass ich zuerst den niedrigen Impuls hatte, die Seiten mit den Fischaquarellen herauszureißen und zu rahmen, um sie an einen Antiquitätenhändler, der auf Kunstdrucke spezialisiert war, zu verhökern. Aber als ich das Buch las und immer wieder las in jener kalten Nacht und der folgenden und in vielen weiteren Nächten, schwand meine Gier, daraus Profit zu ziehen, mehr und mehr.

Die Geschichte verzauberte mich. Ich gewöhnte mir an, das Buch ständig mit mir herumzutragen, als wäre es eine Art Talisman, als enthielte es eine Magie, die mir irgendeine fundamentale Erkenntnis übermitteln oder mitteilen könnte. Aber was für eine Erkenntnis das sein sollte und warum sie so ungeheuer wichtig war, hätte ich unmöglich sagen können und kann es bis heute nicht.

Was ich mit trauriger Gewissheit sagen kann, ist, dass ich mit meiner Faszination allein blieb: Historiker, Bibliophile und Verleger, denen ich meine Entdeckung vorführte, spürten offenkundig nichts vom Zauber des Buches.

Zwar gestanden sie alle zu, dass es wirklich alt war, aber vieles darin – die angeblich authentische Geschichte, die erzählt wird, die abgebildeten Fische, die Schilderungen von Sträflingen und Wachleuten und Beamten im Strafvollzug – schien mit den bekannten Fakten immer nur gerade so weit übereinzustimmen, dass ein Streit darüber entstehen musste. Dieses kämpferische Buch, so machten die Experten deutlich, sei das durchaus kuriose, aber gleichwohl unbedeutende Produkt eines schwer gestörten Geistes einer längst vergangenen Zeit.

Ich konnte die Leute vom Museum dazu überreden, Papier und Tinten und Farben mit den allerneuesten naturwissenschaftlichen Verfahren gründlich zu untersuchen und mit Hilfe der Radiokarbonmethode zu datieren. Sie gaben zu, dass Materialien und Techniken zu der Periode passten, in der das Buch nach Aussage des Autors entstanden war, aber die Geschichte als solche schien ihnen derart unglaubwürdig, dass sie sich weigerten, das Werk als echte und beachtenswerte historische Quelle anzuerkennen. Sie gratulierten mir lediglich zu meiner technisch exzellent gemachten Fälschung und wünschten mir bei meinen weiteren Geschäften in der Touristenbranche viel Erfolg.

## V

Meine letzte Zuversicht setzte ich in den prominenten Kolonialhistoriker Professor Roman de Silva. Einige Tage lang, nachdem ich ihm das *Buch der Fische* geschickt hatte, machte ich mir Hoffnungen, aber als ich dann viele Wochen vergeblich auf eine Antwort wartete, wurde ich wieder mutlos.

Irgendwann rief dann endlich an einem diesig feuchten Donnerstagnachmittag seine Sekretärin bei mir an, um mir zu sagen, dass der Gelehrte noch am selben Tag in seinem Zimmer in der Universität für zwanzig Minuten zu einem Gespräch zur Verfügung stehen werde.

Ich traf auf einen Mann, dessen äußere Erscheinung in einem sonderbaren Missverhältnis, ja in völligem Widerspruch zu seiner Reputation stand. Professor Roman de Silva wirkte mit seinen ruckartigen Bewegungen, der rundlich feisten Figur und der pechschwarz gefärbten Haartolle, die mit dem unwahrscheinlichen Schwung der frühen 60er Jahre über dem winzig kleinen Kopf wippte, wie die unglückselige Kreuzung einer Elvis-Puppe und eines nervösen Leghorngockels.

Es war von Anfang an klar, dass dem *Buch der Fische* hier unnachsichtig der Prozess gemacht werden würde. Der Professor, eisern entschlossen, die Verhandlungen keinen Augenblick lang in eine bloße Unterhaltung abgleiten zu lassen, eröffnete sogleich sein Plädoyer, das zu einem Triumph der Anklage geraten sollte.

Er drehte sich um und kramte in einer Schublade, um plötzlich mit einer schnellen Bewegung, die dramatisch effektvoll sein sollte, aber nur ungeschickt wirkte, eine eiserne Kugel an einer Kette auf die Schreibtischplatte plumpsen zu lassen. Ein hässlich knackendes Geräusch zeigte an, dass Holz zu Bruch gegangen war, aber das focht Professor de Silva, ganz Könner in seinem Fach und mitgerissen von seinem eigenen schauspielerischen Elan, nicht im Geringsten an.

»Da, sehen Sie, Mr. Hammet!«, rief er.

Ich sagte nichts.

»*Was* sehen Sie da, Mr. Hammet?«

Ich sagte nichts.

»Eine Kugel an einer Kette, Mr. Hammet, das sehen Sie. Eine Sträflingskugel, nicht wahr?«

Ich nickte, ich wollte nicht unhöflich sein.

»O nein, Mr. Hammet, Sie sehen in Wahrheit nichts dergleichen. Einen Schwindel sehen Sie, Mr. Hammet. Sie blicken auf eine Kugel an einer Kette, die im späten 19. Jahrhundert von früheren Strafgefangenen hergestellt wurde – als Souvenir zum Verkauf an Touristen, die in die Strafkolonie Port Arthur gereist waren, um dieses Land des Schreckens aus der Nähe zu besehen. Ein billiges, gefälschtes Machwerk für Touristen sehen Sie, Mr. Hammet. Ein Stück Kitsch, das mit Geschichte nichts zu tun hat.«

Er hielt inne und stopfte mit dem Knöchel eines Zeigefingers nass glänzende schwarze Borsten, die lang und struppig aus seinen Nasenlöchern ragten, in ihre Höhlen zurück, dann fuhr er fort in seinem Monolog.

»Geschichte, Mr. Hammet, ist das, was man nicht sieht. Geschichte hat Kraft, eine Fälschung nicht.«

Ich war beeindruckt. Ich wurde hier offenbar mit der Vergangenheit meiner eigenen edlen Zunft konfrontiert. Und das Ding sah ganz so aus, als würde es sich gut verkaufen lassen. Ich überlegte, ob Mr. Hung Talent fürs Schmiedehandwerk hatte und ob ich nicht die Conga anrufen sollte, um ihr mitzuteilen, dass ich zufällig auf eine lukrative neue Produktlinie gestoßen war, und wie ich es im Verkaufsgespräch anstellen sollte, unsere amerikanischen Freunde unaufdringlich auf die erotische Brisanz aufmerksam zu machen, die sie unweigerlich in diesem Artikel entdecken würden (»Gibt es denn überhaupt *nichts* auf Gottes weiter Erde«, hatte die

Conga eines Tages ausgerufen, »was die nicht mit Sex verbinden?«, und Mr. Hung hatte geantwortet: »Menschen«), und während ich nachdachte, ließ Professor Roman de Silva mit völligem Mangel an Respekt, fand ich, Goulds *Buch der Fische* neben Kugel und Kette auf den Schreibtisch fallen.

»Und das da, *das* ist um kein Haar besser. Eine alte Fälschung vielleicht, Mr. Hammet« – er musterte mich mit betrübten wissenden Augen –, »obwohl ich nicht ganz sicher bin, ob dieses Adjektiv hier angebracht ist.«

Er wandte sich ab, steckte die Hände in die Hosentaschen und blickte stumm lange, sehr lange, so kam es mir vor, zum Fenster hinaus auf einen Parkplatz einige Stockwerke tiefer.

»Aber gleichwohl eine Fälschung.«

Und dann fuhr er, immer noch mit dem Rücken zu mir, fort, in einem, wie ich vermute, an Generationen von leidenden Studenten geschärften Stil über das *Buch der Fische* herzuziehen: Die Strafkolonie, die dort geschildert werde, so teilte er dem Fenster und dem Parkplatz mit, sehe aus, auf den ersten Blick jedenfalls, wie diejenige, die tatsächlich auf der Insel existiert habe, ein Ort der Verdammnis, der den schlimmsten Bösewichtern vorbehalten war. O ja, die Lage sei durchaus korrekt geschildert: eine von aller Zivilisation abgeschnittene Insel in einer weiten Bucht, eingefasst von der undurchdringlichen Wildnis des westlichen Van Diemens Land, von unerforschten Gebieten, die in den Karten jener Zeit lediglich als eine düstere Ödnis namens Transsylvanien erschienen.

Er drehte sich um, strich zum hundertsten Mal seine von Schuppenkonfetti übersäte Haartolle zurück.

»Aber wenn es auch historisch verbürgt ist, dass Sarah Island von 1820 bis 1832 die gefürchtetste Strafkolonie im ganzen britischen Empire war, so stimmt doch im Übrigen fast gar nichts von dem, was das *Buch der Fische* über diese Hölle auf Erden berichtet, mit den bekannten Tatsachen überein. Nur wenige von den Namen, die in Ihrer kuriosen Chronik erwähnt werden, finden sich auch in offiziellen Dokumenten aus jener Zeit, und was wir über Identität und Lebenslauf dieser Personen wissen, straft die Schilderungen dieses ... dieses traurigen Machwerks Lügen.«

»Und wenn wir uns die Mühe machen, die historischen Dokumente zu überprüfen«, fuhr der Professor fort, aber da wusste ich bereits, dass er das *Buch der Fische* zutiefst verabscheute, dass er die Wahrheit in Fakten und nicht in Geschichten suchte, dass ihm die Beschäftigung mit der Vergangenheit lediglich dazu diente, die Übel einer schlechten Gegenwart als schicksalhaft und quasi naturnotwendig zu begreifen, dass ein Mann mit einer solchen Frisur notwendig zu seichter Nostalgie neigte, die ihn unfehlbar zu der Überzeugung führen musste, das Leben sei ebenso trivial wie seine eigene Existenz, »stellen wir fest, dass Sarah Island keineswegs unter der Knute eines Tyrannen schmachtete, dass es auch zu keiner Zeit zu einem Handelsplatz von einiger Bedeutung aufstieg oder gar zu einer selbstständig agierenden Handelsmacht, ganz zu schweigen von einer Nation, dass die Siedlung niemals von einem apokalyptischen Feuer in Schutt und Asche gelegt wurde, wie Ihr *Buch der Fische*, diese Chronik einer Katastrophe, behauptet.« Und so plapperte er immer weiter, flüchtete sich in das Einzige, was ihm Überlegenheit verlieh: Wörter.

Das *Buch der Fische*, sagte er, werde vielleicht eines Tages seinen verdienten Platz im zweifelhaften, aber umfänglichen Ruhmestempel der literarischen Fälschungen finden, »dem

Feld nationaler Literatur«, so drückte er sich aus, »auf dem Australien wie kaum eine andere Nation wahrhaft Bedeutendes geleistet hat«.

»Ich brauche kaum hinzuzufügen«, sagte er gleichwohl mit vertraulich verschmitztem Lächeln, wobei ihm die Haartolle übers Gesicht fiel wie einem Betrunkenen, der sich übergeben muss, »dass, wenn Sie es als *Roman* veröffentlichen, das Unvermeidliche geschehen mag: Es könnte Literaturpreise gewinnen.«

Das *Buch der Fische* mag ja vielleicht seine Schwächen haben, wenn ich für meinen Teil auch nicht bereit war, das einzusehen, aber dass es intellektuell unterbelichtet und aufgeblasen genug sein sollte, um mit zeitgenössischer australischer Literatur verwechselt zu werden, wäre mir nie in den Sinn gekommen. Ich nahm die Bemerkung des Professors als einen taktlosen Scherz auf meine Kosten, verabschiedete mich kurz angebunden, schnappte mir mein Buch und ging.

## VI

Eine Weile machten Argumente wie die des Professors durchaus einigen Eindruck auf mich, und auch ich neigte zu dem Glauben, das Buch müsse irgendeine Art von raffiniertem, verrücktem Schwindel sein. Aber als ein Mann, der selbst vom Fach ist, weiß ich auch, dass ein Betrüger nicht lediglich irgendwelche Lügen erzählt, vielmehr kommt es darauf an, bereits mehr oder weniger fertig ausgebildete Meinungen zu bestätigen, und genau dies tat das Buch nicht, es kam den Erwartungen dessen, was die Vergangenheit sein sollte, nicht entgegen, sondern widersprach ihm allenthalben.

Das Buch wurde mir immer rätselhafter, und ich war entschlossen, das Rätsel zu lösen. Ich sichtete das Material im Archiv von Tasmanien, einem glatten, völlig unspektakulären Bau, dessen Äußeres in keiner Weise vermuten lässt, dass dort der komplette Aktenbestand eines totalitären Staates aufbewahrt wird. Ich fand nur wenig, was mir weiterhalf, immerhin lernte ich den Archivar kennen, den weisen und verehrenswerten Mr. Kim Pearce, mit dem ich öfter einen trinken ging.

Problematisch an dem *Buch der Fische* war nicht allein das, was Professor de Silva »diese unentwirrbaren Merkwürdigkeiten« genannt hatte, sondern auch die Identität des Berichterstatters, von dem der Professor sagte, er sei eine »*lacuna lacunarum*«, ein Ausdruck, der mir ebenso unverständlich war wie ihm die Person des William Buelow Gould.

In den Sträflingsakten machte Mr. Kim Pearce gleich mehrere William Goulds ausfindig, und später im *Hope and Anchor* lernte ich dank seiner Vermittlung sogar einen leibhaftigen Willy Gold kennen, außerdem, im *Ocean Child,* einen trunksüchtigen Maler mit Hasenscharte, der sich auf Vogelbilder spezialisiert hatte, und im gemütlichen Barroom des *Crescent* einen gewissen Pete, den Wirt der Kneipe.

Nur einer der historischen (ich meine: toten) William Goulds kam allenfalls als Autor des *Buchs der Fische* in Frage; was die Akten über sein kriminelles Vorleben mitteilten, stimmte ungefähr, außerdem enthielten sie einen Hinweis auf eine Tätowierung, die der Autor erwähnt, einen roten Anker mit blauen Flügeln über der linken Brust, dazu die Devise: »LOVE AND LIBERTY«. Dieser William Buelow Gould, rückfälliger Verbrecher und Künstler, war es, der

1828 nach Sarah Island geschickt und dort vom Anstaltsarzt beauftragt wurde, Fische zu malen.

So weit stimmten die Gefängnisakte und das Buch überein, in allem Übrigen zeichnete das offizielle Dokument ein Bild von dem historischen Gould, das dem literarischen Porträt, das mich so sehr fasziniert hatte, vollständig widersprach. Manchmal kam es mir fast so vor, als wäre der Verfasser des *Buchs der Fische*, der Geschichtenerzähler William Buelow Gould, mit Erinnerungen geboren worden, denen aber keine tatsächlich erlebte Geschichte entsprach, und als hätte er sich sein Leben lang bemüht, zu erfinden, was nicht existiert – in dem sonderbaren Glauben, das Fantasierte könnte zu seiner Erfahrung werden und sein Leiden, eine untröstliche Erinnerung, zugleich erklären und heilen.

Sie können sich vorstellen, wie verblüfft ich war, als ich nach diesen bereits einigermaßen verwirrenden Recherchen in den stillen Sälen der Allport Library auf ein zweites *Buch der Fische* stieß, das ebenfalls dem Sträfling William Buelow Gould zugeschrieben wurde. Es enthielt haargenau die gleichen staunenswerten Gemälde wie das Exemplar aus Salamanca und unterschied sich von diesem nur in einem einzigen Punkt. Ich schnappte nach Luft vor Überraschung.

Ich nahm den freundlichen Mr. Pearce beiseite, der so hilfsbereit gewesen war, und erklärte ihm, warum ich so schwer geatmet hatte.

Ich sagte ihm, dass ich entdeckt hätte, dass es zwei Exemplare dieses Buchs gebe, die sich bis ins Kleinste glichen und doch in einem fundamental wichtigen Punkt verschieden seien: Während das eine, das aus der Allport Library, nicht ein Wort Text enthielt, wimmelte es im anderen (in dem aus Salamanca) von Wörtern wie im Ozean von Fischen, und diese Wortschwärme formierten sich zu einer Chronik, die von der sonderbaren Entstehungsgeschichte der Bilder erzählte. Das eine Buch sprach mit der Überzeugungskraft der Wörter, das andere mit der des Schweigens, und es war unmöglich zu entscheiden, welches von beiden mysteriöser war.

»In der Tat«, sagte Mr. Kim Pearce und reichte mir ein paar Mylantatabletten, »das Geheimnis wird durch die verzerrte Spiegelung des einen Buches durch das andere noch erhöht.«

Ich eilte nach Hause, holte meine Fleischschrank-Ausgabe aus ihrem Versteck hinter dem Badezimmerspiegel hervor und zog mich in ein nahegelegenes Hotel zurück, um mich wieder einmal dem Alkohol und den Fischen hinzugeben.

Aber bevor ich fortfahre, muss ich etwas Wichtiges nachtragen. Das Buch besaß nicht allein die Fähigkeit, aus sich selbst heraus zu leuchten, sondern hatte noch eine andere Eigenschaft, die ebenfalls so etwas wie Leben suggerierte. Ich habe bereits erwähnt, dass das Buch keinen erkennbaren Schluss hatte, aber das ist noch nicht die volle Wahrheit. Selbst jetzt noch zögere ich, es hinzuschreiben, denn es ist allzu unglaublich: Die Geschichte *weigerte sich*, an ein Ende zu kommen!

Jedesmal wenn ich mir das Buch von neuem vornahm, stieß ich auf einen Fetzen Papier mit einem Stück Text, das mir noch nie zuvor begegnet war, oder auf eine Anmerkung, die mir vorher entgangen sein musste, oder auf zwei Blätter, die zusammenklebten, und wenn ich sie behutsam auseinanderzog, fand ich auf den Seiten eine Passage, die ein ganz neues Licht auf die mir bereits bekannte Geschichte warf und mich zwang, das Ganze noch einmal neu zu überdenken. Auf diese wundersame Weise kam jedesmal, wenn ich das *Buch der Fische* aufschlug, ein neues Kapitel hinzu. Auch an jenem Abend, als ich allein an der Bar des *Republic* saß – früher hieß es *Empire* –, war es so, nur mit dem Unterschied, dass ich dieses Mal bei aller atemlosen Leidenschaft, die mich keinen klaren Gedanken fassen ließ, angesichts dessen, was ich da mit zunehmendem Grausen las, wusste, dass dies das letzte Kapitel war, das *ich* lesen würde.

Als ich mich dem Ende näherte, merkte ich, dass sich die Blätter feucht anfühlten, dann nass, und schließlich – mein Herz raste jetzt, und ich keuchte – hatte ich das unerklärbare Gefühl, dass ich Wörter las, die auf dem tiefsten Meeresgrund geschrieben worden waren.

Ungläubig gelangte ich zu dem, was der Schluss sein musste. Ich begriff, dass keine weiteren vielfarbigen Kapitel wunderbar vor meinen Augen erscheinen würden. Ich blickte staunend nieder auf die schreckliche Geschichte des William Buelow Gould und seiner Fische, bestellte einen Ouzo, um mich zu beruhigen – meine Hände zitterten –, kippte ihn hinunter, stellte das Glas auf den Cascade-Bierdeckel vor mir und ging, immer noch wie betäubt, zur Toilette.

Als ich zurückkam, stellte ich fest, dass die Theke abgeräumt worden war.

Meine Kehle schnürte sich zusammen, und ich merkte, dass ich kaum noch Luft bekam.

## VII

Da war kein Bierdeckel mehr.

Da stand kein leeres Ouzoglas.

Da war kein … kein *Buch der Fische*!

Ich versuchte zu schlucken, aber mein Mund war trocken. Ich versuchte, gerade zu stehen, aber ich schwankte wie von Höhenangst befallen. Ich bemühte mich, nicht in Panik auszubrechen, aber mein Herzschlag war ein brüllendes Tosen, in mächtigen Wogen brandete Furcht unaufhörlich auf dem Meeresgrund meiner Seele. Dort, wo ich Goulds *Buch der Fische* liegen gelassen hatte, war nichts, nichts als eine große trübe Pfütze. Der Mann an der Bar wischte sie vor meinen Augen auf und wrang das Schwammtuch über der Spüle aus.

Erst jetzt wird mir klar, dass das *Buch der Fische* dahin zurückkehrte, woher es gekommen war, und dass es paradoxerweise in dem Augenblick, in dem es für mich endete, für andere begann.

Aber damals begriff ich von alledem nichts. Schlimmer noch, niemand unter den Leuten, die sich an jenem Abend in dem Hotel aufhielten, der Barmann nicht und ebenso wenig jemand von den Gästen, konnte auch nur bestätigen, dass ich das Buch dabeigehabt hatte. Ein untröstlicher Schrecken, ein Gefühl absoluter Verlassenheit, packte mich.

Etliche grausam deprimierende Wochen folgten, in denen ich vergeblich versuchte, die Polizei dazu zu bringen, etwas zu tun, um den Diebstahl – denn ganz offensichtlich war das Buch gestohlen worden – aufzuklären. In meiner Verzweiflung ging ich sogar in den Trödlerladen in Salamanca, wo ich es gekauft hatte; gegen meinen eigenen Unglauben und alle Vernunft redete ich mir ein, irgendwie, sozusagen auf dem Weg temporaler Osmose, könnte das Buch in seine Vergangenheit zurückgesickert sein. Immer wieder zog es mich ins *Republic,* um dort stundenlang jeden Winkel abzusuchen, unter der Bar und im Hinterhof, wo ich Mülltonnen auf den Kopf stellte und die Jugendlichen aufstörte, die dort mit ihren Skateboards herumlungerten. Ich stellte immer wieder Gäste und Personal zur Rede, bis man mich schließlich an die Luft setzte und mir sagte, ich sollte mich nie wieder sehen lassen. Lange Stunden verbrachte ich an Ausflüssen von Abwasserkanälen damit, auf den stinkenden Unrat, der dort herauskam, zu starren, in der irren Erwartung, das Buch würde wundersam verwandelt aus der Kloake auferstehen.

Aber nach einigen Monaten musste ich der furchtbaren Wahrheit ins Gesicht sehen.

Das *Buch der Fische* mit seinen Myriaden Wundern und seiner fürchterlichen Erzählung, die sich unaufhörlich entfaltete und fortschrieb, war weg. Ich hatte etwas Grundlegendes verloren und mir dafür eine sonderbare Infektion zugezogen: die schreckliche Ansteckung unerwiderter Liebe.

## VIII

»Reisen? Hobbies?«, fragte Doktor Bundy mit dieser in Watte gepackten Stimme, die ich in den fünf Minuten, die ich nun in diesem Behandlungszimmer zugebracht hatte, ebenso wie alles Übrige an Doktor Bundy hassen gelernt hatte. Während ich mich aufsetzte und mein Hemd wieder anzog, teilte er mir mit, er könne nichts Auffälliges feststellen, vielleicht brauchte ich ja bloß einen Tapetenwechsel, neue, andere Interessen. Und in diesem Stil ging es weiter. Ob ich schon daran gedacht hätte, einem Sportverein beizutreten? Oder einer Männergruppe?

Ich hatte wieder dieses Gefühl zu ersticken, das ich in der Bibliothek und dann an dem fatalen Abend in der Kneipe verspürt hatte, als das *Buch der Fische* verschwunden war. Fluchtartig verließ ich das Behandlungszimmer. Da Doktor Bundy sich weigerte, an meine Krankheit zu glauben, schien es mir nur recht und billig, wenn ich mich meinerseits seiner Therapie verweigerte. Ohnehin hatte ich kein Geld für eine Reise, keine Lust, mir ein Hobby zuzulegen, und eine unüberwindliche Abneigung dagegen, mich bei Triathlon-Wettkämpfen vor fremden Leuten lächerlich zu machen oder schwitzende Zahnärzte zu umarmen, die bei irgendwelchen Selbsterfahrungsveranstaltungen in Indianerzelten sitzen und sich gegenseitig feierlich mit Federchen streicheln, während sie darüber flennen, dass sie ihre Väter nie wirklich kennen gelernt haben.

Und so ging es weiter wie vorher: Vom Essen wurde mir schlecht, in den Nächten starrte ich in ein Meer von Finsternis, in das ich doch nie eintauchen konnte, und meine wachen Stunden, die sich endlos hinzogen, brachte ich mit Albträumen von Seeungeheuern zu. Lange Zeit blieb ich unerklärlich krank.

Ein Unglück kommt selten allein, und so gesellten sich bald noch weitere Tragödien hinzu. Meine Großtante Maisie starb an einer Salmonelleninfektion. Ich brachte lange Stunden an ihrem Grab zu. Das Buch, so fiel mir jetzt auf, hatte eine gewisse Ähnlichkeit mit jenen tiefgefrorenen Quiches, die sie mit triumphaler Geste aus ihrem Gefrierschrank hervorzauberte, wo sie zwei Jahrzehnte über das Haltbarkeitsdatum hinaus geduldig ausgeharrt hatten, bis die Mikrowelle sie auf wundersame Weise zum Leben erweckte. Das Buch war der Rugbyplatz von North Hobart, der auf ein paar Tropfen Lourdeswasser und Gedanken an ferne Geliebte wartete. Das Buch, so begann ich zu ahnen, wartete auf mich.

Vielleicht waren es solche Gedanken, die bewirkten, dass meine Krankheit mehr und mehr die Form einer Berufung annahm. Oder vielleicht war es auch nur das schiere Entzücken über die Pracht all dessen, was Gould geschrieben und gemalt hatte, was mich zu dem Entschluss brachte, das *Buch der Fische* neu zu schreiben, ein hoffnungsloses Projekt, das weder den Beifall eines größeren Publikums noch den der gelehrten Welt finden und mir keinen finanziellen Gewinn eintragen konnte und das sich einzig und allein aus meiner verrückten unseligen Leidenschaft erklärte.

Bei dieser aussichtslosen Aufgabe konnte ich mich auf mein Gedächtnis stützen, auf exakte und eher verschwommene Erinnerungen, ich hatte einiges recht und schlecht abgeschrieben, sogar ganze zusammenhängende Abschnitte, den Inhalt anderer Passagen hatte ich lediglich in Stichworten notiert, und schließlich war mir auch das Kopieren der Bilder aus dem textlosen Exemplar der Allport Library eine wertvolle Hilfe.

Vielleicht hat ja Mr. Hung mit seinem Schrein für Victor Hugo Recht: Wer ein Buch schreibt – selbst wenn es, wie dieses hier, gar kein eigenständiges Werk ist, sondern nur eine armselige Rekonstruktion –, macht die Erfahrung, dass er den Geschöpfen, die darin leben, nicht anders als mit Liebe begegnen kann. Vielleicht sind Lesen und Schreiben letzte Reservate menschlicher Würde, denn am Ende erinnern uns diese Tätigkeiten an etwas, das einst – bevor auch er sich in unserer Epoche der unablässigen Erniedrigungen in Luft auflöste – Gott selbst uns ins Bewusstsein rief: dass wir mehr sind, als wir sind, dass wir eine Seele haben. Und noch mehr.

Oder vielleicht auch nicht.

Ganz offensichtlich wurde Gott diese Aufgabe, die Leute daran zu erinnern, dass sie mehr sind als hungriger Staub, einfach zu anstrengend, kein Wunder – erstaunlich ist eher, dass Er überhaupt so lang durchhielt. Ich kann Ihn nur allzu gut verstehen, habe ich doch selbst im Umgang mit meinen vergleichsweise ungeschlachten Geschöpfen oft genug denselben Überdruss empfunden. Natürlich erwarte oder hoffe ich nicht, dass dieses Buch zu leisten vermag, was Er nicht vollbrachte. Was ich lediglich wollte, war, ein Vehikel zu schaffen – wie unvollkommen auch immer –, in dem alle Fische Goulds zurück ins Meer gebracht werden konnten.

Ich kann freilich nicht leugnen, dass ich ein immer größeres Unbehagen angesichts dieses Projekts empfinde, denn ich bin heute nicht mehr sicher, was darin Erinnerung und was Offenbarung ist. Wie genau die Geschichte, die Ihnen hier geboten wird, der Urfassung entspricht, ist unter den wenigen Leuten, denen ich damals das *Buch der Fische* im Original zu lesen gegeben hatte, heiß umstritten. Die Conga – eine unzuverlässige Zeugin, gewiss – meint, es gebe überhaupt keinen Unterschied oder zumindest keinen von Bedeutung. Immerhin können Sie sich darauf verlassen, dass das Buch, das Sie zu lesen kriegen, exakt dasselbe ist, an das ich mich erinnere; ich habe mich bemüht, das Staunen, das ich bei bei dieser Lektüre empfand, ebenso wahrheitsgetreu zu schildern wie die außerordentliche Welt des William Gould.

Von Mr. Hung hatte ich eigentlich ein solides Urteil erwartet, aber er konnte mir nichts Handfestes sagen. Als ich ihm – dem einzigen Menschen in meiner Bekanntschaft, von dem ich wusste, dass er etwas von Büchern verstand – an einem nasskalten Nachmittag im *Hope and Anchor* vor dem Kaminfeuer meine Zweifel gestand, in der Hoffnung, er würde meine wachsende innere Unruhe zerstreuen, antwortete er mit der alten Weisheit, ein Autor und sein Buch seien nicht voneinander zu trennen, und fügte dem – als eine Art von Erklärung, die mir allerdings etwas sibyllinisch vorkam – die Anekdote von Flaubert (wir tranken Pernod, auch so eine merkwürdige Hinterlassenschaft der Franzosen) hinzu, der, bedrängt von Plagegeistern, die unbedingt wissen wollten, welche Person für Madame Bovary Modell gestanden hatte, schließlich aufs Äußerste gereizt, doch zugleich in stolzem Hochgefühl, wie Mr. Hung mir versicherte, ausrief: »Madame Bovary, *c'est moi*!«

Nach dieser jubilierenden Pointe, die der Conga und mir, da wir weder Französisch konnten noch etwas von Literatur verstanden, undurchsichtig blieb – und selbst als Mr. Hung die Übersetzung »Madame Bovary, das bin ich!« nachgeliefert hatte, wurden wir nicht recht schlau daraus –, meinte die Conga, sie wisse auch nicht, was sie von alldem halten sollte.

»Vielleicht«, sage ich zögernd, »hat de Silva Recht, und es ist bloß eine Fälschung.«

»Scheiß auf de Silva« – sagt die Conga, ihr Gesicht ist rot von Alkohol und Zorn –, »das ist doch alles Mist, was die daherreden.«

»Ja«, sage ich, »sicher.«

Aber in Wirklichkeit bin ich überhaupt nicht sicher.

Ich hatte mich in der tröstlichen Überzeugung an die Arbeit gemacht, aus Büchern spräche die göttliche Weisheit höchstselbst, und war am Ende zu der fadenscheinigen Ahnung gelangt, dass alle Bücher grandiose Torheiten sind, dazu verdammt, ewig missverstanden zu werden.

Mr. Hung sagt, ein Buch könne eine ganz neue Möglichkeit eröffnen, das Leben zu verstehen, es könne ein nie dagewesenes Universum sein, aber das dauere nicht lang; allzu bald sei so ein Werk nur mehr eine Fußnote der Weltliteratur, von Schmarotzern mit Lobhudelei überhäuft, von den Zeitgenossen verachtet, von niemandem gelesen. Das Ende aller Bücher ist bitter, ihr Schicksal absurd. Wenn sie die Gunst der Leser verlieren, sterben sie, und selbst wenn die Nachwelt den Daumen nach oben hält, werden sie doch immer missdeutet und entstellt, ihre Autoren werden zuerst zu Göttern erklärt und später unweigerlich, wenn sie nicht gerade Victor Hugo sind, zu Teufeln.

Sagt es, trinkt seinen letzten Pernod aus und geht.

Später wird dann die Conga leidenschaftlich, sie lehnt sich an mich, schmiegt sich an, so dass wir schwanken und schlingern wie ein Boot in rauer See, sie fasst mir sacht zwischen die Beine und zupft an meinen Eiern, als wären sie die Schnur, mit der man das Nebelhorn betätigt.

*Tuuut – tuuut!*

Wir landen bei ihr im Bett, die Körper und Gesichter mit einem Muster überzogen von den Schatten all der unverkauften vietnamesischen Shakerstühle, die da gestapelt stehen, geschreinert von einem Flüchtling, der glaubt, Gott sei Victor Hugo und Madame Bovary sei Gustave Flaubert, und plötzlich, von einem Moment zum nächsten, ist ihre Leidenschaft weg.

Ihre Augen werden stumpf.

Ihre Lippen beben.

»Wer bist du?«, schreit sie plötzlich auf, »wer?«

Und sie hat Angst, sie ist starr vor Schrecken, sie sieht einen anderen, aber wen sie sieht, ist nicht herauszukriegen. Ihr Körper ist mit einem Mal wie tot und existiert nur mehr als ein vollkommen willenloses Ding, aber ich – es ist unsäglich – mache noch kurz weiter, ehe mein Grauen sogar meine animalische Begierde besiegt und ich mich zurückziehe.

»Was ist los, was hast du?«, schreit die Conga, aber mit einer ganz anderen Stimme, und ich merke, dass sie, wo immer sie gewesen sein mag, jetzt wieder da ist.

»Geh nicht weg, komm«, sagt die Conga und breitet die Arme aus, und ich lege mich erleichtert wieder zu ihr. Aber dann werden ihre Augen wieder stumpf, und ihr Körper erstirbt, und sie schreit immer wieder: »Wer bist du? Wer bist du? Wer bist du?«, und dieses Mal kann ich nicht mehr anders, ich muss aus diesem sonderbaren Teufelskreis ausbrechen, und ich rapple mich auf und ziehe mich hastig an, während die Conga, nun plötzlich wieder honigsüß und aufrichtig beunruhigt, auf mich einredet: »Aber was ist denn los mit dir? Warum gehst du?« Ich gehe, weil ich ihr keine Möbel zu bieten habe, mit denen sie sich trösten, keine falschen Stühle oder Tische, für die sie ihre Schuld und Traurigkeit in Zahlung geben könnte, weil ich weder ihr noch mir selbst die Frage beantworten kann, wer ich bin oder wer sie ist, und am allerwenigsten die, was es mit diesem *Buch der Fische* auf sich hat.

Wie könnte ich ihr sagen, dass mich spätnachts, wenn Melancholie mit dem Abendtau herabsinkt, die Vorstellung in ihren Sog zieht, William Buelow Gould sei allein für mich geboren, er habe sein Leben für mich und ich dieses *Buch der Fische* für ihn geschaffen, unsere Schicksale seien immer schon eines gewesen?

Wissen Sie, dieses Buch wirkt oft so ungreifbar, lauter Schleier, die man lüftet und teilt, um dahinter wieder neue Schleier zu entdecken und endlich in einer wortlosen Leere anzukommen, wo es nur das Tosen der See gibt, das des großen Indischen Ozeans, auf dem Gould sich vor meinem inneren Auge Sarah Island nähert, um dann wieder zurückzuweichen, ein langsam rhythmisches Kommen und Gehen im Ton und im Bild, her und wieder zurück.

Ich sank in einen alten Korbsessel im dunklen Wohnzimmer der Conga, erschöpft von dem peinlichen Niedergang meines Daseins, und bevor ich es recht merkte, war ich schon fest eingeschlafen, tief in meinem Geist die immer gleiche Frage, die in einer endlosen Schleife herumfuhr.

*Wer bin ich ...?*, fragte es in mir. *Wer bin ich?*

## IX

Ich suchte eine Antwort auf diese immer rätselhaftere Frage, indem ich an den letzten Ort floh, der den Sprachlosen und Ausgemusterten, den Kranken und Alten und Unerwünschten bleibt: in die alten Pubs, wo die neuen Automaten blinken und das typische dumpfe Gebrabbel verlorener Seelen in der Luft hängt, die sich in irgendein fernes Universum wie in ein Totenreich verlieren.

Auf meinen Fahrten durch diese vom Flackern der Bildschirme erhellte Unterwelt lud ich alle, die gerade nicht spielten und weniger kaputt als ich zu sein schienen, zu einem Bier ein und forderte sie auf, mir ihre Meinung zu meiner

Geschichte zu sagen und zu meinen Bildern, die ich vor sie auf die Bar legte, während ich erzählte, abgegriffenen Fotos von den Aquarellen in dem Exemplar der Allport Library. Und ich stellte ihnen Fragen.

Einige fanden die Bilder ein bisschen unfertig, aber nicht schlecht gemacht, und die Geschichte – so wie ich sie ihnen verkürzt wiedergab – total verrückt. Ich hatte von den Akademikern, mit denen ich bei meinen Nachforschungen zu tun gehabt hatte, die Gewohnheit angenommen, spitzfindige Diskussionen vom Zaun zu brechen, und versuchte meine Kumpane davon zu überzeugen, dass vielleicht im Wahnsinn Wahrheit liege oder in der Wahrheit Wahnsinn.

»Wer war deine Mutter, und was für Geheimnisse hat sie dir an der Wiege ins Ohr geflüstert?«, wollte ich wissen. »War sie ein Fisch?« Ich wurde laut: »War sie einer?«

»Am Anfang war die Welt blöd«, höhnte einer, »und seitdem ist sie täglich blöder geworden.«

»Reisen wir in eine andere Zeit!«, krakeelte ich dann, »fahrt mit mir, ihr blinden Plattfische und golden schillernden Flundern! Weit fort von diesem Land der durchweichten Bierdeckel und debilen Vergnügungen dahin, wo ihr vielleicht euer Herz findet! Wo ist dies ferne Land, durch das eure Seele streifen will? Was ist es, das im Bauch rumort und eure Träume behelligt? Welche Schatten der Vergangenheit quälen euch so? Welches Meerestier seid ihr?«

Aber ich muss schon sagen, mit diesen Leuten war nichts anzufangen. Ich bekam keine Antworten auf meine tausendundeine Fragen. Sie verdrückten sich, noch bevor ich den Mund aufmachte, um lieber ihre Abfindungen und Schwerbeschädigtenrenten und Arbeitslosenunterstützungen zu vergeuden, saßen mit ihren Plastikcolabechern voller Münzen vor den Spielautomaten, wie gebannt von den flitzenden Glücksrädern, die so präzise das unbarmherzige Walten ihres Schicksals abzubilden schienen.

Die wenigen, die überhaupt Interesse zeigten, hatten nur Hohn und Spott für mich übrig, wenn ich ihnen erklärte, dass Goulds *Buch der Fische* unendlich reich an Sinn sei; einige, die mich kannten, sagten, ich sollte doch lieber wieder amerikanische Touristen als mich selbst an der Nase herumführen. Einer, den ich noch nie zuvor gesehen hatte, gab mir eine in die Fresse, dass ich vom Stuhl fiel. Die Leute lachten nur, als er dann mein Bier über mich schüttete und grölte: »Schwimm, mein Fischlein, schwimm, schwimm heim ins Meer!« Alle diese kaputten Typen brüllten vor Lachen, nur Mr. Hung nicht, der in diesem Moment hereingekommen war.

Mr. Hung packte mich unter den Achseln und schleppte mich nach draußen. Als ich stöhnend auf dem nassen Asphalt lag, griff er in meine Tasche, fand meinen Geldbeutel und nahm alles Geld heraus. Er stand auf und sagte, so Victor Hugo will, werde er gewinnen und das nötige Startkapital für einen Handel mit gefälschten Bildern mitbringen. Ich sah ihn im zuckenden Neonlicht verschwinden.

Für diejenigen, die an meiner auf dem Boden ausgestreckten Gestalt vorbei auf den Spielsalon zuschwammen, waren meine Bilder von Petersfischen und Himmelsguckern wertlos, so unsinnig wie eine Reihe mit zwei Zitronen und einer Ananas, so enttäuschend wie ein Einser im Lotto. Das Einzige, was in ihren Augen den Fischen noch fehlte, war, dass da quer über dem Papier in blinkenden Leuchtbuchstaben, die mein und ihr Schicksal verkündeten, geschrieben stand:

»*GAME OVER.*«

## X

Nachdem Mr. Hung mein ganzes Geld verspielt hatte, kam er wieder heraus, versprach, er werde alles zurückzahlen, und nahm mich mit zu sich nach Haus. Wir gingen auf Zehenspitzen in die Wohnung, denn seine Frau und die Kinder schliefen längst. Er verschwand in der Küche, um für uns beide Suppe zu kochen, ich blieb allein in dem kleinen Ess-und-Wohnzimmer zurück.

In einer Ecke stand ein Victor Hugo-Schrein. Auf einem Stück grünen Samts prangte in einem roten Plastikrahmen ein Bild des großen Mannes, die Fotokopie einer Lithografie, flankiert von zwei Kerzen, die nicht brannten, und vier qualmenden Weihrauchstäbchen, davor einige seiner Romane in Taschenbuchausgaben und ein paar verschrumpelte Aprikosen.

Daneben gab es ein Aquarium, in dem Mr. Hung ein großes, dickbäuchiges Seepferdchen hielt und ein ähnliches Tier, gut einen Fuß lang, mit hauchzarten blattartigen Flossen – ein Seedrache, so erfuhr ich später. Beide Tiere sahen genauso aus wie auf den Bildern, die mir im *Buch der Fische* begegnet waren. Ich betrachtete diese fremdartigen Kreaturen, die so heiter dahinzuschweben schienen.

Die winzigen Flossen des Seepferdchens mit seinen hornigen Ringen, der spitzen Schnauze und dem mächtig gewölbten Bauch waren in unablässiger flimmernder Bewegung wie der Fächer einer erhitzten Debütantin. Es hatte unmittelbar hinter den Wangen Brustflossen, die ihm als Seitenruder oder Steuertriebwerk dienten. Mr. Hung trat mit zwei Schalen voll dampfender Suppe herein. Er stellte sie auf den Tisch und erklärte mir, wozu das Seepferdchen in der Lage sei: Das männliche Tier gebäre Hunderte von winzig kleinen Jungen, die es in einer Bauchtasche ausgebrütet habe.

Und in diesem Moment, als hätte das Seepferdchen nur auf sein Stichwort gewartet, begann es zu gebären. Fasziniert sah ich zu, wie es in hektisch zuckende Pressbewegungen verfiel und in Abständen von etwa einer Minute aus einer Öffnung in der Mitte des geschwollenen Bauchs unter Schmerzen jeweils eines oder zwei kleine schwarze Stäbchen ausstieß, die aber schon die typischen großen Augen und die lange Schnauze hatten und sogleich zu schwimmen anfingen, lauter winzige Schnörkelchen, die auf und ab wimmelten wie die verschollenen Schriftzeichen in Goulds Buch. Ich fühlte mich ein bisschen wie das arme Seepferd am Ende seiner langen Mühen: Sein Bauch war jetzt schlaff, das Tier war erschöpft von all den zuckenden Anstrengungen.

Ich wandte mich dem Seedrachen zu. Er war, da musste ich Mr. Hung Recht geben, ein wirklich prächtiges Geschöpf. Er schwamm horizontal wie ein Fisch, nicht in aufrechter Haltung wie das Seepferdchen, aber in der Art, wie er sich bewegte, war er diesem ähnlich: Er schwebte auf und ab, vorwärts und nach den Seiten hin wie eine Kreuzung aus Luftkissenfahrzeug und Hubschrauber, ein Senkrechtstarter, großartig aufgetakelt in exquisiten Farben. Der Rumpf, umhüllt von den mauvefarbenen Blätterflossen, war von einem ins Rosa spielenden Rot, aber es gab auch schillernd schwarze und silberblaue Töne, gesprenkelt mit gelben Flecken. Das Tier hatte eine Aura von heiterer Anmut um sich, aber auch etwas merkwürdig Melancholisches. Es war ein atemberaubendes Farbenwunder, und doch schimmerte darin Trauer.

Ich war damals noch kein Seedrache und konnte das endlose Leid der Gefangenschaft nicht fühlen. Ich bildete mir ein, ich verstünde die erschreckende Ruhe des Tiers; erst ein Leben später sollte ich ihren wahren Grund erfahren: Er lag in dem Wissen, dass alles Gute und alles Böse gleichermaßen unausweichlich sind. Aber da er alles verstand, schien es dem Seedrachen nichts auszumachen, dass er selbst unverstanden blieb.

Ich beugte mich vor, ganz nah zum Glas, um ihn genauer zu studieren, in sein unergründliches Geheimnis einzudringen. Mir kam der Gedanke, seine Schönheit müsse aus irgendeiner Notwendigkeit der Evolution erwachsen sein, vielleicht diente sie dazu, paarungsbereite Artgenossen anzulocken, oder vielleicht machte sie ihn vor dem Hintergrund farbenprächtiger Korallenriffe unsichtbar? Heute weiß ich, dass Schönheit die Rebellion des Lebens gegen das Leben ist, dass der Seedrache das vollkommenste aller Wesen war, ein Lied seiner selbst.

Es gab einen Moment des abrupten Übergangs: Erleuchtung ist ein zu glattes Wort für den Ruck, den ich spürte. Es war ein Traum, aber erst viel später sollte mir klar werden, dass es kein Erwachen gab. Mit seiner langen Schnauze berührte der Seedrache die andere Seite der Glasscheibe, gegen die ich mein Gesicht drückte. Seine erstaunlichen Augen bewegten sich unabhängig voneinander, aber beide waren aus verschiedenen Winkeln auf mich gerichtet. Was wollte er mir mitteilen? Nichts? Oder doch etwas? Ich fühlte mich angeklagt, schuldig. Ich flüsterte zu dem Glas hin, ein erregtes, fast zorniges Zischen. Stellte er mir Fragen, auf die ich keine Antwort wusste? Oder sagte mir der Seedrache in einer durchsichtigen Mitteilung, jenseits aller Worte: *Ich werde du sein*?

Und werde ich, so fragte ich mich, du sein?

Nur die feinen Flossenblätter des Seedrachens fächelten kaum wahrnehmbar, während ich leise vor mich hin redete; er schwebte reglos und starrte mit diesen unruhigen, fürchterlich wissenden Augen durch mich hindurch.

Ich verstummte.

Vielleicht starrte ich einfach zu lange auf ihn.

Ich weiß nicht, was den Ausschlag gab, aber ganz plötzlich war da ein Gefühl von schwindelndem Abgrund und wilder Freiheit. Ich war ohne Schwere, ohne Halt, ohne feste Form, ich fiel taumelnd, strudelnd durch das Glas hindurch und durch das Wasser in das Auge des Seedrachens, und gleichzeitig ging er in mich über, und dann blickte ich hinaus auf diesen verwahrlosten Mann da draußen, der mich anstarrte, den Mann, der, so meine eitle Hoffnung, endlich meine Geschichte erzählen würde.

Die ersten 54 Seiten von Goulds Aufzeichnungen fehlen;
sein Journal setzt auf Seite 55 ein.

# Der Kelpy

*Die Invasion Australiens – Ein unseliges Missverständnis – Fässer mit schwarzen Köpfen – Der König und ich – Der Irrtum des Jean-Babeuf Audubon – Vögel als Bürger – Captain Pinchbeck und die Französische Revolution – Krieg der Schwarzen – Clucas der Bandit – Sein Verrat – Die Tretmühle – Tragisches Ende des Maschinenstürmers – Verbale Freudenfeuer.*

## I

Mein eigener bescheidener Beitrag zur Eroberung von Van Diemens Land, wie wir es damals nannten – die heutigen Bewohner der Insel, die Geschichten von der Art, wie ich sie hier erzähle, allzu peinlich finden, ziehen es vor, von Tasmanien zu sprechen –, ist nie irgendwo aufgezeichnet worden, aber ich glaube, er verdient es sehr wohl, erwähnt und genauer betrachtet zu werden.

Von allem Anfang an, von jenem Moment im Jahr 1803 also, da ich als junger Bursche aus dem Walfangboot sprang, im Rücken den Lauf von Mr. Banks' Pistole – nur für den Fall, dass ich in meiner Entschlossenheit wankend werden könnte –, und mit dem Gesicht voraus in die kabbeligen Wasser der Risdon Cove klatschte, waren wir beide gleichermaßen, dieses Land und ich, vom Unglück verfolgt.

Halb schwamm ich, halb watete ich an Land, in der Hand das rote Banner des Vereinigten Königreichs, so dachte ich jedenfalls. Mit fester Hand stieß ich es in den Sand und erklärte Grund und Boden des Landes, das sich unübersehbar weit vor mir ausdehnte, zum Besitz der glorreichen Union, von der das Banner über meinem Haupt kündete. Aber als ich die salutierende Hand senkte und stolz den Blick nach oben richtete, sah ich da ein vergilbtes Bettlaken flattern, auf dem Lieutenant Bowen an langen, trägen Nachmittagen mit der samoanischen Prinzessin Lalla-Rookh wolkige Sudelspuren hinterlassen hatte.

Ich bekam sieben Jahre für den Diebstahl persönlichen Eigentums, weitere vierzehn für Insubordination und obendrein noch achtundzwanzig Jahre, weil ich die Ehre der Krone verhöhnt hatte. Ich wurde nicht zum Tod verurteilt – selbst diese Gnade wurde mir verweigert –, sondern zu lebenslänglicher Gefangenschaft.

Und tatsächlich war dies mehr oder weniger mein Schicksal. Es gelang mir zwar, nach einem Jahr abzuhauen und auf einem Walfänger nach Amerika zu entkommen und von dort wieder nach England, wo ich zwanzig Jahre lang unter verschiedenen Namen ein Hundeleben führte, bis sie mich schnappten und wieder hierher deportierten. Der einzige Grund, warum ich mich immer noch abstrample, ist nicht, dass ich etwa hoffte, sie würden mich eines Tages freilassen, vielmehr warte ich nur darauf, dass sie endlich den Anstand aufbringen, das zu tun, was sie schon vor all den Jahren hätten tun sollen, und mich vom Leben zum Tod befördern.

Als nach jener Szene ein paar hundert Schwarze, die Kängurus jagten, mit ihren Familien daherkamen, nahm dies Lieutenant Bowen, fuchsteufelswild, wie er war, als Kriegserklärung und befahl prompt den Kanonieren, die Menge, die da in dichten Haufen am Strand versammelt war, unter Feuer zu nehmen. Fünfundvierzig tote Männer, Frauen und Kinder blieben auf dem Sand liegen – ich weiß nicht, wie viele andere, die von ihren Stammesgenossen fortgeschleppt wurden, irgendwo im Busch gestorben sind.

Mr. Banks war entzückt, so viele relativ gut erhaltene schwarze Leichen vorzufinden und dazu noch eine Menge Speere, Halsketten aus Muschelschalen, geflochtene Körbe, Häute und dergleichen. Ich wurde an einen Baum gekettet, um mein Urteil zu erwarten, während die anderen Sträflinge darangingen, die Köpfe der Schwarzen abzuhacken und einzupökeln. Mr. Banks war sehr zufrieden mit der Ausbeute, als er schließlich ein halbes Dutzend Fässer, in denen lauter Schädel schwammen, in Augenschein nehmen konnte. Sie würden ohne Zweifel, sagte er, dazu beitragen, unser Wissen über diese missgebildete Rasse bedeutend zu vermehren.

Jedes Mal wenn das Seewasser wieder um meine schwärenden Knöchel spielt, muss ich an diese schwarzen Köpfe denken, die da in der Brühe schwammen, und an die milchig geronnenen ungläubigen Augen und daran, dass ich so wenig wie sie voraussehen konnte, wie viel Ärger mir schwarze Köpfe machen sollten. Jedes Mal wenn ich diesen stechenden Schmerz an den verschorften Stellen spüre, die unter den Fußeisen wie Austern dicht bei dicht um meine Gelenke sitzen, weiß ich, dass die Flut eingesetzt hat. Dann füllt sich diese Zelle, die auf Sandsteinklippen unter der Hochwassermarke gebaut ist – eine jener berüchtigten Fischzellen, die

Sie ohne Zweifel aus den verlogenen Moritaten von der grausigen Gefangenschaft des Bushrangers Matt Brady und seiner nachmaligen Schurkenkarriere kennen – bis über meinen Kopf mit Wasser.

Aber keine Angst, ich ertrinke nicht; wie andere vor mir hänge ich mehrere Stunden lang an den Eisenstäben über meinem Kopf und atme die Luft in dem einen Fuß hohen Raum, der unter der Decke übrig bleibt, wenn die Flut ihren höchsten Stand erreicht hat. Manchmal lasse ich los und treibe durch mein kleines Reich und hoffe, dass ich sterbe. Manchmal sage ich mir, während ich so treibe, dass diese Einrichtung auch ihr Gutes hat, immerhin bin ich, seitdem ich zweimal täglich bade, die Läuse losgeworden, und meine Zelle ist zwar feucht und riecht nach Tang und Salz, aber es herrscht doch wenigstens nicht jener grauenhafte Gestank nach Ziegenbock und Kot, der sonst hier in der Luft hängt.

Ein zweifacher Segen, das ist genügend Herausforderung für meine innere Rechenmaschine. Und wenn ich so in dem kalten Wasser treibe, zitternd und bibbernd, als übte ich bereits den alten Zappeltanz am Galgen, der auf mich wartet, schwimmt sich meine Seele manchmal frei, und ich sitze im Geist wieder glücklich und zufrieden über meinen Fischmalereien.

Nennen Sie mich, was Sie wollen, andere tun es auch, und es ist mir egal; ich bin nicht, was ich bin. Die Geschichte eines Menschen hat nicht viel zu sagen in diesem Leben, eine bloße Hülse, die man mit sich herumträgt, in der man groß wird und stirbt. So jedenfalls meinte der Igelfisch, dessen Quadratschädel wie immer an ganz unpassenden Orten auftaucht. Ob das Folgende meine wahre Geschichte ist oder nicht, braucht Sie nicht zu interessieren, es hat so oder so nicht viel zu bedeuten. Aber jetzt, wo der Igelfisch tot und der alte Däne dahin ist, habe ich einfach das Bedürfnis, die Geschichte meiner jämmerlichen Gemälde zu erzählen, bevor mich dasselbe Schicksal ereilt wie sie.

Ich tue das nicht, weil ich etwa glaubte, die Zukunft wäre wie diese dunkle, nasse Zelle, wo man wie all die anderen vorher seinen Namen in den feuchten Sandstein kratzen kann, bevor man spurlos wie die letzte Flut verschwindet. Die eitle Vorstellung, dass meine Worte später von mir Zeugnis ablegen, Treibgut gescheiterter Freiheit, das die Nachwelt dazu anhält, meiner freundlich zu gedenken, habe ich aufgegeben. Über solche Hoffnungen bin ich längst hinaus. Die Wahrheit ist, dass ich erst ein perverses Bedürfnis zu beichten hatte, und dann wurde es einfach eine schlechte Gewohnheit, so übermächtig und elend wie der Drang, sich die verlausten Eier zu kratzen.

Sie sollen nicht glauben, ich würde hier schlecht behandelt. O nein. Manchmal bringen sie mir Grütze und ranzigen gepökelten Schweinebauch in einem Blechnapf, den sie mir hinschmeißen. Manchmal lächle ich freundlich, und wenn ich mich dazu aufraffen kann, bewerfe ich sie mit einem Stück Kot, das ich extra für diese Gelegenheit aufgehoben habe. Manchmal verabreichen sie mir im Anschluss an den Austausch solcher Freundlichkeiten eine Tracht Prügel, und ich bin auch dafür dankbar, denn es beweist immerhin, dass ich ihnen nicht völlig gleichgültig bin. Allerbesten Dank, meine Lieben, sage ich, danke, danke, danke. Sie lachen darüber, und bei aller Prügelei und allem Kotschmeißen kann ich sagen, dass wir wirklich wunderbar miteinander auskommen. »Das ist das Schöne an so einer Strafkolonie auf einer Insel«, sage ich leise zur Zellentür, »dass wir alle miteinander in derselben Scheiße sitzen, die Schließer und die Wachsoldaten und der Kommandant höchstselbst. Ist doch so, oder nicht?«

»Nein!«, schreit der Schließer Pobjoy durch die Klappe, aber ich höre ihn nicht, denn er darf noch nicht in die Geschichte hinein, wenn er aber erst mal drin ist so wie ich, kommt er auch nicht mehr raus, darauf können Sie sich verlassen.

Ich weiß schon, ich hätte gleich am Anfang erklären sollen, wie ich zur Fischmalerei kam und warum die Bilder mir so wichtig geworden sind, aber ehrlich gesagt, verstehe ich selber überhaupt nichts mehr, und die ganze Sache ist mir längst nicht mehr begreiflich und noch weniger erklärbar. Sie können mir glauben, wenn ich Ihnen sage, dass in dieser Kolonie nie irgendwelche Bilder von Sträflingen gemalt werden und dass es ihnen bei schwerer Strafe verboten ist, so etwas zu tun.

Wenn Sie einmal kurz darüber nachdenken, ist es eine seltsame Tatsache, dass der Nachwelt niemals ein bildlicher Eindruck von diesem Ort in dieser Zeit vermittelt werden wird, kein einziges Bild von all den Gebrochenen und Verstümmelten, nicht einmal eines vom Kommandanten. Es gibt schriftliche Aufzeichnungen und Akten in der Registratur, einem mysteriösen Archiv, dessen Ort vor den Häftlingen geheim gehalten wird, damit sie gar nicht erst auf die Idee kommen, an ihren Akten herumzupfuschen. In diesem angeblich labyrinthischen Archiv ist, so sagt man, die Geschichte jedes einzelnen Sträflings und der Kolonie bis ins Kleinste dokumentiert, nichts ist zu unbedeutend, um nicht vermerkt und katalogisiert zu werden.

Aber ich will nicht so tun, als wären meine Fische so

etwas wie eine Alternativ- oder Gegenregistratur. Ich habe nicht den Ehrgeiz, etwas so Ausschweifendes und Umfassendes zu schaffen.

Ein Bild, ein Buch kann bestenfalls so etwas wie eine offene Tür sein, die einen einlädt, ein leeres Haus zu betreten, und wenn man dann drin ist, muss man sich die Sachen selbst zusammenreimen, so gut es eben geht. Ich kann nur ein bisschen von dem, was mir hier passiert ist, einigermaßen anschaulich vorführen, nicht das ganze Warum und Weshalb und Zu welchem Ende – das sollen die Richter mit den schwarzen Kappen und den gepuderten Perücken unter sich ausmachen und die Kritikaster und andere Schulmeister: Schuld, Sünde, tiefere Beweggründe und leitende Ideen, was ist gut, was ist schlecht – wer weiß das denn wirklich? Wen kümmert das? Was ich sagen kann, ist lediglich, dass irgendwann zwischen Prügeln und Flut der Schließer Pobjoy mir ein paar Bögen billiges Pergament brachte, die er aus der Registratur gestohlen hatte, und dass er mir befahl, ihm ländlich heitere Szenen im Stil von Constable darauf zu malen, idyllische Heuernten und Dorftrottel, wie er selbst einer ist, Pferdewagen in sonnengefleckten Furten englischer Flüsse, Bilder eben, die er verkaufen oder tauschen kann.

Der arme Tölpel ist noch dazu eine halbe Giraffe, eine so lange Gestalt, dass er sich jedes Mal, wenn er in meine Zelle kommt, tief verbeugen muss – das wirkt geradeso, als machte er Anstalten, sich mir zu Füßen zu legen. Wenn ich darauf versuche, ihm meinerseits mit der gebotenen Unterwürfigkeit zu begegnen, bin ich fast gezwungen, Blasen in die schleimigen Pfützen auf dem Boden zu pusten und meine Lebensgefährten in dieser Unterwelt zu stören, die Krabben und Meerschnecken und Miesmuscheln, die diese Halbwelt mit mir teilen.

»Danke, danke, danke«, sage ich zu all den Kreaturen, die gleich mir im Schleim des Meeres leben, und mache mich hektisch an die Arbeit, bevor die Flut kommt, denn ich muss nicht allein jeden Tag ein Gemälde schaffen, sondern ein dreifaches Pensum bewältigen: Da sind erstens die bukolischen Andachtsbildchen für Pobjoy, zweitens ein Fischbild für mich selbst und drittens – das ist die Arbeit, die immer zu kurz kommt, die Zeit reicht einfach nicht, alles zu sagen, was ich will und muss – diese Notizen, die die Fische begleiten sollen.

## II

Da es den Sträflingen streng verboten ist, irgendwelche privaten Aufzeichnungen zu führen, und dieses Vergehen noch grausamer bestraft wird als das des Bildermalens, muss ich vorsichtig verfahren. Pobjoy nimmt jeden Tag, wenn er seinen fertigen falschen Constable abholt, Farben und Papier an sich, er kontrolliert, ob unangemessen viel Farbe fehlt, und zählt die übrig gebliebenen Blätter nach, um sich zu überzeugen, dass bis auf diejenigen, die ich für Rohskizzen und anschließend zum Hinternabwischen benutzt habe, wie ich behaupte, alles komplett ist. Es ist eine wahrhaft seltene Gunst, dass Pobjoy in seiner unendlichen Großzügigkeit einem gewöhnlichen Sträflingshintern Papier gewährt, offenbar meint er aber, man müsse den verwöhnten Körperöffnungen eines Künstlers doch ein gewisses Maß an Würde zugestehen.

Jeden Tag zweige ich ein paar Blätter für mein Fischbuch

ab und verstecke sie sorgfältig, und jeden Tag arrangiere ich in einer Ecke so, dass das Licht darauf fällt, wenn sich die Tür öffnet, den immer gleichen zerknüllten Fetzen Papier, den ich extra zu diesem Zweck mit kräftigen Grün- und Brauntönen bemalt habe. Die feucht glänzenden Farben stützen die Legende von meiner Körperpflege und passen, glaube ich, genau zu dem, was man von einem erwartet, der sich so ernährt wie ich, und auch zu den ständigen Klagen über Bauchgrimmen, die Pobjoy von mir zu hören kriegt. Glücklicherweise hat er noch nie Lust verspürt, der Sache auf den Grund zu gehen.

Da ich nur Farben, aber keine Tinte habe, muss ich mir mit dem behelfen, was eben gerade zur Hand ist. Heute zum Beispiel habe ich mir den Grind an einem Ellbogen aufgekratzt und tauche jetzt meine Feder, die ich mir aus der Rippe eines Hais geschnitzt habe, in das heraussickernde Blut, um das zu schreiben, was Sie soeben lesen. Blut ist dicker als Wasser, sagt man, aber dasselbe kann man von Haferbrei genauso gut behaupten, und ich messe diesem Blut nicht mehr Symbolwert zu als gewöhnlichen Haferflocken. Wenn ich ein Fässchen gute indische Tinte hätte, wäre mir das sehr viel lieber, und die Sache wäre weniger schmerzhaft. Andererseits ist meine Geschichte alles andere als schwarz und weiß, weswegen vielleicht so ein dumpfes Rot gar nicht übel passt. Sie brauchen sich nicht zu grausen, verglichen mit dem widerlichen Zeug, das sonst aus mir rausrinnt, dem schmierigen Rotz und gelben Eiter und der dünnflüssigen Scheiße, ist mein Blut eigentlich ganz rein und schön – dabei fällt mir ein, dass man überhaupt immer was Reines und Schönes findet, wenn man sich die Mühe macht, unter dem Schorf und Grind nachzusehen.

Wie auch immer, Farbe ist eine Tragödie, die man nicht so ernst nehmen soll: »Dass Gott Farbe ist, hat Newton bewiesen«, schreibt Ackermanns schwülstiger Kumpel Billy Blake. Selbst Blakes Frau konnte sich nicht erinnern, dass der sich jemals gewaschen hätte, und manche seiner Ansichten bedürfen ebenso dringend einer Auffrischung wie seine ganze Person. Für mich steht fest, dass Newton, indem er weißes Licht mit dem Prisma in seine Farben auflöste, ein für alle Mal bewies, dass das aufgespaltene Licht des Regenbogens von keiner anderen als dieser lächerlichen gefallenen Welt ist.

Wenn das Wasser mir bis an den Bauch reicht, verstecke ich meine Fische und diese Blutgedanken, dann schreie ich so lange, bis Pobjoy kommt und seinen Knast-Constable abholt. Ich habe einen wunderbaren Platz für mein Fischbuch gefunden. Ganz oben an der Wand ist ein schmaler Spalt zwischen den Sandsteinblöcken, der sich zu einer Nische, etwa so breit wie drei Brotscheiben, erweitert, und dort verstecke ich es. Manchmal, wenn ich bei Hochwasser in meiner Zelle schwimme, so dicht unter der Decke, dass ich fast mit meinem spitzen Schädel an die Balken stoße, versuche ich mir vorzustellen, dass ich zusammen mit meinem Fischbuch in dieser Höhlung liege, in einem gemütlichen Heim fern der Welt, einem sicheren Fluchtort. Ich glaube, Pobjoy weiß Bescheid, will es aber lieber nicht wissen: Das ist mein einziger Lohn für den Constable, den er jeden Tag von mir kriegt. Oder vielleicht hat er bloß Angst, sich den Kopf anzuschlagen, wenn er nach oben blickt.

Aber Pobjoy weiß, dass ich Fische male, da bin ich ganz sicher.

## III

Der König, mit dem ich meine Zelle teile, verrät dem Schließer nichts. Der König verrät auch sonst so gut wie nichts, spricht kein Wort, ist überhaupt kaum existent und verbringt seine Zeit in schweigender Kommunion mit den Engeln. Wofür ich dankbar bin.

Er ist ein höchst bemerkenswerter Mann, der König. Seine Gegenwart ist übermächtig, man spürt ihn überall. Manchmal denke ich ihn mir als Schleim, der die Wände hochkriecht. Bei anderer Gelegenheit fühle ich eine sonderbare Zuneigung, und meine Bewunderung für seine beachtlichen Leistungen steht außer Frage. Er wächst täglich in meiner Achtung, aber auch, das ist nicht zu bestreiten, in seinem ganzen Wesen, er wird immer korpulenter, und doch bewegt er sich mit immer gleicher Anmut und Poesie: Der König rollt, der König wogt, der König bewegt sich in Wellen. Wie er das macht, dieses Wachstum, diese Würde, das ist mir ein Rätsel. Wir anderen schnurren zusammen und werden leicht wie leer gefressene Hülsen von der knappen Kost, aber der König wird immer runder. Ich als sein Zellengenosse finde, er hat etwas von einem unergründlichen Weisen. Manchmal denke ich, sein zunehmend auftriebsstarkes Volumen könnte vielleicht anzeigen, dass er doch mehr von einem abendländisch-göttlichen Wesen an sich hat, als ich bislang annahm.

Im Disput gibt der König seinem Opponenten – mir – zugegebenermaßen alle Freiheit und lässt mich meine Argumentation nach Herzenslust entrollen und ausspinnen, bis sie sich an ihren eigenen Unmöglichkeiten und Widersprüchen festfährt. Man könnte einwenden, dass er eigentlich nichts Neues beiträgt, aber die Art, wie er es einem nahe bringt, ist bewundernswert.

Ein Beispiel: Eines Tages, bloß um ihn ein bisschen zu reizen, konfrontierte ich ihn mit der Behauptung, die schottischen Presbyterianer hätten zahlreiche theologische Werke von großem Wert hervorgebracht. Wie immer ließ seine Antwort auf sich warten, doch ich wusste bereits, was seine Meinung dazu war, nämlich, dass keiner dieser abweichlerischen Haferfresser je etwas geschrieben hat, was diesen Namen verdient. Ich selbst hatte nicht die geringste Ahnung davon, aber mir war bei irgendeiner Gelegenheit einmal in einem der Kataloge, die der Anstaltsarzt sich von Londoner Buchhändlern schicken ließ, ein Titel ins Auge gesprungen: *Aberdeen über die Sumerer.* Bewaffnet mit diesem winzigen Stückchen möglicherweise irrelevanter Information, ging ich in die Offensive: »Haben Sie vielleicht zufällig Aberdeens großartige Arbeit über die Sumerer gelesen?«

Er sagte nichts, gab nichts zu. Es war eine Anklage, umso deutlicher, als sie unausgesprochen blieb. Ich spürte, wie mir das Blut ins Gesicht schoss, ich wurde schamrot: Wir wussten beide, es war vorüber, ich war entlarvt, aber er sagte wie immer nichts dazu und hat die Sache auch später nie erwähnt.

Er hat etwas Majestätisches an sich, etwas wahrhaft Königliches. Ich habe beobachtet, dass selbst Pobjoy, der natürlich nicht sieht, was ich sehe, sondern die Präsenz des Königs nur dumpf spürt, wie vom Donner gerührt dastand. Dennoch rümpft er die Nase, sein Gesicht sieht aus, als hätte er in eine Zitrone gebissen, sein Arschloch – ich könnte es schwören – zieht sich zusammen, was man alles nur bei zwei Gelegenheiten tut: wenn man einer großen Macht gegenüber steht oder einen grauenhaften Gestank wahrnimmt.

Ich muss zugeben, dass es mir lieber wäre, wenn der König ein bisschen leutseliger wäre, wenn er mehr aus sich herausginge. Er macht keinerlei Anstrengungen, Pobjoy näher zu treten, und obwohl ich mit Engelszungen auf ihn einrede, er möge doch die Segnungen des geselligen Lebens nicht ausschlagen, will er weder mit mir Kot schmeißen noch an den Prügeln teilhaben, die Pobjoy mir verabreicht. Na ja, so ist er nun mal, und er wird schon wissen, was er tut. Eine Eiche ist keine Weide, sie kann sich nicht biegen. Der König ist kein Heuchler, der jedem auf die Schulter schlägt; er hat andere Qualitäten.

Sein Teint ist auch etwas Besonderes. Die meisten von uns werden in diesen Zellen bleicher als Bleiweiß. Aber der König hat offenbar etwas in seinem edlen Blut, eine habsburgische Pigmentstörung vielleicht, was bewirkt, dass er jeden Tag dunkler wird, seine Haut wird immer schwärzer und nimmt seit einiger Zeit mehr und mehr einen beunruhigend grünlichen Ton an. Er macht jedoch kein Aufhebens von seinem Leiden, kein Wort der Klage kommt über seine Lippen.

Wenn ich so in unserer verfluchten Zelle umhertreibe, denke ich manchmal – ja, ich gebe es zu – mit *Neid* an das Leben zurück, das ich geführt habe, als ich hier ankam. Ich bin nämlich zu der Überzeugung gelangt, dass es auf die Flugbahn ankommt im Leben, und obwohl die Kurve meines Lebens damals einen Verlauf nahm, der gewiss nicht zu irgendwelchen Hoffnungen Anlass gab, war es doch die Bahn einer Kanonenkugel, die in eine Kloake einschlug – durch Kot rasend, das ja, aber immerhin rasend.

In Pobjoys dumpfen Hundeaugen kann ich lesen, dass er weiß: Ich nehme mir noch einmal die Fische vor, ich male sie aus der Erinnerung an mein erstes Fischbuch, das mir so grausam genommen wurde. Aber Pobjoy weiß nicht, *warum* ich sie male. Und er weiß nicht, was ich jetzt schreibe: die blutigen Annalen eines Lebens.

## IV

Bevor ich diese Arbeit anfing, fragte ich den König:

»Wie soll ich so eine gewaltige Chronik beginnen? Soll ich ein neues Schöpfungsepos singen? Singen von Fischen und von dem Verbannten, der England verließ und nach Van Diemens Land auf diese Gefängnisinsel gelangte, von den Leiden, die er an Land und auf See nach dem Willen längst totgeglaubter Götter erduldete, weil seine Verbrechen Vergeltung forderten in gleicher Münze?«

Nein. Besser fand es der König, auf den Boden zu kacken und Scheiße aufs Papier zu schmieren, als solch einen Unfug zu schreiben, denn wer wollte je diesem Land ein neues Lied singen?

Der König weiß mindestens so gut wie ich, besser als ich, dass dieser Ort und seine armselige Bevölkerung zufriedener damit sind, sich den immer gleichen trüben Liedern und Bildern der Alten Welt hinzugeben, die ihnen dieselbe trübe Geschichte erzählen, die ich immer wieder gehört habe, seit das Gericht in Bristol mich ins Loch steckte – du bist schuldig und voll verantwortlich, du bist der letzte Dreck –, und ihre neuen Sänger und Maler reden bestimmt genau denselben Mist wie der Richter in Bristol mit seiner schwarzen Perücke. Wenn diese Gitterstäbe hier längst verschwunden sind, wird man sie in Liedern und Bildern wieder neu schaffen und Sie und alle, die nach Ihnen kommen, dahinter einsperren und höhnisch singen und malen: *Der letzte Dreck! Der letzte Dreck!*

»Künstler! Ha! Kerkermeister des Herzens!«, rief ich lauthals dem König zu. »Dichter! Ha! Spitzel seid ihr und verpfeift die Seelen! Was *ich* hier schreibe und male, sind Experimente und Gesichte, wagt es nicht, sie mit der zu kurz geratenen Elle dessen zu messen, was man gemeinhin Kunst und Literatur nennt, mit diesen kranken und gebrochenen Kompassen.«

Um meinen Argumenten Nachdruck zu verleihen, drohte ich dem König mit der Waffe, die sich im Umgang mit Pobjoy so glänzend bewährt hatte, und als er sah, was ich in der Hand hielt, um ihn zu beschießen, falls ihm auch nur ein kritisches Wort entschlüpfen sollte, verzichtete er weise auf jeden Kommentar. Trotzdem, Recht hatte er, wie immer, und so besang ich denn mit meiner Kunst kein neues Land und kein edles Menschengeschlecht, sondern begann mit der ordinären Wahrheit wie folgt:

Ich bin William Buelow Gould, verurteilter Mörder, Maler und allerlei anderes, was nicht so wichtig ist. Mein Mangel an Tugenden zwingt mich, Ihnen zu sagen, dass Sie sich keinem Führer anvertrauen können, der Ihr Vertrauen weniger verdient als ich, ein Toter bei lebendigem Leib, ein Fälscher, dem man in den düsteren Nischen des Gerichts von Bristol am schwülen Nachmittag des 10. Juli 1825 den Prozess machte – mein Name, bemerkte der Richter, tauge für nichts als den Newgatekalender, in dem die Namen der Verdammten stehen, und dann nahm er seine schwarze Kappe ab und verurteilte mich zum Tod durch Erhängen.

In dem Gerichtssaal gab es eine Menge dunkles Holz,

das sich nach Kräften bemühte, sich selbst ernst zu nehmen. Um all die düsteren Balken ein bisschen aufzuheitern, hätte ich die Geschichte erzählen sollen, die ich Ihnen jetzt erzähle. Ihre Moral ist, dass man das Leben als Witz auffassen muss, sobald man entdeckt, dass aller Himmel und alle Hölle in den trivialsten Dingen liegen: in einem besudelten Bettlaken, einer Kängurujagd, in den Augen eines Fisches. Aber ich sagte damals gar nichts, weil ich die Macht des Schweigens grob überschätzte. Der Richter hielt das für ein Zeichen von Bußfertigkeit und wandelte das Urteil um: Statt gehängt zu werden, wurde ich nach Van Diemens Land deportiert.

Lange nicht mehr so keck wie früher, halb verzweifelt und überhaupt nicht mehr der alte Luftikus war jener Billy Gould, dem einst feierlich der Auftrag erteilt wurde, den großen Meeresgott Proteus zu malen, der, wie mich der recht und schlecht humanistisch gebildete Gefängnisarzt belehrte, auf wundersame Weise die Gestalt jedes beliebigen Meerestiers annehmen kann. Ich sollte Fische malen, genauer gesagt: Meereskreaturen aller Art – Haifische, Krabben, Kraken, Tintenfische und Pinguine. Aber als ich dieses Lebenswerk vollendet hatte, trat ich ein wenig zurück und sah mit Grausen, wie sich alle diese Bilder zum Umriss eines Gesichts, meines Gesichts, vermengten.

War ich Proteus, oder war Proteus auch nur ein kleiner Galgenvogel wie ich? War ich unsterblich oder lediglich inkompetent?

Wissen Sie, ich wurde ja nicht als Bösewicht geboren, sondern einfach als Bankert, als Frucht einer Jahrmarktsleidenschaft, eines Fehltritts, eines Taschenspielertricks mit drei Hütchen wie die Namen, die ich jetzt trage – Sie können aufdecken, welches und welchen Sie wollen, Sie finden darunter… nichts!

Ein Schicksal, das einen jüdischen Weber aus Frankreich auf einen irischen Jahrmarkt schickt, ist sonderbar genug, aber es ist gleichwohl das Schicksal, das dafür sorgte, dass diesen Weber – ich will ihn nicht Vater nennen, das scheint mir denn doch zu viel Ehre – auf dem Gipfel seiner groben Leidenschaft in jener Scheune, wo er den Rest des lieben langen Tags Hoppereiter zu machen gedachte, der Schlag traf. Da war er nun, im Sattel vom Schlag gerührt, jenseits des Lebens und hatte sich, kaum eingetreten, schon wieder aus dieser Erzählung verabschiedet. Die Frau, die er erst eine halbe Stunde vorher im Imbisszelt bei einem Teller Porridge kennen gelernt und mit Charme und Rum bezirzt hatte, war zu schockiert, um aufzuschreien oder zu fluchen oder zu weinen. Sie schubste ihn nur von sich runter und wischte sich ab mit seinem Rock, dessen billige Eleganz sie zuerst so beeindruckt hatte; wie ein richtiger Dandy war er ihr vorgekommen mit diesen Kleidern und den langen verführerischen Wimpern und dem französischen Akzent, und sie rannte hinaus und irrte verdrossen umher, bis sie zu einer Menschenmenge auf freiem Feld kam.

Weil sie ein kurzer Stumpen war (aber mit einem Mundwerk wie eine Spinnmaschine), konnte sie nicht sehen, was die Menge so in Atem hielt, und da packte sie plötzlich Neugier – vielleicht war es das dringende Bedürfnis, sich von dem abzulenken, was sie kurz zuvor erlebt hatte –, und sie schob und zwängte sich durchs Gedränge, bis sie auf der anderen Seite wieder ins Freie gelangte, direkt vor ihren Augen eine provisorisch zusammengezimmerte Bühne.

Das Gemurmel der Menge erstarb unversehens, die Frau

drehte sich um – sie dachte unwillkürlich, sie selbst sei der Grund für dieses plötzliche Verstummen. Aber sie sah, dass die Blicke der Leute keineswegs auf sie gerichtet waren, sondern auf etwas hinter ihr und in der Höhe, und sie fuhr herum und folgte der Linie dieser Blicke und sah jetzt, dass die Bühne in Wahrheit ein Gerüst mit einem Galgen war.

Und in diesem Moment hörte sie das kurze Knarzen der Falltür, die aufschwang, und sah einen klapperdürren Mann in einem langen schmutzigen Hemd mit einer Schlinge um den Hals und einem schlaffen Schwanz in den Händen vom Himmel fallen. Als sein Körper fast den Boden erreicht hatte, hörte sie – denn der straffe Strick hatte sich mit der Wucht des Sturzes verschworen, dem Mann das Genick zu brechen – das leise, aber unverkennbare Knacken der Wirbel. Danach träumte sie, der Mann öffnete im Fallen den Mund, und heraus drang kein Schrei, sondern ein Strahl blauen Lichts. Sie sah das blaue Licht durch die Luft schießen und in ihren Mund hinein, der staunend offen stand.

Die arme Frau gewann die Überzeugung, dass der böse Geist des Verdammten von ihr Besitz ergriffen habe, und gab sich auf. Sie lebte noch gerade lang genug, um mich auf die Welt und dann in ein Armenhaus zu bringen. Ich war ganz blau, als ich geboren wurde, was sie in der Gewissheit bestärkte, in mir hätte jener böse Geist Gestalt angenommen.

In dem Armenhaus, in dem ich aufwuchs, gab es lauter alte Frauen, einige davon verrückt, andere lieb, wieder andere keins von beiden, aber samt und sonders so reich an Geschichten von Lebenden und Toten wie ihre Kittel an Läusen, denn das war ihr ganzes Hab und Gut in diesem dunklen, miefigen Armenhaus, ja, Läuse und Geschichten, und von beiden bekam ich einen juckenden Ausschlag, und die Pusteln hinterließen hässliche kleine Narben. Ich wuchs auf mit diesen Geschichten (darunter auch ihre Lieblingsgeschichte, die vom Weber, den der Schlag traf, als er diese Frau in der Mache hatte, und von dem Mann am Galgen und seinem schlaffen Schwanz und von dem blauen Licht und mir), und ich hatte sonst fast nichts zum Leben.

Der alte Anstaltspriester gab sich eine Zeit lang der Illusion hin, er könnte aus mir einen Gelehrten machen. Er las mir immer aus dem Heiligenkalender vor, jeden Tag eine erbauliche Legende von Qualen und Foltern und höchst originellen Strafen. Von jungfräulichen Märtyrerinnen, denen lüsterne römische Präfekten die üppigen, aber unerschütterlich keuschen Brüste abschnitten, wurde da gefabelt, von über dem Boden schwebenden mittelalterlichen Mönchen, die man schließlich anbinden musste, damit ihre frommen Mitbrüder unbehelligt ihr Mahl verzehren konnten, von Anachoreten, denen nachgerühmt wurde, sie hätten sich voller Zerknirschung vierzig Tage und Nächte lang gegeißelt, nur weil sie gefurzt hatten. Ich könnte mir keine Lektüre denken, die besser geeignet wäre, einen Menschen auf das Leben in Van Diemens Land vorzubereiten.

Der Geistliche leistete mir, indem er mich unterrichtete, so gute Dienste wie der Strick dem Mann am Galgen. Er brachte mir die 26 Buchstaben des Alphabets bei und ließ mich aus der Bibel und dem Gebetbuch vorlesen, während er mir die Füße wusch und meine mageren Waden und dabei unablässig flüsterte: »Sag mir, wenn dein Samen überläuft, sag's mir, ich bitte dich.«

Ich antwortete darauf immer nur »A – B – C – D – E –« etc., etc., und stellte mir vor, in diesen Buchstaben seien alle

Worte Gottes enthalten, und wenn ich jeden Tag die 26 Buchstaben zu Ihm hinaufschickte, A – B – C – D – E – etc., so brauchte er sie bloß ein bisschen umzurühren und hätte dann ein Gebet und eine Heilige Schrift, die nichts zu wünschen übrig ließen, aber als dann der Priester mit seinen hornigen Griffeln wie mit abgebrochenen Kreiden an der Innenseite meiner Schenkel nach oben strich, stieß ich ihm meinen frisch gewaschenen Fuß in die klebrige Visage.

Er schrie auf vor Schmerz und zischte: »Du kannst Gott noch so viele Buchstaben vorbeten, deine Zunge ist des Teufels! Du bist kein Gelehrter – du bist Beelzebub selbst!«, und von da an wollte er weder von mir noch von meinen Füßen je wieder etwas wissen.

Eine von den alten Frauen, die den Priester aus ganzem Herzen verabscheute, war so von mir beeindruckt, dass sie mir ihre Bibliothek zeigte, ein Dutzend 6-Penny-Heftchen, die man ihr – das war eine außerordentliche Gnade – zugestanden hatte. Später lieh sie mir diese Werke eins nach dem anderen.

Ich entwickelte bald die Furcht, die Buchstaben in den Heftchen mit den blauen Umschlägen könnten sich nachts, während ich schlief, umgruppieren und zu ganz neuen Wörtern und Bedeutungen ordnen, denn ich entdeckte jetzt, dass es tatsächlich so war, wie ich es mir gedacht hatte: Gott schüttelte die 26 Buchstaben durcheinander und ließ sie bedeuten, was immer ihm gefiel, und deswegen waren für mich alle Bücher heilige Schriften. Wenn Gott wirklich ein Geheimnis hatte, wie der Priester immer wieder betont hatte, dann lag dieses vielleicht in dem ständigen Reiz, der von allen diesen Geschichten ausging.

Solche 6-Penny-Büchlein gibt es auf jedem Jahrmarkt

haufenweise zu kaufen, aber die Tatsache, dass sie Gemeingut waren, minderte ihren Wert in meinen Augen keineswegs, sondern steigerte ihn noch. Diese Schriften, von den *Kinderreimen der alten Witwe Hickathrift* bis zu den *Fabeln des Äsop,* entzückten mich, als ich von Shakespeare und Pope und der französischen Aufklärung noch nichts wusste, sie allein waren für mich die ganze Welt der Literatur und Kunst. Noch heute sind Verse wie »Äpfel und Birnen und die Glocken von Sankt Clemens' Schloss reiten ein Pferdchen nach Banbury Cross« für mich reinste Poesie, deren Zauber ich mich nicht entziehen kann.

Dann verschwor sich der Priester mit dem Pfarreidiener und verkaufte mich an einen Steinmetz. Ich war körperlich ungeeignet für diese schwere Arbeit, und als ich davonlief und übers Wasser nach England verschwand, muss der sich dazu beglückwünscht haben, dass er einen solchen Nichtsnutz losgeworden war, denn er unternahm keinen Versuch, mich wieder einzufangen.

In London fristete ich mein Leben, indem ich mich an Kerle verkaufte, die dafür bezahlten, mir die Füße waschen zu dürfen; anderen gab ich mich aus Barmherzigkeit hin. Dass ich darüber entscheiden konnte, wer bezahlen musste und wer nicht, gab mir ein Gefühl von Macht, aber in Wahrheit hatte ich überhaupt nichts, nur diese scheußlich juckende Krätze, die mein Herz mehr und mehr überzog, und immer mehr hässliche kleine Narben, die sich vervielfältigten, um meine namenlose Schande zu verbergen.

Eine Zeit lang trieb ich mich herum und beging allerlei Räubereien, und da merkte ich, dass die scheußlichen kleinen Narben von größeren Gefühlen, von Erregung, Furcht und Lust, überdeckt wurden. Darauf wurde ich zu einem

Schurken, einem wahrhaft hochmütigen Bösen Mann, und das erfüllte mich mit Stolz. Ich streifte umher, zuerst auf der Jagd nach Gold und Ruhm, dann auf der Jagd nach einer Erklärung, und ich war voller Gier, aber ich brauchte all das nur, um zu beweisen, dass ich lebte und nicht einfach bloß ein Namenloser war, geboren von einer namenlosen Frau in einer namenlosen Stadt, am Dasein erhalten von juckenden Geschichten, die von zahnlosen alten Frauen aus Werg und lumpigen Liedern zusammengesponnen worden waren, die sie Gott aus 6-Penny-Heftchen gestohlen hatten.

Das alles begegnete mir in meinen jungen Jahren und noch einiges mehr und viele schockierende und fast genauso fabelhafte Dinge, aber es kam ein Abend, da fand ich in dieser neuen Welt von Ginsäufern und Schnorrern und Zuhältern und leichten Mädchen und ihren Ganoven, in der ich mich eingerichtet hatte, keinen, keinen einzigen, der mir eine Antwort auf mein hartnäckiges *Warum?* geben konnte, und ich begann zu begreifen, dass dies die dümmste und sinnloseste und zerstörerischste aller Fragen war. Ich gelangte zu der Erkenntnis, dass nur das eigene, praktische Bemühen einem hilft, und hörte auf herumzutappen auf der Suche nach der Antwort auf eine Frage, die keinen Sinn ergab. Ich wurde der Alten Welt müde, und eines Nachts, als ich in einer Kneipe vor ein paar mitleidigen Nutten Schätze der 6-Penny-Literatur ausbreitete, geschah es, dass ich – nachdem die Kerle einer Presspatrouille, Blüte der englischen Nation, mir ein paar hinter die Löffel gegeben und glaubwürdig schlimmere Verletzungen in Aussicht gestellt hatten – eingestand, es sei tatsächlich schon immer mein Herzenswunsch gewesen, als gemeiner Matrose unter dem Kommando von Lieutenant Bowen das Meine zu tun, damit Van Diemens

Land der Segnungen der Zivilisation teilhaftig würde. So kam es, dass ich auszog in die Neue Welt, wo, wie man sagt, Fortschritt und Zukunft zu Hause sind.

## V

Zunächst war es ein bloßer Zufall, dass ich zur Malerei kam, und später blieb ich dabei, weil es nun einmal das Einzige war, was ich recht und schlecht konnte. Ich meinte, das sei eine leichte Arbeit, und als ich begriff, dass ich mich geirrt hatte, war es zu spät, noch ein anderes Handwerk zu lernen. Nachdem es bei meiner erfolgreichen Invasion Australiens zu dem erwähnten folgenschweren Missverständnis gekommen war, gelangte ich auf meiner Flucht nach Amerika, und dort, in den Sümpfen von Louisiana, lernte ich einen Kreolen kennen, der in gewisser Weise meine Fischleidenschaft auf den Weg brachte. Er hieß Jean-Babeuf Audubon, und er war ein klein gewachsener und unauffälliger Mann – das einzig Hervorstechende an seiner Erscheinung waren die breiten Spitzenmanschetten, die er immer und überall trug und die deswegen immer abgewetzt und schmuddelig aussahen.

Jean-Babeuf Audubon redete mir ein, dass ich, damals gut zwanzig Jahre alt und offensichtlich in der Blüte meines Lebens, das Bedürfnis verspürte, meine Zukunft in dieser feindlichen Welt zu sichern und das kleine Kapital, das ich bei mir trug, in ein Unternehmen zu investieren, das er damals zusammen mit einem Engländer namens George Keats aufzog, den Betrieb eines Dampfschiffes in einem kleinen Nest in Kentucky. Dass er sich, als ich ihm mein Geld gegeben hatte, sogleich ein paar sehr elegante Anzüge schneidern ließ, tat meinem Vertrauen in die Träume dieses schäbigen kleinen Gockels keinen Abbruch, denn wie alle richtigen Schurken war ich leichtgläubig und ging jedem auf den Leim, wenn er mir nicht gerade plump und unverhohlen in die Tasche griff.

Wir wollten zwar alle gern Kapitalisten sein, aber ich brachte es dank Audubon nur zum Maler, denn das Geschäft war genauso wenig solide wie seine Geschichten über seinen Vater, der wie meiner angeblich Franzose war, ja kein Geringerer als der Dauphin höchstselbst, der, so rühmte ihm Audubon nach, unter falschem Namen mit George Washington bei Valley Forge gekämpft hatte. Wir hielten uns für nüchterne Geschäftsleute und konnten nur herzlich lachen, wenn Keats von seinem Bruder John erzählte, der in der Alten Welt davon träumte, ein großer Dichter zu werden, und es natürlich, anders als wir, nie zu etwas bringen würde. Aber alle nüchterne Entschlossenheit und aller Wille zum Profit halfen nichts, als der Dampfkessel explodierte, und sie vermochten auch nichts dagegen, dass die Bauern der Gegend lieber die altbewährten Treidelkähne und gestakte Boote benutzten als das neumodische Ungetüm von Audubon und Keats, und dass durchreisende Nigger und Hinterwäldler lieber zu Fuß gingen, als den Preis zu bezahlen, den wir verlangen mussten, um nicht unterzugehen.

Aber weil das Schiff wenig Interesse fand und folglich meistens am Steg vertäut lag, hatten wir immerhin Muße für andere Dinge, insbesondere für Streifzüge durch die Wälder, wo wir Vögel jagten. Daheim sah ich zu, wie Audubon die blutbeschmierten Leichen der Tiere mit Draht zu dramatischen Posen zurechtmodelte, als wollten sie sich gerade in die Luft erheben oder zur Landung ansetzen, die Flügel hierhin und dorthin gestreckt, und schließlich diese gefledderten, gequälten Gestalten als wunderschöne Vögel zeichnete und malte.

Ich fand, dass er ein wirklich außergewöhnlicher Maler war, aber als ich das aussprach, erntete ich wenig Dank für das Kompliment. Alle Kunst war ihm zutiefst verdächtig; es sei der Name, schimpfte er in seinem schweren kreolischen Akzent, den man Gemälden gebe, nachdem man sie gestohlen und verkauft habe. Er sei nur ein Vogelmaler.

Ich lernte auch – dies allerdings nicht so sehr von Jean-Babeuf Audubon selbst als vielmehr von den Vögeln, die er nicht erlegen konnte –, dass man im Leben immer ein bewegliches Ziel bleiben muss, sonst wird man abgeschossen. Am allermeisten gefällt den Leuten das, was sie selbst am allerwenigsten sind. So fuhr ich in Amerika am besten, wenn ich als Vertreter der englischen Unterwelt auftrat, während ich später in England, als ich tatsächlich wieder in diesem Milieu lebte, den amerikanischen Abenteurer gab, und hier in Van Diemens Land schätzt man mich als eine exotische Künstlerpersönlichkeit, die, so mittelmäßig meine Kunst auch sein mag, doch aus dem fernen Abendland hereingeschneit ist. Falls ich je wieder nach Europa komme, werde ich dort wohl die Rolle des staunend dreinblickenden Tölpels aus den Kolonien spielen müssen.

Audubon wusste eine Menge über Vögel und ihre Gewohnheiten und ihre Gesellschaft, und seine Bilder waren sehr genau und streng und nicht verschleiert oder süßlich. Wie unter den Flügeln der Glucke schlüpften seine Vögel unter den schmuddeligen Spitzenmanschetten hervor ans Licht, voll ausgebildete, lebendige Geschöpfe voller Schönheit und Jammer. Von Audubon lernte ich, dass es darauf ankommt, im dargestellten Tier sein Wesen zu erfassen, den Stolz oder den Ernst oder die Wildheit oder auch seine Stumpfheit oder seinen Irrsinn. Denn für ihn gab es nie bloße Spezies: Alles Leben schenkte ihm eine Enzyklopädie von Sujets, und die einzige Schwierigkeit – er bekannte, dass es ihn manchmal große Mühen kostete – bestand darin, die Wahrheit, die das Sujet repräsentierte, zu durchschauen und in aller Ehrlichkeit und Exaktheit abzubilden. Um dies zu schaffen, um die Essenz eines ganzen Lebens in einem einzigen Bild zu fassen, brauchte er Geschichten, und sein eigentlicher Geniestreich war, dass er diese Geschichten nicht auf den Bäumen fand, nicht in den Wäldern oder im Uferschilf toter Flussarme, sondern in den neuen Dörfern und Städten Amerikas, die überall wie Aussatz auf der Haut des Landes aufblühten, in den Träumen und Hoffnungen der Menschen um ihn herum.

Audubon malte Ehe und Hochzeit und Brautwerbung und all die eitle Heuchelei der gesitteten Gesellschaft, und es waren immer Vögel, was man sah, und diese Vögel verkauften sich. Es war wirklich genial, was er da machte, eine Naturgeschichte der neuen Stadtbürger. Ich könnte vielleicht die Fische in ähnlicher Manier als Mitglieder der Schulen und Schwärme malen, in denen sich die Siedler in diesen Gewässern hier zusammenfinden. Aber mir treten die Fische in der wahren Bedingtheit dieses Lebens vor Augen: allein, furchtsam, ohne Heimat und Zuflucht. Und wenn ich zwei meiner Fische zusammen abbilden wollte, hätte ich dann einen Schwarm? Hätte ich dann eine Ansicht des Meeres unter den Wellen, so wie es nur die Eingeborenenfrauen sehen, wenn sie nach Krebsen tauchen?

Nein.

Ich hätte lediglich zwei einzelne Fische, jeder für sich, furchtsam, vereint nur in der Todesangst, die ich in ihren Augen erkenne. Audubon malte die Träume einer jungen Nation – dafür finden sich immer Käufer. Meine Fische dagegen sind der Albtraum der Vergangenheit, und dafür gibt es keinen Markt. Was ich male, ist nicht raffiniert wie das Werk von Jean-Babeuf Audubon, und es wird nie Mode werden: Ich male eine Naturgeschichte des Toten.

Schließlich verbrannte das Schiff. Wir sagten, dass es wütende Gläubiger angezündet hatten, sie behaupteten, wir hätten es selbst getan: wie auch immer, wir waren ruiniert, und das Letzte, was ich von Jean-Babeuf Audubon sah, war eine rußige Spitzenmanschette, die mir aus einem Spalt in der Wand des örtlichen Gefängnisses zuwinkte, in das man ihn als Bankrotteur gesperrt hatte. Aber dieses Mal schlüpften keine Vögel magisch darunter hervor. Keats saß mit mir vor der Mauer und las aus dem Werk seines Bruders vor, Verse, die bittere Klage über die trügerischen Verheißungen der Neuen Welt führten. Ich glaube allerdings nicht, dass sie geeignet waren, Jean-Babeuf Audubon aufzuheitern, den man dort drinnen lautstark in seinem bedauerlichen kreolischen Akzent gegen seine Gefangennahme protestieren hörte: »Iisch bin engliischer Kapitaliste, ja, das bin iisch!«

Draußen deklamierte Keats ungerührt: »Ihre schlimmen Blüten haben keinen Duft, ihre Vögel keine süßen Lieder.«

»Bei meiner *honneur*«, schrie der arme Audubon, »iisch werde bezahlen!«

»Und die große unfehlbare Natur«, fuhr Keats fort, »scheint hier einmal zu fehlen.«

## VI

Zwanzig Jahre verstrichen.

Eigentlich sollte hier ausführlich berichtet werden, was ich in all dieser Zeit erlebte, aber ich habe gerade dem König vorgelesen, was ich bis jetzt geschrieben habe. Er hat nichts dazu bemerkt, und das war deutlich genug, mich zu ernüchtern. Er ist zu höflich, um je offene Kritik zu äußern, aber ich habe seinen umschleierten Blick gesehen, und darin lag Verachtung. Wie immer zeigt sich, dass ich von seiner Weisheit viel lernen kann.

Er hat mich vor der Torheit bewahrt zu erzählen, was ihn – und, so vermute ich, Sie auch – nicht im Geringsten interessiert, nämlich alles das, was Billy Gould in jenen Jahren zustieß. Man könnte glauben, jeder Moment von Billy Goulds Leben hätte gleichviel Gewicht, aber der König weiß, dass dies ein Irrtum ist. Das meiste ging vorbei wie in einem bösen Traum, der sich beim Aufwachen in nichts auflöst, weil er dem Gedächtnis zu unbedeutend erscheint. Nur das Ende im Gefängnis von Bristol, wo ich 1825 als Fälscher verhaftet wurde, ist hier zu erzählen.

Ich war kein Fälscher, und es passte mir nicht, dass sie mir deswegen den Prozess machten. Ich war ein Schurke, der früher Maler gewesen war, und es beleidigte mich, dass man mich beschuldigte, ich hätte mich dazu herabgelassen, Noten der Bank von Bristol zu fälschen. Aber ich bin immer der Meinung gewesen, dass man die Macht am besten bekämpft, indem man sich ihr fügt, und so wurde ich denn, als sie mich wegen Fälscherei nach Van Diemens Land verschickten, ein Fälscher. Was blieb mir auch sonst übrig?

Passend zu dem Verbrechen, das ich nicht begangen hatte,

gab ich mich als Künstler aus, in der Hoffnung, von harter Sträflingsarbeit verschont zu werden. Dass ich den Anschein erweckte, ich wäre etwas Besseres als ein gewöhnlicher Krimineller, ist die einzige Art von Fälschung, deren ich mich – bis zu diesem Zeitpunkt – tatsächlich schuldig gemacht hatte: Ich fälschte mich selbst, ich wurde Künstler.

Aber die Sache ließ sich nicht gut an.

Das erste Werk, an dem ich mich versuchte, war ein Porträt, das Captain Pinchbeck, der Kommandeur des Gefangenentransports, in Auftrag gab, nachdem er entdeckt hatte, was für ein Gewerbe ich angeblich trieb. Ich muss zugeben, dass ich mich bei dieser Arbeit von einer Lithografie Robespierres inspirieren ließ, auf die ich zufällig in einer Schrift über die Gräuel der Französischen Revolution gestoßen war. Mein Bild empörte den Captain derart, dass er mich sogleich für den Rest der sechs Monate dauernden Reise nach Australien wieder in Ketten schließen ließ. Ich versuchte noch etwas zu retten, indem ich ihn mehr in Richtung des eher männlich derben Danton stilisierte, aber der Captain fasste das nur als eine weitere und vollends unverzeihliche Beleidigung auf.

Erst als sie mich aus dem stinkenden Verlies im Unterdeck holten, erfuhr ich vom Maat, dass der Captain immer noch darunter litt, dass ein französischer Walfänger ihm Hörner aufgesetzt hatte.

Ich begann vor Captain Pinchbeck über alle ausländischen Hurenböcke zu schimpfen, aber er befahl mir, das Maul zu halten, und begann mit einem Vortrag über die Schreckenstaten der Franzosen, namentlich über die gefürchteten *noyades*. Auf dem Höhepunkt der *Terreur* hatte man gefangene Rebellen aus der Vendée auf alte Sklavenschiffe im Hafen von Nantes getrieben und unter Deck eingesperrt. Die Schiffe wurden dann versenkt und erst am nächsten Morgen mit Hilfe einer sinnreich konstruierten Hebevorrichtung wieder an die Oberfläche geholt, damit man die Wasserleichen ausladen und Platz für neue Rebellen schaffen konnte, deren Zahl kein Ende nahm, denn, so Captain Pinchbeck, die Tyrannei bringt immer neue Feinde hervor, wie der Regen Gras.

Als er endlich mit dieser unendlichen Geschichte fertig war, unterzog er mich einer Prozedur, die er seine *petite noyade* nannte: Ich wurde in eine sargähnliche Kiste mit Löchern eingeschlossen, die hinter dem Schiff hergezogen wurde, auf dass ich lernte, wie man sich als Franzose fühlte.

Ich bin versucht zu behaupten, dass ich in der langen Minute, die ich in der schwarzen sprudelnden Kiste aus schleimigem Eichenholz untergetaucht im Pazifischen Ozean zubrachte, eine Vorahnung davon bekam, was meine Kunst mir in der Zukunft bringen würde, aber das wäre gelogen. In Wahrheit fasste ich lediglich den Entschluss, mir andere Kopiervorlagen als die Bilder französischer Hitzköpfe und Possenreißer zu suchen, und dabei hielt ich die Luft an, bis ich das Gefühl hatte, ich müsste zerplatzen.

Als sie mich wieder aufs Deck gehievt hatten, teilte mir der Captain mit, wenn ich es noch einmal wagte, ihn zu malen, werde er mich persönlich denen zum Fraß vorwerfen, die er »die Rechtsanwälte der sieben Meere« nannte, den Haien, die unser Schiff begleiteten. Einer von den Sträflingen, die mich aus der Kiste zerrten, versetzte mir vor den Augen des Captain einen tüchtigen Tritt in den Bauch, dass ich mich krümmte. In diesem Augenblick kam mir der Gedanke, dass das, was Captain Pinchbeck über die Tyrannei gesagt hatte, glatter Unsinn war, denn auf jeden Tyrannen, der geboren wird, kommen tausend Leute, die sich bereitwillig unterjochen lassen, und die Rebellen aus der Vendée hatten es schon allein deswegen verdient, ersäuft zu werden, weil sie diese fundamentale Wahrheit über die menschliche Natur nicht verstanden hatten.

Es wäre mir nicht recht, wenn Sie nach alledem glaubten, meine Selbsterfindung als Maler wäre ganz und gar erlogen. Immerhin hatte ich Jean-Babeuf Audubon bei der Arbeit zugesehen, und einmal, als in aller Eile eine Schuld zu begleichen war, hatte ich sogar ein Paar Weißkopfadler zeichnen dürfen. Und ich war lange Zeit mit dem Kupferstecher Shuggy Ackermann zusammen, auch wenn das vielleicht nicht zählte, oder allenfalls auf dem Kerbholz. Ich könnte auch auf ein halbes Jahr Erfahrung in der keramischen Industrie verweisen, aber ich will darauf nicht näher eingehen; es macht mich nur trübsinnig, wenn ich daran zurückdenke, mit welcher Lust ich damals den alten Aufklärungswalzer tanzte, und jetzt habe ich nur mehr die alte Madame Daumen und ihre vier Töchter zum Spielen.

Woanders hätten sich vielleicht andere Aussichten in der Arbeit und bei den Frauen geboten, und ich wäre, ehrlich gesagt, froh darum gewesen, aber ich musste es eben so nehmen, wie es kam, und nach den schlechten Erfahrungen gleich am Anfang meine Kunst von der Pike auf lernen, so gut ich konnte.

Nach der Ankunft in der grottigen Moderne von Van Diemens Land, wo es nichts gab als Gestank und Spätsommerhitze und grässliche neue Lagerhäuser aus Sandstein und Zollgebäude und Sträflinge in Ketten und ihre Bewacher, wurde ich dem Wagenbauer Palmer in Launceston zugeteilt, dem größten Nest im Norden der Insel. In seiner Werkstatt pinselte ich prächtige Helmbüsche auf Kutschen, erfand Familienwappen für die Bankertbrut der Neuen Welt, die sich partout mit den grotesken Requisiten der Alten herausputzen wollte. Aufsteigende Löwen und immergrüne Eichen und rote Hände und allzeit steil aufgerichtete Schwerter prangten in einer Mischung ohne Sinn und Verstand auf unseren Kutschenschlägen, darunter schlängelten sich absurde lateinische Devisen, die ein wegen Unzucht verurteilter irischer Geistlicher beisteuerte: *Quae fuerent vitia, mores sunt* (»Die Unsitten von einst sind die Sitten von heute«); *Vedi Hobarti e poi muouri* (»Hobart sehen und dann sterben«); *Ver non semper viret* (»Kein Frühling grünt immerfort«). Das war meine erste künstlerische Lektion: Koloniale Kunst ist die komische Fertigkeit, dem Neuen den Schein des Alten zu verleihen, dem Unbekannten den des Bekannten, dem Antipodischen den des Europäischen, dem Verächtlichen den des Respektablen.

## VII

Nach sechs Monaten machte ich mich aus dem Staub. Ich wanderte nach Süden in Richtung Hobart, denn ich hoffte, wie schon einmal zwanzig Jahre zuvor, mit einem Schiff übers Meer zu entkommen. Der blutige Krieg gegen die Wilden war noch immer nicht zu Ende, die Eingeborenen bewiesen in ihren Attacken einen solchen Einfallsreichtum, dass viele Kolonisten glaubten – sie lebten am Rand großer schwarzer Wälder, und es war nur natürlich, dass sie in ihrer Furcht das Schlimmste argwöhnten –, sie hätten es mit Zauberern zu tun. Das Hinterland war ihr Revier, aber es trieben dort auch entflohene Sträflinge und Räuberbanden ihr Unwesen, die sich mit patrouillierenden Soldaten Gefechte lieferten, und Leute von der Bürgerwehr, die zu ihrem Vergnügen Jagd auf Wilde machten und, wenn sie keine erwischten, auf alles schossen, was sich bewegte.

Die verstreuten festungsähnlichen Anlagen, in denen Menschen lebten, waren noch mehr zu fürchten. Ich näherte mich einer solchen Siedlung in der Hoffnung, dort ein Nachtquartier zu finden, und entkam nur deswegen den Bluthunden, die man auf mich hetzte, weil ich, gewarnt von den Musketenschüssen aus den Schießscharten in der Mauer, rechtzeitig die Flucht ergriff.

Ich entschloss mich dazu, nicht, wie ursprünglich geplant, in einigem Abstand zur Landstraße durchs Landesinnere zu ziehen, sondern den längeren, aber weniger gefährlichen Weg an der Ostküste entlang zu nehmen. Ich marschierte dorthin, wo die grüne See das Licht in lauter silberne Splitter zerbersten ließ und es über gleißend weiße Strände streute. Oft stieß ich dort auf die verblichenen Knochen und Schädel von Wilden, die Robbenfänger auf der Jagd nach schwarzen Frauen umgebracht hatten. Das war in gewisser Weise ein tröstlicher Anblick, denn die Knochen signalisierten, dass ich vor Eingeborenen einigermaßen sicher war, da diese sich, außer in abgelegenen Gegenden im Westen, kaum mehr in die Nähe der Küste wagten. Trotzdem machte ich nachts aus Angst, die Wilden anzulocken, kein Feuer, obwohl es erst Vorfrühling und bitterkalt war.

Ich war vier Tage unterwegs und total verzweifelt, als ich mich mit einem Kerl einließ, der sich als Roaring Tom Weaver vorstellte. Er machte sich gleich in der ersten Nacht an mich heran, schien aber nicht besonders gekränkt zu sein, als ich ihm sagte, er solle mich in Ruhe lassen, sondern meinte nur, ich sei sowieso nicht sein Typ.

Am Nachmittag des folgenden Tages sahen wir Leute von einem Walfänger, die zum Wasserholen ausgeschickt worden waren. Sie schossen auf uns, und wir flüchteten landeinwärts. Wir marschierten bis tief in die Nacht und orientierten uns an den Sternen, doch dann bedeckte sich der Himmel, und wir machten schließlich bei einer felsigen Anhöhe Halt. Es gab eine Unmenge Schmeißfliegen, aber wir waren am Ende unserer Kräfte und konnten einfach nicht weiter. Wir schliefen wie die Toten. Als die Sonne aufging, wurde uns sehr schnell klar, woher die Fliegen kamen: Sie wohnten kaum hundert Yards unterhalb der Stelle, wo wir genächtigt hatten, auf der halb verwesten Leiche einer Schwarzen.

Man hatte die Frau dort angepflockt, sie in schrecklicher Form missbraucht und dann ihrem Schicksal überlassen. In ihrem Fleisch glitzerte es weiß, wo das Sonnenlicht kriechende Maden beschien. Roaring Tom begann zu schluchzen und zu schreien. Er war ein wildes Tier, und es dauerte lange, bis ich ihn dazu bringen konnte, aufzuhören mit dem schrecklichen Geheul.

Wir verbrachten diese Nacht schweigend an einem erbärmlichen Feuerchen, das wir in unserer Angst ganz klein hielten. Am Tag darauf kamen wir in offenes Gelände, eine wunderschöne Parklandschaft unter einem Himmel, wie ich ihn in der Alten Welt nie gesehen habe, so täuschend echt wie zartes blaues Porzellan, dass man meinte, er könnte jeden Moment zerbrechen, zerbersten und etwas Schreckliches, das hinter all dieser leuchtenden Pracht lauerte, offenbaren.

Wir rochen den Qualm, lange bevor wir die schwelenden Reste der Schäferhütte aus Flechtwerk und Lehm zu Gesicht bekamen und den verkohlten Leichnam ihres Besitzers, den ein weinender Mann auf einem langen Stück Rinde aus der Asche zog. Er konnte nicht aufhören zu weinen. Er war ein entlassener Sträfling, der in einem Tal ganz in der Nähe wohnte und ab und zu seinen Freund, den Schäfer, besuchte; sie stammten aus derselben Gegend, aus Roscommon. Er war zu spät gekommen: Die Wilden hatten seinen Freund in der Hütte aufgespießt und dann Feuer gelegt, um ihn bei noch lebendigem Leib zu verbrennen. Der Nachbar hatte auf sie geschossen und sie in die Flucht geschlagen. Er zeigte auf einen Baumstamm in der Nähe, dahinter lag ein Wilder, den er getroffen hatte. Er hatte noch nie zuvor einen Menschen umgebracht, und man wusste nicht, was ihn mehr aus der Fassung brachte, der Tod seines Freundes oder dass er diesen Wilden erschossen hatte.

Sieben Tagesmärsche von Launceston entfernt trafen wir einen gewissen Clucas, einen barbarischen Kerl, der von einem freien Siedler namens Batman angeheuert worden war, die Wilden in der Gegend kurz zu halten. Mit denen kannte er sich aus, sagte er. In seiner Zeit als Robbenjäger hatte er sogar ihre Sprache gelernt. Wir waren unbewaffnet und ausgehungert und hatten wieder einmal alle Orientierung verloren. Clucas hatte eine Pistole und eine Muskete obendrein, er war bereit, sein Wallabyfleisch und Mehl mit uns zu teilen, und er kannte den Weg nach Hobart. Er war wie viele der *banditti*, die sich in Van Diemens Land herumtreiben, in ein grob zusammengeflicktes Gewand aus Känguru- und Beutelwolfhäuten gekleidet, die Mütze, die er auf dem struppigen Kopf trug, war auch aus getigertem Beutelwolffell. Er erzählte gut gelaunt, dass sie, angeführt von diesem Batman, die Wilden an ihrem Lagerfeuer überrascht und ein Dutzend oder so abgeknallt hatten, um sie anschließend über ihrem eigenen Feuer zu braten. Er sei kein Unmensch, sagte er, so wie manche der Robbenfänger, die er auf den Inseln in der Bass-Straße kennen gelernt habe, Munro zum Beispiel, der seiner Frau Jumbo zur Strafe, weil sie versucht hatte abzuhauen, die Ohren und ein Stück Fleisch vom Oberschenkel abschnitt und sie zwang, das Zeug zu essen. Als wir ihm von der toten Frau erzählten, runzelte er erst die Stirn, dann lachte er und meinte, manche von diesen Weibern hätten ganz schön Haare auf den Zähnen und legten es geradezu drauf an.

In der Nacht – wir lagerten direkt unterhalb von Black Charlie's Opening – gab es ein Gewitter mit ungeheuren Blitzen, in deren Licht man die Ebene von Pittwater und den schneebedeckten Gipfel des Mount Wellington hinter Hobart sehen konnte. Total durchnässt und elend, machten wir uns noch in der Nacht auf den Weg. Bald nach Sonnenaufgang kamen wir an den Trümmern eines riesigen Eukalyptusbaums vorbei, der Stamm hatte unten mindestens zwei Schritt Durchmesser. Ein Blitz hatte ihn getroffen und die Teile im Umkreis von zweihundert Yards verstreut. Es war ein unbeschreibliches Chaos aus geborstenem Holz, Splittern und Zweigen, großen Ästen und winzigen Bruchstückchen. Man konnte sich nicht einmal mehr vorstellen, wie riesig und herrlich dieser Baum des Van Diemens Landes einst gewesen sein musste, von dem jetzt nur noch eine wirre Masse Kleinholz übrig war.

## VIII

Im Schutz einer eiskalten Nacht gelangten wir nach Hobart, wo Clucas uns einen Unterschlupf in der Hafengegend von Wapping verschaffte, in einer illegalen Spelunke, die ein Mischling aus Liverpool namens Capois Death betrieb. Er versprach uns, er werde uns einen Platz auf einem Walfänger suchen; noch diesen Monat kämen wir von hier weg.

Zwei Tage später schnappten sie uns – Clucas hatte uns verpfiffen. Roaring Tom Weaver war, wie sich herausstellte, ein entlaufener Sodomist und wurde zu vierzehn Jahren Sarah Island verurteilt. Mich erwischten sie im *Shades*, wo ich ein Paar Weißkopfadler, umrahmt von blühenden Glyzinienranken, an die Wand der Schankstube pinseln musste, um meine beachtliche Rumzeche abzuarbeiten. Ich bekam drei Monate Zwangsarbeit im fälschlich so genannten Bridgewater – da gab es noch gar keine Brücke – und musste Felsblöcke auf hölzernen Schlitten herbeischleppen, damit ein Übergang über den Derwent River gebaut werden konnte. Es dauerte nicht einmal eine Woche, da ließ mir Lieutenant Perisher, der das Unternehmen leitete, die Eisen abnehmen und vermietete mich an andere Auftraggeber: Ich musste die Ehefrauen von Offizieren und freien Kolonisten malen, aber auch andere frisch erlegte Beute – gespenstische Stillleben mit Kängurus und Emus, dazu wie ein Seidentuch auf dem Tisch hingebreitet ein Fasan, den ich freilich nur aus dem Gedächtnis malen konnte.

Damals hätte man fast den Eindruck haben können, Hobart mit seinen dreckigen Straßen und stinkenden Mietskasernen wäre so etwas wie eine Künstlerkolonie, denn da gab es etliche Kulturschaffende, die, vom Staat gefördert gewissermaßen, ihrer Arbeit nachgingen. Da war der Engelmacher Bock, der einst verängstigten jungen Frauen Quecksilberspülungen verabreicht hatte und jetzt die großen Männer der Kolonie in selbstgewisser Herrscherpose porträtierte. Der Mörder Wainewright, der seine Frau mit einer Mischung aus Strychnin und Laudanum vergiftet hatte, fertigte geschickt Bleistiftzeichnungen von züchtigen jungen Mädchen an. Und der Fälscher Savery schrieb hochtrabenden Schund über die Kolonie, der die ganze Stupidität der Einheimischen widerspiegelte und sich deswegen großer Beliebtheit erfreute. Man konnte diesen oder jenen Künstler an einem Tag bei den Kais von Salamanca in Ketten mit dem Vorschlaghammer Steine brechen sehen, und an einem anderen begegnete man demselben Mann, ausgerüstet mit Skizzenblock und Farbkasten, in der Macquarie Street vor irgendeinem herrschaftlichen Haus, wo er sich alle Mühe gab, wie ein hochgebildeter Ästhet aufzutreten – so gut das eben einer struppigen, krätzigen Gestalt in zerlumpten Drillichhosen und einer groben, kanariengelben Sträflingsjacke möglich ist.

Ich versuchte das gar nicht erst, sondern spielte den bescheidenen Handwerker, die Kappe in der Hand, und tat nie, als wäre ich was Besseres als das, was ich tatsächlich war, ganz unten auf der sozialen Leiter dieser Welt von Van Diemens Land. Die Konkurrenz war nicht allzu hart, ich benahm mich so, dass niemand sich von mir bedroht fühlte, und bald taten sich ein paar Marktnischen für mich auf.

## IX

Ich konnte feststellen, dass meine Dienste zunehmend gefragt waren: Ich durfte sterbende Familienoberhäupter mit milchig trüben Augen porträtieren, ich malte im Auftrag der trauernden Hinterbliebenen Kinderleichen und versuchte genauso vergeblich wie der Leichenbestatter in die bleichen, starren Gesichter der Kleinen die Andeutung eines weichen Lächelns zu zaubern. Auch preisgekrönte Deckhengste und Eber verewigte ich sowie mehr stilisiert als realistisch gezeichnete nackte Frauen, hingegossen in lasziven Posen und offenbar bereit, sich vom nächstbesten jungen Burschen bespringen zu lassen.

Die Entlohnung war nicht restlos befriedigend, denn Lieutenant Perisher strich neun Zehntel des Honorars als Kommission ein. Immerhin war es eine relativ leichte Arbeit im Warmen und bestimmt angenehmer, als barfuß und in Ketten bei Nebel und Frost Felsblöcke durch den kalten Schlamm von Bridgewater zu schleppen. Und was man auch sonst gegen Lieutenant Perisher sagen musste, er übersah meine nächtlichen Ausflüge.

Die folgende Zeit in Hobart ist mir heute nur noch als langweilige Wiederholung von Einsperren und Ausbrechen in Erinnerung. Manchmal buchtete mich die Krone ein, weil ich einen Fluchtversuch unternommen hatte oder sonstwie unliebsam aufgefallen war, häufiger aber nahmen mich irgendwelche erbosten Wirte und Kneipenbesitzer in Gewahrsam und verlangten, dass ich die Zeche, die ich bei dieser oder jener Sauftour gemacht hatte, mit einem Bild bezahlte. Es war immer dasselbe Schema: Saufen, Schuldenmachen, Arrest, Zwangsaufenthalt in irgendeinem Keller oder Schuppen, wo ich malen musste, um mich freizukaufen, und damit war reiner Tisch gemacht, und ich konnte wieder von vorn anfangen und schauen, ob sich mit einem von den Mädchen – schön oder weniger schön, darauf kam's mir nicht an –, die sich im Dunstkreis dieser Spelunken herumtrieben, was machen ließ. Und im Großen und Ganzen war das wunderbar. Habe ich vorher langweilig gesagt? Na ja, das stimmt schon auch, aber andererseits hatte es etwas Rhythmisches, die Freude der Gewissheit. Wie ein tanzender Kinderkreisel, der früher oder später ins Torkeln kommen muss.

Da meine künstlerische Produktivität mit meinem Alkoholkonsum Schritt halten musste, hingen meine Bilder bald in jeder Kneipe von Hobart Town und waren aus den Schankstuben so wenig wegzudenken wie die Spuren von Tabakrauch und Tranfunzeln an den Wänden. Der Wirt des *Hope and Anchor* zum Beispiel sperrte mich so lange in den Holzschuppen, bis ich ihm für seinen Rum ein holländisches Stillleben mit totem Fleisch gemalt hatte. Ich komponierte ein Bild mit all den bewährten Requisiten ländlichen Lebens: Es gab einen an den Hinterläufen aufgehängten toten Feldhasen, ein paar Fasane, eine oder zwei Musketen, eine große Korbflasche – der anheimelnden Wirkung wegen – und einen auf einer Querstange thronenden Weißkopfadler.

Im Lauf des folgenden Jahres wurde langsam eine gewisse Entwicklung – ich will nicht sagen: ein Fortschritt – in meiner Kunst sichtbar, und was anfangs nur ein Zusammenbasteln gewesen war, wurde nun Stil. Im *Repent and Drink* verzierte ich, um den Wirt Augusto Traverso zu entschädigen, dem ich angeblich eine falsche Banknote angedreht hatte, die Wand mit Blumenornamenten in der Art, wie ich sie seinerzeit in meiner Tätigkeit als Porzellanmaler kennen gelernt hatte. Die Girlanden umrankten die Bildnisse einiger Stammgäste, wobei ich zugeben muss, dass das Ganze mehr wie eine ländlich poetische Huldigung an den Wohlfahrtsausschuss der Französischen Revolution wirkte – lauter elegante, nüchtern denkende Marats und Robespierres mit Blümchen drum herum – als wie eine Galerie von wahrheitsgetreuen Abbildern ramponierter Trunkenbolde aus Hobart. Trotzdem schmeichelte die Komposition den alten Säufern – Gott segne ihre stumpfen Seelen – ausreichend, um sie glücklich zu machen.

Den Höhepunkt dieser kurz bemessenen Periode meines Wirkens in Hobart stellt ohne Zweifel ein dramatisches Werk dar, das ich für den *Iron Duke* schuf und das die ganze moralische Verderbtheit des Zirkuslebens zeigt – die Arbeit entstand, als dem Wirt des Etablissements die Frau durchgebrannt war, und zwar mit dem Großen Valerio, einem sizilianischen Hochseilartisten, der nebenbei einen Handel mit aphrodisischen Pülverchen betrieb. Es war ein Wandgemälde, das einem das Blut in den Adern stocken ließ: Eine üppige Nackte wurde von einem grimmig dreinblickenden Weißkopfadler in eine Hölle voll feuriger Akrobaten und Gaukler entführt, und darunter stand der Sinnspruch: *Ex Australis semper aliquid novi* (»Aus Australien immer wieder was Neues«).

»Die einzige Kneipe in Hobart Town, wo es keinen Gould an der Wand gibt«, bemerkte der Spelunkenwirt Mr. Capois Death beim Anblick dieses vielfach gefeierten Werks, »ist diejenige, vor der Gould besoffen im Rinnstein liegt.«

Er klopfte mir fröhlich wiehernd auf die Schulter, aber dann schlug er plötzlich einen geschäftsmäßigen Ton an und sagte, er habe einen gut bezahlten Auftrag für mich. Die

Sache war an einem Vormittag erledigt: Das Schild, ein quadratisches Brett aus Kiefernholz, zeigte eine verzweifelte weiße Frau (sie sollte Mrs. Arthur ähnlich sehen, der Ehefrau des Gouverneurs George Arthur), die mit aller Anstrengung ein schwarzes Baby schrubbt, das in einem Zuber sitzt und sie freundlich angrinst. Und unter diesem Sinnbild »Verlorener Mühe« sollte genau das stehen, nämlich *Labour In Vain*, denn so sollte das Lokal am Hafen heißen, das Mr. Capois Death nun unter einem solchen Schild in die Legalität überführen wollte.

Heute sage ich mir, dass ich schließlich nichts anderes gemacht habe, als seinen Anweisungen zu folgen, und tröste mich mit dem Gedanken, dass es mit Mr. Capois Death so oder so ein schlimmes Ende genommen hätte. Er galt als halbseidener Typ, ein Kerl mit einer Vorliebe für süße Jungs, der schnelle Mädchen und langsame Rennpferde im Stall hatte, und ebenso wenig solide wie der ganze Mann war seine berüchtigte *Larrikin Soup*, ein brutal starkes Würzbier mit Wermut, Absinth für die Armen. Damals aber schien die Zukunft freundlich und voll frischer Verheißung wie die sommerliche Brise, die vom Meer her über das neue Wirtshausschild zu Häupten eines strahlenden Mr. Capois Death strich.

Ich will mich nicht selbst loben, aber dieses Schild, das da sanft schaukelnd über dem Eingang hing, war wirklich gelungen, so hell und heiter, dass alle, die von der Barracouta Row aus darunter hindurch traten, unwillkürlich lächeln mussten. Sie hätten laut über ihren Würzbierkrügen gelacht, wenn sie ihm angesehen hätten, welche Wirkung es tatsächlich entfalten sollte, nämlich keineswegs nur die, Liebhaber von *Larrikin Soup* anzulocken, wie wir naiverweise annahmen. Es ist schwer zu glauben, dass ein Gemälde eine solche Macht haben soll, und doch bekam es für mich und für Capois Death eine so fatale Bedeutung, dass man meinen könnte, nicht ein gewöhnliches Wirtshausschild, sondern Madame Guillotine höchstselbst hätte dort über unseren Köpfen geschwebt. Aber bevor es uns vernichtete, sollte das *Labour In Vain* uns erst zusammenführen.

Wir ahnten natürlich von alledem nichts. Capois Death war selbst ein Farbiger, ein Mischling aus Liverpool, und er fand das Bild amüsant und lehrreich. Er sagte mir, ich hätte den Geist der Insel exakt getroffen. Und ich durfte mich schuldenfrei wieder in seine Schankstube setzen.

Am folgenden Tag wurde das Lokal geschlossen, der Gouverneur persönlich hatte angeordnet, dem subversiven Treiben dort ein Ende zu setzen. Unser prächtiges Schild wurde verbrannt, und Mr. Capois Death und ich wurden zu zwei Wochen Tretmühle verurteilt, er, weil er mit seinem Gebräu, wenn auch ohne Absicht, einen Schiffsarzt vergiftet hatte, ich, weil ich dem Kutschenbauer Palmer entlaufen war.

Das alles war schlimm genug, hätte uns aber nicht das Genick gebrochen, wenn nicht unerwartet zu ebendieser Zeit Captain Pinchbeck in Hobart aufgetaucht wäre. Er war Walfänger geworden, in der Hoffnung, so wurde behauptet, eines Tages seinem französischen Rivalen zu begegnen und ihn zu harpunieren. Ich sollte entdecken, dass seine Rachsucht noch gewaltiger war als die der Leviathane, die er in den Ozeanen des Südens jagte. Auf einer nächtlichen Tour durch verschiedene Kneipen der Stadt gelangte er auch in den *Iron Duke* und ins *Repent and Drink*, und angesichts der Gemälde dort schloss er, dass ich eine Vendetta durchführte, indem ich lauter Bilder in die Welt setzte, die, wenn auch raffiniert verschlüsselt, letztlich nichts anderes zum Thema hatten als seine Eheschande, als den Triumph gallischer Verführer, in deren Schlingen er langsam verröchelte. Das war meine zweite Lektion in der Kolonialkunst: Was dein wahres Sujet ist, erkennst du, wenn du dein Publikum kennst – aber das eine ist so enttäuschend wie das andere.

Es ergab sich, dass Captain Pinchbeck an dem Tag, nach dem wir wegen des *Labour In Vain*-Schildes angeklagt worden waren, mit dem Gouverneur und seiner immer noch gramgebeugten Gattin zu Abend aß. Soviel weiß ich – was aber im Einzelnen bei langen Kerzen und einem Wombatconsommé gesprochen wurde, kann ich nur vermuten.

Am Morgen darauf jedoch teilte man mir mit, dass eine von Gouverneur Arthur unterzeichnete Order eingegangen sei, derzufolge ich und Mr. Death – der anscheinend als mein Komplize galt, weil er den Fehler machte, mit mir die Tretmühle zu teilen – für sieben Jahre nach Sarah Island zu verbringen waren, er wegen mehrfacher Anstiftung zum Aufruhr, ich, ein vor zwanzig Jahren entwichener Sträfling, weil ich mich unter einem falschen Namen dem ordnungsgemäßen Walten der Justiz tückisch entzogen hatte.

Des Weiteren war noch die Rede von Meuterei und aufsässigem Verhalten, von Entweihung der Nationalflagge und allerlei anderen Verbrechen, deren sich damals, als die Kolonie gegründet wurde, jemand schuldig gemacht hatte, dessen Namen ich wiedererkannte: Es war der, auf den ich einst gehört hatte. Aber jetzt, da mein Urteil gesprochen war, hatte ich nicht die geringste Lust, mich vor irgendjemandem als vor mir selbst zu verantworten. Und als sie mich fragten, ob ich noch etwas zu bemerken hätte, sagte ich:

»Ich bin William Buelow Gould, und mein Name ist ein Lied, das viel gesungen werden wird.«

Wegen Missachtung der Justiz brummten sie mir noch einmal sieben Jahre auf.

## X

Die Eierraspel war eine ganz erstaunliche Foltermaschine. Die Prozedur bewirkte, dass man sich fühlte, als bestünde man nicht mehr aus Fleisch und Blut, sondern aus purem Schmerz. Das lag nicht nur an der physischen Erschöpfung und daran, dass der grobe Stoff der Sträflingskleidung, wenn man stundenlang Schritt um Schritt auf der Stelle treten musste, einem die Geschlechtsteile aufscheuerte, bis sie nur noch ein Klumpen rohes Fleisch waren, sondern auch, und das war der geradezu genial bestialische Clou, an der absoluten Sinnlosigkeit der Sache: Man wusste, dass diese Anstrengung keinem anderen Zweck diente als dem, diese fürchterliche Tretmühle in Bewegung zu halten.

Die Eierraspel sah aus wie ein riesiges überbreites Mühlrad, das so aufgehängt war, dass es den Boden nicht berührte, eine groteske Walze oder Trommel; innen waren in Abständen Latten angenagelt, die als Trittsprossen dienten. Sie war etwa doppelt so hoch wie ein aufrecht stehender Mann und gut zwei Dutzend Yards breit, so dass bis zu dreißig Leute gleichzeitig darin ihre Strafe abbüßen konnten.

Wir erstiegen ein etwa schulterhohes Podest, griffen von dort nach einem von Blut und Schweiß getränkten hölzernen Handlauf, der sich in Ellbogenhöhe über die Breite der Tretmühle zog, und traten dann in dieses Mühlrad, in dem wir selbst wie Wasser werden sollten. Zehn Stunden lang stapften wir in diesem Höllenrund aufwärts, ohne doch je an Höhe zu gewinnen, angestrengt bemüht, nicht das Stöhnen der anderen, das Knarren der Achse, das rhythmische Klicken unserer Ketten zu hören. Der Schweiß rann in Strömen an uns herunter in der mörderischen Sommerhitze und machte die Trittlatten glitschig, und wir waren schier wahnsinnig vor Durst.

Gegen Abend des zweiten Tages bekam ein Maschinenstürmer aus Glasgow grässliche Krämpfe und konnte nur unter Todesqualen die Füße heben, aber die Wachen ließen sich von seinem Flehen nicht erweichen. Schließlich brach er zusammen und fiel in den Spalt zwischen dem Rad und dem Podest. Der Körper war eingeklemmt, aber das Rad drehte sich weiter wie von einer überirdischen, unmenschlichen Macht bewegt – er wurde von den hervorstehenden Latten schlichtweg zermalmt. Wir schrien, aber auch als die Wachen uns erlaubten anzuhalten, kam das schwere Mahlwerk dieser Knochenmühle, in die der arme Kerl geraten war, nicht sofort zum Stillstand.

Einige blieben ungerührt, waren nur dankbar, dass die Schinderei durch seine Qualen unterbrochen wurde, und meinten, man könnte dem Mann nichts Besseres wünschen, als dass er das nicht überlebte. Andere legten sich wie die Irren ins Zeug und versuchten das Rad in die andere Richtung zu bewegen und ihn herauszuzerren. Wir redeten mit dem Maschinenstürmer, und er schaffte es, ein paar Worte zu sagen, schwer verständlich, halb ertränkt von dem schaumigen Blut, das ihm aus dem Mund drang: Er wünschte, sagte er, er wäre ein wirklicher Verbrecher. Wir grölten Beifall, und endlich schafften wir es, seinen zerbrochenen Körper, der unerklärlicherweise kaum äußerliche Spuren der Zerstörung trug, herauszuziehen auf den staubigen Appellplatz vor dem Rad.

»Mein Vater war Weber«, fuhr er fort, »und es ist nicht so, dass ich was Besseres sein will als er, aber die Weberei ist heutzutage kein solider Beruf mehr, überhaupt kein Beruf.« Dann schwieg er, so lange, dass wir uns fragten: Denkt er nach, oder stirbt er?

Dann fing er wieder zu sprechen an, aber es klang wie von weit her und gedämpft, als hätte er alle maschinengesponnene Baumwolle der Welt in seinem blutigen Mund: »Ja, mein Vater war Weber, aber in solchen Zeiten soll einer besser Seide stehlen als Baumwolle weben auf der Dampf…« Das Wort »Maschine« brachte er nicht heraus, nur ein Schwall Blut quoll über seine Lippen.

Später redete er im Delirium davon, dass der Kelpy ihn holen komme. Es klang dünn und heiser und schneidend, wie eine rostige Eisenkurbel, die lange nicht mehr benutzt worden ist. Einer von uns, der auch aus Schottland stammte, erklärte, der Kelpy sei ein Wassergeist, der in der Gestalt eines Pferds erscheine und diejenigen ertränke, die zu weit weg von ihrer Heimat reisen.

Wir mussten ins Rad zurück und ließen den Weber dort liegen, bis ein Arzt gefunden werden konnte. Sein dünnes Kreischen schwächte sich ab zu einem gurgelnden Pfeifen, das klang, als versuchte er vergebens, all die dampfgetriebenen Spinnmaschinen auszuwürgen.

Capois Death begann laut zu dem Weber zu reden, was streng verboten war, solange man sich in der Tretmühle befand, aber die Wachen schritten nicht ein, denn es schien den Schwerverletzten zu beruhigen: Er hörte auf zu kreischen.

Capois Death erzählte ihm Geschichten von seiner afrikanischen Mutter und von vielen fantastischen Dingen, die sie gesehen und erlebt hatte, bevor die Sklavenhändler kamen und sie dem Häuptling ihres Stammes abkauften. Und während wir auf der Eierraspel herunter- und wieder hinaufstiegen, hörte auch ich zu und versuchte mir vorzustellen, wie es wäre, wenn ich fliegen könnte so wie die Vorfahren von Capois Death. Ich würde abheben und fortfliegen von Van Diemens Land und seinen Ketten und Eierraspeln, ich brauchte bloß Fischaugen zu essen und mir Vogelblut auf die Arme zu schmieren und vom Gipfel eines Zauberbergs zu springen, und dann tauchte ich ins Meer und schwömme wie ein Fisch und würde irgendwann wirklich ein Fisch.

Von Zeit zu Zeit, während Capois Death redete, drehte er sich nach dem Weber um und warf einen schnellen Blick in seine Richtung, um zu schauen, ob er schon tot war, aber dessen Augen strahlten immer ganz klar und hell wie glühende Kohlen, und diese Augen ließen uns nicht los: Es war, als wollten sie sagen, wir hätten solche Dinge wie das Rad und unsere Unterdrückung nicht zulassen dürfen, wir wären in gewisser Weise eines Verbrechens schuldig, das schlimmer war als alle die schäbigen Vergehen, die in unseren Strafakten aufgezählt waren.

## XI

Auf der zweiwöchigen Reise um die unbesiedelte Südküste von Van Diemens Land herum nach Macquarie Harbour tobte die See mit solcher Gewalt, dass das kleine Postschiff, auf dem wir fuhren, den sicheren Hafen von Port Davey anlaufen musste, um besseres Wetter abzuwarten.

Es sickerte durch, dass der Kapitän in Kapstadt eine Geliebte hatte, die unter dem Einfluss eines zahlengläubigen Kabbalisten und Hellsehers stand und überzeugt war, alle Wahrheit liege in der Zahl drei beschlossen. Als Pfand seiner Liebe hatte der Kapitän ihr deswegen drei Ringe geschickt – aus Zahngold, das man mit brachialer Gewalt aus den Gebissen etlicher ehemals reicher Sträflinge gebrochen hatte –, dann drei Emus, die allerdings auf der Reise elend eingegangen waren, und einmal war er auf die exotische Idee verfallen, ihr die Mäuler von drei Weißflossenhaien zu senden – allerdings waren diese Letzteren mehr eine Anspielung auf Freuden, die sie ihm bereitet hatte, als ein richtiges Geschenk, das sie erfreuen sollte. Der Kapitän hatte seit achtzehn Monaten nichts mehr von ihr gehört und war ins Grübeln geraten: Vielleicht waren seine Geschenke nicht subtil und enigmatisch genug für ihren Geschmack? Und da es sich nun so ergeben hatte, dass er einen Künstler an Bord hatte, mit dessen Werk er als Stammgast verschiedener Lokale von Hobart leidlich vertraut geworden war, schlug er diesem vor, ihm ein Triptychon mit möglichst fremdartigen Kreaturen aus der vandiemonischen Fauna zu malen.

Man brachte mich gemeinsam mit Mr. Death, der dem Kapitän früher oft mit Schnaps und Frauen zu Diensten gewesen war, an Deck. Mein erster Vorschlag, drei Weißkopfadler, wurde glatt abgelehnt, und auch von drei Glyzinien-girlanden wollte der Kapitän nichts hören. Er wolle, sagte er, natürlich nichts Provokantes von der Art der Mrs. Arthur mit dem schwarzen Baby, sondern es sollte etwas sein, was ganz harmlos und eindeutig aussehe, sich aber dennoch völlig anders lesen ließe. Capois Death schlug vor, das Triptychon könne ein Säugetier, einen Vogel und einen Fisch zeigen, und dem Kapitän schien diese Idee ausgezeichnet zu gefallen. Welche Wahrheit sich hieraus ergab, ob es eine Mahnung oder eine Ermutigung sein sollte, war mir schleierhaft, aber ich, der Künstler, war schließlich nicht berufen, die subtileren Botschaften meiner eigenen Werke zu entschlüsseln. »Du bist der Fisch«, sagte Capois Death, den ich nicht nach seiner Meinung gefragt hatte, »nicht das Netz.«

Am Tag darauf wurde ich wieder vor das Angesicht des Kapitäns gerufen. Er gab mir Papier und Wasserfarben und befahl mir zu malen, was er bei einem Landgang am Morgen erlegt hatte: einen Papagei mit orangerotem Brustgefieder – der sollte hinterher gerupft und zur Füllung einer Pastete verwendet werden, die der Kapitän zum Tee verzehrte – und ein kleines Känguru von der Art, die man in Van Diemens Land Wallaby nennt – auch dieses Tier würde im Kochtopf landen, sobald ich damit fertig war.

Die Bilder gerieten nicht eben besonders naturgetreu. Der Papagei, an sich ein kleiner, hübscher, farbenfroher Vogel, erschien auf dem Papier deutlich größer als im Leben. Das war nicht meine Schuld: Die Schrotkugeln hatten den halben Kopf des armen Tiers weggerissen, und das Gefieder war an vielen Stellen von getrocknetem Blut bedeckt. Ich musste aus meinen eigenen ornithologischen Kenntnissen schöpfen, um die Lücken zu füllen, die der Kapitän verschuldet hatte, und so nahm der Vogel königlichen Glanz an, seine Haltung drückte finster brütende Aggressivität aus, der Schnabel, na ja, eigentlich die ganze Gestalt erinnerte mehr an einen Weißkopfadler als an einen vandiemonischen Papagei. Mit dem Känguru erging es mir noch schlimmer. Die sanften Gesichtszüge des hübschen Tiers verzerrten sich auf dem Papier zu einer misstrauischen Nagervisage, der Körper sah aus, als hätte das arme Wallaby ernste Haltungsschäden, und vollends absurd war der lange dünne Schwanz, der besser zu einem Papierdrachen gepasst hätte.

Meine schrecklichen Erfahrungen mit Captain Pinchbeck hatten mich gelehrt, was es heißt, einen Auftraggeber zu verärgern. Sie können sich vorstellen, wie mir zu Mute war. Ich war in Angstschweiß gebadet, ich konnte nicht schlucken, meine Zunge fuhr unkontrolliert im Mund herum wie ein geräucherter Dorsch. Ich versuchte, an den Bildern herumzubessern, gab es wieder auf und fing noch einmal ganz von vorn an, aber es wurde nur schlimmer – das Känguru ähnelte immer mehr einem wassersüchtigen, missgebildeten Rehkitz, der Papagei geriet immer deutlicher zu einem nordamerikanisch aggressiven Krieger der Lüfte, der nur ein schlecht geschnittenes, grellbuntes Jackett angezogen hat.

Als der Kapitän kurz vor Einbruch der Dämmerung kam, um meine Arbeit zu besichtigen, stürzten Erinnerungen an die *petite noyade* über mich herein wie damals das Wasser in jener fürchterlichen schwarzen Kiste. Ich konnte nicht sprechen, schnappte nach Luft, ich fühlte bereits das Salzwasser in meine Kehle dringen, als ich an Deck kleinlaut und ohne Kommentar die Bilder präsentierte. Aber ganz anders als Captain Pinchbeck schien dieser Auftraggeber Gefallen an dem Element des Irrealen zu finden, das sich gegen meinen Willen in die Darstellungen eingeschlichen hatte. Es suggeriere, sagte er, eine Welt, die fantastischer und zugleich auf bizarre Weise vertrauter sei als die, in der wir lebten, und er war voller Zuversicht, dass er mit diesem Geschenk bei seiner Geliebten Eindruck machen werde.

Um das Triptychon zu vollenden, ließ er mir am Tag darauf einen Fisch bringen, wie ihn die Matrosen, wenn sie auf den Klippen vor dem Hafen ihre Angeln auswarfen, oft fingen, um ihn geräuchert zu verzehren. Es war ein recht großer Fisch mit hübschen Farben, die, so meinte der Kapitän vermutlich, der Dame seines Herzen gefallen könnten. Man sagte mir, der Fisch habe seinen Namen von seiner Nahrung, einer Art von Tang, die in riesigen unterseeischen Wäldern vor der Küste von Van Diemens Land wächst. Es ist der Riementang, auch Kelp genannt, und daher hieß der Fisch unter den Sträflingen Kelpy.

## XII

Er hatte überhaupt nichts an sich, was an ein Pferd erinnerte. Er sah aus wie ein hübscher zwei Pfund schwerer Fisch, den einer, der hungrig genug ist, sehr wohl räuchern und mit Genuss verzehren mag. Aber mir war deshalb nicht wohler zu Mute. War ein Kelpy ein Kelpy oder bloß ein Fisch? War ein Fisch *bloß* ein Fisch? Und dann sah ich diesem blöden Kelpy in die Augen, und obwohl ich das nicht wollte, versetzten sie mich schneller, als Mr. Banks einen Schwarzen skalpierte, zurück auf die Tretmühle und an den Abend, als wir herumsaßen und warteten, dass der Maschinenstürmer starb, uns fragten, ob er die Nacht überleben würde, und überlegten, wie man es anstellen könnte, vom Koch ein bisschen Schmalz zu kriegen, mit dem wir uns die aufgescheuerten Schenkel einreiben konnten. Es war der Moment, als Capois Death wieder zu reden begann.

Capois Death hatte etwas Respekteinflößendes an sich, das sich nicht erklären lässt, ja das sogar völlig im Widerspruch zu seiner äußeren Erscheinung stand. Auf einem Porträt hätte man einen klein gewachsenen Schwarzen mit einem fliehenden Kinn gesehen, die rechte Schulter verdreht, was einen eigentümlichen Effekt machte: Es wirkte sowohl einschüchternd als auch wie ein Ausdruck von Misstrauen, denn es war, als wollte er im Auge behalten, was hinter seinem Rücken vorging, und doch war seine korkenzieherartig verzogene Gestalt auch wieder in einer Weise seinem Gegenüber zugewandt, dass man meinen konnte, er würde jeden Augenblick zuschlagen.

Er stammte ursprünglich aus San Domingo, und seine Lebensgeschichte war ebenso kompliziert wie das Gewirr von Runzeln und Falten in seinem zerknitterten Gesicht. Wie viele ehemalige Sklaven, die ich kennen gelernt habe, trug er stets eine »Geisterflasche« mit sich herum. Es war eine unansehnliche, von langem Gebrauch abgegriffene Henkelflasche aus Steingut, aber sie enthielt, sagte er, seine unbesiegbare Erinnerung an sich selbst als einen Mann, der sich mit eigenen Händen befreit hatte, konserviert in jener *Larrikin Soup*, für die er einst berühmt gewesen war. Auf dem Transport von Jamaika nach Bermuda, wo er verkauft werden sollte, hatte er es einem Wachsoldaten mit dem Mund gemacht und dafür einen gefälschten Freiheitsbrief bekommen, der es ihm ermöglichte, nach England zu flüchten. Er hatte dann zuerst als Harpunier auf einem Walfänger angeheuert und später in Liverpool eine Stelle als Hausdiener angenommen, die er wieder verlor – und seine Freiheit dazu –, als er Silberbesteck stahl und erwischt wurde.

Er hatte ein schiefes Maul, und das ging wie geschmiert, und als die Nacht und immer noch kein Arzt kam und wir in unsere Zellen getrieben wurden, nahmen wir den Maschinenstürmer mit. Später lagen wir auf unseren feuchten Strohsäcken, und er erzählte – in einer Form, die so episch und offen war, dass sie mir unendlich erschien – von dem großen Sklavenaufstand in San Domingo, als eine halbe Million Sklaven erst ihre weißen Herren überwältigten und dann nacheinander die Soldaten der französischen Monarchie besiegten, ein spanisches und ein sechzigtausend Mann starkes englisches Invasionsheer sowie ein zweites französisches Expeditionskorps unter der Führung von Bonapartes Schwager.

Und er erzählte das alles, wie ein Infanterist schießt und nachlädt und wieder schießt, ungerührt und ohne Pause und ohne Emphase. Der Schrecken, der Glanz, das Staunen lagen in der Ansammlung von endlosen Details. Er erzählte, wie er als Kind die Grausamkeit der Revolte miterlebt hatte; wie Napoleons Schwager versuchte, den Aufstand niederzuwerfen; wie Neger vor seinen Augen Bluthunden vorgeworfen und lebendig verbrannt wurden; wie ihr Anführer Toussaint L'Ouverture, der schwarze Napoleon, von dem weißen Napoleon verraten wurde; wie L'Ouvertures gebildeter schwarzer General Maurepas zusehen musste, wie man seine Frau und seine Kinder ertränkte, während ihm französische Soldaten ein Paar hölzerne Epauletten in die nackten Schultern nagelten und lachten und höhnten: *Jetzt ist er ein richtiger Bonaparte!* Und doch hatte er es einem Franzosen zu verdanken, dass er am Leben blieb, nämlich dem Kapitän Mazard. Diesem übergab man ihn und hundertfünfzig andere rebellische Sklaven, damit er sie ertränkte, aber er brachte sie nach Jamaika und verkaufte sie dort an englische Plantagenbesitzer, was ihm den wütenden Hass von Weißen und Schwarzen gleichermaßen eintrug, denn jene waren der Meinung, die aufständischen Sklaven hätten den Tod verdient, während diese lieber sterben als in Sklaverei leben wollten, denn sie wussten: Solange Schwarze als freie Männer starben, war die Revolte nie zu Ende.

Capois Death verstummte. Einen Moment lang war es, als wären wir wieder in der Tretmühle und hörten nur das Klacken der Eisen mit jedem Schritt und das träge Ächzen und Knarren des Rads, als gäbe es kein Entkommen außer in Geschichten. Dann begann der Maschinenstürmer aus Glasgow wieder zu sprechen, seine Stimme war nur mehr ein schwaches, keuchendes Krächzen: Er bat uns, ihn zu töten.

Zuerst versuchten wir es ihm auszureden, versicherten ihm, irgendwann werde der Doktor schon kommen und ihn behandeln.

Aber wie in einem neuen Rad gefangen, dessen Rhythmus ihn beherrschte, stieß er immer wieder hervor:

»Ich sterbe.«

Immer wieder, immer wieder, klick – klack – klick – klack.

Als ob wir das je bezweifelt hätten.

## XIII

Capois Death nahm seinen Strohsack und ging zu dem Maschinenstürmer hinüber. Er kniete sich neben ihn und sah auf ihn hinunter, aber er sah ihm nicht in die Augen. Er schaute, so schien es wenigstens, auf das dichte schwarze Haar des Mannes, das er mit einer sanften Handbewegung zur Seite strich. Er fuhr dann mit der Handkante an der Wange des Maschinenstürmers entlang, ließ sie einen Moment lang darauf ruhen, bevor er aufstand, den Strohsack über das Gesicht des Mannes fallen ließ und sich rittlings hinkniete, so dass sich der Strohsack straff über den Kopf zwischen seinen Knien spannte.

So hielt er den Maschinenstürmer fest und begann mit sanfter Stimme Lieder zu singen, die er von seiner Mutter gelernt hatte. Der Körper des Erstickenden warf sich hin und her und zuckte heftig, aber die Bewegungen wurden bald kraftlos und hörten endlich ganz auf. Capois Death blieb noch eine lange Minute über dem Mann sitzen, dann verstummte er und stand auf und zog den Strohsack weg.

Keiner regte sich. Alle Augen musterten den Maschinenstürmer, suchten nach einem Lebenszeichen. Es gab keines. Capois Death durchsuchte seine Taschen und fand einen halben Granatring, den er in seine Geisterflasche fallen ließ. Dann legte er sich zurück auf seinen Strohsack, schloss die Augen, und auf dem Deck des Schiffes schlug ich die meinen auf und sah um mich herum die Kuppen des wilden Hinterlands von Port Davey und wusste, dass das nun alles hinter mir lag und vor mir nichts Schrecklicheres als die Aufgabe, den Fisch zu malen, den der Kapitän zum dritten Stück des Triptychons für seine Geliebte bestimmt hatte.

Der Kelpy sah nicht so aus, als wüsste er etwas davon, dass er zum Postillon d'amour auserwählt war. Er lebte noch: Wie er da lag, gekrümmt in einen Eimer Meerwasser geschmiegt, trug er so etwas wie eine Spur Verachtung zur Schau. Ich drapierte ihn immer wieder für kurze Zeit vor mir auf dem Tisch, um ihn zu studieren und in aller Eile zu skizzieren, dann tat ich ihn wieder in den Eimer zurück, damit er atmen konnte und am Leben blieb. Mir wurde klar, dass der Aufenthalt auf diesem Tisch für den Kelpy jedes Mal eine *petite noyade* war und ich sein Captain Pinchbeck. Wie ich damals, war der Kelpy schuldig. Und wie ich hatte er keine Ahnung, warum.

Ich fand es nicht so sehr schwierig, ein halbwegs naturgetreues Bild zu Stande zu bringen, aber die Augen des Kelpys verfolgten mich, als wüsste er Bescheid über alle unsere wahren Verbrechen, dieser Blick verfolgte mich wie der des sterbenden Maschinenstürmers. Doch ich malte den Fisch nicht einfach so, wie er da vor mir lag, als einen sterbenden Körper mit einem anklagenden und schreckensstarren Auge. O nein, angestachelt von dem unerwarteten Beifall, den der Kapitän den Merkwürdigkeiten der zwei anderen Bilder gespendet hatte, nahm ich mir einige Freiheiten heraus und malte das Gesicht des Fisches so, dass es den wissenden Ausdruck des Fischauges hatte und zugleich den Schrecken widerspiegelte, den ich im Auge des Maschinenstürmers gesehen hatte, als er uns neben der Tretmühle liegend beobachtete. Und noch viele andere Dinge legte ich in dieses Gesicht: Da waren Capois Deaths starre Miene und seine gefletschten Zähne und der in seiner Anatomie festgeschriebene Blick über die Schulter in die Vergangenheit, während der Maschinenstürmer unter ihm zuckte und ausschlug, ein

Blick voller Grauen und Faszination. Und all das Blut lag darin – das in den Augen der Fische und das der Sklaven, die den Hunden vorgeworfen wurden, und das Blut auf den Schultern des Generals Maurepas und das in den Augen des toten Maschinenstürmers, nachdem Capois Death den Strohsack fortgezogen hatte, und all meine Angst vor dieser zerbrochenen Welt, in der ich und sie und alles und jeder gefangen waren. Es war komisch, aber es kam mir damals überhaupt nicht komisch vor, dass alles das einen Moment lang eins war und in einem sterbenden Kelpy Gestalt annahm.

Das waren wirre Gedanken, und ich war froh, als der Kapitän das Bild für seine Geliebte an sich nahm und den Kelpy seinen Leuten gab, die ihn räucherten und aßen.

## XIV

Wie hätte ich damals, als ich mein erstes Fischbild malte, wissen können, dass ich ein Unternehmen begonnen hatte, welches ebenso quichottisch wie endlos war? Ich hatte Künstlerbiografien gelesen, und diese erweckten den Eindruck, das Leben von Künstlern trüge wie das von Heiligen von Beginn an den Stempel der Größe. Unmittelbar nach der Geburt machen solche Genies, so wird berichtet, bereits Malbewegungen mit ihren winzigen Fingerchen, als fehlten ihnen lediglich Pinsel und Farben und Leinwand, um all die vollkommenen Kompositionen, die sie offensichtlich fertig mit auf die Welt gebracht haben, sichtbar werden zu lassen.

Aber Kunst ist eine Strafe, kein angeborenes Privileg, und in meinem frühen Leben findet sich nichts, was auf künstlerische Fähigkeiten oder auch nur Interessen hindeutete, in meinen kindlichen Beschäftigungen und Neigungen ist – und war – allenfalls ein Hang zum Spitzbubentum zu erkennen. Und obwohl ich natürlich der Held dieser meiner Geschichte bin – schon allein deswegen, weil ich mir nicht vorstellen kann, dass sonst irgendjemand Lust dazu hätte –, erzähle ich Ihnen keine Neuauflage irgendeines Orpheus-Mythos, sondern die Geschichte einer Kanalratte, mit der es immer weiter bergab ging.

Ich bin William Buelow Gould, ein Mann mit einer Schlehenseele, grünen Augen, Zahnlücken, zottigen Haaren und einem grimmenden Bauch, und obwohl mit meinen Bildern, die weder das Majestätische der Werke eines Girtin haben, noch die Meisterschaft eines Turner verraten, womöglich noch weniger Staat zu machen ist als mit mir selbst, können Sie sich darauf verlassen, dass ich Ihnen alles zeigen werde, so verrückt, schlecht und hässlich es auch war.

Ich werde das Ziel erreichen, und zwar auf meine Art – der Teufel soll mich holen, wenn nicht, obwohl ich weiß, dass ich, wenn ich es schaffe, erst recht verdammt bin –, denn das wird keine romantische Poesie und kein Ovid und nichts im Stil von Pope, diesem verfluchten Gnom, aber es wird das Beste, was ich kann, und etwas, was noch keiner gemacht hat. Raue Arbeit mit Seele ist natürlich Freiwild, die kann jeder kritisieren und beschimpfen und niedermachen, an den feinen Arbeiten dagegen, auch wenn gar nichts dahinter ist, prallt alles ab, und sie werden in Ehren alt, zugedeckt von bezahltem Lorbeer. Ein Geschichtenerzähler, heißt es, ist einer, der den Docht seines Lebens von der Flamme seiner Geschichte aufzehren lässt. Aber wie der gute alte Trim Shandy bin ich entschlossen, mich nicht nach den Regeln irgendeines anderen zu richten. Neben meinen Bildern will ich ein Freudenfeuer aus Wörtern machen, alles sagen, wenn nur sein Licht in meinen ärmlichen Bildern das eine oder andere Körnchen Wahrheit sichtbar macht.

Ich bin William Buelow Gould und möchte Ihnen, so gut ich kann – und das ist sicher kläglich, die Kunst, deren ein grober Klotz eben fähig ist –, das Geräusch von Wasser auf Stein malen, den Traum eines Narren davon, dass das Harte nachgibt und weich wird, und ich hoffe, Sie werden in meinen durchscheinenden Wasserfarben nicht Flecken von weißem Papier blinken sehen, sondern die Undurchsichtigkeit der Seelen.

Und ist das nicht genug für einen einfachen Seemann, der versucht auf tobender See zu bergen, was er irgend ins Boot hieven kann? Antworten Sie mir – ist das nicht genug? Oder wünschen Sie etwas, das von einem erhabenen Geist Zeugnis ablegt? Von einem Künstler im Vollbesitz seiner Möglichkeiten, auf dem Höhepunkt seines Könnens?

Sie werden nichts dergleichen von mir bekommen. Denn ich bin im Besitz von gar nichts, ich bin außer Rand und Band, ein Rasender und entsprechend gefährlich, so hoffe ich doch. Wenn ich mit meinem Pinsel Pobjoys Papier attackiere – *ratatatat, ratatatat* –, dann sind das lauter Salven im Kampf für die Freiheit, nichts Geringeres. Ich schieße nicht genau, und meine Waffen sind ein Farbkasten, so armselig, dass es selbst den Pfandleiher erbarmen würde, ein paar schlechte Pinsel und noch schlechtere Farben, dazu ein ramponiertes Talent zur bloßen Nachahmung. Aber mein Auge ist leidlich gut, und ich bemühe mich, das Beste daraus zu machen.

*Was?*

Worin, höre ich die Krittler fragen, liegt das besondere

*Raffinement* Ihrer Betrachtungsweise? Woran erweist sich, dass hier nicht einfach bloß ein platt *provinzieller* Geist Geld machen will?

Mit solchen Kategorien halten sie mich klein, aber ich bin William Buelow Gould und nicht so klein und unbedeutend, wie sie glauben. Ich bin nicht von irgendeiner Vorstellung meiner eigenen Rolle eingeengt. Ich bin nicht auf den Raum zwischen meinen Zehen und meinem Schopf beschränkt, sondern unendlich wie der Sand.

Kommen Sie näher, hören Sie gut zu, ich sage Ihnen, warum ich hier unten am Boden herumkrieche: Weil es mir so passt. Weil ich keinen Wert darauf lege, darüber zu stehen wie sie, die sich einbilden, so und nicht anders müsse man leben, und von ihren Horsten und Wachtürmen hinabschauen auf die Erde und uns und finden, dass das alles ihren Ansprüchen nicht genügt.

Ich lege keinen Wert darauf, Panoramen zu malen, anmaßende Bilder, in denen alles Besondere unscharf verschwimmt und die eine Beleidigung alles Lebendigen sind, die von den Pobjoys dieser Welt so innig geliebten *Landschaften,* die, wenn sie immer höher hinauf ins Blaue streben, die Wahrheit wie Müll hinter sich lassen. Als ob wir je irgendeinen Ort, irgendeine Person allein aus der Entfernung wirklich erkennen könnten! Die *Wahrheit* – nicht lediglich das, was man »die Lage der Dinge« nennt – ist eben nicht in der großen blauen Ferne zu finden, sondern im Dreck vor uns, in den ordinären Details von Schleim und Schuppen und Unrat, jenen Details, in denen der Teufel steckt, aber auch die Engel und alles, was das Erdenrund umfasst, und wir selbst auch, alles das in einem einzelnen Schlag eines Herzens, meines, Ihres, unseres Herzens, und alles das ist mein Sujet, wenn ich mir die Fische vornehme, auf dass sie leibhaftig unter uns wohnen.

Die Krittler werden sagen, dass ich klein bin und meine Bilder unbedeutend. Sie werden in meinem armen Kopf und drum herum einen Mordsspektakel veranstalten, so dass ich mit noch so hektischem Trommeln meines Pinsels nichts mehr ausrichten kann. Sie werden mich schreiend aus meinem notwendigen Traum scheuchen. Sie werden mich zu definieren versuchen, wie der Doktor seine armen Spezies, alle diese verdammten Kerle, die auch noch die Seelen in ein linnésches System zwingen wollen, sie werden versuchen, mich in einen neuen Stamm ihrer eigenen Erfindung einzusperren.

Aber ich bin William Buelow Gould, eine Ein-Mann-Partei und undefinierbar, und meine Fische werden mich befreien, und ich werde mit ihnen fliehen.

Und Sie?

Denken Sie an das Wort des großen Shelley:

*Ihr wurdet verletzt, und das bedeutet Erinnerung.*

Sie brauchen es nur mir nachzutun: Wenn Sie lange genug einem Fisch ins Auge blicken, dann werden auch Sie sehen, was ich Ihnen jetzt beschreibe, dann werden auch Sie hinabtauchen in die Welt des Ozeans, wo es keine Gitterstäbe gibt, nur Bahnen von Licht.

*Psst!*

Pobjoy kommt, das Wasser steigt, das Blut aus meiner Wunde gerinnt. Lehnen Sie sich bequem zurück, denken Sie: Recht hat er, der russische Sträfling, wenn er sagt, in einem Buch ist alles besser, besser ist es, dem Leben zuzusehen, als es zu leben. Nicken Sie, denn Sie haben Glück gehabt und können es machen wie die anderen Mistkerle, wie die besseren Herren in Hobart Town, die auf der Dachterrasse des Kolonialsekretariats ihr Frühstück einnehmen, wenn öffentliche Hinrichtungen anstehen: Die fetten Ärsche auf gepolsterten Stühlen, im Mund noch angenehm süß den pissigen Geschmack gebratener Nieren, genießen sie in geselliger Runde das Schauspiel dort jenseits der Murray Street vor dem Gefängnistor, wo der Galgen steht.

In der kurzen Spanne, die noch bleibt, bevor sich der unersättliche Rachen der Falltür auftut, lassen Sie mich in meinem Bericht fortfahren und erzählen – denn das gehört nun mal zur Beichte eines armen Sünders –, wie ich in diese traurige Lage geraten bin.

# Der Igelfisch

*Sarah Island – Verschiedene Arten der Folter – Der Kommandant gründet eine Nation – Mr. Lempriere – Die Freuden Voltaires – Der Aufklärungswalzer – Ein Todesfall und ein neuer Name – Nestflüchterei – Das Schwein Castlereagh – Dr. Bowdler-Sharpe über Eier – Wie ich meinen zweiten Fisch malte.*

## I

Am Ende jener merkwürdigsten aller Reisen näherten wir uns an einem späten Frühherbstabend auf einem Meer, das so still war, dass wir oft in der Flaute gar nicht vorankamen, unserem neuen Gefängnis. In dieser Epoche der Gräuel, einem Zeitalter, in dem, wie wir immer wieder hören, alles Heilige profaniert wird, gibt es nichts Gräulicheres, nichts, was in den Annalen der Verderbnis so ganz und gar beispiellos wäre wie diese Insel, auf der meine Geschichte sich nun entfalten sollte. In der gänzlich unbekannten, unerforschten westlichen Hälfte von Van Diemens Land streiften nur Wilde umher, und es gab keine einzige weiße Siedlung außer dieser Strafkolonie für besonders hartgesottene Verbrecher.

Und doch wirkte die Insel in dem Mondlicht dieser ersten Nacht, das bleich war wie geronnene Milch, nicht so, wie wir erwartet hatten. Der Kapitän hatte einigen Gefangenen, unter ihnen Capois Death und ich, eine besondere Gunst gewährt und gestattet, dass wir aus dem schwülen, stinkenden Verlies unter Deck nach oben kommen durften. Wie ein mit Silber übergossenes Seeungeheuer, das sein schreckliches Haupt reckt, erhob sich die Insel dort in der Ferne über unser Schiff.

Es war, als hätte sich ein Riesenkrake über die Insel ausgebreitet und jede Spur von Vegetation vertilgt, keinen Baum, keinen Busch, keinen Farn übrig gelassen, nur die Tentakel riesiger Zäune, fünfzig Fuß hoch und höher, die sich durch die Siedlung zogen, ragten dort auf, und darüber erhoben sich wie silberne Krakenköpfe die großen Bauten: die Residenz des Kommandanten, ein rosafarbener Marmorpalast, zu dessen Füßen wir uns fühlen sollten wie in einer von Menschenhand geschaffenen Bergschlucht, durch die wilde Winde tobten, und der seinen mächtigen Schatten über die ganze Kolonie warf; die aus Naturstein errichtete Quartiermeisterei, ein Prachtgebäude, das in einer großen Hafenstadt nicht fehl am Platz gewesen wäre; die Strafanstalt, über deren gigantischem Portal das sonderbare Wappenzeichen des Gemeinwesens prangte, eine lächelnde Maske.

Ich wandte den Blick ab von der Insel und schaute hinab aufs Meer. Da sah ich etwas, was ich noch nie gesehen hatte, etwas ganz Außerordentliches, das ich gern beschreiben wollte, aber ich weiß, dass es nicht in Worte zu fassen ist: Die Sterne spiegelten sich im Wasser und glänzten dort so hell und klar wie am Firmament – es war, als segelten wir durch den südlichen Himmel selbst zu einem Ort der Wunder, als wären dort, direkt unter der glatten, dunklen Oberfläche des Wassers, tausend Kerzen angezündet, je eine für jede der Seelen all der Sträflinge, die auf der kleinen Toteninsel zur Rechten begraben lagen. Als einige dieser Lichter vom Kopf und dann vom Körper eines Toten ausgelöscht wurden, der, das Gesicht nach unten, dahintrieb und um den Bug des in der Flaute regungslos daliegenden Schiffs herum langsam in Sicht kam, musste ich unwillkürlich an den Maschinenstürmer denken: War er dort endlich doch in seinen Traum von der Freiheit gelangt?

Die Wasserleiche wurde später als die eines entflohenen Gefangenen identifiziert, der versucht hatte, auf einem Türblatt das Festland zu erreichen. Ich weiß nicht, ob das, was der Kapitän anmerkte, als man die Leiche mit Spaken heraufzog, sich auf das Schicksal dieses Sträflings bezog oder auf die Insel, von der er nur in den Tod entkam, aber es lief mir kalt den Rücken hinunter.

Er sagte: »Ein Schlusspunkt des Empire.«

## II

Als später schließlich Wind aufkam und uns in die Bucht trieb, konnten wir die kühnen Straßen sehen, die die natürlichen Konturen der Insel durchschnitten, die riesigen Erdaufschüttungen und Dämme von noch unfertigen Kaianlagen, gesäumt von ungeheuren steinernen Speicherbauten, die selbst in Liverpool nicht ihresgleichen hatten – es war ein Bild, das vom Werden einer Nation kündete, mit der nächtlichen Vollmacht ihres Willens ins Leben gerufen von einer wahrhaft außergewöhnlichen Führerpersönlichkeit, wie wir noch erfahren sollten.

Glücklich die Kolonien, mögen Sie sagen, denen ein solcher Mann geschenkt wurde!

Aber man brauchte nur seine Werften zu sehen, die sich endlos dahinstreckten – ich sage »seine« mit Bedacht –, um zu erkennen, dass wir das Hoheitsgebiet Englands verlassen hatten und unter die Herrschaft einer noch imposanteren Macht geraten waren, der Seiner Allerdurchlauchtigsten Dickschädligkeit, des Napoleon von Sarah Island, des Großdogen der Südlichen Meere, des Kommandanten Höchstselbst. Schon damals wurden in seinen Werften mehr Schiffe gebaut als irgendwo sonst in den südlichen Kolonien, die Produktion war viel, sehr viel höher, als die Kolonialbehörden wussten, denn wenn auch hin und wieder eine Brigg oder Schaluppe aus dem Holz der Huonkiefer, das schuhlose Sträflinge am Oberlauf des Gordon River geschlagen hatten, als eine Art von Tribut an den Gouverneur in Hobart geschickt wurde, so kam doch auf jedes dieser Fahrzeuge ein Dutzend anderer, die der rasant wachsenden Handelsflotte der Insel einverleibt wurden; der Kommandant wurde so zum Befehlshaber einer Seemacht, die kommerzielle und zunehmend auch politische Beziehungen mit Händlern auf Java und mit etlichen der eben unabhängig gewordenen südamerikanischen Länder anknüpfte.

Der große Mann verabreichte sich täglich Quecksilber gegen seine Syphilis und trank jeden Abend einen kräftigen Schluck Laudanum, damit er schlafen konnte: Er fürchtete nichts auf der Welt als allein seine Träume, wahrhaft schreckliche, vom Opium beflügelte Visionen, die ihn keine Ruhe finden ließen und unweigerlich in Flammen endeten, aus denen er sich jeden Morgen vor der Dämmerung wie ein Vogel Phönix erhob, um neu zu schaffen, was doch bereits Asche war.

Sie fragen sich vielleicht: Wie, um alles in der Welt, sollte das enden?

Aber sein Ehrgeiz war ebenso unersättlich wie sein Appetit und seine fleischlichen Gelüste überhaupt, und er wollte nichts Geringeres als eine Nation schaffen, deren Keimzelle der Stadtstaat war, dessen Fundamente er legte, und er wollte der Vater dieser Nation sein.

Sie denken vielleicht: Wie war das alles möglich?

Aber man musste ihn nur von seinen Träumen und Visionen reden hören, dann begannen die rohen Dielen, auf denen man stand, zu schwanken, die sich schuppenden Sandsteinwände um einen herum kippten weg, und diese ganze graue aussichtslose Gefängniswelt verwandelte sich. Bevor wir auch nur irgendetwas von dieser Verwandlung bemerkten, flogen wir bereits durch die südlichen Himmel in ein fernes Wunderland, eine Tyrannei, gewiss, aber eine, die ganz im zauberischen Bann seiner Geschichten und seiner Hoffnungen und seiner Verzweiflung stand, eine Welt, die mit jedem seiner Worte, jeder seiner Gesten wirklicher wurde.

Nachdem wir festgemacht hatten, mussten wir uns nackt ausziehen, bibbernd standen wir an Deck, während Kalfaktoren ihre Finger in unsere Ärsche und Münder steckten, damit wir nicht Tabak oder wertvolle Steine einschmuggelten. Dann zogen wir uns wieder an und warteten auf den Kommandanten.

Kurz vor Morgengrauen kam er an Bord. Er war eine sonderbare Erscheinung: Man kann nicht eigentlich sagen, dass er klein gewachsen war, vielmehr hatte er einen sehr großen Kopf, an den sich, sozusagen übergangslos, als hätte er keinen Hals, der kurze Rest des Körpers anschloss. Das einzig Schöne an ihm war sein schwarzes Haar, dicht und wellig, aber dieses angenehme Detail verbesserte nicht den Gesamteindruck, sondern ließ seine körperlichen Mängel erst recht hervortreten. Bei jedem anderen Mann wären zuerst und vor allem die blaue Uniform und die exotische goldene Maske aufgefallen, aber was uns an diesem frühen Morgen am meisten beeindruckte, war seine Art zu sprechen: direkt, einfach, hin und wieder verfiel er sogar ins *Dementung,* einen Mischmasch aus Eingeborenenpidgin und Sträflingsjargon, aber in seinen Worten schien eine Leidenschaft durch, die etwas Hypnotisierendes hatte.

Bevor wir merkten, wie uns geschah, hatte sich das Schiff in eine schwebende Wolke verwandelt, und während sich die gebrochenen Pastellfarben des Sonnenaufgangs am Himmel hinter ihm verflüchtigten, zeigte er uns die Zukunft, über die wir jetzt hinwegflogen. Die kleine Insel dort war jetzt die Heimstatt einer gigantischen Handelsmacht, in aller Welt gleichermaßen geachtet und gefürchtet wegen ihres Reichtums, ihrer militärischen Stärke, wegen der Schönheit und Majestät ihrer politischen Ordnung. Wir sahen, wie Kaufherren und Künstler und Edelleute aller Art in den fernsten Provinzen sich in der Blüte ihrer Jahre auf die lange Reise machten, ihre Vergangenheit, ihre Heimatsprache, ihre Familien, Freunde, Geliebte hinter sich ließen und nur die Flamme ihrer Sehnsucht mit sich nahmen, um ihre ureigenen ehrgeizigen Wünsche und Träume mit denen jener aufstrebenden Inselnation im Süden zu vereinen.

Er stellte sich vor – und wir mit ihm –, wie man ihn in

einer römischen Toga malen, ihn in Epen besingen würde, er würde eine Dynastie gründen, und seine Nachkommen würden im Namen seines umstrittenen Vermächtnisses Kriege führen, er selbst würde als Er Selbst verehrt werden. Für ihn bestand kein Widerspruch zwischen seinen despotischen und dynastischen Gelüsten, den Pflichten eines Offiziers des Empire, der eine Strafkolonie leitete, und seiner seltsamen Hochachtung vor Stadtstaaten der Renaissance wie Florenz und Venedig, von denen er in irgendwelchen Reiseführern einen falschen Eindruck gewonnen hatte. Diese Bücher hatte er von einer Frau, die wir unter dem Namen Miss Anne kennen lernen sollten, seiner Schwester aus Oxford, mit der er im Briefwechsel stand. Sie malte romantische Aquarelle, verdankte aber ihre bescheidene Prominenz nicht so sehr ihrer Kunst als vielmehr der Tatsache, dass sie eine kurze Affäre mit dem Schriftsteller und Opiumesser Thomas De Quincey gehabt hatte, als dieser ein Trimester in den dumpfen Gemäuern von Worcester College zubrachte.

Den Kommandanten überkam ein sonderbarer Anfall von Veitstanz, ehrfürchtig stammelnd beschwor er Fata Morganen und Schimären des künftigen Zeitalters und verkündete uns schließlich, dass die vornehmsten kreativen Triebe des Menschen sich heutzutage in der Ingenieurskunst verwirklichten. Seine romantische Liebe zur Architektur rollte über uns hinweg wie eine mächtige Woge – wir hörten von seinen Plänen, den Markt zu einer kolossalen Glasarkade umzugestalten, die Fahrspur, die sich auf krummer Bahn durch Dreck und Lehm vom Wasser landeinwärts wand, sollte einem gewaltigen, schnurgeraden Boulevard der Vorsehung weichen, der auf einen mächtigen eisernen Triumphbogen zulief. Darauf konnten Liebespaare flanieren, wenn das Wetter angenehm war, und wenn die Sträflinge unangenehm wurden, konnte man darauf schnell Truppen bewegen.

Aber ihm war nicht klar, dass es nicht so sehr die Bilder dieser Stadt waren, die uns in ihren Bann schlugen, als vielmehr seine Worte.

Wenn er redete, wurde alles und jedes möglich, und obwohl wir wussten, dass wir nicht die Nutznießer dieses Projekts sein sollten, sondern lediglich diejenigen, die ihr Leben daran wenden sollten, den Traum in Ziegel und Mörtel, Glas und Eisen zu verwirklichen, waren wir in einer so jämmerlichen Verfassung, dass wir das Gefühl hatten – jedenfalls, solange er redete, und das war lange genug –, er eröffne uns einen Daseinszweck, einen Sinn jenseits der bloßen Sträflingsexistenz, jenseits von »Wiege« und »Röhre«, und das war es, wonach wir hungerten. Was wir unbedingt brauchten, war eine andere Vorstellung von uns selbst, eine Dampfmaschine sozusagen, mit deren Hilfe wir uns und unsere Welt neu machen konnten, denn um unserem Sträflingsdasein zu entkommen, mussten wir dem entkommen, was wir waren, und unserer Vergangenheit und der Zukunft, zu der das System des Strafvollzugs uns verdammt hatte.

Es war eine Welt, die von der Realität, von uns allen, verlangte, eine Fiktion zu imitieren. Für einen Fälscher schienen sich zahllose Möglichkeiten zu eröffnen, aber wer hätte damals meine fantastische Zukunft und das grauenhafte Schicksal, das uns alle erwartete, vorhersagen können? Am Ende soff der Kommandant das Meer aus, explodierte in einer ozeanischen Orgie von Stolz und ließ die Insel und die wenigen Überlebenden gestrandet und abgeschnitten von der Welt zurück. Am besten fährt man mit den Mächtigen, wenn man immer brav stillhält: Je dümmer sie sind, desto dümmer muss man werden. Es war wohl unvermeidlich, dass ich auf Sarah Island wurde, was zu sein ich bis dahin der Welt nur vorgeschwindelt hatte, das verächtlichste aller Geschöpfe: ein Künstler.

## III

An Land sollten wir die Brutalität, den Dreck und das Elend, die man von einem solchen Ort erwartet, zur Genüge kennen lernen. Aber noch bevor wir vom Schiff gingen und noch bevor wir irgendetwas auf der Insel aus der Nähe sahen, fiel unsere Nasen die Ausdünstung des Todes an. Tod war in dem unnatürlich starken Geruch pusteliger Leiber und mit Schankerbeulen übersäter Seelen. Das Miasma des Todes wehte von brandigen Gliedern auf und drang aus den blutigen Fetzen schwindsüchtiger Lungen. Der Hauch des Todes lag in einer Luft, die nach Hass und Schlägen roch, in der allgegenwärtigen tückischen Feuchtigkeit, die schon die Neubauten von innen zerfraß, sie sickerte aus den schwärenden Aftern der immer wieder Vergewaltigten. Tod schwebte in dem überreifen Aroma von gärendem Dreck und starrender Feindseligkeit, lauerte in vom Schwamm befallenen baufälligen Ziegelmauern, in dem heißen Dampf, der von dem rohen Fleisch der Gepeitschten aufstieg, in dem dumpfen Gestank von Schreien, die keiner hörte, im letzten Hauch der Gemordeten, gewürzt mit der widerlichen Brühe wortlosen Grauens, in all den Aromen von Angstschweiß, die sich sauer in den Kleidern festsetzten und in ganzen Gebäuden und die aller Vergänglichkeit trotzten, und im Parfüm von vergossenem Blut, in diesem Geruch, von dem ich mich mit noch so viel Reinigung, innerlicher und äußerlicher, nie wieder befreien können werde. Und vielleicht ebendeswegen, weil der Tod überall in der Luft lag, schien mir das Leben an dem Tag, als ich nach Sarah Island kam, so süß wie nie.

Während wir kettenklirrend die Steigung zum Gefängniskomplex hinaufschlurften, der auf einer jäh abfallenden Klippe über dem Meer thronte, während unsere Augen Bilder aufnahmen, die sich mit den grausigen Gerüchen in abscheulicher Harmonie verbanden, stellten wir fest, dass die Insel unsere hochgespannten Erwartungen zugleich übertraf und enttäuschte, es war gewissermaßen zweifelhaft, ob sie den Traum des Kommandanten oder den Albtraum der Sträflinge wahr machen wollte.

Direkt neben den großartigen Steinbauten, die teils fertig, aber ungenutzt dastanden, teils noch im Bau waren, drängten sich heruntergekommene Lehmhütten und verfallene Holzverschläge, ein Gewirr von lauter Bruchbuden, die wie Betrunkene aneinander lehnten. Das Werftgelände und die Straße, die dahin führte, waren gepflastert, aber ansonsten gab es nur unbefestigte Wege auf der Insel, schlammige und stinkende Gassen und Fahrspuren. Überall, wo Leute saßen, schwirrten ganze Wolken von Schmeißfliegen, überhaupt gab es Unmengen von Fliegen und Mücken auf der Insel und dazu Massen von Ratten, die am helllichten Tag umherhuschten.

Wenn ich so unter der Decke meiner Zelle schwimme und zurückdenke, wird mir klar, dass uns der unversöhnliche Hass, der uns entgegenschlug, nicht überraschte, diese bösartig starrenden Blicke all der keineswegs schuldlos Verdammten, der verdreckten Vogelscheuchen und halb verhungerten Elendsgestalten, aus deren grindigen Gesichtern buttergelb eitrige Augen glotzten. Es waren Krüppel, deren Rücken aus jeder natürlichen Form gepeitscht und geprügelt worden waren, mit verhornten Schrunden übersät, klapperdürr, krumm und gebrochen wie Greise – der, den ich für den ältesten hielt, war gerade zweiunddreißig.

Es schockierte uns auch nicht zu sehen, wie alle Natur sich hier in Widernatur verkehrte, wie etwa aus knackigen Jungs tuntige Schlampen wurden – einer von denen zog sogar mit einem versifften Lumpenbündel herum, das er unter seinem Kittel versteckte und von dem er behauptete, es wäre sein Baby und sein Kerl gäbe ihm die Brust –, aber auch die Natur in ihrer eigentlichen Gestalt war hier nur fürchterlich: In der Lagune, so sagte man uns, wimmelte es von Haien und im wilden Landesinneren von mörderischen Schwarzen. In gewisser Weise empfanden wir es sogar als sonderbar erlösend, dass wir das nun alles endlich direkt vor Augen hatten und anfangen konnten zu lernen, wie die Zustände am besten zu ertragen waren und wie man ihnen womöglich entrinnen konnte.

Aber in Wirklichkeit gab es keine Möglichkeit, all die verschiedenen Foltern, die diese Insel bereithielt, erträglich zu machen. Man konnte vielleicht den Schmied bestechen, so dass er einem leichtere Ketten gab, aber das half nichts gegen die Höllenqualen, die man monatelang jeden Tag und jede Nacht empfand, denn die Schellen der dreißig Pfund schweren Eisen waren innen aufgeraut und bissen einem wie mit Raubtierzähnen ins rohe Fleisch.

Es gab – das wusste ich schon damals, als ich noch nicht so intime Bekanntschaft mit ihnen geschlossen hatte – auch keine Möglichkeit, die Schrecken der Salzwasserzellen zu lindern, wo man monate- oder jahrelang wie ein Korken dem Auf und Ab der Gezeiten ausgeliefert war. Oder die der »Röhre« – das war ein raffiniert erdachtes Instrument, das einen unter Todesqualen schweigen lehrte: ein Rohr aus Hartholz, das man dem Delinquenten wie die überdimensionierte Trense eines Pferdezaums in den Mund drückte, oft so brutal, dass man ihm auch noch Zähne ausschlug. Ein Riemen, der an den beiden Enden der Röhre festgemacht war, wurde hinter dem Kopf immer straffer gezurrt, bis ein leises ersticktes Pfeifen und blutiger Schaum vor dem Mund anzeigten, dass der Knebel wirkte. Und da war der »Wappenadler«: An zwei eisernen Ringen, die in sechs Fuß Höhe sechs Fuß voneinander entfernt in der Mauer festgemacht waren, wurden die ausgebreiteten Arme des Opfers, das Gesicht zur Wand, angekettet, für die Füße gab es einen Ring am Boden. Man drosch dann mit Stöcken auf den Kopf und den Körper des Delinquenten ein, und wenn ihm irgendwelche Schmerzenslaute entfuhren, bekam er die »Röhre«.

Es gab noch eine Anzahl anderer exotischer Foltern, deren Namen eine perverse Lust an der Erniedrigung der Opfer verraten – »Schinders Tochter«, »Hexenbesen«, »Die heiße Madame«. Am gefürchtetsten – und auch am passivsten – war die »Wiege«, ein eiserner Rost, auf dem Gefangene festgeschnallt wurden – oft wurden sie vorher noch ausgepeitscht –, so dass sie kein Glied rühren konnten. Sie lagen dann wochenlang vollkommen unbeweglich auf dem wunden, brandigen Rücken, in dem die Maden wimmelten, und verfaulten an Leib und Seele.

Diese Strafen wurden einzeln oder in Kombination miteinander über Sträflinge verhängt, bei denen man Tabak oder ein Stückchen Speck oder einen zahmen Vogel gefunden hatte, die ihrem Zellennachbarn etwas von ihrem Essen abgegeben hatten, die sich erlaubt hatten, zu singen, zu reden (Aufsässigkeit) oder zu schweigen (Verstocktheit), die auf dem Weg zur Arbeit nicht schnell genug marschiert waren, die gelacht oder finster dreingeblickt hatten – aber das einzige wirkliche Verbrechen bestand darin, einem Kalfaktor ins Gehege zu kommen oder einer Ratte, die einen verpfiff. Wohl und Wehe auf Sarah Island hingen nicht davon ab, wie man sich benahm und ob man Besserungswillen an den Tag legte oder hartnäckige Bosheit, sondern allein von dem Glück oder Pech, das man hatte.

All dies hatte ich erwartet.

Aber auf den Igelfisch hatte mich nichts vorbereitet.

## IV

Alles, was ich über neue Nationen und die zweite Erschaffung Europas in der Missgestalt einer zurückgebliebenen Insel unter dem südlichen Himmel erzählt habe, war an jenem frostigen Morgen, nachdem wir vom Schiff gegangen und in den elenden Bruchbuden eingesperrt worden waren, die den Neuankömmlingen als Unterkunft dienten, noch zu entdecken, überaus gegenwärtig jedoch war die Gestalt eines Mannes, der mir vorkam wie ein gewaltiger dampfender Pudding, mal eher mehlig, mal pappsüß, und der mein Leben für immer verändern sollte.

»TOBIAS ACHILLES LEMPRIERE – *MISTER*«, sagte der Pudding, »ANSTALTSARZT–ANSPRUCHSVOLL, WIE ICH BIN.« Sein nach einem reichhaltigen Frühstück riechender Atem schwebte in trüben Nebelwölkchen durch meine Zelle. Es war zwar kaum zu verstehen, was er eigentlich sagen wollte, aber er sagte es in bedeutungsschwangerem Ton, sozusagen in Großbuchstaben. Die Wörter in seiner Rede erschienen wie die Korinthen in einem schlecht gerührten Brotpudding als schwer verdauliche dunkle Klumpen.

Sein Äußeres war so grauenhaft, dass mich bei seinem Anblick schauderte. Er war so rund, dass man denken musste, er wäre eher in der Werkstatt eines Böttchers als in einem Mutterleib entstanden. Sein schwarzer Rock mit Schwalbenschwanz, zu klein und alles andere als fein, seine hautengen Kniehosen, seine winzigen Schuhe mit silbernen Schnallen, seine ganze Gestalt wirkte, als versuchte ein Wassersüchtiger, ausgestattet mit den Requisiten einer längst vergangenen Saison, den eleganten Schwerenöter zu geben.

Das Auffälligste und Erschreckendste an ihm war der vollkommen weiße kahle Schädel – ich glaubte im ersten Schock tatsächlich, der Schatten des Maschinenstürmers suchte mich heim. In scharfem Kontrast zu dieser bleichen Ödnis standen die schwarzen Schatten in den Falten zwischen den Fettwülsten seines Gesichts. Später machte ich die Entdeckung, dass sein Teint von Natur aus keineswegs rein weiß, sondern eher schmutzig grau war und dass er sich mit schimmerndem Bleiweiß puderte. Bei den Hutmachern ist der Irrsinn bekanntlich eine Berufskrankheit und kommt, sagt man, von dem Blei, mit dem sie hantieren; vielleicht war auch in seinem Fall dieses Metall schuldig daran, dass er sich später so exzentrisch benahm. Trotz allem, was ich mit ihm erlebte, ist mir der erste Eindruck seines grotesk unmenschlichen Gesichts am deutlichsten in Erinnerung geblieben.

Seine Augen waren groß und feucht und, wenn ich so sagen darf, mondhaft, aber was bei einem anderen Menschen vielleicht wie ein Zeichen poetischer oder gar schwärmerischer Neigungen gewirkt hätte, verriet bei ihm lediglich einen absoluten Mangel an Interesse für seine Mitmenschen. Trotzdem waren sie in der gespenstischen Mondlandschaft dieses Gesichts das Einzige, was auf Leben hindeutete, sie zogen einen in ihren Bann und, wie ich erfahren sollte, in den Bann der Obsessionen, in deren Dienst sie rastlos tätig waren.

Ich begriff dunkel, dass Mr. Tobias Achilles Lempriere eine Position innehatte, die ihm beträchtliche Macht über uns, die wir – so viel war mir bereits offensichtlich – nichts Besseres als Sklaven waren, verlieh. Kein anderer als Mr. Tobias Achilles Lempriere würde darüber entscheiden, ob ein Mann zu krank war, um mit den anderen Sträflingen in irgendeinem mörderischen Arbeitseinsatz zu schuften, oder ob der Kerl nur simulierte und Prügel verdiente. Kein anderer als Mr. Tobias Achilles Lempriere würde bestimmen, wann eine Auspeitschung zu beenden war, und derselbe Mr. Tobias Achilles Lempriere würde beurteilen, ob die Hiebe der neunschwänzigen Katze zu leicht waren und mit mehr Wucht geführt werden mussten.

Ich rappelte mich auf von dem feuchten Lehmboden und versuchte mir die Haltung eines Mannes zu geben, der etwas weniger Verächtliches war als ich, aber ich spürte sogleich das Gewicht meiner Ketten, das Jucken der Läusebisse, ich fühlte das Kratzen der dreckigen, groben Sträflingskleidung auf meiner Haut. Das alles drückte mich nieder, am liebsten hätte ich mich wieder hinfallen lassen, aber ich stand so aufrecht und stramm wie nur irgend möglich in meiner jämmerlichen Verfassung.

Ich stellte mich darauf ein, recht brav und bußfertig zu tun und nach Kräften zu schleimen und zu scharwenzeln, da zog Mr. Tobias Achilles Lempriere zu meiner Überraschung hinter seinem Rücken einen winzigen dreibeinigen Hocker hervor, stellte ihn auf den schleimigen Boden und pflanzte seine spektakuläre Leibesmasse darauf. In seiner stramm gespannten schwarzen Jacke sah er aus wie ein verkohlter Pudding auf einer Gabel mit verbogenen Zinken, und diese wirkten, als könnte jeden Augenblick die Speckfülle seines mächtigen Arsches vollends über ihnen zusammenschlagen.

»STUDIE VOM KELPFISCH – GUTE ARBEIT – AUSGEZEICHNET«, sagte er und rutschte auf dem Hocker, um die Last angenehm zu verteilen. »KONZEPTION – AUSFÜHRUNG – HERVORRAGEND – WISSENSCHAFTLICH.« Ich glaubte, er wollte sich malen lassen. Er sah ein bisschen wie ein verfetteter Marat aus – ich überlegte bereits, ob ich ihn wohl nach diesem Modell hinkriegen könnte, als er grunzte und fortfuhr. »HÖCHST BRAUCHBAR – GESTERN ZU ABEND GEGESSEN – KAPITÄN, GUTER MANN«, sagte er. Er wirkte etwas gereizt, vielleicht argwöhnte er hinter meiner Stummheit irgendeine Art alberner Unverständigkeit.

»TRIPTYCHON L'AMORE GESEHEN – FISCH MEISTERWERK – ADLER WENIGER, RATTE MISSGEBURT – TROTZDEM – EINE GEWISSE GESCHICKLICHKEIT, IMMERHIN – FISCHE – SIE – ICH – MEINE BERUFUNG – IM DIENST DER WISSENSCHAFT.« Dann fragte er – in einem Ton, in dem fast so etwas wie Demut anklang, und zu meiner Verblüffung in einem vollständigen Satz: »SIE HABEN EINIGE ERFAHRUNG IN KÜNSTLERISCHEN ARBEITEN?«

Ich improvisierte eilig ein paar Lügenmärchen, die ich allesamt auf seine eigenen Vorstellungen vom Wesen der Kunst gründete und die ihn zu erfreuen schienen. Um glaubwürdig zu sein, musste ich einen mittleren Kurs zwischen Künstlerhochmut und devoter Katzbuckelei fahren, immer ein bisschen erhaben über die gewöhnlichen Lumpen um mich herum, immer ein bisschen untertänig meinem Herrn und Meister gegenüber. Das war wie eine Hochseilnummer – ein- oder zweimal wäre ich beinahe abgestürzt, aber ich lenkte ihn erfolgreich von meinen Patzern ab, indem ich Shuggy Ackermann, der immerhin wirklich Kupferstecher war, wenn auch keiner, von dem der Pudding je etwas gehört hatte, ins Spiel brachte. Ich pries den großen Ackermann in Nebensätzen, diesen genialen Meister, der in unangefochtener Herrlichkeit über allen Kupferstechern Londons thronte, obwohl er aus Hannover stammte und nur gebrochen Englisch sprach, ich goss alle verfügbare Glorie über Ackermann aus in der Hoffnung, dass etwas von seinem Glanz auf mich fiele.

»ACKERMANN – JA? NEIN? JA«, seufzte Mr. Tobias Achilles Lempriere endlich und tupfte sich kennerisch mit einem aufgereckten feisten Zeigefinger an die Nase, so dass unter dem Puder die roten Äderchen zum Vorschein kamen. »JA, DAS WAR EIN KUPFERSTECHER!«

Ich hatte tatsächlich viel Zeit in Ackermanns Gesellschaft zugebracht und eine Menge von ihm gelernt, ich hütete mich allerdings zu erwähnen, dass wir uns bei diesen Sitzungen mehr mit seinen Plänen für kriminelle Unternehmungen beschäftigten als mit der Kupferstecherei und dass wir noch weit öfter überhaupt nichts taten, als lediglich im guten alten *Man of War* in Spitalfields gemeinsam zu trinken.

Ich belästigte den Arzt auch nicht mit Einzelheiten der Ereignisse, die nun plötzlich aus den Tiefen meiner Erinnerung hochgespült wurden: Wie der Wirt dort wie eine

Harpyie über Ackermann und mich herfiel und uns bedrängte, wir sollten jetzt endlich unsere Schulden bezahlen, und überhaupt keine Ruhe gab, ausgerechnet er, der doch jede Menge Geld gebunkert hatte.

Und dann lag der Kerl mit durchgeschnittener Kehle da, und sein Geld war weg, und Ackermann machte auf einmal gar keine glückliche Figur mehr in seiner neuen Lederjacke, die Schultern voller Schuppen, und die weißen Reste von geschmortem Aal, seinem Lieblingsgericht, in seinen braunen Hasenzähnen machten es auch nicht besser, als er ein Grinsen aufsetzte, das von Wapping bis nach Tyburn ging, und ebendort, aber das hatte er noch nicht kapiert, musste Ackermann auch bald als verurteilter Mörder am Strick die Zappelpolka tanzen.

Meine Vergangenheit, die bis dahin für mich gar nicht richtig existiert hatte, war nun mit einem Schlag wieder da und sauste mir wie ein Knallfrosch im Kopf herum. Es war, als brauchte ich diese wahren Erinnerungen, von denen ich nichts erwähnte, als eine Art Ballast für all die Lügen, die ich in die Welt setzte.

Denn während ich dem Gefängnisarzt von meinem leidenschaftlichen Verlangen erzählte, mit meiner Kunst einem höheren Zweck zu dienen, fühlte ich wieder dieselbe panische Angst aufsteigen wie damals, als die Konstabler durch mein zwielichtiges Revier streiften und mich in meinen alten Schlupfwinkeln suchten, diese Angst, die mich packte und ausriss und zu Boden warf als etwas, das gar nicht ich selbst war, dieses Wesen, das sich da in dunklen Gassen hinter alten Fässern in den Dreck duckte, die panische Angst, ich könnte tatsächlich ein anderer *sein*, alles um mich herum geriete in strudelnde Bewegung, immer schneller, mein ganzes Leben wäre nur ein Traum, den ein anderer träumte, alles um mich herum wäre nur das Trugbild einer Welt, und ich weinte, völlig verloren, und war wirklich anderswo und jemand anders, der all dies sah.

## V

Aber dann hatte ich mich aus London davongemacht wie die Kugel aus dem Lauf, ich hatte alles hinter mir gelassen, meinen alten Namen, meine Ängste, und das ganze Strudeln und Sausen und der übrige Unsinn hörten auch bald auf, und während ich nach Norden wanderte, schöpfte ich wieder Mut. Ich bin jetzt ein Künstler, sagte ich mir, der renommierte Porträtmaler Billy Bellow – das klang so recht solid, allerdings, so fand ich dann, auch ein bisschen gewöhnlich, weswegen ich zu Billie Buelow überging – das hatte etwas unverkennbar Französisches und Beschwingtes an sich und stellte eine Verbindung zu meinem Vater her, gab mir das Gefühl, dass ich gewissermaßen einen Stammbaum hatte –, aber dann dachte ich, nein, besser nicht, die Franzosen sind ja nicht gerade beliebt hier, und als ich dann in der Porzellanindustrie Arbeit fand, hörte ich auf William Buelow, etwas Besseres fiel mir einfach nicht ein.

Ich hatte Glück mit meinem Meister, einem Mann, den alle nur den alten Gould nannten. Er hatte zwei Eigenheiten: Erstens stand sein Mundwerk niemals still, und zweitens hatte er panische Angst davor, von einer Kutsche oder sonst einem Fuhrwerk überfahren zu werden – wenn ich es genau überlege, scheint mir, dass vielleicht diese Furcht die Ursache seiner Geschwätzigkeit war. Sein Gefühl, dass es ihm von einem unerbittlichen Schicksal bestimmt sei, unter trampelnden Hufen sein Ende zu finden, war so stark, dass er, wenn er eine Straße überqueren musste, oft eine Stunde lang zaudernd auf dem Gehsteig stand, bevor er den Mut fand, hinüberzugehen. Eine freundliche Vorsehung arrangierte den Zufall unserer ersten Begegnung. Ich trat wankenden Schrittes und mit leeren Taschen aus der Tür des *Bird in the Hand* in Birmingham und stieß an der Ecke mit dieser vor Angst schlotternden Gestalt zusammen. In einer Anwandlung von Menschenfreundlichkeit tat ich ihm den stammelnd erbetenen Gefallen, ihn über die Straße zu führen, und weil ich mir schon dachte, dass er meine Hilfe noch öfter nötig haben würde, begleitete ich ihn weiter bis zu seinem Ziel, einem anderthalb Meilen entfernten Gasthaus, wo er wohnte, und nach der dritten Überquerung einer Straße beugte sich der lange, storchenartige Mann zu mir nieder und bot mir, seinem Lebensretter, voller Dankbarkeit Arbeit in seiner Werkstatt an.

Der Gefängnisarzt unterbrach mich in meinen Betrachtungen mit der sonderbar gestelzt formulierten Frage, was ich vom Genre des Stilllebens hielte.

In meiner Antwort gab ich ihm zu verstehen, dass ich in meiner Arbeit stark von den großen Niederländern des vorigen Jahrhunderts beeinflusst sei – van Aelst, de Heem und van Huysum –, sagte allerdings nichts davon, dass sich mein gesamtes Wissen von diesen Künstlern und ihrem Werk auf das beschränkte, was ich im Lauf von sechs Monaten bei dem alten Gould gelernt hatte. Ich hatte in dieser Zeit Tag für Tag das immer gleiche Blütenmotiv, meine Glyziniengirlande, auf feines Porzellan gepinselt, und Abend für Abend in der Kneipe gesessen, und der alte Gould hatte endlos von diesen blöden, öden Niederländern von Anno Tobak geschwärmt, die er so innig liebte. Eines Abends sagte seine einzige Tochter zu mir: »Komm.« Das war so eine mit prächtig roten langen Haaren und Sommersprossen im Gesicht, die sagte: »Komm mit.« Wir schlichen uns aus dem Haus und tranken so viel, dass ich kaum mehr den Heimweg fand, und dann in der dunklen Werkstatt des alten Gould ließen wir uns auf einem Stück Leinwand nieder, das dort vor all den Gemälden, die der alte Gould gesammelt hatte, auf den Boden hingebreitet lag, und auf dieser Leinwand tanzten wir ein niederländisches Stillleben mit runden wächsernen Birnen und aufgeplatzten Granatäpfeln, und ich selber lag am Ende schlaff da wie der tote Feldhase.

In dieser und anderer Weise war die Bildungsarbeit des alten Gould erfolgreicher, als er selber ahnte. Verstreut zwischen den Pinseln und anderen Gerätschaften lagen auch Bücher in der Werkstatt herum, Werke von Grotius und Condorcet, und manchmal ließ er seine Tochter an der Stirnseite des Raums unter der Büste Voltaires, der mit unergründlichem Lächeln auf sie niederblickte, Aufstellung nehmen und aus dem Werk des großen Mannes vorlesen, während wir immer und immer wieder unsere feinen Muster malten.

So hingerissen von Candide und dem Doktor Pangloss waren wir, ich und meine Schöne, dass wir uns vom niederländischen Genre abwandten, um stattdessen Aufklärung zu tanzen, es war ihr eine solche Lust, wenn Voltaires Lächeln der Vernunft in ihr Inneres drang und zögerte wie eine langsame Woge, die noch nicht brechen will, und sie daran dachte, wie schön es doch war, ihr Gärtlein so bestellt zu kriegen.

Sie können sich denken, dass es eine wirkliche Tragödie

war, als der alte Gould auf dem Heimweg vom Markt, wo er Zwiebeln gekauft hatte, unter die Postkutsche nach Liverpool geriet und zu Tode kam. Die Werkstatt wurde vom Nachlassverwalter verkauft, die Tochter kam plötzlich in den Besitz von ein bisschen Vermögen und strebte nach Höherem, und so kehrte sie den Freuden der Vernunft, die ihr und mir so viel bedeutet hatten, den Rücken, um eine vorteilhafte Ehe mit einem Eisenwarenhändler aus Salford einzugehen, der ein Gesicht wie ein Amboss und eine Seele wie Schlacke hatte, und so kam es, dass ich ihre Sommersprossen nie verblassen, ihr kastanienrotes Haar nie stumpf werden sah und es nie erleben musste, dass unsere Liebe farblos weiß wurde.

Ich war allerdings gezwungen, wieder in die weite Welt zu ziehen, bereichert um drei Dinge, die mir seither so manchen guten Dienst geleistet haben: erstens das Wissen, welche Freuden Voltaire zu spenden vermag, ein Wissen, das mit Vernunft allein nicht zu erwerben ist, zweitens ein Buch aus dem Besitz des alten Gould mit in Kupfer gestochenen Abbildungen der von ihm so geliebten niederländischen Stillleben und drittens Goulds Namen, für den weder er selbst noch seine Tochter weitere Verwendung hatte.

Als man mich am ersten Abend in dem Gasthaus, in dem ich einkehrte, nach meinem Namen fragte, probierte ich ihn an und rief mit Donnerstimme: »Ich bin William Buelow Gould!«

Ich fand, dass es sehr viel besser klang als die alte Variante, diese drei Wörter gaben dem Mund ordentlich zu tun, und in meinem Wohlbehagen angesichts meines neuen Ichs zwinkerte ich einer Frau, die da stand, zu – später erfuhr ich, dass es die Frau des Wirts war –, während ich den Namen volltönend erklingen ließ. Und was glauben Sie, was passierte? Ja, die Frau lächelte mir zu! Bevor sie auch nur ein Wort gesagt hatte, wusste ich schon, dass sie eine Nestflüchterin war, die liebend gerne aus dem Bett ihres Alten schlüpfen würde, um meinen muffigen Strohsack im Stall mit mir zu teilen.

»Und mein Name«, flüsterte ich ihr ins Ohr, »ist ein Lied, das viel gesungen werden wird.«

Später am Abend erfuhr ich, dass ein Fremder mit einem absurden Namen beim Aufklärungswalzer allemal besser fährt als jeder altbekannte Hinz und Kunz.

»Weißt du, was mir an dir gefällt?«, sagte sie. »Du bist anders als die andern hier.« Dann erzählte sie, dass sie im Jahr zuvor nach London gewandert war, um Lord Byrons Sarg vorbeirollen zu sehen, und weil heutzutage jeder ein Dichter sein soll und doch nur ganz wenige Dichter sind, liebte sie mich umso mehr, als ich ihr sagte, ihre Brüste seien wie wächserne Früchte, was wirklich nicht gerade ein Kompliment war, aber das kam mir nun einmal bei ihrem Anblick in den Sinn, und als sie fragte: »Und an was erinnere ich dich sonst noch?«, sagte ich: »Na ja, das kommt darauf an, was du mir sonst noch zeigst.« Da sagte sie: »Du bist in der Tat ein Teufel! Wahrscheinlich bist du am Ende gar nicht so anders als die anderen.« Und ich: »Du wirst schon sehen«, und als sie dann schließlich den ganzen flämischen Pinsel zu spüren kriegte, stellte sie fest, dass es tatsächlich nicht so anders war, und ich war auch nicht anders, und die Männer waren alle gleich, und dann wurde sie wütend …

Aber wieder unterbricht mich der Doktor, und wieder muss ich ihn in einer Meinung bestätigen, nämlich der, dass die Bedeutung der Kunst in dem Maß schwinden wird, in dem die der Wissenschaft zunimmt. Und warum auch nicht?

Es ist schließlich die ureigene Idee des Doktors, und im Übrigen bin ich für meinen Teil mit Gedanken darüber voll ausgelastet, was die Kunst für mich bedeuten könnte – damals war es, wie Sie sehen, nicht gerade etwas sehr Hohes und Reines, wenn auch etwas recht Angenehmes, nämlich der spektakuläre Anblick der prächtigen weißen Schenkel jener Frau und ihrer Hinterbacken, die sich im Takt des Aufklärungswalzers hoben und senkten, aber das alles scheint doch etwas trübe und längst vergangen –

»WISSENSCHAFT – UNAUFHALTSAMER AUFSTIEG – KUNST – DIENSTMAGD –«, und schon ist er wieder im Gange. Ich selber habe eigentlich keine Meinung zu dieser Frage von Kunst und Wissenschaft, nur ein paar nette Erinnerungen, an denen ich hänge – ich bin ja nur ein zu Unrecht angeklagter Fälscher und mache alles, was und wie es bestellt und bezahlt wird, gut oder schlecht, danach frage ich nicht. Ich weiß nicht, warum, aber mir kam etwas in den Sinn, was der alte Gould, der sich viel auf solche Sachen einbildete, einmal gesagt hatte, und zwar, dass der französische Philosoph Descartes der Meinung gewesen sei, alle Materie bestehe aus lauter Strudeln, aber irgendwie fand ich dann, dass der Doktor wahrscheinlich keine Lust hatte zu hören, dass sich alles, Ungeborene, Trinker und Leichen inbegriffen, immer nur im Kreis dreht, und so behielt ich es für mich und sagte nichts mehr.

Irgendwann stand der Doktor auf, nahm seinen Hocker und klopfte damit ein paar Mal gegen die Tür, und dann strömte ein Schwall Licht und frische Luft in meine dunkle, stinkende Zelle, denn der Schließer war gekommen, um den Doktor hinauszulassen.

Jetzt musste ich etwas unternehmen, das war mir klar.

»Ein Mann wie Sie, Sir«, begann ich, bemüht, den passenden Ton bescheidener Ehrfurcht zu treffen, »ein Mann in den Vierzigern, wenn Sie mir die Freiheit gestatten, unverkennbar in der Blüte seiner Jahre, der, entschlossen, der zerstörerischen Zeit die Stirn zu bieten, die wunderbaren Früchte seiner wissenschaftlichen Arbeit der Nachwelt erhalten will …«

»EXAKT«, sagte der Doktor, »NUR – DAS ALTER – SCHMEICHELHAFT GESCHÄTZT – IN DEN VIERZIGERN? – JA? – NEIN? – JA, NICHT UNMÖGLICH.«

»Ein solcher Mann«, fuhr ich auf dem nun schon gebahnten Weg desto geschmeidiger fort, »weiß natürlich, dass man den Erfolg in solchen Dingen nicht billig und ohne Mühen erkauft: Man muss die Achtung der Kollegen gewinnen.«

»ABSOLUT«, stimmte der Doktor zu. Dann schluckte er, offenbar war ihm etwas unbehaglich zu Mute. »FORTSCHRITT DER WISSENSCHAFT, NICHT DER EIGENEN PERSON – ABER – DAS ERFORDERT?«

»Wissenschaft«, sagte ich in einem Tonfall, der souveräne Übersicht und Zustimmung gleichermaßen signalisierte, »erfordert nichts als Wissenschaft.« Ich beugte mich ein bisschen nach vorn. »Aber wenn der Maler dies für die Nachwelt festhalten will, braucht er zusätzlich zu aller Wissenschaft den Wissenschaftler, er muss Sie und Ihre wissenschaftliche Leistung zum Ausdruck bringen …« Der Doktor schluckte wieder, irgendwie befremdet, als erforderte sein Streben nach Unsterblichkeit ganz andere Beweise als die, die ich ihm andiente. Ich wurde unsicher, geriet aus dem Geleise. »Wenn Sie mir die Ehre erweisen wollten, Ihr Porträt malen zu dürfen, Sir, wäre ich –«

Die struppigen Brauen des Doktors zuckten heftig, und

ich verstummte mitten im Satz – einen schrecklichen Moment lang dachte ich, zwei der zahlreichen Beutelmäuse in meiner Zelle wären ihm, weil sie seinen Kopf mit einem Kürbis verwechselten, ins Gesicht gesprungen und säßen nun direkt über seinen warzigen Augenlidern.

»FISCH, GOULD! – DIESER FISCH – DAS AUGE – SEHR WISSENSCHAFTLICH.« Offenbar starrte ich immer noch wie betäubt auf seine Brauen, weswegen er dachte, ich hätte ihn gar nicht gehört. »DER FISCH DES KAPITÄNS«, sagte er ein bisschen irritiert. Die Mäuse reckten sich über seiner Nasenwurzel. »EIN MANN MUSS SEIN MÉTIER FINDEN – SIE HABEN IHRES GEFUNDEN – ICH GLAUBE – *EN UN MOT*? – FISCH?« Er hielt inne, blickte zur Decke und dann wieder auf mich. »IM FISCH, JA? – NEIN? JA – IN MR. TOBIAS ACHILLES LEMPRIERE, DER RESPEKT HAT VOR TALENT – WISSENSCHAFTLER – IHR MÄZEN, JA, DEN MÖGEN SIE AUCH GEFUNDEN HABEN – SIR, GUTEN TAG.«

Und weg war er und mit ihm, dachte ich, die Möglichkeit, der Schinderei der gewöhnlichen Sträflingsarbeit zu entkommen.

## VI

Unsere zweite Begegnung fand kurz nach meiner völlig überraschenden Entlassung statt. Man holte mich aus meiner Zelle und eskortierte mich direkt zu Mr. Lemprieres Quartier, einer etwas verwahrlosten, kleinen, weiß getünchten Lehmkate. Auf dem Weg kamen wir am Appellplatz vorbei, wo gerade eine Auspeitschung stattfand. Der Mann, der die Geißel schwang, hielt nach jedem Schlag inne, kämmte die Riemen mit den Fingern durch, um das Blut abzustreifen, dann tauchte er die Riemen kurz in einen eigens zu diesem Zweck bereitgestellten Eimer mit Sand, denn die rauen Körnchen verliehen dem Schlag noch mehr Biss.

Nach ein paar Schritten standen wir vor einer windschiefen Kate in der Nähe der Bootswerften. Ich wurde ohne weitere Umstände ins Innere geführt, in einen dunklen, übel riechenden Raum, der selbst in dieser Dunkelheit wie eine wahre Rumpelkammer anmutete. Ich hätte in alldem Chaos fast den Doktor übersehen, der wie ein Seelöwe auf einer Chaiselongue ruhte.

Nach und nach wurden mir Einzelheiten seiner Besitztümer deutlich, die stolz um ihn herum arrangiert waren, lauter Sachen mit kross gebackener Kruste, aber innen drin teigig und weich – alles, von dem grob gezimmerten, wurmstichigen Tisch in der Mitte des Zimmers bis zu den Porträts, die sich an allen Wänden breit machten, schien schreien zu wollen: »Wir sind auch Lempriere!« Höflich, wie es meine Art ist, hatte ich nicht das Verlangen, mein tiefes Bedauern angesichts dieser Umgebung zum Ausdruck zu bringen. Besonders bizarr wirkten die zahllosen Sonderbarkeiten, die um ihn herum aufgereiht waren, ihn einhegten wie der Sonnenzirkel die ägyptischen Könige in den Pyramiden. Da lagen mehr Knochen herum als in der Grube des Abdeckers, in den Regalen stapelten sich Schädel von Beuteltieren, Brustkörbe, Schenkelknochen, ganze Skelette von allen möglichen Tieren, aber der Mann hatte auch Federn und Muschelschalen und getrocknete Blüten und Steine zusammengetragen, es gab Schaukästen mit aufgespießten Tag- und Nachtfaltern und Käfern und flache Schalen mit Vogeleiern.

Bevor ich auch nur Gelegenheit gehabt hatte, mich hinzusetzen, begann der Doktor zu reden, und zwar über ein Thema, das mich noch nie auch nur im Geringsten interessiert hatte.

»WIE SIE WISSEN – NATÜRLICH – WENIGE NAMEN IN DER WISSENSCHAFT GENIESSEN MEHR ACHTUNG«, sagte Mr. Lempriere, »ALS CARL VON LINNAEUS – JA? NEIN? JA – GROSSER SCHWEDISCHER NATURFORSCHER.«

Ich war verwirrt, nickte aber kennerhaft. Mr. Lempriere wies mich mit einer Handbewegung an, auf einem Hocker ihm gegenüber Platz zu nehmen, dann deutete er einladend auf eine Karaffe – es war bester Rum aus Französisch-Martinique darin, nicht der bengalische, den ich gewöhnt war, ein wässriges Gebräu mit wenig Feuer und viel Zuckercouleur. Und dann fuhr er mit seiner »Diskussion« – das war eines seiner Lieblingswörter – des Themas fort und legte dar, wie das Klassifikationssystem, das Linné eingeführt hatte, die Geschichte der Menschheit revolutionierte.

In diesem System gehört jede Pflanze zu einer Art, jede Art zu einer Gattung, jede Gattung zu einer Ordnung. Das ganze Durcheinander der althergebrachten Pflanzennamen, die das ungebildete Volk verwendet, mitsamt dem abergläubischen und quacksalberischen Unfug, der daran hängt, ist abgeschafft, es gibt kein Warzenkraut mehr und keine Hundsflechte und keinen schwarzen Nachtschatten, sondern einen wissenschaftlich korrekten lateinischen Namen für jedes lebende Wesen, der auf dem gewissenhaften Studium physischer Merkmale von Organismen beruht. Die Welt der Menschen und die der Natur werden jetzt wissenschaftlich sauber voneinander geschieden, und diese Unterscheidung eröffnet der Menschheit die freie Bahn des Fortschritts.

Er war ein wandelndes Konversationslexikon; ich fragte mich, ob er jemals ein Buch von Anfang bis Ende gelesen oder vorlesen gehört hatte so wie ich diese französischen Geschichten von Doktor Pangloss und Candide. Er kannte eine unglaubliche Menge ausgefallener Fremdwörter – das ging so weit, dass er eine Kneipe, in der Schwarzgebrannter ausgeschenkt wurde, »Zythepsarion« nannte, ein Wort, das bestimmt keiner von den Gästen eines solchen Lokals auch nur aussprechen könnte – und benutzte nie ein klar verständliches Wort, wenn es nicht unbedingt sein musste, das heißt, wenn es nicht irgendeinen exotisch lateinischen Bandwurm gab, der sich recht und schlecht stattdessen einflicken ließ, weswegen seine Sätze genauso voll gestopft und wirr anmuteten wie das Zimmer, in dem wir saßen.

Sosehr er auch in seiner Ausdrucksweise und äußeren Erscheinung an vergangene Zeiten anknüpfte, wollte er doch als ein Mann der Zukunft verstanden werden, dessen Ideen und Träume seiner Zeit vorauseilten. Ich versuchte mein Bestes, aus der Veranstaltung ein Gespräch zu machen, indem ich ab und zu eine Phrase, die er gerade von sich gegeben hatte, wiederholte – in dem naiven Glauben, ein solches Echo könnte ihn vielleicht darauf aufmerksam machen, dass noch eine zweite Person im Zimmer war –, aber es war offensichtlich, dass er sich nicht unterhalten, sondern ein Manifest verkünden wollte, in dem er wissenschaftliche Erkenntnisse und Privatmeinungen zu einem spektakulären Amalgam verband, das keinerlei Sinn ergab.

»ERASMUS DARWIN – KLUGER MANN«, sagte er einmal, »ABER: WARUM ZITRONE IM GRÜNEN TEE?«

Ich verstand überhaupt nichts von all dem, was er redete, aber ich nickte immer weise mit dem Kopf, flocht gelegentlich ein leicht skeptisch zögerndes »Mmm ja« ein oder ein halbherziges »Oh«, stülpte meine rumfeuchten Lippen vor und nach oben, um ihm das Gefühl zu geben, ich erfasste, was er da zum Besten gab, und um mein aktives, kritisches Interesse zu bekunden, als er mir seinen kostbarsten Besitz vorführte, die hochberühmte – so versicherte er mir unmissverständlich – zehnte Auflage von Linnés *Systema Naturae*, in der auch die Tiere behandelt werden.

Der Doktor reckte sich jetzt zu seiner ganzen Größe auf: »O JA«, sagte er und schenkte mir, damit ich in meinem regen Interesse nicht nachließ, noch ein Glas von diesem Rum aus Martinique ein, »DIE ZEIT IST NAHE – DIE KLASSIFIKATION NICHT ALLEIN DER TIERE – ALLER LEBENDEN WESEN – *EN UN MOT*? – DER MENSCHEN – JA? NEIN? JA.«

Ich nickte, prostete ihm zu, hielt ihm mein leeres Glas hin – dieses Mal unaufgefordert –, und der Doktor, der wunderbare, generöse Mr. Lempriere, schenkte es noch einmal voll.

»SIE GLAUBEN ES NICHT? – NEIN? – SIE WERDEN ES GLAUBEN, SIE WERDEN – ZUERST ALLE STRÄFLINGE KLASSIFIZIEREN, VON KLASSE 1 BIS 26 – AUF DIESER BASIS DIE GESELLSCHAFT ERNEUERN.«

»Wissenschaft?«, fragte ich.

»ANGEWANDTE«, bestätigte er.

Dann kam sein Redefluss wieder in Gang und verästelte sich in alle möglichen Seitenthemen. So sprach er etwa über die Behandlung der Gonorrhö mit Quecksilbersalben. »EINE NACHT MIT VENUS«, seufzte er, »EIN GANZES LEBEN MIT MERKUR.« Er schüttelte den Kopf. »SCHARFER RUM – JUNGES MÄDCHEN – ALTER DOKTOR –

GRAUSAM, GRAUSAM.« Weiter ging's mit einem französischen Botaniker namens Lamarck, dessen siebenbändige *Histoire naturelle des animaux sans vertébrés* der Doktor als eine taxonomische *tour de force* bezeichnete. Danach verbreitete er sich über das Hausschwein, ein Tier, das sich durch planmäßige Zucht bis ins Unendliche verbessern lasse.

Hier winkte er mir mit einem fetten Finger und geleitete mich nach draußen. Nachdem er mir die ganze Schönheit seines Schiebefensters vorgeführt hatte – es war das einzige Fenster der Kate und hatte nicht seinesgleichen auf der Insel; er hatte es aus Hobart mitgebracht und hier einbauen lassen –, führte er mich hinter die Kate, wo er ein Schwein hielt. Es war ein großer Eber, dem er den Namen Castlereagh gegeben hatte, nach dem Premierminister, denn Mr. Lempriere hielt es als ein Mann des Fortschritts mit den Whigs und wollte mit vertrottelten Tories nichts zu tun haben.

Es war schwer zu erraten, worauf das alles hinauslaufen sollte, und ich gab es bald auf und überließ mich willenlos seiner Führung. Das Schwein war von undefinierbarer Rasse und lebte in einem Pferch, der an das Haus angebaut war. Selbst nach den auf der Insel üblichen Maßstäben musste Castlereaghs Heimstatt als stinkendes Dreckloch gelten, ein Pfuhl von Schlamm und Jauche, in den der Doktor jeden Tag Küchenabfälle und Essensreste kippte, die jeder Sträfling liebend gern verzehrt hätte. Das schwarz-weiß gefleckte Schwein war, wie es schien, das einzige Wesen auf der Insel, das in dieser Umgebung gedieh: Es war zu gigantischer Größe gewachsen und hatte neben der Fähigkeit, bestialisch zu stinken, einen äußerst bösartigen Charakter entwickelt.

Man könnte vielleicht denken, dieser Eber hätte, intelligent, wie Schweine bekanntlich sind, versucht, sich bei dem Doktor einzuschmeicheln, der ihm jeden Tag höchstpersönlich sein Futter brachte, um sicherzustellen, dass sich nicht etwa ein hungriger Sträfling daran vergriff. Aber nein, Castlereaghs Hass auf die Welt und alle, die darin lebten, schien sich nur zu steigern, je fetter er wurde, und der Doktor erregte wie jeder beliebige andere seinen Zorn.

Warum Mr. Lempriere überhaupt ein Schwein hielt, war ihm offenbar selbst nicht ganz klar. Er gab immer wieder andere Gründe dafür an – dass es bei einem Bankett für die auf der Insel stationierten Offiziere verspeist werden sollte oder als Weihnachtsbraten oder bei einem Essen anlässlich der Begrüßung des neuen Lotsen, oder er behauptete, er habe es nur deswegen angeschafft, um ihm die Kehle durchzuschneiden und sich dabei voller Lust vorzustellen, es wäre der andere Castlereagh, dieser Lump, den er abschlachte. Manchmal sprach er davon, er werde es an die Verpflegungsstelle verkaufen, ein andermal spielte er mit dem Gedanken, mit den Teilen des geschlachteten Castlereagh Tauschhandel zu treiben und seinen Offizierskameraden, die seit Jahren immer nur ranziges Pökelschweinefleisch gegessen hatten, allerlei Kostbarkeiten abzuluchsen.

Die Wahrheit ist, glaube ich, dass er das Schwein deswegen hielt, weil es ihm ein Gefühl von Macht gab, eine solche Masse Frischfleisch zu besitzen und zu wissen, dass keiner ihn ansehen konnte, ohne voller Neid von einer Schlemmerei aus Schweinedelikatessen zu träumen, die einander in einem ununterbrochenen Reigen folgten: Erbsensuppemit-SchinkenSchweinskopfsülzeSpeckgebrateneHaxeBlutwurst Eisbeinknuspriggebratene Schwarte Schweinsfüße in Aspik. Der Tag des Gerichts für Castlereagh wurde immer wieder aufgeschoben, was zur Folge hatte, dass das Tier immer gigantischer und bösartiger wurde.

Aber damals wusste ich von alledem noch nichts, denn der Doktor redete schon wieder von etwas anderem und geleitete mich zurück in seine voll gestopfte Kate. Er sprach jetzt davon, dass uns eine wichtige Aufgabe bei einem Projekt übertragen sei, das dahin ziele, die Welt in eine Million klassifizierbarer Elemente aufzuspalten, und letztlich auf eine vollkommen neue Gesellschaftsordnung. Ich verstand kein Wort, allerdings fachte ein weiteres Glas von dem Rum aus Martinique meinen Eifer, Interesse zu heucheln, bedeutend an. Anfangs hatte ich das Getränk ganz ausgezeichnet gefunden, jetzt kam es mir geradezu himmlisch vor.

»ICH STEHE«, sagte er, wobei er sich zurücklegte, den Obelisk seines weißen Schädels senkrecht aufrichtete und seine von Geifer feuchten Walrosslippen straffte, um mir zu verstehen zu geben, dass die Worte, die jetzt folgen sollten, unterstrichen zu denken waren, »IN KONTAKT – WOHL GEMERKT – COSMO WHEELER? – MIT *DEM* MR. COSMO WHEELER – DEM RENOMMIERTEN ENGLISCHEN NATURFORSCHER.« Das war ganz offensichtlich von großer Bedeutung, ich hätte nur gern gewusst, worin diese Bedeutung bestand.

Ich wusste es nicht.

Aber ich war nicht so dumm, mir meine Ignoranz anmerken zu lassen und meinem Gegenüber zu verraten, dass das Renommee des erwähnten Mr. Cosmo Wheeler nicht ausnahmslos zu jedermann durchgedrungen war.

»Eine Berühmtheit«, sagte ich vorsichtig sondierend.

»GENAU«, bestätigte er.

Wer immer dieser mysteriöse Mr. Wheeler sein mochte,

so war er doch jedenfalls derjenige, dem der Doktor die Überzeugung verdankte, er leiste einen ungeheuer wichtigen Beitrag zu einem hehren Werk, wenn er unermüdlich naturkundliches Material aller Art zusammentrage und katalogisiere und nach London sende. Offenbar hatte Mr. Wheeler dem Doktor geschrieben, diese Tätigkeit sei seine »historische Aufgabe«. Wenn ich zwischen den Zeilen las, mochten sie unterstrichen sein oder nicht, kam es mir durchaus wahrscheinlich vor, dass dieser englische Naturforscher ebendeswegen renommiert war, weil er es verstanden hatte, sich aus alledem, was ihm der Doktor und andere fleißige Mitarbeiter in den Kolonien zukommen ließen, eine Karriere zu basteln.

Der Doktor schien keine Ahnung davon zu haben, dass er nur ausgenutzt wurde, ja, er war zum Erbarmen dankbar dafür, dass er mit einer Koryphäe vom Rang eines Mr. Cosmo Wheeler in Verbindung treten durfte. Manchmal sah es so aus, als glaubte der Doktor, wenn es ihm nur gelänge, das Mysterium der Welt in genügend Teile zu zertrümmern und die Fragmente an Mr. Wheeler zu schicken, damit er sie katalogisiere, dann würde das Mysterium verschwinden, und man könnte alles wissen und folglich alle Probleme lösen, alles Unvollkommene verbessern, alle Fragen von Gut und Böse wären eindeutig zu beantworten und zu bereinigen, wenn die Dinge der Schöpfung erst einmal ordentlich in die Fächer eines universalen Linnéschen Systems einsortiert wären.

Unser Beitrag zu diesem gargantuesken Projekt des Vandalismus bestand darin, möglichst vollständig und genau zu beschreiben und zu inventarisieren, was der Doktor mit den von Cosmo Wheeler vorgegebenen Worten »DIE KLEINE WELT DER ICHTHYOLOGIE VON MACQUARIE HAR-

BOUR« nannte, und unsere Aufzeichnungen nach London zu Mr. Wheeler zu schicken, der das Material kategorisierte und systematisierte.

Wie immer, wenn ich nichts verstand, nickte ich verständnisinnig. Die Karaffe schwebte wieder über meinem Glas, neigte sich, stand aber plötzlich still – der gute Doktor war mitten in der Bewegung des Einschenkens erstarrt. Er blickte mich an mit seinen wässrigen Augen, um mir zu verstehen zu geben, dass er im Begriff stand, mir in einer Offenbarung von allergrößter Bedeutung die ganze Genialität seinen Denkens zu enthüllen.

»WAS ICH SAGEN WILL, GOULD«, sagte er und rückte mir auf den Leib, indem er sich lächelnd vorbeugte und mir eine seiner feisten Patschhände aufs Knie legte, Vertraulichkeiten, die mir zutiefst widerlich sind und auf die ich vielleicht mit einem feindseligen Ausdruck des Ekels reagiert hätte, wenn nicht in ebendiesem Moment der glorreiche Rum aus Französisch-Martinique wieder zu fließen begonnen hätte – »IST FISCH.«

## VII

Mir war schon damals klar, dass der Doktor vollkommen verrückt war. Er wollte nicht Bilder von Farnen oder Vögeln oder Kängurus oder Schnabeltieren, sondern von Fischen: Sardine und Hecht, Mönchsfisch und Eberfisch oder deren antipodische Vettern oder auch ganz andere Arten, die sich eben auf dieser Seite der Welt im Wasser tummelten, sollten dokumentarisch erfasst werden. Denn es liegt nun einmal in der Natur der Fische, dass für die Zoologen brauchbare Präparate nicht leicht herzustellen sind, und dann – dies vor allem – hatte Mr. Cosmo Wheeler in seinen Briefen an den Doktor unmissverständlich klargemacht, was er wünschte, denn die Reputation eines Wissenschaftlers, so hatte er geschrieben, erwachse nicht einfach aus Fleiß und Inspiration, vielmehr gehöre, wie der große schwedische Naturforscher und Sammler Graf Linnaeus exemplarisch gezeigt habe, auch das strategische Genie eines Wellington dazu: Man müsse die richtige Wahl treffen, was man sammeln wolle und was nicht.

Ich konnte damals unmöglich voraussehen, dass dieses irrsinnige Projekt, Fische zu malen, damit irgendein Kerl in einem fernen Land Karriere machen konnte, mein eigenes Leben derart stark bestimmen, ja der Inhalt meines Lebens werden und mich zu dem machen würde, was ich jetzt bin: ein Mann, der eine Fischgeschichte erzählen will, eine Geschichte von Fischen und in Fischen und unter Verwendung fischiger Mittel aller Art bis hin zu der aus einem Haiknochen geschnitzten Feder, mit der ich diese Worte schreibe, nachdem ich sie in Sepia, die mir vor wenigen Stunden ein Tintenfisch geliefert hat, eingetaucht habe.

Das Tier war letzte Nacht von der Flut in meine Zelle gespült worden, und ich konnte es gegen Morgen, als der Pegel sank, mit meinem Pinsel harpunieren. Das arme Geschöpf, das meiner höheren Gewalt zum Opfer gefallen war, mobilisierte alle wilde Wut, deren es fähig war, und spritzte Tinte. Ich bekam etwas davon ins Auge und in den Mund, schaffte es aber, ein gutes Drittel davon in meinem Blechnapf aufzufangen, und mit dieser dunklen Flüssigkeit, die beim Trocknen die kackbraune Farbe dieser beschissenen Insel annimmt, schreibe ich alles dies, was Sie gerade lesen.

»Die Fische sind es, die nun geradezu danach schreien, endlich systematisiert und damit dem wissenschaftlichen Verständnis zugeführt zu werden«, hatte Mr. Cosmo Wheeler dem Doktor geschrieben, »und Ihnen, mein lieber beneidenswerter Freund, bietet sich die Gelegenheit, als Sammler und Forscher eine ganze neue exotische Welt der Fische zu erschließen.«

Ich erinnere mich, dass ich weder im Mund noch in der Kehle etwas spürte, als ich meinen Rum hinunterkippte, den Blick wie gebannt auf die milchigen Augen des Doktors gerichtet, der mir die Einzelheiten von Mr. Cosmo Wheelers jüngstem Schreiben mitteilte.

»Und«, so hatte der große Mann rhetorisch gefragt, »ist nicht glückhafter Zufall ebendieser Art, Fügung, die den rechten Mann (den Genius Tobias Achilles Lempriere) am rechten Ort (Macquarie Harbour – Transsylvanien – Van Diemens Land) sein lässt, dasjenige, was so oft Geschichte macht?«

Er schätze die Arbeit seines überseeischen Assistenten hoch, fuhr Mr. Cosmo Wheeler fort, und sei deswegen bereit – wenn die Forschungen genügend neues Material erbrächten und die Qualität der Bilder es erlaubte –, die Fische in seinem nächsten Werk, das den Arbeitstitel *Systema Naturae Australis* trage, der Öffentlichkeit vorzustellen.

Der Doktor hatte so lang und so angestrengt geredet, dass ich gar keine Gelegenheit bekommen hatte, etwas zu sagen, was meine Künstlerlegende hätte auffliegen lassen. Er hatte es auf diese Weise geschafft, sich selbst zu überzeugen, dass ich als Künstler etwas taugte, und dies so, dass sogar ich darauf hereinfiel und mir in meiner Eitelkeit einbildete, jedenfalls eine Weile lang, es müsse mir doch möglich sein, akkurate Fischbilder zu Stande zu bringen, die höchsten wissenschaftlichen Ansprüchen genügten.

Natürlich sagte ich das nicht laut, und ich sagte auch sonst nichts.

Ich hatte, um die Wahrheit zu gestehen, gar nicht die Möglichkeit, je das Wort zu ergreifen. Der Doktor deutete meine Schweigsamkeit als den natürlichen, gleichwohl lobenswerten Ausdruck jener Servilität, die ich ihm, meinem Dienstherrn und Gönner, selbstverständlich schuldete, seiner Meinung nach war Fügsamkeit gegenüber der Macht für einen Künstler ebenso unverzichtbar wie die Fähigkeit zu zeichnen. Der Rum entfaltete seine Wirkung, und der Doktor wurde vertraulich.

»SCHAUEN SIE MICH AN«, sagte er irgendwann, »EIN SPÄT GEBORENER MEDICI – SIE BOTTICELLI!«

Ich lächelte, aber dann merkte ich, dass er keine Miene verzog, dass seine stumpfen Augen einen schimmernden Glanz angenommen hatten, und ich verstand, dass es kein Witz gewesen war. Und das war nur der Auftakt gewesen, jetzt kam er erst richtig in Fahrt:

»ABER UNSERE AUFGABE – GRÖSSER – INTERPRETATION DER NATUR, ABER NICHT NUR ZUR ZIER – KLASSIFIZIEREN – DIE NATUR ORDNEN – DANN BLEIBT NUR NOCH EIN RÄTSEL ÜBRIG: GOTT – ABER DER MENSCH? – DAS REICH DES MENSCHEN, ALLES EINE SACHE DES WISSENS, ALLES WIRD BEKANNT SEIN UND DIE HERRSCHAFT DES MENSCHEN VOLLKOMMEN – SEIN REICH IST AM ENDE DIE NATUR – VERSTEHEN SIE? – JA? NEIN? JA – WIRKLICH?«

Ich verstand es nicht so ganz. Es klang fast, als hätten der

Doktor und Mr. Cosmo Wheeler vor, die natürliche Welt in einem zweiten Schöpfungsakt neu als eine Strafkolonie zu gestalten, und mir wäre die Rolle des Vorzugshäftlings, der als Schließer amtierte, zugedacht. Immerhin, mir waren schon schlechtere Angebote gemacht worden.

Ich warf ihm ein Stichwort hin. »Hierarchie?«, fragte ich.

»ELYSIUM«, sagte er.

Wie Blake, den Ackermann bei festlichen Anlässen zitierte, zu sagen pflegte, sind es immer die Widersprüche, die uns voranbringen. Aber ich hielt es für unwahrscheinlich, dass der Doktor etwas in der Art meinte, und überlegte mir gerade, ob ich es vielleicht mit einer Bemerkung über den Adel der Wissenschaft versuchen sollte, als mich der Doktor von der Pflicht, etwas zu antworten, entband, indem er mir noch ein Glas einschenkte.

Die Karaffe wie eine Fackel in der Hand schwenkend, teilte er mir mit, wir würden unsere Arbeit damit beginnen, dass ich nach und nach alle Fische malte, die in der Lagune Macquarie Harbour gefunden würden, und alles Seegetier, das dort, wo die verseuchten Wasser des King und Gordon River ins Meer flossen, tot umhertrieb. Er habe schon mit dem Kommandanten gesprochen, und ich sei von allen anderen Pflichten befreit und ihm, dem Doktor, unterstellt worden.

Die Hälfte meiner täglichen Arbeitszeit sollte ich als Hausdiener des Doktors mit Putzen und Waschen zubringen, die andere Hälfte des Tages stand mir ganz für meine Beschäftigung mit den Fischen und insbesondere den Fischbildern zur Verfügung.

Der Doktor, nun gut abgefüllt, stand auf. Er schwankte in langsamem Takt vor und zurück, ein zum Ballon aufgetriebenes Metronompendel, das zwischen dem Bedürfnis, distanzierte Autorität zu wahren, und dem dringenden Wunsch, mir ein Geschenk zu überreichen, hin und her kippte. Er stolperte, verlor die Balance, fiel mir fast in den Schoß, als er mir dann wie eine Opfergabe einen hölzernen Kasten, etwas größer als ein Zigarrenkistchen, brachte, in dem etliche Schälchen mit Wasserfarben, manche schon gebraucht, nebeneinander aufgereiht waren – ein verblichener Regenbogen –, und dazu sechs Pinsel, allesamt alt und schäbig.

Dann sank er plötzlich zu Boden, und während er immer noch weiterredete, nahm ich meine Tagträumereien von neuen Namen und alter Liebe wieder auf. Irgendwann später am Abend wurde mir bewusst, dass er seit mindestens einer halben Stunde vor mir auf dem Fußboden schlief, ohne dass ich es bemerkt hatte.

## VIII

Unter seinem Bett, in einem ramponierten Köfferchen aus dunklem Saffianleder, bewahrte der Doktor seine naturkundlichen Bücher auf, dazu einen Brief von Jeremy Bentham. Das Schreiben enthielt die kurze Antwort auf einen langen Diskurs, den der Doktor dem großen Mann geschickt hatte, um ihn darauf aufmerksam zu machen, dass das Prinzip des Panopticons – eines Modellgefängnisses, in dem alle Insassen ständig beobachtet und überwacht werden konnten – sich mit Gewinn auch in den naturkundlichen Wissenschaften anwenden lasse.

Dieser Brief war sein kostbarster Besitz, ein Talisman, der ihm zu dem ersehnten Sitz in der Royal Society verhelfen würde. In den Kreis dieser großen Männer aufgenommen zu werden, versicherte er mir, sei die höchste Ehre, die einem Gentleman und Wissenschaftler widerfahren könne, sie sei für einen Mann die ultimative Beglaubigung seiner historischen Bedeutung.

Ich muss gestehen, dass Billy Gould zuerst kein allzu großes Interesse für Fische aufbrachte, und wenn es eine Möglichkeit gegeben hätte, ihnen zu entkommen, so hätte er sie sicher genutzt. Als er das Köfferchen des Puddings durchsuchte, stieß er nicht nur auf Linnés *Systema Naturae,* sondern auch auf eine gekürzte Ausgabe der *Naturgeschichte* des Plinius, die der Doktor als ein Sammelsurium von abergläubischem Geschwätz, geschrieben von einem römischen Ignoranten, abtat.

Aber ich entdeckte in diesem Buch mehr als nur eine mythische Menagerie mit Mantichoren und Basilisken. Bei Plinius lernte ich, dass der Mensch keineswegs der souveräne Mittelpunkt allen Lebens ist, vielmehr lebt er in einer grauenhaften Welt, von der er nichts wissen kann, in einer Welt, wo eine schwangere Frau ihr Kind verlieren kann, wenn jemand in ihrer Gegenwart den Docht einer Lampe schneuzt, wo der Mensch verirrt und verloren ist, aber verirrt und verloren in der wunderbaren, Staunen erregenden, überwältigenden, unerklärbaren Pracht eines Universums, dem nur unsere unzureichende Vorstellungskraft Grenzen setzt.

Ein ganz anderer Geist herrschte in Dr. Bowdler-Sharpes *Buch der Eier*, das auf dem Boden des Koffers nistete, nämlich derselbe Geist, der auch das Panopticon hervorbrachte. Es listete nicht weniger als 14 917 Typen von Eiern 620 verschiedener Vogelarten auf. Dr. Bowdler-Sharpes Stil war kompromisslos ökonomisch, auch wenn es das letzte Hemd kostete:

Die Eier von *Orthonyx temmincki* (Spitzschwanzbaumläufer) sind von elliptischer Form, schwach glänzend und von weißer Farbe.

Drei Eier maßen jeweils: 1,07 x 0,76; 1,13 x 0,8; 1,17 x 0,8.

Die Vorlieben des Puddings, das wurde mir langsam klar, würden niemals die meinen werden, sosehr ich mich auch bemühen mochte. Er war ein übergeschnapptes System, dem nur ein Sujet fehlte, ein fiebernder Dr. Bowdler-Sharpe auf der Suche nach einem Ei, das er vermessen konnte. Er wollte Ichthyologe sein, ich wäre lieber der Fisch geworden. Er träumte vom Fangen, ich vom Entrinnen.

Ich wollte lieber, wie ich es in meiner Kindheit tat, einer Drossel dabei zusehen, wie sie in einem harten Winter, wenn sie nichts anderes findet, Schnecken knackt, als solchen Mist wie den von Dr. Bowdler-Sharpe zu lesen, beobachten, wie die Drossel, um an ihr Futter zu kommen, die Schnecken auf einem Stein zertrümmert, vor dem schon ein Haufen Splitter von anderen Schneckenhäusern liegt. Das ist weit besser als ein illustriertes Gesamtverzeichnis von Schneckenzertrümmerungstechniken, differenziert nach Krallenformen und Schnabelvarianten. Weit besser ist es, den klagenden Warnruf der Nachtigall zu hören und zu sehen, wie ihre Jungen, wenn er ertönt, sofort stocksteif werden und bewegungslos dahocken, als in einer zoologischen Sammlung Kopfdurchmesser und Flügelspannweiten von ausgestopften Vögeln festzustellen. Solches Sammeln und Klassifizieren taugt nichts, wie mein Kumpel, der irre Clare, einmal sagte, und ist bloße leere Ruhmsucht.

Lassen Sie mich an dieser Stelle bekennen, dass ich nie für eine Aufgabe so schlecht gerüstet war wie für die, diese Fische zu malen. Bei dem Gedanken daran überkam mich eine wahre Panik. Ich versuchte mich zu beruhigen und sagte mir, immerhin sei ich doch bei einem Kupferstecher in die Lehre gegangen. Aber was hatte mir das wirklich gebracht? Letztlich nicht mehr als einen Haftbefehl, der auf meinen alten Namen lautete, und einen – jedenfalls eine kurze Zeit lang – unbescholtenen neuen Namen. Und dann war da noch meine künstlerische Erfahrung in der Neuen Welt: Hatte ich nicht Gaststuben dekoriert, Wirtshausschilder gemalt, gelegentlich auch Porträts? Aber ich kannte meine Grenzen nur allzu gut. Mit dem Zeichnen war es nicht weit her: Ich konnte mehr schlecht als recht Details von Banknoten und Wertpapieren kopieren und Karikaturen machen, die Marotten armer Leute oder die Eitelkeit der freien Siedler verspotteten, ich konnte zweidimensionale Objekte, alles, wo man abpausen oder mit dem Storchschnabel oder mit einem Koordinatensystem oder auch, wenn es leichte Sachen waren, mit einem groben Augenmaß arbeiten konnte.

Aber einen Fisch zu fälschen ist keine so leichte Sache.

Ein Fisch ist ein schlüpfriges und dreidimensionales Monstrum, dessen Linien nicht auszurechnen sind, das einen mit seinen Farben und Oberflächen und durchscheinenden Flossen vor kaum geringere Rätsel und Probleme stellt als das Leben selbst. Als ich noch Geld fälschte, hatte ich mein Gewissen immer damit beruhigt, dass ich mir sagte, ich täte ja nichts anderes als den Schwindel des Wirtschaftslebens insgesamt ein bisschen auszuweiten.

Aber ein Fisch ist kein Schwindel, er ist eine Wahrheit,

und da ich keine Ahnung davon hatte, wie man es anstellt, die Wahrheit zu sagen und gar noch die Wahrheit zu *malen,* wich ich einige Tage lang diesem Problem konsequent aus, indem ich mich mit ungeheurem Eifer in Arbeiten in und an des Doktors Haus – wenn man es denn so nennen will – stürzte. Ich putzte und schrubbte und reparierte allerlei Schäden an der Kate des Doktors und ordnete die zahlreichen Sammlungen und hing dabei Tagträumen nach, wie ich als Porträtmaler der guten Gesellschaft von Hobart Town – ein Widerspruch in sich, ich weiß, ich habe den Witz schon ein gutes Dutzend Mal gehört – Karriere machte, und dachte dabei, Leute mit solchen Gesichtern und mit so dunklen Vorleben verdienten keinen anderen Porträtmaler als so einen hoffnungslos unbegabten, wie ich es war. Das waren keine Werke für die Akademie oder den Prado oder den Louvre, sondern für die Bastarde und Idioten, die man in der Alten Welt nicht mehr haben wollte und die durch Gaunerei und Terror in der Neuen an die Macht gelangt waren, weswegen sie sich als die Herren des Landes fühlten.

Und das waren sie auch, muss ich leider hinzufügen.

So und nicht anders gelangt man eben an die Macht, das war schon immer so, und ich wollte nicht dagegen ankämpfen, sondern mich damit zufrieden geben, an den Rändern der Macht meinen Lebensunterhalt zu finden. Denn, wie Capois Death so schön sagt, wenn Scheiße jemals wertvoll wird, dann werden die Armen ohne Arschlöcher zur Welt kommen. Es war uns nun einmal so beschieden, und ich bildete mir nicht ein, dass ich etwas daran ändern könnte, ich wollte nur, so gut es eben ging, überleben. Was blieb mir auch anderes übrig? Ich war nicht scharf darauf, Zimmermann oder Schafhirte oder Matrose auf einem Walfänger zu werden, ich hatte nicht das breite Kreuz, das so einer braucht, und verstand auch nichts davon.

Am Anfang wollte ich mich nur irgendwie durchschlagen in diesem durch und durch faulen System, und wenn das hieß, dass ich irgendwas abmalen musste, was ein bisschen Geld brachte – Banknoten oder Bürgerfratzen, ist doch egal –, dann machte ich das eben, es kam ja nicht so sehr drauf an, wenn die Sachen nur gut genug waren, dass sie kein unliebsames Aufsehen erregten.

Mein Problem jetzt war, dass meine künstlerischen Fähigkeiten zwar ausreichten, die Elite dieses Landes so zu porträtieren, wie sie es verdiente, aber nicht so gut entwickelt waren, dass ich sicher sein konnte, Bilder wie das von dem Kelpy in der Qualität, die von mir offensichtlich erwartet wurde, einigermaßen akzeptabel hinzukriegen. Ich machte mir ernste Sorgen, dass der Pudding merkte, dass er sich in mir getäuscht hatte – dann konnte ich leicht am Galgen enden. Aber auch ganz unabhängig von der Frage, ob ich den Anforderungen genügen konnte oder nicht, war mir nicht wohl zu Mute. Die Aussicht, ein Botticelli zu werden, war ohne Zweifel verlockend, aber im kalten Licht des neuen Tags sah es verdächtig so aus, als sollte ich in Wahrheit die Last eines Bowdler-Sharpe schultern.

Wenn ich eine angenehmere und weniger gefährliche Alternative gewusst hätte, dann hätte ich mich mit Freuden dafür entschieden. Aber es gab keine, und so blieb mir nichts anderes übrig, als mich zusammenzureißen und konzentriert darüber nachzudenken, wie ich es schaffen konnte, einen Fisch passabel wiederzugeben.

Wenn der Doktor außer Haus war, weil er eine Auspeitschung leiten oder all die Kranken und Sterbenden abweisen musste, die um Arbeitsbefreiung baten oder gar im Krankenrevier behandelt werden wollten, und ich mich sicher fühlte, holte ich das Köfferchen unter dem Bett hervor und studierte Methode und Stil der Pflanzen- und Tierbilder in den verschiedenen Bänden. Die besten zeichneten sich durch eine gewisse Spontaneität aus, die, wie ich erkannte, weit außerhalb meiner Möglichkeit lag, aber die schlechtesten wirkten genauso platt und tot wie die Gegenstände, zu denen die Wissenschaft sie degradiert hatte, und ich schmeichelte mir, dass ich es schwerlich schlechter machen würde.

Aber wenn ich dann hinunterging zur Anlegestelle der Fischer und mir ansah, was sie an diesem Tag gefangen hatten – ich meine: abgesehen von aufgetriebenen Leichen, denn immer wieder kam es vor, dass Sträflinge bei Fluchtversuchen ertranken und in die Netze gerieten –, packte mich wieder kalter Schrecken angesichts der zappelnden Masse von Flossen und Schuppen, und es schien mir völlig unmöglich, dass ich das je schaffen könnte.

Wenn ich überhaupt Begabung zu künstlerischen Dingen hatte, dann zur Karikatur; es fiel mir relativ leicht, in meinen Skizzen von Gesichtern eine gewisse grobe Ähnlichkeit zu treffen. Eines Abends in der elenden Unterkunft, in der wir in verlausten Hängematten unsere Nächte verbrachten, lieferte ich eine Probe dieses Talents, indem ich mit Holzkohle auf die Sandsteinwand unseres Gefängnisses zeichnete.

Es war am Abend meines siebten Tags im Dienst des Doktors, als ich zum Vergnügen der anderen Ganoven mit groben Strichen einen nackten Mr. Lempriere skizzierte, und während ich noch mit dieser Karikatur beschäftigt war, passierte etwas höchst Erstaunliches.

Dem Doktor wuchs eine Rückenflosse.

Ich hielt erschrocken inne.

Jemand grinste boshaft.

Capois Death lachte.

Ich fuhr mit meiner Arbeit fort, machte die Augen zu großen Gestirnen voller Trauer, hinter denen ein Kiemenbogen sichtbar wurde. Und ihm folgte ein geschuppter, knolliger, wie aufgeblasener Rumpf, den ich sogleich mit hektischen Strichen bedeckte, die wie lauter kleine Stacheln aussahen, und am Ende dieses stachligen, länglich verformten Balls ragte ein Schwanz heraus.

## IX

Am nächsten Morgen holte ich mir bei den Fischern ein noch lebendes Exemplar, erledigte in aller Eile die unbedingt notwendigen Hausarbeiten, rückte den kleinen runden Mahagonitisch vor das einzige Fenster, so dass ich Licht hatte, holte meinen Malkasten und ging ans Werk.

Die Zeit schritt sprunghaft voran, der Stand der Sonne veränderte sich, am Nachmittag setzte Winterregen ein, unregelmäßige leichte Schauer, aber ich war so in die Arbeit vertieft, dass ich es kaum wahrnahm. Ich machte einige Skizzen, alle auf ein einziges Blatt, dann begann ich zu malen. Die ersten zwei Blätter verdarb ich: Das eine wurde mit Tusche besudelt, als ich aus Ungeschicklichkeit ein Fläschchen umstieß, das auf dem Tisch stand, beim zweiten Anlauf geriet mir in meinem Eifer, die Details möglichst lebensecht zu malen, der Schwanz zu groß.

Aber der dritte Versuch gefiel mir – nein, es war kein

Geniestreich, das weiß ich wohl, aber wenn ich die leicht ängstlich, leicht kriegerisch nach oben gerichtete große Pupille ansah, fühlte ich die plötzliche euphorische Erregung des Anglers, der ihn am Haken hatte. Beim Anblick der stark hervortretenden Stirn, auf die er so stolz war (der Sitz des Genies, hatte er mir am Tag vorher anvertraut und dabei seine Birne getätschelt), spürte ich, wie er kämpfte und an der Leine riss, um zu entkommen, und so gab ich seinem nach unten gezogenen fleischigen Maul, aus dem eine gewisse Verbitterung und eine Sinnlichkeit sprachen, die sich in eine bösartige, erdrückende Körperlichkeit verwandelt hatte, ein bisschen mehr Schnur. Aber dann holte ich sie wieder ein, und oh! o ja, ich wusste, jetzt hatte ich ihn, und es war ganz sicher, dass er es war, oh, dieser aufgedunsene Rumpf, und wie lächerlich er seine Stacheln zur Schau stellte, und oh, dieser komische kleine Schwanz hintendran, der zum Vorschein kam, als schließlich der ganze dicke Kloß aus dem Wasser hervorbrach. Ein Schwall von Lust schwappte über mich hinweg, denn jetzt hatte ich ihn, wie er leibte und lebte, und jeder konnte ihn sehen.

Als an diesem Abend der Doktor nach Hause kam, präsentierte ich ihm mein erstes Bild.

Er hielt es mit ausgestreckten Armen, visierte mit diesen absurd großen dunklen Rehaugen über seine fette platte Nase und begann dann in seiner mir inzwischen vertrauten Art einen langatmigen Diskurs über den defensiven Charakter des Igelfischs, der sich auf das Dreifache seiner normalen Größe aufblies und seine Stacheln sträubte, um andere Fische einzuschüchtern. Die ganze Zeit, während er so redete, hantierte er mit dem Bild herum, hielt es hoch, prüfte es aus nächster Nähe mit zusammengekniffenen Augen, legte es auf den Tisch, nahm es dann wieder, hob es noch einmal mit ausgestreckten Armen und starrte es ausgiebig an.

Schließlich erklärte er, es sei recht anständig.

Und dann wurde er noch einmal abberufen, um einer Hinrichtung beizuwohnen, und ließ mich und den Igelfisch allein im letzten Tageslicht.

Ich nahm ein Messer, das an einem Haken neben dem Kamin hing, und setzte es an, die scharfe Spitze berührte die straff gespannte Haut des Igelfischs. Dann stach ich zu.

Das Fleisch gab nur ganz wenig nach, dann platzte die Haut auf, und der Fisch fiel mit einem abrupten Zischen in sich zusammen.

Auf dem Tisch vor mir lag ein Fisch, der keine Ähnlichkeit mehr mit dem stachligen Monstrum hatte, das ich gemalt hatte, eine winzige Elritze, deren große Augen mich anklagten – warum nur hatte ich kein Verständnis für ihr natürliches Bedürfnis nach imposanter Größe? –, eine Elritze mit schlaffer Haut, und darin steckte ein großes Messer.

Ich wusste, dass ich den Fisch nicht noch einmal malen musste, und selbst die Arbeitssklaven würden dieses giftige Fleisch nicht haben wollen. Ich warf es auf die Glut im Kamin, wo es sich um ein glimmendes Scheit drapierte wie eine weitere gebrochene Seele.

# Der Himmelsgucker

*Eiterpusteln – Rückkehr der Mondvögel –*
*Böse Vorahnungen – Aufstieg des Kommandanten –*
*Machtergreifung – Nationale Frage –*
*Miss Anne, ihr subtiler Einfluss – Die Erfindung Europas –*
*Australien wird verkauft – Rolo Palma, über seine*
*Gespräche mit Engeln – Musha Pug –*
*Sein Hass auf warme Brüder – Eisenbahnfieber.*

## I

Pobjoy, hochzufrieden mit seinem jüngsten Constable, hat mir als kleine Belohnung einige Seeigel gebracht. Sie ergeben keine besondere Mahlzeit, dennoch sind sie mir wichtiger, als Pobjoy ahnen kann. Ich pule den Rogen mit dem Finger heraus, aber noch weit mehr als diesen salzigen Leckerbissen schätze ich die purpurnen Stacheln, mit denen die Schale wie ein ozeanischer Ameisenigel bewehrt ist. Am frühen Abend bei Ebbe breche ich die Stacheln ab, nehme zwei von den Kieseln, mit denen meine Zelle gepflastert ist, und mahle damit die Stacheln zu einem purpurnen Pulver.

Als Nächstes rühre ich das Pulver mit Spucke und etwas Fett, das ich aufgehoben habe – denn hin und wieder schwimmt in der Grütze ein Bröckchen ranziges Pökelfleisch –, in der Muschelschale an, die mir als Tintenfass dient. Und während ich so meine Tinte herstelle, muss ich daran denken, dass diese kaiserliche Purpurfarbe in dem weißen Schälchen genau das Richtige für den folgenden Abschnitt meiner Geschichte ist, der davon handelt, wie meine Geschicke sich mit denen eines Cäsaren der südlichen Meere verquickten, eines Mannes, dessen Gedächtnis niemand bewahren wird, wie er selbst wohl wusste: Er sah voraus, wie die Zeit sein Lebenswerk vernichten würde, und diese Gewissheit quälte ihn.

Ich kann mir schon denken, dass der König es befremdlich findet, wenn ich hier dem Kommandanten einige Seiten widme, aber es ist nun einmal so: Seine Geschichte ist auch die meine, denn seine Träume bestimmten mein Schicksal. Ich sage zum König, dass man den perversen Gang meiner Dinge nicht einmal andeutungsweise begreifen kann, wenn man sich nicht in aller Klarheit bewusst macht, dass der Kommandant letztlich nicht eine, sondern zwei Höllen geschaffen hat. Die zweite, von deren Existenz ich erst spät erfahren sollte – zu spät, wie sich zeigte –, war es, die mich, da ihre Perspektive über den Raum der Sterblichkeit hinausreicht, erst wahrhaft in Angst und Schrecken versetzte. Aber die ganze Perversität seines Schaffens kann nur ermessen, wer die vollständige grauenhaft wahre Geschichte des Kommandanten kennt. Unsere Schicksale sollten sich früh miteinander verschränken, obwohl weder er noch ich das jemals gewünscht hatten.

Die Tinte, die Ihnen diese Geschichte erzählen soll, ist nicht jener echte tyrische Herrscherpurpur, von dem der alte Gould mir vorschwärmte, jener Eiter, den die Alten aus einer kleinen Geschwulst im Körper einer Meerschnecke drückten und der im Sonnenlicht purpurn wurde, ein Stoff, der so kostbar war, dass nur die Reichsten und Mächtigsten sich Gewänder leisten konnten, die damit gefärbt waren – mein Purpur ist nur vom Seeigel, und der passt auch besser zu einem Helden, der keineswegs in Purpur geboren wurde, sondern mit Hauen und Stechen versuchte, an eine Farbe zu kommen, die viel zu schnell ausbleicht. Ich will nicht beschönigen, was offensichtlich ist und unvermeidlich: dass die Prosa, die nun folgt, ebendiese Färbung trägt.

## II

Seine Lebensbahn verlief im Dunkeln, sie war so wenig zu durchschauen wie seine Miene, die er später hinter einer goldenen Maske verbarg, ob aus Scham oder aus Schüchternheit oder aus Verlegenheit, wusste offenbar niemand, und niemand wusste etwas Näheres über seine Familie oder über seinen militärischen Hintergrund. Wie der Bandit Matt Brady, dessen Gespenst ihn immer hartnäckiger verfolgen sollte, war der Kommandant ein Rätsel, allerdings im Gegensatz zu Brady, den niemand je zu Gesicht bekam, der in der Wirklichkeit wie in den Fantasien nie fest umrissene Gestalt annahm, sehr wohl sichtbar, ja geradezu allgegenwärtig. Und doch behauptete niemand, ihn näher zu kennen oder zu verstehen, denn das wäre lebensgefährlich gewesen.

Hinter vorgehaltener Hand wurde gelästert, und später, als man ihn tot wähnte, hörte man viele krakeelen, der Kommandant sei nie beliebt gewesen und man habe ihn für einen ausgemachten Dummkopf gehalten. Es ist nicht zu bestreiten, dass sein geöltes, messerscharf gescheiteltes Haar, seine Papageiennase, die er aus unerfindlichen Gründen nicht verbarg, sondern durch ein Loch in seiner goldenen Maske hervorblicken ließ, sein leicht schafsäugiger Blick und sein Mund, der sogar goldumrandet weich und tückisch wirkte, in ihrer Summe tatsächlich an einen Mann denken ließen, der zwar ein völlig gefühlloser und schrecklicher Machthaber war, ohne Macht aber ein Schwächling.

Die sonderbarste aller Geschichten, die man sich über ihn erzählte, war auch die hartnäckigste: Er stamme wie wir selbst aus der dreckigsten Gosse, er sei wegen unsäglicher Verbrechen deportiert worden, habe in Paramatta Steine gebrochen, sei dann nach Norfolk Island verschickt worden und dort ein Kerl geworden, der weder Gott noch irgendeinen Menschen fürchtete.

Als diese Kolonie, in der man die Folter zum Kult erhoben hatte, aufgelöst wurde, so die Legende, verfrachtete man ihre elenden Bewohner nach Van Diemens Land. Auf der Reise geriet das Schiff in ein Unwetter und kenterte vor einer Insel in der Bass-Straße. Der einzige Überlebende des Unglücks war er, und er beschloss, die Identität von Lieutenant Horace anzunehmen, dessen Leiche neben ihm am Strand angetrieben worden war, das weiße Gesicht zerfressen von Meerasseln. Es war am frühen Abend gewesen, als sich der Himmel vor seinen schreckensgeweiteten Augen plötzlich verdüsterte, nicht etwa, weil die Dämmerung hereinbrach, sondern weil eine schwirrende Flut von Mondvögeln sich über ihn ergoss.

Es war ein ungeheurer Anblick: Hunderttausende, vielleicht Millionen von Mondvögeln verhüllten den Ball der sinkenden Sonne; dieses Bild der Vögel, die mit kaum wahrnehmbarer Bewegung der langen Schwingen zu ihren Brutplätzen in den Dünen glitten, war und blieb für ihn immer eine Unheilsvision, eine schreckliche Prophezeiung von Nacht.

Bäume gab es nicht auf der Insel und auch sonst nichts, was Schutz vor der Witterung gewährte oder einem Menschen das Leben erleichterte. Außer ihm und den Mondvögeln lebten dort hauptsächlich Flöhe, Fliegen, Ratten, Schlangen und Pinguine, deren unablässiges Krächzen sich mit dem Heulen der Stürme mischte und ihm die Nächte zur Qual machte.

Das nach fettem Hammel schmeckende Fleisch der Mondvögel hielt ihn mehrere Monate lang am Leben. Sein einziger Trost in dieser Zeit war ein Buch, das angeschwemmt worden war, Huntingtons *Geschichte der Napoleonischen Kriege*. Schließlich retteten ihn zwei Quäkermissionare. Sie suchten die entlegenen Inseln in der Meerenge nach Eingeborenenfrauen ab, die von Seehundjägern entführt oder ihren Stämmen abgekauft worden waren. Wenn es ihnen gelang, solche Frauen ihren Besitzern abzukaufen oder wiederum zu entführen, befragten sie sie gründlich, denn sie beabsichtigten, für die *London Society of Friends,* die ihre Mission förderte, einen Bericht über solche Missstände zu schreiben. Zu der Zeit, als die beiden Quäker ihr kleines Walfangboot in die felsige, windgepeitschte Bucht ruderten, wo er nun schon so lange hauste, hatten seine Anstrengungen, ein anderer zu werden, bereits einigen Erfolg gezeitigt: Er hatte den fettigen Geruch der niederen Autorität angenommen, und unter dem Mondvogelflaum, der sein Gesicht und seine Kleider bedeckte, wuchs die Überzeugung, dass Visionen notwendig waren.

Zusammen mit den Quäkern, einer Schwarzen und drei Kindern einer anderen Eingeborenen, die man einem Robbenjäger für ein paar Äxte und etwas Zucker abgekauft hatte, die dann aber gestorben war, segelte er nach Südwesten bis zum Ende der Meerenge und dann an der Westküste von Van Diemens Land entlang zu der berüchtigten Strafkolonie Sarah Island, wo die Quäker eine weitere Untersuchung durchführen wollten.

Hier trennten sich die Wege der Retter und des Geretteten. Dieser hatte von den Quäkern, ernsten, bedächtigen Männern, die hochtönende Rhetorik der Strafwissenschaft gelernt, älter und weniger edel waren seine ureigenen Kenntnisse von der Bestialität der Menschen, und diese beiden Saiten zusammen ergaben, wenn er sie mit dem Bogen seines erwachten Ehrgeizes anstrich, einen machtvollen Akkord. Major de Groot, der damals die Kolonie befehligte, war froh über jeden zusätzlichen Mann in diesem unterbesetzten Außenposten, und Lieutenant Horace nahm freudig die Gelegenheit wahr, zusätzlich zu der bloß erfundenen wirkliche Erfahrung im Offiziersdienst zu sammeln.

Nach Major de Groots Beerdigung hatten der Anstaltsarzt und der Quartiermeister darüber gestritten, wer von höherem Rang war und wem also die Nachfolge gebührte. Als sich zeigte, dass sie den Konflikt nicht lösen konnten, sprang Lieutenant Horace in die Bresche. Mit der Begründung, er sei der Einzige, der Ordnung unter den Soldaten und Disziplin unter den Sträflingen aufrechterhalten könne, erklärte er sich selbst zum neuen Kommandanten. In einem für ihn typischen Schachzug verwandelte er einen Mangel an Qualifikation in einen Vorteil: Er gestand freimütig ein, dass er vom bürgerlichen Recht nichts verstehe, mit den Militärgesetzen dagegen kenne er sich aus, und so ließ er denn den aufgeblasenen alten Dänen Jorgen Jorgensen (ich habe ihn bis zu seinem Tod nie ohne ein abstruses Schmuckstück gesehen, ein Halsband aus Lapislazuli, das er angeblich auf der Durchreise in Dresden General Blücher bei einer Skatpartie abgenommen hatte), den Schreiber der Kolonie, einen Erlass aufsetzen, in dem das Kriegsrecht über die Insel verhängt wurde, das erste Zeugnis einer langen und bemerkenswert fruchtbaren Zusammenarbeit, wie ich später feststellte.

Selbst nach den hässlichen Maßstäben dieser hässlichen Insel war Jorgen Jorgensen seinem eingebildeten Getue zum Trotz ein elendes Stück Pelikankot, die Figur in die Länge gezogen und eckig, ein Bügel von einem Körper, der versucht, sich an den Mantel zu erinnern, der längst abgefallen ist. Er trug immer einen überlangen rostigen Degen an der Seite, der hinter ihm im Staub und Matsch schleifte, und daneben hoppelte sein treuer Gefährte, ein räudiger dreibeiniger Hund, den er auf den Namen Elsinore getauft hatte. Beim Gehen brabbelte er oft vor sich hin, und manchmal sang er auch dem Hund ein Lied, der auf seinen zwei gesunden Hinterbeinen stehen und in winselnden Pfeiftönen den Gesang begleiten konnte. Ebendiese Kunst, das Lied seines Herrn zu singen, beherrschte auch Jorgensen selbst, und der subalterne Schreiber hatte sich frühzeitig dafür entschieden, als diesen Herrn nicht mehr Major de Groot, sondern Lieutenant Horace anzuerkennen.

Niemand machte übertrieben viel Aufhebens davon, dass Lieutenant Horace das Kommando übernahm, da er die Stelle ja nur kommissarisch innehatte, bis Gouverneur Arthur im fernen Hobart einen Mann ernannte, der wirklich qualifiziert war und auch das richtige Format für so eine Position mitbrachte. Lieutenant Horace ließ in dieser wie in jener Hinsicht einiges zu wünschen übrig und bemühte sich nicht einmal darum, in seinem Benehmen den Schein der Korrektheit zu wahren, so zum Beispiel, als er die Schwarze, die ihm die Quäker anvertraut hatten, nachdem er ihnen feierlich versichert hatte, sich um ihre moralische und spirituelle Bildung zu kümmern, kurzerhand in seinen persönlichen Besitz überführte. Die Sträflinge nannten sie Twopenny Sal, aber der Kommandant – mit diesem Titel wünschte er angesprochen zu werden –, dem sie als Hausangestellte diente und später als Mätresse, legte Wert darauf, von ihr als der »Mulattin« zu sprechen. Offenbar glaubte er, ein Verhältnis mit einer Frau gemischter Rasse sei gewissermaßen anständiger als eines mit einer Eingeborenen. Man lachte darüber so wie über vieles andere, zum Beispiel seine Unfähigkeit, diesen Posten zu bekleiden, und er selbst lachte zunächst mit, so als wollte er sagen: »Ich bin euresgleichen, schaut mich nur an, ein Mann zum Anfassen.« Aber noch während er so redete, fiel der Mondvogelflaum ab von seinem Gesicht, und darunter wurde etwas sichtbar, das hart wie Fels war.

## III

Am Anfang wie am Ende erwies sich, dass es tatsächlich so war, wie der Kommandant schon lange vermutet hatte: Er war unsterblich. Die paar Leute, die Zugang zu der geheimen Registratur hatten, bestätigten, dass sich nicht einmal dort Dokumente finden ließen, denen Näheres über seine Karriere bei der Armee zu entnehmen war, es ließ sich nicht einmal zweifelsfrei feststellen, mit welchem Schiff er gekommen war: Jorgen Jorgensen hatte vor vielen Jahren einmal im Auftrag von Major de Groot alle Schiffsregister durchgesehen und nirgends einen Lieutenant Horace erwähnt gefunden.

Nach dem überraschenden Hinscheiden des Majors – es wurde gemunkelt, er sei an Gift gestorben – fand man im Hauptbuch der Verwaltung, in dem alle laufenden Geschäfte vermerkt wurden, einen offiziellen Registraturverweis (allerdings auf einem losen Blatt) auf ein von Major de Groot unterschriebenes Dokument, in welchem er Major Lieutenant Horace zu seinem Nachfolger bestellt hatte. Einem späteren Eintrag am Rand des Blattes konnte man entnehmen, dass unglücklicherweise dieses Dokument, kurz nachdem Lieutenant Horace das Kommando über die Kolonie übernommen hatte, bei einem kleineren Brand in der Registratur vernichtet worden war.

Am Anfang war der neue Kommandant musterhaft darum bemüht, das Wohlwollen seiner fernen Vorgesetzten zu gewinnen. Er ließ Jorgen Jorgensen lange Berichte verfassen, in denen all die verschiedenen Verbesserungen im Anstaltsbetrieb, die er eingeführt hatte, beschrieben wurden: Er hatte die Verpflegung so reformiert, dass man mit weniger Lebensmitteln auskam und die ihm unterstellten Sträflinge dennoch gesünder und kräftiger waren als vorher; um unaussprechlichen Sünden unter den Häftlingen vorzubeugen, hatte er angeordnet, dass die Männer voneinander abgesondert in langgestreckten, etwa eine Unterarmlänge hohen Käfigen schliefen; dem Kampf gegen das Verbrechen Onans, der seinen Samen ohne Not in den Sand ergoss, diente die Einführung des Schaukelnachttopfs mit elliptisch geformtem Boden, eines Behälters, den man mit beiden Händen festhalten musste.

Er erhielt nie eine Antwort auf diese Berichte.

Kein lobendes oder ermutigendes Wort, keines, das seine Maßnahmen guthieß oder ihn auch nur ermahnte, nicht nachzulassen in seinen Mühen.

Der Ton der Briefe, die der Kommandant Jorgen Jorgensen schreiben ließ, änderte sich allmählich. Klagen über die Schwierigkeiten, mit denen er zu kämpfen hatte, nahmen immer breiteren Raum ein: Er hatte eine Kolonie zu leiten, in der Sträflinge der schlimmsten Sorte ihre Strafen verbüßten, in der unaussprechliche Sünden grassierten, und die Soldaten waren kaum besser und unterschieden sich von den Verbrechern eigentlich nur durch die einstmals roten, jetzt rosa verblichenen Uniformen; und dann das schier unlösbare Problem, das ökonomische Überleben der Kolonie zu sichern oder gar noch, wie von ihm erwartet wurde, einen Überschuss zu erwirtschaften – ohne die nötigen Werkzeuge, ohne ausgebildete Leute, die Boote und Häuser bauen konnten, ohne Bargeld, ohne den kleinsten Überschuss an Lebensmitteln, den man verwenden konnte, um Tauschhandel zu treiben. Er bettelte um ein bisschen größere Rationen, um ein paar zusätzliche Wachsoldaten, um Offiziere von anderem Schlag als die, die man ihm gewöhnlich schickte, Kerle, die lange Finger gemacht oder es mit der Frau ihres Vorgesetzten oder gar, wie der eine aus Kapstadt, mit dem Vorgesetzten selbst getrieben hatten.

Keine Antwort, keine Lieferungen, keine Verstärkung.

Seine Briefe wurden klagend, dann wütend, endlich beleidigend. Irgendwann traf ein knapp gefasstes Schreiben ein, unterzeichnet von einem subalternen Beamten des Kolonialsekretariats. Es enthielt lediglich eine Bestätigung der Bedingungen seines Auftrags als Offizier und die Aufforderung, er möge seine heilige Pflicht und Schuldigkeit tun, bis der Gouverneur einen Nachfolger für Major de Groot bestimme.

Dem Kommandanten wurde klar, dass seine Briefe so viel bewirkten, als hätte er sie ins Meer geworfen zum Futter für die riesigen Wale dort draußen vor der Küste, deren fast stündliches Vorüberziehen in großen Schwärmen von fernen kleinen Regenbögen aus Walfontänen signalisiert wurde. Da verfiel der Kommandant in einen Zustand deprimierter Verzagtheit; mehrere Monate lang trug er ein und dieselbe Uniform, und er ließ sich einen Bart wachsen.

Als er aus dem Winter seiner Einsamkeit zurückkehrte, trug er eine goldene Maske, die immerfort lächelte, und noch etwas anderes machte deutlich, dass er sich in der langen Zeit der Isolation nach seinem Schiffbruch gründlich gewandelt hatte – eine prächtige neue blaue Uniform, ähnlich der, die Marschall Ney in der Schlacht bei Waterloo getragen hatte, mit übergroßen Federepauletten, die verblüffend an die Flügel von Mondvögeln erinnerten. Ob er die Maske trug, um seine alte Identität zu verbergen und zu verhindern, dass man ihn als Betrüger erkannte, oder ob sie eher das Signum einer ganz neuen selbst geschaffenen Identität sein sollte, die weder die des Lieutenant Horace noch die des Mannes war, der auf jener Insel strandete, weiß ich nicht.

Alles, was ich sagen kann, ist, dass diese lächelnde Maske bald überall war, spöttisch glitzernd, ein Spiegel unserer eigenen Begierden und Sehnsüchte, so allgegenwärtig, dass es offenbar niemandem auffiel, als sie binnen kürzester Zeit den breiten Pfeil, mit dem Staatseigentum aller Art gekennzeichnet war, verdrängte. Und es dauerte nicht lange, dann wurden auch wir genauso wie Fässer oder Werkzeuge so gebrandmarkt und trugen auf dem Unterarm dieses Zeichen, das in einer für den großen Mann so charakteristischen Synthese den Staat und seine Person und die Undurchschaubarkeit seines Ichs spektakulär in eins setzte.

Der Kommandant führte die ersten von unzähligen langen Gesprächen mit Jorgen Jorgensen, und dieser verfasste im Anschluss daran jedes Mal einen nüchternen Bericht an die Kolonialverwaltung, in dem von stetigen, wenn auch unspektakulären positiven Entwicklungen die Rede war. Hemmende Faktoren waren nach wie vor die isolierte Lage der Kolonie, Probleme mit aufsässigen und nichtsnutzigen Sträflingen, die wenig leisteten, sowie der Mangel an Fachkräften und Werkzeugen, dennoch ging es unaufhaltsam aufwärts. Es war das Bild einer gut geführten respektablen Strafanstalt, die kleine Gewinne erwirtschaftete und in der Kultivierung von Land und Verbrecherseelen einige Erfolge erzielte. Aber nur Jorgen Jorgensen bemerkte, dass der Speichel im goldumrandeten Mund des Kommandanten schwarz war von dem Quecksilber, das er damals bereits gegen seine Syphilis nahm.

Der Kommandant wies dann die Versorgung an, mit den gelagerten Vorräten Handel zu treiben. Ein Reeder aus Nantucket übernahm den gesamten Bestand an Pökelfleisch im Tausch gegen zwei alte Walfangschiffe, die der Kommandant mit Sträflingen bemannte und auf die Suche nach Jonas großem Fisch schickte. Das eine sank mit Mann und Maus direkt vor Hells Gates, das andere jedoch kehrte, beladen mit zwei erlegten Buckelwalen, in die ausgehungerte Kolonie zurück, die von Fisch und rationiertem Mehl lebte. Der Kommandant stieg jetzt in den Handel mit Walöl ein.

Von den Gewinnen kaufte er weitere Schiffe. Einige davon schickte er zu der Insel, auf der er einst als Schiffbrüchiger gelebt hatte. Die Leute machten dort Jagd auf Mondvögel und Seehunde und erbeuteten eine Menge Fleisch und Felle. Aus Sträflingen, die sein Vertrauen hatten, formte er eine Elitetruppe, ließ sie die Hälfte seiner Soldaten erschießen und erschloss so eine neue Einnahmequelle, denn er konnte den Sold der Toten kassieren, den die Kolonialverwaltung schickte. Er ließ doppelt so viele Huonkiefern fällen und schickte nur noch halb so viele wie früher an die Kolonialregierung, und als der Handel so richtig in Schwung gekommen war, vervierfachte er den Holzeinschlag und reduzierte den Tribut an Hobart Town auf ein erbärmliches Viertel. Gleichzeitig berichtete er in Briefen von schier unüberwindlichen Problemen mit elend schlechtem Werkzeug, unfähigen Leuten, wahren Epidemien von unaussprechlichen Sünden und so schrecklichem Wetter, dass die Flüsse sechs Monate im Jahr zugefroren waren.

Der Handel florierte und trieb exotische Blüten: zwanzig Fässer Walöl für den dekadenten Duft einer einzigen überreifen Guave, Schiffsbauerwerkzeug für Leguaneier, ein Walboot für eine große Ladung grüner Bananen, begehrte rote britische Uniformen für Seidenturbane.

Mochten die portugiesischen Händler auch anderer Meinung sein, wenn ihre brasilianischen Seeleute von ihrer Reise Schiffsladungen von molukkischen Federn mitbrachten, und alledem zum Trotz, was die Sträflinge sagten, wenn sie barfuß in endloser, mörderischer Schinderei riesige Baumstämme durch weglose Urwälder zum nächsten gefrorenen Fluss schleppten – dieser Handel war nicht durch und durch irrsinnig.

Das Öl der Huonkiefer, so behauptete der Kommandant, habe aphrodisierende Wirkung und sei ein bewährtes Mittel gegen Tripper, ein doppelt segensreiches Wunder der Natur, da es die Macht der Liebe entfessle und zugleich vor ihren üblen Folgen schütze, und so konnte er es gegen feinste indische Seidenstoffe tauschen. Für eine Anzahl Kakadus mit schwefelgelbem Schopf, die man bunt angemalt hatte, so dass sie wie junge Aras aussahen, und die melancholische Verse im Stil Popes rezitieren konnten sowie einige leidenschaftliche Strophen aus dem derberen Repertoire der Galgenvögel, die sie ausgebildet hatten, bekam er vierzehn brasilianische Karavellen und sieben Kanonen. Diese tauschte er prompt gegen ein Fürstentum in Sarawak ein, das ein levantinischer Kaufmann auf seiner Reise in das sagenumwobene Südreich Sarah Island im Tarock gewonnen hatte, und der Verkauf dieses Besitzes brachte so viel Geld, dass er damit den Bau seines Palasts und der neuen Hafenanlagen bezahlen konnte.

Den australischen Kontinent, den er als seinen Besitz betrachtete, nachdem er Musha Pug ans Festland geschickt hatte, wo er die neue Flagge der souveränen Herrschaft Sarah Island in den Sand eines menschenleeren Strandes pflanzte, tauschte er gegen eine Gruppe siamesischer Mädchen. Diese ließen sich zuerst unter Bäumen nieder, um dort hinter großen Farnwedeln ihr Gewerbe zu betreiben, aber gegen Abend, wenn es feucht und kühl wurde, zogen die Siamesinnen mitsamt ihren Farnwedeln zur geschützten Nordmauer des Gefängnisses, wo sie sich anpriesen und die Knastbrüder aufforderten zu zeigen, dass sie richtige Männer waren. Sie tranken den Samen im Glauben, er helfe gegen die Schwindsucht, die unter ihnen grassierte.

Sein Ruf verbreitete sich, sein Name wurde nah und fern genannt, und Schiffe kamen, alle möglichen Leute fanden sich ein, Händler und Kaufleute, Bettler und Scharlatane. Der Kommandant nahm sie alle mit offenen Armen auf, und aus dem unorganisierten Treiben entlang der Südmauer, von Häftlingen getragen, aber nicht kontrolliert, wurde ein richtiger Markt und aus dem Markt ein Basar, und der Basar trieb die Idee einer Nation hervor. »Denn was ist eine Nation anderes«, fragte der Kommandant den Doktor, die hohe Stimme seltsam singend, ganz im Ton eines alten Sprichwortes, »als ein Volk mit einer Handelsflotte? Was ist eine Sprache anderes als ein Dialekt, hinter dem eine Armee steht? Was ist Literatur anderes als Wörter, die man als Ursprungsnachweis verkauft?«

## IV

Eine wichtige und unvorhergesehene Folge der Verwandlung des Kommandanten in die Person von Lieutenant Horace war, dass er dessen Post zugeschickt bekam. Diese bestand, abgesehen von sporadischen und wenig bemerkenswerten Schreiben anderer Absender, aus einem steten Strom von Briefen, die Miss Anne, die Schwester des toten Lieutenants, ihrem Bruder schickte. Aus einigen Nebenbemerkungen gewann der Kommandant den Eindruck, dass die Briefe von Miss Anne dem lebenden Lieutenant eine ähnlich lästige Plage gewesen waren wie dem toten die Meerasseln. Er hatte so gut wie nie zurückgeschrieben. Ganz anders verhielt sich sein Nachfolger, der Kommandant, der regelmäßig und voller Eifer mit Miss Anne korrespondierte und jeden

Brief prompt beantwortete, manchmal sogar doppelt oder dreifach.

Möglicherweise tat er es anfangs in der Absicht, sich eine kleine Handbibliothek zuzulegen, der er relevante Informationen zu seiner Verkörperung von Miss Annes Bruder entnehmen konnte. In der Hoffnung, Details über sein eigenes Vorleben aus ihr herauszukitzeln, schrieb er ihr lange Briefe – ich habe Abschriften davon in einem Ordner gelesen – voller Fragen nach ihrer Familie, ihren Bekannten, ihren Interessen und Leidenschaften und Lieblingsbeschäftigungen.

Aber schon bald gewann die Korrespondenz ein Eigenleben. Ob sie es ihm mit Bedacht suggerierte oder ob der Kommandant von selbst darauf kam, weiß ich nicht, Tatsache ist aber, dass er zu der Überzeugung gelangte, diese Pseudo-Schwester sei eine höchst bedeutende Persönlichkeit. Miss Anne, entzückt von dem plötzlich erwachten Interesse ihres Bruders an ihr und von seiner zunehmenden Wertschätzung, ging in ihren Briefen immer mehr aus sich heraus, der Ton, den sie anschlug, war von so zutraulicher Herzlichkeit, dass sie dem Kommandanten wie verwandelt vorkam, als korrespondierte er nun mit einer Frau, die wirklich und wahrhaftig seine Schwester war. Und in dem Maß, in dem sich der Ton ihrer Briefe veränderte, wandelte sich die Einstellung des Kommandanten zu ihnen. Die Korrespondenz war nicht länger nur ein Mittel, Informationen einzuholen, sondern sie wurde ihm zu einer gebieterisch drängenden Leidenschaft. Denn wenn sein Selbstbewusstsein, das Gefühl seiner Unangreifbarkeit als Herrscher der Insel auch stetig gewachsen war, so wurde ihm doch zugleich seine Isolation immer stärker spürbar. Nur in Miss Annes

Briefen fand er Intimität und Inspiration, und es wurde ihm mehr und mehr zum Bedürfnis, sie zu erwidern.

Ich habe oben im Zusammenhang mit Miss Annes Briefen das Bild eines immerfort fließenden Stroms beschworen, aber das ist nicht ganz korrekt. Was die Entstehung ihrer faszinierenden Plaudereien betrifft, die sie zwei- oder dreimal pro Woche auf die Reise schickte, so ist die Metapher durchaus passend, aber auf der Seite des Adressaten sah die Sache anders aus, denn diesem wurde nur einmal oder zweimal im Jahr die Post vieler Wochen und Monate zugestellt, weswegen Miss Annes Briefe nicht auf ihn wirkten wie die Wasser des Stroms, die in ihrem steten Fluss unmerklich die Ufer formen, sondern wahrhaftig wie eine Sturmflut, die mit geballter Macht alles hinwegspült, was ihr im Weg steht.

Als ich später einige dieser Briefe zu Gesicht bekam, weil ich sie malen sollte, fand ich den Ton ausnahmslos überdreht, die Form überhastet wirr, lauter hektisch drängelnde Sätze, die es nicht erwarten können, Phrasen, die in flotten Bocksprüngen über Gedanken hinwegsetzen, man hört die Schreiberin keuchen, wenn sie versucht, dem, den sie für ihren jüngeren Bruder hält, all die unerhörten Wunder der Epoche zur Kenntnis zu bringen, umso erstaunlicher, als sie mit ihrer Person eng verbunden sind – zum Tee bei der Schwester von George Stephenson, die ihren Geistesblitz, die Lokomotive ein »Donnerross« zu nennen, ganz köstlich fand; der riskante Besuch einer Bärenhatz in den Five Courts, wo sie dem Dichter John Keats vorgestellt wurde, mit dem sie, so drückte sie sich aus, Gedanken über in der Neuen Welt verlorene Brüder austauschte.

Diese Briefe quälten den Kommandanten, den das Pathos der Entfernung gepackt hatte. Sie verzerrten seine Sicht der

Alten Welt, zeigten ihm ein Bild von Europa, in dem das Gewöhnliche, das Banale, das Gemeine und Mittelmäßige zurücktrat und das Wunderbare, Erhabene und Erstaunliche jener eine halbjährige Schiffsreise entfernten Welt die Szene beherrschte.

Der Kommandant neigte dazu, alle Ereignisse im fernen Europa, von denen er erfuhr, für epochal zu halten, und sie verbanden sich in seinem Geist oft auf sonderbare Weise miteinander. So erschienen die Dampfmaschine und Byrons *Don Juan* und die wissenschaftlich ausgetüftelten Kamine von Baron Rumford – zusammengehalten durch Assoziationen mit der reizenden Gestalt von Miss Anne – in seiner Vorstellung immer gemeinsam als eine unauflösliche Einheit, welche jene Idee von einer nicht rauchenden romantischen Reise und den Freuden des Fleisches hervorbrachte, die er später mit besinnungslosem Eifer zu verwirklichen suchte.

Eines Nachts, als sich seine Augen hinter der goldenen Maske, endlich doch ermüdet von der wiederholten Lektüre dieser erstaunlichen Briefe, in angenehm stumpfer Erwartung des Schlafs eben schlossen, schoss ihm die Erkenntnis in den Kopf, dass all die neuen technischen Wunder in Europa entweder von Miss Anne erfunden worden waren oder ihre Existenz ihren guten Werken, ihrem klugen Rat oder ihrer freundlichen Beihilfe anderer Art verdankten: Ob es die Lokomotive war oder das Dampfschiff oder die Dampfpresse oder die übernatürliche Kraft der Elektrizität, alles war von Miss Anne erschaffen!

Und als wieder eine Weile vergangen war, musste er sich eingestehen, dass nicht allein die technischen Leistungen der Zeit, sondern alle Wunder, die ganze staunenswerte Summe dieses 19. Jahrhunderts direkt dem Geist seiner Schwester entsprangen. Wie eine Offenbarung kam die Erkenntnis über ihn, dass seine Schwester dabei war, Europa zu erfinden, und sein ganzer Körper bebte wie von einer ungeheuren Macht gepackt.

Am nächsten Morgen, während der alte Däne mit Hilfe eines großen Abakus ausrechnete, wie viel sie diesen Monat mit dem Walfang verdient hatten, dämmerte in ihm unversehens die Frage herauf, ob er es ihr nicht nachtun könne. Die schwarzen und weißen Kugeln des Abakus klackten, und in seinem Kopf rechnete es auch, und es kam heraus, dass er die Strafkolonie Sarah Island so zum Produkt seines schöpferischen Willens machen konnte, wie Miss Anne Europa.

Er schrie auf, so laut, dass der alte Däne vor Schreck den Abakus fallen ließ, der auf dem Steinboden der Zelle des Kommandanten zerbrach. Während der alte Däne umherkrabbelte, um die Kugeln einzusammeln, die in alle Richtungen davongerollt waren, stand der Kommandant da und schüttelte den Kopf, ganz im Bann der Offenbarung. Er würde Europa auf dem Boden von Sarah Island neu erfinden, und zwar in einer Gestalt, die alles übertraf, was seine Schwester ihm geschildert hatte.

Und an diesem Tag, an dem sich erwies, dass alle Rechnerei des alten Dänen nichts weiter war als eine Menge schwarzer und weißer Holzperlen, die im Staub dahinrollten, sah der Kommandant seine monochromen Träume, Träume, in denen jede Nacht die Mondvögel wiederkehrten, in eine kaleidoskopische Fülle farbenprächtiger Begierden explodieren. Durch ein Meer von Sträflingsblut, das er, wie er später behauptete, einzig und allein vergoss, um sein Volk seiner Bestimmung entgegenzuführen, würden die Briefe von Miss Anne von nun an sein irrsinniger Leitstern sein, der ihm auf seiner sonderbaren Reise, mit uns als unwilligen Passagieren, die Richtung wies.

## V

Zu jener Zeit hatte mein Leben in eine fest gefügte Bahn gefunden, die mir, wenn auch kein besonders angenehmes, so doch ein vergleichsweise erträgliches Dasein ermöglichte. Zwar schlief ich auch weiterhin zusammen mit den anderen Sträflingen im Gefängnis, vom morgendlichen Antreten bis zum Abendappell jedoch konnte ich mehr oder weniger tun, was mir gefiel, und mich auf der Insel frei bewegen. Ich bekam besseres Essen, eine Ration Rum und durfte mir einen kleinen Gemüsegarten direkt neben Castlereaghs Pferch anlegen. Ich hatte sogar eine Frau, und das war in so einer Strafkolonie mit lauter Männern keine kleine Sache.

Es war die Mätresse des Kommandanten, Twopenny Sal. Entsprechend gefährlich war es, sich mit ihr zu treffen, niemand durfte davon wissen, und so fanden unsere Zusammenkünfte normalerweise an einem Ort statt, wohin sich nie jemand verirrte, in einem kleinen Stück Busch zwischen Castlereaghs Pferch und einer steilen Böschung.

Dort im Schutz dichter Teesträucher und des Pesthauchs von Schweinekot lagerte in Tonkrügen unser Schmuggelvorrat eines rauen Grogs, ein Gebräu, das mit Zucker und Rosinen angesetzt und vergoren wurde; des Aromas und der grünen Farbe wegen und in Erinnerung an Capois Deaths *Larrikin Soup* taten wir noch Sassafrasblätter dazu. Wenn mich jemand fragte, behauptete ich immer, ich hätte mit meinen Fischbildern zu tun, in Wahrheit aber fischte ich im Teegesträuch nach den Reizen von Twopenny Sal.

Verborgen vor aller Welt, brachten wir dort Tag um Tag zu. Es war im frühen Winter, über uns fegten schneidend kalte Westwinde hinweg, doch wir hatten es warm und gemütlich dort im Teegebüsch, das uns schützte und umhüllte wie die heilige Nacht. Dort tauschten wir Wörter.

Mein Lieblingswort war: Moinee.

Ihres war: Kumpel.

Twopenny Sal war scharf auf Geschichten von London, es erfüllte sie mit Grausen und Entzücken, von Menschenmengen zu hören, die noch größer waren als die größten Känguruherden, und von Häusern, so dicht gedrängt und riesig, dass sie ein Gebirge mit Tälern und Schluchten und jähen Abgründen bildeten, und weit und breit kein Baum in Sicht. Und sie erzählte mir dafür, wie Van Diemens Land entstanden war, wie der Gott Moinee Scharten ins Land geschlagen und so die Flüsse geschaffen hatte, wie er die Erde fortgeblasen und mit der Gewalt seines Atems zu Bergen aufgetürmt hatte.

»Und wie ist Macquarie Harbour entstanden?«, fragte ich einmal. »War das auch *Moinee*?«

»Macquarie Harbour?«, sagte sie. »Das war Moinees Pisspott – *Kumpel.*«

Sie roch nach saurem Hering, und ich ließ sie an meiner Pfeife ziehen, und wenn sie die Pfeife zwischen den Zähnen hielt, bebte sie ganz leicht wie ein Fisch, dann roch sie anders und sogar noch besser, und dann ging es los, und wir gruben, schwammen, flogen, dass es eine Pracht war. Sie hatte kleine Brüste und wenig Taille und dünne Beine, und sie war, jedenfalls am Anfang, völlig hemmungslos in der Liebe. Sie machte einen Mordslärm dabei, krächzte wie ein Beutelteufel in der Nacht und tobte wie wild, was mir gleichzeitig gefiel und schreckliche Angst machte, weil es uns verraten konnte, obwohl Castlereagh nebenan auch ziemlich laut rumorte. Ich flehte sie an, sie sollte ihre Leidenschaft ein bisschen leiser ausleben, aber es half nichts. Sie hatte kaum irgendein Schamgefühl, und wenn sie so richtig Feuer fing, was, wie bereits erwähnt, in der ersten Zeit unserer Bekanntschaft überaus häufig vorkam, dann gab es kein Halten mehr, und es wäre ihr auch egal gewesen, wenn uns der Doktor oder der Kommandant oder eine Kompanie Sträflinge dabei zugesehen hätte.

Aber ich will nicht so tun, als wäre alles in schönster Ordnung gewesen, in Wirklichkeit – aber das wusste ich noch nicht – ging dieses Leben, an das ich mich gewöhnt hatte, seinem Ende zu. Wenn ich so zurückblicke, muss ich sagen, dass der Zerfall bereits begonnen hatte. Nach einiger Zeit lernte Twopenny Sal, sich etwas zurückzuhalten, aber da hatte sie bereits das Interesse an mir verloren und traf sich mit Musha Pug, einem Kerl, der zur Belohnung für seine Spitzeldienste einen Vorzugsposten in der Quartiermeisterei erhalten hatte. Als Gehilfe des Magazinverwalters hatte er natürlich Zugang zu Lebensmitteln, Alkohol und Tabak und war schon deswegen weit interessanter als ich. Ich hatte mich so an sie gewöhnt, dass ich mir gar nicht mehr vorstellen konnte, ohne sie zu sein; desto härter traf mich der Verlust.

Ein Trost war immerhin, dass meine Malkünste Fortschritte machten, was meine Überlebenschancen verbesserte. Ich lernte, mich auf das Wesentliche zu beschränken, meine Bilder waren nützlich wie ein gutes Paar Schuhe, solide gezimmert wie ein Besanmast, dazu bestimmt, des Puddings ruhmreiches Flaggschiff der Wissenschaft zu zieren.

Der Pudding jedenfalls war mit meiner Arbeit zufrieden,

manchmal, soweit dies seiner Natur möglich war, geradezu heiter, wenn ihm in seinen Tagträumen Bilder von der triumphalen Heimkehr des bedeutenden Naturforschers und renommierten Ichthyologen Lempriere in die Hauptstadt London erschienen und wenn er mit stumm bewegtem Mund den Damen der Gesellschaft Antwort gab, die bei den großen Soireen der gelehrten Welt zu seinen Füßen sitzen und ihn mit Fragen bestürmen würden, wie er dort im Urwald inmitten von Wilden und hungrigen Hottentotten überlebt habe, eine Antwort, die, ausgesprochen in der Haltung größtmöglicher Bescheidenheit, lautete:

»Weil ich an die Wissenschaft glaubte, Madam, und meinen kleinen Anteil an ihrer heiligen Mission.«

## VI

Der Teufel zeigt sich in vielerlei Gestalten, und keine davon lässt sich leicht in einem Bild darstellen. Meine Arbeit frustrierte mich zunehmend, und diese Entwicklung setzte sich passend fort, als ich eines Morgens mein nächstes Modell abholte und feststellen musste, dass das Tier, das mir die Fischer präsentierten, alledem, was mir der bild- und leuchtkräftige Name Himmelsgucker suggeriert hatte, in keiner Weise entsprach. Ich hatte mir einen gewissermaßen ätherischen Fisch gedacht, etwas wie die in Fischfleisch verkörperte Fähigkeit zur Meditation. Und ein solches Sujet, hatte ich mir überlegt, wäre ideal für mich, denn ich hatte die Erfahrung gemacht, dass es mir schwer fiel, mit den Wasserfarben dichte Oberflächen zu malen, dagegen hatten sie eine gewisse Fertigkeit, die Lichtverhältnisse wiederzugeben.

Aber der Himmelsgucker, den mir die Häftlingsfischer gegeben hatten, war alles andere als leicht zu malen. Ich weiß nicht, warum ich diesen Eindruck hatte, obwohl in der Düsternis seiner Erscheinung, in der wilden Physiognomie, in den Teufelshörnern zu beiden Seiten des Furcht einflößenden bulligen Kopfes, dem vertikalen, finster verkniffenen Maul, der schleimigen Haut, den Augen, die merkwürdigerweise oben auf dem Kopf saßen und nicht seitlich – als ob er ständig zum Himmel hinaufblickte, daher der so verführerisch hübsche Name –, obwohl in allen diesen Details etwas lag, das mir keineswegs fremd, sondern vertraut war. Ich hätte allerdings nicht sagen können, was es mit dieser Vertrautheit auf sich hatte und warum mich der Anblick des Tiers vom ersten Moment an so beunruhigte.

Der Himmelsgucker ist ein schrecklicher Fisch, das zu wissen, braucht es nicht viel Fantasie, aber das wahre Wesen dieses Fisches erkannte ich erst, als ich einen in seinem natürlichen Element sah. Ich war zur Anlegestelle hinuntergegangen, um den spektakulären Fang, der den Fischern ins Netz gegangen war, zu bestaunen, einen riesigen Kabeljau, der ein großes rundes Ding im Bauch hatte. Das runde Ding, von dem milchig weiße Hautfetzen weghingen, war, wie sich zeigte, nichts anderes als Doughy Proctors Kopf, das Einzige, was von ihm übrig geblieben war, nachdem er versucht hatte, angebunden an ein altes Fass übers Meer zu entkommen. Der Bootsführer, ein Levantiner namens Rolo Palma, stand am Ende des Stegs und sah ins Wasser hinunter. Er winkte mir, zu ihm zu kommen.

Sein Schicksal war bezeichnend für die Regionen, aus denen er stammte, wie auch für seine individuelle Eigenart: Er lebte immer in fremden Ländern. Am Ende gelangte er nach

England und fand englische Freunde, und da sich unter den Angehörigen dieser Nation Freundschaft typischerweise in Schweigen manifestiert, gewöhnte sich Rolo Palma wie der von ihm verehrte Swedenborg an, sich mit den Engeln zu unterhalten. Er hatte eine lebhafte Fantasie und ein waches Interesse an der Natur und war auf dem besten Weg, ein System naturwissenschaftlicher Ordnung zu entwerfen, das noch wahnwitziger war als das, welches der Doktor so sehr bewunderte, aber weil er tat, was ihm die Engel befohlen hatten, musste er als verurteilter Mörder nach Van Diemens Land auswandern, und so wurde nichts daraus. Er musste sich jetzt damit begnügen, über mythische Wesen wie Minotauren und Greife im Landesinneren zu spekulieren und mir zwei Teufelsaugen zu zeigen, die, vielleicht fünf Fuß unter der Wasseroberfläche, aus dem Meeresgrund hervorglotzten. Der Fisch, zu dem die Augen gehörten – sein mächtiger Kopf, die satanischen Hörner, der Körper, der sich verjüngte wie der eines Zirkusathleten –, lag eingegraben im Sand, unbeweglich, gespannt, versteckt, und wartete auf den Moment, da über ihm eine junge Flunder vorbeitrieb.

Dann explodierte der Sand, der Körper des Himmelsguckers erschien, als entstünde er aus dem Chaos, das er selbst geschaffen hatte. Das große Maul öffnete und schloss sich in ein und demselben Moment. Der Himmelsgucker, ein wirbelnder Körper, schoss hinauf und verschlang die bis zuletzt nichts ahnende Flunder, und nichts zeugte davon, dass ein Wesen sein Leben gelassen hatte, als der Jubel des Levantiners und strudelnder Sand.

Die Linien meines ersten Bildes gerieten schwächlich und erfassten in keiner Weise das bedrohliche Potenzial dieses Fisches. Die Zeichnung gab die monströsen Proportionen nicht richtig wieder, das Missverhältnis zwischen dem überdimensionierten Kopf und dem Rumpf, der sich stark verschlankte und wie ein Anhängsel wirkte, und die Farbgebung war auch nicht richtig: Jene Spannung der Muskulatur, die allen Fischen eigen ist und ganz besonders deutlich dem Himmelsgucker, kam nicht zum Ausdruck.

In solchen Phasen des Misslingens, wenn ich einsehen musste, dass der Fisch trotz aller Mühen immer nur eine erbärmliche wissenschaftliche Illustration blieb, drängte sich mir oft wie ein ungebetener Gast das verhasste Bild des Mr. Cosmo Wheeler auf, der dabei war, die Welt als eine einzige große Dampfmaschine neu zu erfinden, eine Maschine wie die, die der Maschinenstürmer zu zerstören versucht hatte, und ich sah die Zahnräder der Taxonomien und Systeme ineinander greifen und mich und alle Fische zermalmen und zu Brei zerquetschen.

Ich machte immer neue Anläufe mit Bleistift und Pinsel, besserte unermüdlich an meinen Bildern herum, bedeckte immer neue Blätter mit wirren Linien und Farben, lauter Netze, diesen Fisch zu fangen, aber er schlüpfte durch meine Maschen. Schließlich brachte ich ein mittelmäßiges Bild zu Stande, das, so hoffte ich, vor den Augen des Doktors Gnade finden würde. Der Fisch war zu diesem Zeitpunkt bereits schlecht geworden, und obwohl sie ihn trotzdem zu Suppe verarbeitet und aufgegessen hatten, ärgerten sich die Fischer und murrten, als ich ihnen sagte, dass ich noch einen zweiten Himmelsgucker brauchte, der in ihren Augen auf ähnliche Weise verdorben werden würde.

Wie sich herausstellte, brauchten sie mir den Fisch nicht mehr zu besorgen, und zwar infolge einer unvorhergesehenen Wendung meines Schicksals, das mir noch eine letzte

Gunst gewährte, bevor alles zur Hölle ging und die Hölle über uns kam.

## VII

Dass ein Buch nicht abschweifen soll, hat mir noch nie eingeleuchtet, und selbst Gott hält sich in Seinen Geschichten nicht an dieses Gebot, sondern ordnet die 26 Buchstaben so, wie es Ihm gefällt, und herauskommt oft genug Q. E. D. und eben nicht A–B–C.

Die einzigen Menschen, die an gerade Straßen glauben, sind Generale und Postkutscher. Mir scheint, der König ist darin ganz meiner Meinung. Ohne Zweifel ist auch er ein überzeugter Liebhaber von Abbiegungen und Umwegen und Exkursionen, die – mögen sie auch nichts weiter sein als die fortwährende Kunst der Enttäuschung – eine Reise erst zu dem machen, was eine Reise sein soll, nämlich zu einer Erinnerung.

Mich an meiner eigenen Idee erwärmend, spinne ich den Gedanken weiter und stelle dem König die rhetorische Frage, ob nicht genau an diesem Punkt zu markieren sei, worin der fundamentale Unterschied zwischen der antiken griechischen und der römischen Kultur bestehe. Was bringt es, schnurgerade Römerstraßen zu bauen? Im besten Fall drei Wörter: *Veni, vidi, vici*. Aber wenn man lauter krumme Ziegenpfade hat wie die Griechen auf der Akropolis, dann kriegt man die ganze *Odyssee* und den *Ödipus Rex* noch dazu, jawohl! Der König, der einige klassische Bildung besitzt, starrt an die Decke, in seinem Geist erscheinen Greife und Kentauren und, ja natürlich, Plinius.

*Wie konnte ich nur Plinius vergessen?*

Wieder einmal hatte mir der weise König eine Lehre erteilt, er hatte mir gezeigt, dass es einfach idiotisch ist, zu generalisieren, denn Plinius war zwar ein Römer, aber er hat gleichwohl ein Buch geschrieben, das so wenig glatt und geradlinig ist, wie das Gesicht von Capois Death an dem Tag war, als er zu mir kam, um mich auf einen neuen Abweg zu führen. Oh, dieser schwarze Kneipenwirt sollte immer wieder in mein Leben treten und mir Hoffnungen machen mit seinen Verheißungen und meine Welt dann wieder verlassen, nachdem er mich in Verzweiflung gestürzt hatte. Er war das Abenteuer und ich der Neid, er war das Unglück und ich Feuer und Flamme, er redete, und ich hörte gar nicht zu, hingerissen von dem Gedanken, dem Traum, dem Wunsch, es könnte doch eine Möglichkeit geben, von dieser Insel zu entkommen.

Capois Death war so heiter und froh gestimmt, als hätte man ihn soeben aus der Tretmühle befreit, er grinste, als wäre Brady höchstselbst sein bester Kumpel, lachte wie das größte aller großen Tiere von Hobart, der kleine halbseidene Gauner Capois Death, einen Mordsrausch im Gesicht, kommt zur Tür rein und schreit: »Scheiß auf die Fische, Billy Boy!«, und bevor ich ein Wort sagen kann, schmeißt er mein Bild mit dem Himmelsgucker in die Asche von Lemprieres Kamin und schwatzt fröhlich weiter und sagt: »Wir haben was Besseres zu tun.«

Selbst in seinen Sträflingsklamotten machte er noch was her, oder jedenfalls kam es mir so vor. Und er hatte es wieder mal geschafft und war in der Hackordnung von Sarah Island aufgestiegen. Er war jetzt, erzählte er mir, ein leitender Beamter der Nationalen Eisenbahngesellschaft von Sarah Island, Kommissar für Verkehrswesen.

Unter dem Einfluss von Miss Annes Berichten über die neuen Dampflokomotiven, die jetzt in Europa Furore machten, zunehmend frustriert in seinen Anstrengungen, historische Größe zu erlangen, und angesteckt von der freudigen Erwartung des neuen Zeitalters – eines Zeitalters, das ganz offensichtlich auf der Schiene von Manchester nach Liverpool ins Dasein stürmte –, die seine Schwester in ihren Briefen seitenlang vor ihm ausbreitete, hatte der Kommandant drei Jahre zuvor angeordnet, dass ein großer Bahnhof gebaut werden sollte.

Es war ein gewaltiges Projekt: Sandstein musste gebrochen und per Schiff hergeschafft werden, Maschinen und Gerät für Schlosser und Schmiede und Mechaniker mussten gekauft und eingerichtet werden, denn zu einem Bahnhof gehörten natürlich auch Werkstätten und Montagehallen. Und das alles geschah dem schüchternen Zweifel derer zum Trotz, die zu bedenken gaben, dass ein Bahnhof auf einer wilden Gefängnisinsel, die vor der Küste eines weitgehend unbewohnten und unerforschten Landes lag, wohl kaum jemals als Ausgangspunkt oder Ziel irgendwelcher Reisen Bedeutung erlangen werde. Solche Argumente prallten an der festen Überzeugung des Kommandanten ab, dass Bahnlinien so naturnotwendig, wie Weidenwurzeln den Weg zum Wasser suchten, in Richtung von Bahnhöfen wüchsen und der Bahnhof von Sarah Island folglich schon bald der verkehrsreichste auf der südlichen Halbkugel sein werde. Es könne nicht lange dauern, und die Leute in der Mandschurei und in Liverpool würden voller Neid und Begierde auf Sarah Island blicken. So werden wir, sagte er – und manche schworen Stein und Bein, die goldene Maske habe gelächelt –, unsere Tyrannei der Isolation gegen die Freiheit des Handels eintauschen.

Zweihundert Yards Geleise wurden bis zu einem Rundhaus gelegt, um dieses herum führte eine Wendeschleife, aber man konnte die Lokomotiven, die eines Tages aus dem Urwald angefahren kommen würden, auch auf einer großen hölzernen Drehscheibe wenden, die von zwei Dutzend Sträflingen mit Hilfe einer Winde in Bewegung gesetzt werden konnte. Als nach etlichen Monaten immer noch keine Spur davon zu erkennen war, dass sich weidenwurzelartige Geleise durch die Wildnis auf uns zubewegten, kein Anzeichen von irgendwelchen eisernen Brücken, die sich anschickten, die Insel mit dem Festland zu verbinden, verkündete der Kommandant, dass er bei einem amerikanischen Walfänger eine Dampfeisenbahn bestellt habe, er habe den Rest des Goldes aus dem Verkauf des Gordon River und des Great Barrier Reef für diese Anschaffung verwendet.

## VIII

Billy Goulds Leben auf Sarah Island war nicht immer unproblematisch gewesen, aber verglichen mit Capois Death hatte er Glück gehabt. Schon bald nach seiner Ankunft auf der Insel war Capois Death Roaring Tom Weaver wiederbegegnet, und dieser hatte seinem früheren Gastgeber einen leichten Posten bei einem Arbeitskommando verschafft, das Muscheln sammelte. Er zog sich dort die unversöhnliche Feindschaft seines Anführers zu, des Sträflings Musha Pug, der wegen einer unappetitlichen Geschichte mit einem Schaf nach Sarah Island deportiert worden war. Man hatte Pug »widernatürliche Unzucht« zur Last gelegt, und er hatte daraus gefolgert, er sei homosexueller Praktiken angeklagt, weswegen er, als der Richter ihn fragte, was er zu seiner Verteidigung vorzubringen habe, diesem umständlich erklärte, dass das Tier, mit dem er es getrieben hatte, nicht etwa ein Hammel, sondern ein weibliches Schaf gewesen sei. Er hielt sich nach wie vor für das Opfer eines Justizirrtums und verfolgte alle warmen Brüder – denn diese waren nach seiner Logik gewissermaßen an seinem Unglück schuld – mit einem leidenschaftlichen Hass, der auf Sarah Island zahlreiche geeignete Objekte fand.

Nachdem ihn Musha Pug verpfiffen hatte, weil er den siamesischen Mädchen Schiffsseide verkauft hatte, bekam Capois Death hundert Peitschenhiebe, wurde für eine Woche auf die Wiege geschnallt und dann zum Holzfällen an den Oberlauf des Gordon River geschickt. Eines Abends, als die Truppe im fleckigen Schatten der Myrtenblätter über ihnen am Feuer saß, erzählte er die tragische Geschichte von dem Maschinenstürmer aus Glasgow und beschrieb in diesem Zusammenhang die mörderische Macht der Dampfmaschinen so lebhaft und überzeugend, dass seine Zuhörer den ganz falschen Eindruck gewannen, er müsse einige Erfahrung mit technischen Dingen haben.

Im Monat darauf trafen riesige Holzkisten im Hafen von Sarah Island ein, auf denen das Wort »Lokomotive« stand und die eine Vielzahl von Eisenteilen enthielten. Auch eine Bauanleitung wurde mitgeliefert, die aber so kompliziert war, dass selbst die besten Schiffszimmerleute davor kapitulierten. Der Kommandant war verzweifelt, doch dann machte ihn Musha Pug, der überall seine Spitzel und Zuträger hatte, darauf aufmerksam, dass bei einem Holzfällerkommando am Gordon River ein Schwarzer arbeite, der sich rühmte, er habe früher Dampfmaschinen gebaut.

Capois Death wurde zum Kommandanten beordert, machte diesem voller Zuversicht die schönsten Versprechungen und übernahm die Leitung des Unternehmens. Die Instruktionen, die er den Schiffszimmerleuten gab, schöpfte er aus undeutlichen Erinnerungen an ein Pamphlet über George Stephensons großartige Erfindung, das er einmal gelesen hatte, und sie waren entsprechend wirr. Erst nachdem ihm der Kommandant gedroht hatte, er werde ihm und seinen Leuten die nutzlosen Arme abhacken und ihnen ihre Eier gegrillt zu fressen geben, konnte Capois Death seine Untergebenen dazu bringen, aus dem Chaos von gusseisernen Einzelteilen tatsächlich eine Lokomotive zu bauen, die eine einzigartige Besonderheit aufwies: Von einem kurzen Mast vorn auf dem Tender führten Haltetrossen zu den beiden seitlich angebrachten Schornsteinen, welche waagrecht wie gewichste Schnurrbartspitzen abstanden.

Als die Dampflokomotive schließlich zusammengebaut war, führte der Kommandant eine allabendlich stattfindende feierliche Abreisezeremonie ein: Begleitet von zwei Siamesinnen, unter Kanonendonner und Trompetengeschmetter, schritt er, vorbei an einer Ehrenkompanie Soldaten, zum Bahnsteig, um anschließend zweihundert Yards weit zu dem runden Lokomotivschuppen zu reisen und diesen bis tief in die Nacht hinein zu umkreisen, was nicht allein dem Lokomotivführer, dem speiübel wurde, schlecht bekam, sondern auch den äußeren Rädern der Maschine, die wegen der dauernden Belastung durch die Zentrifugalkräfte stark abgenutzt wurden, so dass das Gefährt nach einiger Zeit deutlich Schlagseite hatte. Der Kommandant pflegte auf diesen Reisen in Melancholie und dann in den Schlaf zu sinken, das Haupt in den Schoß eines der Mädchen gebettet.

Ein Jahr verging, und es gab noch immer keine Anzeichen dafür, dass Zugverkehr nahte. Der Kommandant schickte nun vier Suchtrupps ins Landesinnere, die erkunden sollten, aus welcher Richtung die neuen Bahnlinien, die ohne Zweifel bereits unterwegs waren, kommen würden. Keiner der Kundschafter kehrte aus der Wildnis Transsylvaniens zurück, weswegen ihnen der Kommandant *in effigie* den Prozess machen ließ, nachdem man einem entlaufenen Sträfling, den man wieder eingefangen und mit glühenden Eisen traktiert hatte, die ohne Zweifel wahre Geschichte ihres Verschwindens entlockt hatte: Sie waren in der erklärten Absicht, Fahnenflucht zu begehen, an einer Haltestelle am Fuß des Frenchman's Cap in einen Expresszug nach Ambleside im englischen Lake District eingestiegen – der Zufall wollte es, dass sie auf dem Bahnsteig Brady und seinen himmlischen Heerscharen begegneten, die mit just demselben Zug angereist waren.

Als man den Kommandanten mit allem Respekt, aber nachdrücklich darauf hinwies, dass ein Bahnhof auf einer Insel kaum je Verkehr anlocken konnte, der die enormen Ausgaben rechtfertigte, zeigte sich der große Mann wider alle Erwartung plötzlich einsichtig. Er teilte seinen staunenden Zuhörern mit, dass er an all den Abenden der vergangenen Monate, während er den Lokomotivschuppen umkreiste, keineswegs geschlafen, sondern lange Unterredungen mit einem japanischen Händler namens Magamasa Yamada geführt hatte, in dessen Heimatland eine große Nachfrage nach Holz bestand. Mit diesem Mann hatte der Kommandant einen Handel abgeschlossen: Er hatte ihm die gesamte Wildnis von Transsylvanien übereignet und bekam dafür das rollende Material, das dem japanischen Piraten auf einer Expedition nach Südamerika in die Hände gefallen war. Dieser Fuhrpark würde die Nation in die Lage versetzen, von dem enormen wirtschaftlichen Aufschwung zu profitieren, der zu erwarten war, wenn die Wildnis gerodet und das erschlossene Land besiedelt würde. Niemand wagte dem hohen Herrn mit der goldenen Maske zu sagen, dass die endlosen Rundfahrten seinen ohnehin labilen Geist vollends zerrüttet hatten.

Der Einzige, der nicht überrascht war, als im Sommer darauf Dschunken voller japanischer Holzfäller einliefen, war der Kommandant. Er sah zu, wie sie die versprochenen Waggons ausluden. Sie waren in einem elenden Zustand, das Holz verrottet und wurmstichig, aber da der Kommandant selbst immer im Kohlenanhänger fuhr, der zum Salonwagen des Staatsoberhaupts umgewandelt worden war, spielte das keine große Rolle.

## IX

Ich starrte den Aschefetzen meines Himmelsguckers nach, die im Kamin emporgewirbelt wurden, während Capois Death mir ausführlich berichtete, wie er, nachdem er sich als Lokomotivkonstrukteur so glänzend bewährt hatte, den Auftrag erhalten hatte, ein Konzept zur Förderung des Reiseverkehrs auszuarbeiten, damit die Einrichtungen der Nationalen Eisenbahngesellschaft besser genutzt würden.

Ich wusste wohl, wann ich schweigen und wann ich zuhören musste, dennoch konnte ich mir die Bemerkung nicht verkneifen, dass es auf einer Insel, die etwa eine Quadratmeile groß war, naturgemäß nur sehr wenige Orte gebe, die als Ziel einer Bahnreise in Frage kämen.

»Genau«, sagte der alte Spelunkenwirt in einem affektiert geheimnisvollen Ton, der mich, wie ich gestehen muss, neugierig machte, »aber es wird bald solche Orte geben.«

Ich sollte mich, sagte er, am Abend kurz vor der Abfahrt des Nachtexpresses am Bahnhof einfinden. Es war neblig an diesem Abend, als ich, während die Maschine beheizt wurde und ein feindseliger Schleier aus Ruß und Asche sich über die Szene legte, barfuß im knöcheltiefen Schlamm neben dem Geleise stand und emporsah zum Kommandanten, der, verdeckt von dem rußig schwarzen Vorhang des Salonwagens, mir, dem Sträfling, langatmig erklärte, dass der Kommerz – dafür, so schien es, hielt er die endlosen Runden – jetzt in Gebiete vorstieß, die sowohl für den Kaufmann wie für den Künstler Neuland waren. Und er erklärte mir, dass es seiner Meinung nach unbedingt notwendig war, mich vorn an den Kessel der Lokomotive zu binden, damit ich ein Gefühl für die neue Ästhetik der Bewegung bekäme.

Er zog den Vorhang ein bisschen zurück, aber von da, wo ich stand, war kaum etwas von ihm zu sehen, nur ein Stückchen der goldenen Maske und zwei kleine Augen, in denen sich verstörend das Gelb des Metalls spiegelte. Ich erhob leise Einwände, die der Kommandant sanft beiseite wischte. Ich wurde ohne weitere Diskussion Musha Pug übergeben, der mich mit Lederriemen fest an die Frontreling der Lokomotive band.

Im brüllenden Lärm der Dampfmaschine, begleitet vom rhythmischen Klirren der stählernen Räder, zog ich endlos meine Kreise. Schon nach wenigen Minuten wurde mir schlecht, ich spie, bis ich nichts mehr auszuwürgen hatte als stinkende grüne Galle, die auf meine besudelten Kleider niedertropfte. Und es ging immer weiter, Runde um Runde, kein gnädiger Schlaf der Erschöpfung erlöste mich, und alle Versuche, in Tagträumereien oder in Fantasien von Essen und Frauen zu flüchten, halfen nichts. Ich empfand nichts als eine überwältigende Übelkeit, den stechenden Gestank von Kohlenrauch, den ich einatmete, die absolute Ohnmacht meines geschundenen Körpers, die Gewissheit, ausgesetzt und allein zu sein. Wenn das die Zukunft war, dachte ich in einem der seltenen lichten Momente, die mir an diesem Abend vergönnt waren, dann war diese Zukunft ihren Namen nicht wert.

Irgendwann kam die Lokomotive kreischend zum Stehen, man löste meine Riemen und schleppte mich besinnungslos, wie ich war, zu einer Staffelei, die man vor dem Lokomotivschuppen aufgebaut hatte.

Einige Zeit lang brauchte ich alle meine Kräfte, um mich auf den Beinen zu halten. Die Welt um mich herum wogte, der Schuppen hob und senkte sich in fließender Bewegung wie ein Wald von Seetang, siamesische Mädchen trieben an mir vorbei, Musha Pug und seine Untergebenen flitzten hin und her, ein Schwarm sonderbarer Meerestiere. Mit unsicherer Hand nahm ich einen Pinsel, mein gewichtsloser Körper schwankte über dem schlammig aufgeweichten Boden, aber ich gewann die Balance zurück und machte mich an die Arbeit, entschlossen, die Übelkeit, die mich zu übermannen drohte, zurückzudrängen und dem Kommandanten ein Bild zu malen, eine Offenbarung und tiefe Entdeckung, die Welt, neu erfunden als Kommerz.

Aber dann war ich fertig.

Und ich wusste, dass ich auf der ganzen Linie versagt hatte.

Billy Gould war immer der Meinung gewesen, dass eine

Arbeit, die der Mühe wert war, gemacht werden musste, und zwar besser schlecht als gar nicht. Wenn man es allzu gut machen wollte, glaubte er, behinderte dieser Ehrgeiz einen nur. In dieser Hinsicht zumindest hatte er sich nichts vorzuwerfen.

Denn was ich gemalt hatte, war nichts Herzerwärmendes, es war etwas Kaltes, etwas Erschreckendes, Schreckliches und Erschrecktes. Sie hatten Trost von mir gewollt, und das da war Trostlosigkeit. Von der gewalttätigen Leidenschaft einer manischen Vision war hier nichts zu spüren. Sie hatten Hoffnung und Fortschritt von mir verlangt, und was glotzte mich zu meinem Entsetzen düster an – *ein Himmelsgucker*! Sie wollten eine neue Gottheit, und ich in meiner schrecklichen Verblendung hatte ihnen einen Fisch gegeben!

Das konnte nicht gut enden. Auf mich wartete Schlimmeres als Captain Pinchbecks *petite noyade,* Grausameres als die Eierraspel von Gouverneur Arthur, eine teuflische Summe von Röhre und Wiege und Schinders Tochter, unter unsäglichen Qualen würde ich mein Leben enden.

Mir wurde immer elender, es würgte mich, ich wich stolpernd zurück, von Panik gepackt bei dem Gedanken an die Folgen meines Versagens. Und während ich verzweifelt versuchte, meine Fassung wiederzugewinnen, sah ich plötzlich mit tiefem Schrecken den Kommandanten, der die ganze Zeit hinter mir gestanden und mich beobachtet hatte, auf das Bild zutreten.

Anders als der Doktor, der ein Bild tagelang studieren konnte, um Schwächen und Fehler zu entdecken, blickte der Kommandant nur kurz über das Gemälde hin, und in diesen wenigen Sekunden musterte ich ihn – zum ersten Mal seit dem Tag unserer Ankunft, als er auf dem Schiff seine Rede gehalten hatte, sah ich ihn aus der Nähe. Von hinten wurde deutlich, was die goldene Maske eigentlich verbergen sollte: das Missverhältnis zwischen dem übergroßen Kopf und dem Körper, der wie ein Anhängsel wirkte, die Unterordnung des Körpers unter den Geist.

Dann wandte er sich um, aber ich sah von ihm nur diese gelb glitzernden Augen in den Sehschlitzen der goldenen Maske und hinter ihrer lächelnden Mundöffnung undeutlich schwarz die Höhlung des Rachens, der sich auftat. Und die unerwartet hell und leise schnarrenden Worte, die nun aus dieser dunklen Kluft drangen, ließen keinen Zweifel daran, dass der Kommandant ebenso erfreut war wie ich entsetzt, als hätte ich ihn wie einen jener Generale Napoleons porträtiert, die er so sehr bewunderte, und nicht nur einen gewöhnlichen Fisch gemalt.

Vor mir sah ich, das wurde mir nun klar, einen Mann in der Blüte seines Lebens. Ich lächelte und – auch hierin ein gelehriger Schüler von Audubon – verneigte mich tief.

# Der Drückerfisch

*Wie ein flämischer Maler die Vernunft erblickte – Erhabene Möglichkeiten des Reisens – Die Große Mah-Jongg-Halle – Über den Kolonialismus der Fische – Die Unterstreichung Europas – Goethes Leidenschaft für Miss Anne – Paganini – Kakadus – Kultur als Guano betrachtet – Traum von einer stillen Stadt – Ein Übermaß an Liebe.*

## I

Am Tag darauf wurde ich zum Kommandanten befohlen. Das Wetter war so recht vandiemonisch. Ein brutaler Wind prügelte das Land, er riss Schindeln von den Dächern und wirbelte sie mit wilder Gewalt durch die Luft, Geschosse, die den Unvorsichtigen oder den Unglücklichen verwundeten. Die Palisaden aus Huonkieferstämmen ächzten und knarrten in der verzweifelten Anstrengung, dem Sturm zu widerstehen, der unermüdlich gegen sie anrannte. Es regnete unaufhörlich. Eine Kantine für die Soldaten wurde unter einer Schlammlawine begraben. Die Böen peitschten Gischt und Nebel vorwärts und hoch in die Luft, ruhten einen Moment oder auch eine Minute, um mit neuer Wucht loszuschlagen. Draußen tobte die See in blinder Wut gegen die Insel. Ein Teil der neuen Kaianlagen wurde unterspült und weggerissen. Seit drei Tagen war kein Schiff mehr ausgelaufen, seit ein Boot, das vom Gordon River zurückkehrte, in der Lagune mit der ganzen Mannschaft untergegangen war. Der Regen hatte für kurze Zeit nachgelassen, als ich von Lemprieres Haus zum Kommandanten hastete; meine Augen brannten von dem salzigen Dunst und dem Sand und der Asche, die der Sturm wie Schrot vor sich herfegte.

Durchnässt und verfroren wartete ich mehrere Stunden in einem dunklen, engen Korridor, bewacht von dem Soldaten, der mich hergebracht hatte. Am frühen Abend wurde ich endlich vorgelassen, in einen unvorstellbar winzigen Raum – so breit, dass man mit ausgestreckten Armen beide Seitenwände berühren konnte, und nur wenig mehr als eine Mannslänge lang –, in dem es sonderbar roch.

Ratten, so fett und frech wie überall auf der Insel, huschten immer wieder durch den trüben Lichtkreis einer tropfenden Kerze, die auf einem Dorn in der Mauer steckte; die Tiere wirkten übergroß in der winzigen Zelle und warfen monströse Schatten in dem unruhig flackernden Licht. Es schien unmöglich, dass zwei Menschen sich zusammen in einem derart engen Kämmerchen aufhielten, ohne einander zu sehen, und doch war es so, denn der Kommandant blieb unsichtbar – wie der Pfarrer bei einer papistischen Beichte – hinter einem Vorhang, der den Raum teilte.

Die Zelle war schmucklos kahl, nur eine kleine Glasbüste von Voltaire stand da, halb voll mit einer goldgelben Flüssigkeit, die ich für Whisky hielt. In Form und Größe, wenn auch nicht im Material, ähnelte die Büste derjenigen, unter der Goulds lebenslustige Tochter seinerzeit die Segnungen der alten Aufklärung genossen hatte. Ihr Wert für einen Mann, der die Leidenschaft von Twopenny Sal zurückgewinnen wollte, war mir, wenn auch niemandem sonst, offensichtlich.

Ich wusste damals noch nichts – wie hätte ich es auch wissen können? – von dem heftigen Verlangen des Kommandanten nach Gerüchen. Ich wusste nicht, dass er Twopenny Sal einmal gebeten hatte, sich einen Monat lang nicht zu waschen, damit er die ganze Fülle ihrer natürlichen Düfte genießen konnte. Ich ahnte nicht, dass er sich sein Eau de Cologne aus Neapel kommen ließ, und war mir, als ich das leichte Ding in der Hand hielt und es unter meiner Sträflingsbluse verschwinden ließ, nicht darüber im Klaren, dass der kostbarste aller Düfte – eine Komposition, die Napoleons Leibparfumier Chardin eigens für den Kommandanten kreiert hatte – in ebendieser kleinen Glasflasche in der Form eines lächelnden Voltaire geliefert wurde, der nun aus nächster Nähe die jämmerlichen Details eines arbeitslosen flämischen Pinsels betrachtete.

Der Kommandant hinter dem Vorhang teilte mir mit, dass ich, nachdem ich am Abend zuvor ein so wunderbares Gemälde des Fortschritts geschaffen hatte, nun mit einem neuen Auftrag betraut werden sollte, der Gewissenhaftigkeit und Inspiration, aber auch eine gewisse Diskretion erfordere. Wenn ich ihn zufrieden stellend ausführte, könnte ich meine Lebensumstände bedeutend verbessern, ja, vielleicht könnte sogar meine Strafe insgesamt abgemildert werden. Er habe gehört, dass ich für den Arzt irgendwelche Illustrationen machte, aber ich brauchte diese Arbeit im Dienst der Wissenschaft nicht aufzugeben, sondern nur für eine gewisse Zeit zu unterbrechen, und würde, wenn ich die

Aufgabe erfüllt hätte, zu meinen Pflichten für den Arzt zurückkehren.

Ich war unsäglich erleichert, als ich an diesem wässrigen Tag von meiner neuen Bestimmung hörte. Ich sollte – zumindest für einige Zeit – vom Schrecken der Fische befreit werden und doch alle Vergünstigungen, die ich genoss, behalten. Der Kommandant eröffnete mir einen Ausweg aus einer unerbittlichen Pflicht, die meine Seele zu zerfressen drohte – ich konnte nachts nicht mehr schlafen, weil ich fürchtete, im Ozean aufzuwachen. Ich hätte am liebsten aufgeseufzt und dankbar lächend Seine dickschädlige Majestät umarmt. Aber ich schwieg und regte mich nicht und hörte weiter zu, als mir der Kommandant nun seine Vision von einer Eisenbahn, die sich nicht vom Fleck bewegte, erläuterte.

Ich sollte eine Reihe von Kulissenbildern malen, Panoramen, die, so die Idee von Capois Death, die kreisrunde Außenwand des Lokomotivschuppens zieren und dem Passagier des Zuges, der dieses Gebäude umkreiste, den Genuss erhabener Landschaften gestatten sollten. Dieses Projekt würde einer neuen Form des Reisens Bahn brechen: Die Menschen könnten das Bedürfnis nach exotischen Spektakeln an Ort und Stelle befriedigen, indem sie gelegentlich aus dem Fenster sähen, während der Zug seine endlosen Runden drehte. Sie flögen vorbei an Tintern Abbey oder an den klaren Wassern des Windermere oder auch an den neuen Elendsvierteln von Salford – das gebe dem Ganzen erst die Würze der Poesie, denn das Gefühl der Bewegung von der Industrielandschaft zur Natur, vom Modernen zum ländlich Idyllischen, das Erlebnis dieses Kontrasts sei es, so hatte Capois Death, der Coleridge und Wordsworth gelesen hatte, dem Kommandanten erklärt, was allem wahren Genuss romantischer Landschaft zutiefst zu Grunde liege.

Das schien nun etwas ganz anderes zu sein als die ewige Plackerei mit diesen schlüpfrigen, schleimigen Fischen. Nein, das klang nach jener echten, edlen Kunst, in der ich mich zu Hause fühlte, nach herrlichen Szenerien, in denen sich der eine oder andere Weißkopfadler tummeln mochte, und vielleicht, so dachte ich sinnend, war da auch mit prächtigen Glyziniengirlanden Staat zu machen.

Als ich an jenem Tag die Zelle des Kommandanten verließ und durch die von Tranfunzeln trüb erhellten Korridore eilte, in meiner Hose Voltaire, der sich an meinen Eiern rieb, hörte ich draußen immer noch den Regen rauschen, und mir wurde bewusst, dass es – zum ersten Mal nach langer Zeit – nicht klang wie endloses dumpfes Klirren von Ketten auf Stein. Es klang wie Hoffnung, heiter, als niesle Sicherheit hernieder. Es klang, als sollte sich Billy Goulds Geschick endlich zum Guten wenden.

Vielleicht fragen Sie sich, was den Kommandanten eigentlich bewegte. Warum wollte er solche Bilder haben? Und warum von mir?

Aber ich fragte mich nichts dergleichen. Ich nahm die Launen der Macht einfach als gegeben hin und bemühte mich, die Mächtigen zufrieden zu stellen, sei es Captain Pinchbeck oder der Kommandant oder Pobjoy, dieser Riesenganter. Wenn sie zu mir sagten: »Küss mir den Arsch, Billy Gould«, dann antwortete ich immer nur: »Wie oft hätten Sie's denn gern? Und wünschen Sie einen Zungenkuss?«

## II

Die Kulissenmalerei forderte mir, wie sich herausstellte, keine dramatischen Anstrengungen ab, lauter große Gesten, die vom Regen immer mehr zu einem trostlos trüben Geschmier verwaschen wurden. Aber Capois Death verstand es, dies zu unserem Vorteil zu wenden: Er behauptete einfach, die Szenen würden allwöchentlich erneuert – an die Stelle der Schweizer Alpenlandschaft trat die weite russische Taiga (das war dieselbe Landschaft, nur stellten sich jetzt die vom Regen aufgelösten Berggipfel als Wolkenmassen dar), es folgte eine Ansicht vom südafrikanischen Veldt (die noch weiter verwaschene Taiga), und diese verwandelte sich in eine romantische Szene im herrlichen Lake District (Veldt mit Narzissen) und so fort.

Während der Kommandant im königlichen Salonwagen die endlos leeren Weiten der innerasiatischen Steppe umkreiste, die rußige Ödnis der »satanischen Fabriken« von Yorkshire und schließlich das weiße Vakuum des Polarkreises, schlugen die japanischen Holzfäller ihr Lager am Rand des großen Sumpfes am Liberty Point auf. Sie unterteilten die Wälder ringsum in Quadrate und machten sich systematisch ans Werk. Im Lauf der folgenden Monate verwandelten sie die blaue und grüne Wildnis in ein Schachbrett aus kahlen braunen Feldern, die sie bereits abgeholzt hatten, und frischen grünen, die erst noch an die Reihe kommen sollten. Dann fuhren die Japaner über den Winter heim, schwere Regenfälle setzten ein, und während der Kommandant noch mit offenem Mund darüber staunte, wie das chaotische Gewimmel auf der Insel Manhattan von der weglosen Herrlichkeit der vor kurzem entdeckten Rocky Mountains abgelöst wurde, schwemmte der Regen erst das Erdreich und dann etliche Berggipfel weg, so dass die Japaner, als sie im Sommer wiederkamen, mit dem Anblick einer gewaltigen und reichlich verwirrenden Felswüste im Norden konfrontiert wurden.

Immerfort zog der Kommandant seine Kreise, vorbei an zahlreichen Weißkopfadlern in allen nur denkbaren exotischen Lebensräumen, und je mehr sein Glaube an seine Bestimmung wuchs, desto weniger machte er Gebrauch von gesundem Menschenverstand. Er redete zunehmend von unmöglichen Dingen – er wollte einen Tempel der Gerüche bauen lassen; die Strafanstalt sollte in der Luft schweben, so dass man sie nur noch in Ballons verlassen konnte; er wollte übernatürliche Kräfte zur Kriegswaffe entwickeln, ein Regiment von Spiritisten, die den Sieg mit der Macht ihres Willens herbeizwingen könnten, sollte vor seinen Truppen in die Schlacht marschieren.

Trotz seiner epischen Pläne, die Nation voranzubringen, deprimierte es den Kommandanten, dass der Handel praktisch zum Erliegen gekommen war, seine Gläubiger forderten in unverschämter Form immer nachdrücklicher ihr Geld, und er wusste nicht, wie er der ständig wachsenden Schulden Herr werden sollte.

Nicht lange nachdem die japanischen Holzfäller in Richtung Frenchman's Cap für immer verschwunden waren, aber noch bevor die Felswüste von Gras überwuchert wurde und wieder an die Wildnis zurückfiel, kamen Gerüchte auf, dass der Kommandant ein Projekt in Angriff nehmen wolle, das auf keinem Kontinent seinesgleichen hatte. Obwohl die Gerüchte, dass die japanischen Holzfäller einer unheilbaren Melancholie verfallen und dann davongetrieben seien, noch einige Jahre Gesprächsstoff lieferten, wurde alles Gerede – außer dem über Matt Brady – bald von der grandiosesten Idee des Kommandanten beherrscht, der Idee der Großen Mah-Jongg-Halle.

## III

Nachdem sich gezeigt hatte, dass der Nationalbahnhof von Sarah Island keineswegs Lokomotiven aus aller Herren Länder magnetisch anzog, gelangte der Kommandant zu der Überzeugung, dass sein neues Projekt schließlich doch noch das Geld einbringen würde, das sein Land brauchte, um zu einer wirklichen Großmacht zu werden. Es würde Händler aus Java und China anlocken, Piraten von den Molukken und holländische Kaufleute, englische Seefahrer und französische Forscher, die alle einen Ort in der Südsee suchten, an dem sie ihre hart erkämpften Reichtümer aufs Spiel setzen konnten. Der Kommandant schrieb lange Briefe an Miss Anne, um Näheres über das Glücksspiel in London in all seinen Formen und über die neuesten Moden in der äußeren und inneren Gestaltung der Spielstätten zu erfahren.

Dann ließ er Capois Death rufen.

Der Kneipenwirt wurde beauftragt, ein Gebäude zu entwerfen, das die Pracht von Versailles mit den kruderen Reizen der Five Courts, des Schauplatzes berühmter Bärenhatzen in London, in sich vereinte. Inspiriert lediglich von dem, was hier zu sehen war – Muschelschalen und seidene Segel und die Muster der Farnwedel vor dem Gewölbe des Nachthimmels, wenn er bei den Siamesinnen lag –, fürchtete Capois Death vor allem die Hofschranzen, die den Kommandanten umgaben. Allzeit darauf bedacht, ihrem Herrn und Meister zu gefallen und ihren Rivalen ein Bein zu stellen, gaben sie sich begeistert von dem Ehrgeiz des Kommandanten, ein Bauwerk zu errichten, das Europa beschämen musste. Sie rühmten die gipsernen Cicerobüsten, die bereits eintrafen, als noch nicht einmal die Pläne fertig waren, schrieben Sonette, die längst verstorbene Stilrichtungen nachahmten, und schufen eine Art von Kunst, die nichts anderes war als die Totenmaske von Moden, die anderswo in der Welt seit Jahren vergessen und begraben waren.

So gab sich denn Capois Death alle Mühe, seine ersten Entwürfe als neoägyptisch mit Rokokoelementen zu präsentieren. Der Kommandant traute der Sache nicht recht, er sah einfach nur sechs Glaskuppeln mit eisernem Gerippe, darüber eine gewaltige vergoldete Jakobsmuschel auf ornamentüberladenen Säulen, von denen seidene Segel zu einem großen Bugspriet niederflossen.

Aber alle Zweifel, die der Kommandant gehegt haben mochte, wurden zerstreut, als seine Höflinge den Plänen Beifall spendeten und ihm mit Entzücken klar wurde, dass sich der Bau, so gewaltig und protzig er auch war, im Vergleich mit der Monumentalstatue, die daneben errichtet werden sollte, geradezu bescheiden ausnahm, einer Statue, die niemand anderen als ihn selbst darstellen würde, so turmhoch, dass sein Kopf in den Wolken verschwand, und so groß, dass der Zeigefinger, der nach Norden wies – auf Miss Annes Europa –, zehn Yards maß. Er hörte keine herabsetzenden Bemerkungen über die große Jakobsmuschel, registrierte nichts als Bewunderung und Bereitschaft, das Projekt zu fördern, insbesondere bei den Kaufleuten aus Java und China, die – gegen verschiedene Sicherheiten, versteht sich – Kredite geben wollten, und erteilte seine Zustimmmung.

Der Kommandant liebte strenge Symmetrie und üppige Pracht, aber eben weil die Begierde, dass der Bau genau seine innigsten Wünsche und Träume widerspiegelte, so übermächtig war, kamen diese beiden Anliegen ein bisschen zu kurz. Jeder Plan musste ihm zur Begutachtung vorgelegt werden, und als Capois Death später drei Alternativen für die Anlage der sechs Glaskuppeln präsentierte, setzte der Kommandant in einem schwachen Moment, müde und etwas zerstreut, wie er war, seine Unterschrift unter alle drei Entwürfe, was zur Folge hatte, dass seine Untergebenen, die ihm nicht zu widersprechen wagten, achtzehn in Form und Material unterschiedliche Kuppeln bauten.

Es war ein Projekt von Schwindel erregenden Dimensionen, ein Albtraum für alle, die daran arbeiten mussten. Hunderte kamen zu Tode, Tausende von denen, die Eisen schmiedeten, Bauholz schnitten und herbeischafften, Steine brachen und behauten, Balken schleppten und aufrichteten, machte die Schinderei zu Krüppeln. Aber dieser Albtraum war so gigantisch , dass man nicht umhinkonnte, ein perverses Staunen zu empfinden angesichts dessen, was da mitten in der Wildnis emporwuchs.

Der Glaube des Kommandanten an Miss Annes Sendschreiben dauerte fort, auch als er längst vergessen hatte, warum sie so ungeheuer wichtig für ihn waren. Eines Tages ließ er Capois Death kommen.

»Ich möchte gern«, sagte er zu seinem Architekten, »die erhabenste Innendekoration, die man sich vorstellen kann: An den Wänden der Großen Mah-Jongg-Halle sollen in großen vergoldeten Lettern Miss Annes Briefe geschrieben stehen.« Capois Death legte den Kopf schief, um zur Decke zu blicken und nicht den Kommandanten ansehen zu müssen.

»Dieses Geheiligte Werk auszuführen ist die Höchste Ehre«, sprach der Kommandant weiter – seine helle Stimme überschlug sich fast bei dem Versuch, die größtmögliche Emphase in die wichtigsten Worte zu legen –, »die einem Maler widerfahren kann. Die Arbeit erfordert Unbedingten Glauben an die Heilige Sache der Nation.«

Capois Death musste bei diesen so angestrengt im Falsett deklamierten Worten an einen Strom von Pisse denken, der auf Sand trifft. Er senkte den Blick und sah dem Kommandanten in die Augen. Er versicherte ihm, dass er genau den richtigen Mann für diese Arbeit habe.

## IV

Meine Eingeweide sind nicht mehr, was sie einmal waren, und haben mich in großer Not im Stich gelassen. Damals, als sie sich noch entleerten, wie es sich gehört, statt einfach nur undicht zu rinnen, hatte ich eine glänzende Zukunft als Nationalkünstler vor mir und ließ Stühle von kräftiger Konsistenz unter mir, die sich als Geschosse zu meiner Verteidigung verwenden ließen. Jetzt krampfen sich meine Därme so hart zusammen wie das Maul des sterbenden Maschinenstürmers, ich habe Angst vor dem blöden Fisch, den ich male, und schon seit vier Tagen Dünnschiss: Als Pobjoy mir heute seine Aufwartung machte, hatte ich nicht das kleinste Klümpchen soliden Kot zum Werfen.

Er schwafelte ohne Ende über seine neue Leidenschaft, die Kunst. Er betrachtet mich als eine Art Cicerone, aber manchmal auch als Nebenbuhler und dann wieder als einen Hochstapler, und jedenfalls bin ich ihm wehrlos ausgeliefert.

Der beißende Gestank in meiner Zelle schien ihm überhaupt nichts auszumachen. Ich bemühte vergeblich sämtliche Körperöffnungen, ihn zu vertreiben: Er war gegen Geräusche aller Art ebenso unempfindlich wie gegen eher flüssige Argumente.

Pobjoy ließ es sich nicht nehmen, mich darauf hinzuweisen, dass Definitionen dem gehören, der definiert, und nicht dem, der definiert wird. Später fiel mir ein, dass der König in seinem Dialog mit dem Himmel diesen Gedanken gut gebrauchen könnte, aber als ich eine Bemerkung darüber machte, schaukelte er nur leise in der Dünung, unverkennbar ein Zeichen äußerster Verachtung für eine Ansicht, die nicht die seine ist.

»Schau dir Lycett an«, fuhr Pobjoy fort, »der in seinen Kupferstichen Ansichten von Van Diemens Land zeigt, obwohl er sich nie bemüßigt fühlte, dorthin zu reisen. Und trotzdem ist ganz London davon begeistert! Das beweist doch, dass Kunst nur desto erfolgreicher ist, je weniger sie mit der Wirklichkeit zu tun hat.«

Dem kann ich nicht widersprechen – mir selbst haben meine Fische ja weiter nichts eingebracht, als dass ich jetzt Pobjoys Grütze essen muss. Ich wollte gar nichts von ihm, nur dass er endlich ging, damit ich mit meiner Arbeit weitermachen konnte. Um seinen Argumenten Nachdruck zu verleihen, zog Pobjoy eine Karte von Van Diemens Land hervor, hielt sie mir vor die Nase und fragte, woran der Umriss der Insel mich erinnere.

Pobjoy war der Typ, der keinen Astknoten ansehen konnte, ohne in hitzige Fantasien zu verfallen, und so wusste ich sofort, was er hören wollte, und sagte, das dreieckige Ding erinnere mich an das Wunder einer Frau. Pobjoy benahm sich daraufhin, als hätte ich ihn mit Kot beworfen, er fiel über mich her und drosch auf mich ein. Auch dafür war ich ihm dankbar, hieß das doch, dass er bald verschwinden würde. »Du Idiot«, schrie er und verpasste mir eine harte Rechte, die mich niederstreckte, »wie eine Maske sieht Van Diemens Land aus, wie eine Maske!«

Irgendwie schaffte ich es, während ich mich unter seinen Tritten wie ein sterbender Fisch am Boden wand, ihm zu sagen, dass ich sein allergehorsamster Diener sei und es zutiefst bedauerte, wenn ich sein Missfallen erregt hätte. Überhaupt, so sagte ich, sollten Vorgesetzte den guten Willen ihrer Untergebenen nicht unterschätzen. Und ich erzählte ihm die Geschichte von meinem früheren Arbeitgeber, dem alten Kutschenbauer Palmer, der nie einen Hehl daraus gemacht hatte, dass er mit den Wilden nichts am Hut hatte.

Einer der Sträflinge, die bei ihm arbeiteten, lieh sich öfter von seinem Meister, mit dem er sich gut verstand, dessen Pferd aus, um auf Kängurujagd zu reiten. Der Alte beschwerte sich einmal darüber, dass der Sträfling übermäßig viel Pulver und Kugeln verbrauche, und dieser verteidigte sich und sagte, das liege daran, dass er nicht nur Kängurus, sondern auch Schwarze schieße. Der alte Palmer tat das aber als leeres Geschwätz und Angeberei ab. Eines Tages musste der Alte, unmittelbar nachdem der Arbeiter von einem seiner Jagdausflüge heimgekommen war, fortreiten, und so ließ er sich sein Pferd geben und machte sich auf den Weg. An einem Bach hielt er an, um einen Schluck Wasser zu trinken. Er griff in die Satteltasche, aber statt des Bechers, den er gesucht hatte, zog er einen schwarzen Kinderkopf und drei schwarze Hände, auf denen eine Menge Schmeißfliegen saßen, heraus. Wieder daheim, stellte er den Sträfling wegen dieser grausigen Entdeckung zur Rede, und dieser sagte: »Da sehen Sie, Meister, dass ich mich immer nur darum bemühe, es Ihnen recht zu machen, und dass ich Ihnen keine Lügen erzähle.«

Pobjoy war in einer Ecke zusammengesunken. Er schüttelte nur immer wieder mutlos den Kopf. Er kam mir vor wie St. Aloisius, der in Tränen ausbrach und Trost im Gebet suchte, als einmal jemand in seiner Gegenwart einen fahren ließ.

»Das beweist«, sagte ich zu Pobjoy, »dass man den Dienstboten ruhig glauben soll, was sie sagen.« Und da wurde Pobjoy fuchsteufelswild und verdrosch mich wie schon lange nicht mehr. »Bist du denn ein Volltrottel, Gould?«, schrie er, und ich sagte: »Ja, allerdings«, und obwohl es nicht leicht war, im Hagel der Hiebe und Tritte überhaupt ein Wort herauszubringen, fügte ich noch hinzu: »Ich muss leider mit allem Respekt vermelden, dass ich genau das bin.«

Während mein Körper unter der Wucht seiner Tritte über den Zellenboden schlitterte und mein Kopf hin und her geschleudert wurde – und das alles, obwohl ich es doch nur gut mit ihm und mir gemeint und versucht hatte, ihm zu sagen, was er hören wollte –, merkte ich plötzlich, wie mein Geist sich ausklinkte und zurück in jene Zeit trieb, da ich heiter und gelassen meine Tage damit zubrachte, Miss Annes Geschichten aus Europa auf die Wände der Großen Mah-Jongg-Halle zu pinseln.

V

Zuerst schrieb ich in den feuchten Räumen des noch unfertigen Baus die Texte auf die bereits getünchten Wände, dann überzog ich die Buchstaben unter den Augen von Lieutenant Lethborg, dem Adjutanten des Kommandanten, der mich mit sorgfältig ausgewählten Passagen aus den Briefen Miss Annes versorgte und darüber wachte, dass kein Diebstahl vorkam, mit feinstem Blattgold.

Später, als die Halle in Finanzprobleme geriet, malte ich – unbeaufsichtigt und ohne Gold – Miss Annes Worte auf den noch feuchten Putz, all ihre Beschreibungen der neuen Wunder mechanischen Dampfes und entfesselter Poesie. Es war, als wollte der Kommandant diese großen Werke rühmen und zugleich, indem er all die Texte in der Großen Mah-Jongg-Halle zwischen den Pappmascheeelefanten Hannibals und den Pariser Gipsbüsten von Cicero und Homer und Virgil wie Gefangene im Triumphzug vorführte, beweisen, dass sie keine Macht mehr über ihn hatten – die Ehre, die er ihnen erwies, war eine ebenso grausame wie subtile Form von Hohn.

Als das in den Briefen enthaltene Material dünn wurde, beauftragte Lieutenant Lethborg Jorgen Jorgensen, imposanteren Stoff zu erfinden. Ich bekam jetzt einen ersten Vorgeschmack von den kreativen Fähigkeiten dieses Mannes. Er erfand Gespräche zwischen Miss Anne und den größten Geistern Europas, Plaudereien mit Goethe und Mickiewicz und Puschkin. Letzterer hatte angeblich in folgenden Versen dem Genie von Miss Annes Bruder gehuldigt:

*Hierher hat uns Natur gestellt,*
*Ein Fenster nach Europa aufzutun*

*Und einen festen Trittstein zu gewinnen*
*Mitten im Meer.*

Ich schrieb es an die Wand des Speisesaals, in großen roten Lettern, nur für den Fall, dass jemand noch Zweifel hatte, was das bedeuten könnte, denn anders als bei der Arbeit mit den Fischen hatte ich es hier mit einer Sorte Kunst zu tun, die Unterstreichungen dringend benötigte.

Der Kommandant, so wurde berichtet, war tief bewegt, als er am folgenden Tag bei einem Gang über die Baustelle diese Zeilen zu Gesicht bekam: Eine Träne soll aus einem der Sehschlitze in der goldenen Maske hervorgequollen und wie ein Bernsteintropfen über die glitzernde Wange gerollt sein.

Goethes Verse dagegen – unverkennbar befeuert von jener Leidenschaft, die den Dichter bekanntlich bei einem Kurzurlaub in London überfiel und umso heftiger loderte, als sein Begehren nach der unantastbar keuschen Miss Anne natürlich nie ans Ziel gelangen konnte –, diese Verse also malte ich in schreiend roter Kursivschrift auf den Spiegel, der, angebracht über einem langen Schminktisch aus Teakholz, den die javanischen Kaufleute gestiftet hatten, eine ganze Wand der Damentoilette bedeckte:

*Alles Vergängliche*
*Ist nur ein Gleichnis;*
*Das Unzulängliche,*
*Hier wird's Ereignis;*
*Das Unbeschreibliche,*
*Hier ist's getan;*
*Das Ewigweibliche*
*Zieht uns hinan.*

Die weniger esoterischen Zeugnisse vom Wirken der Miss Anne, etwa die Geschichte, wie eine beiläufige Bemerkung von ihr über die niederschmetternde Wirkung des Nebels Nasmyth zur Erfindung des Dampfhammers anregte, fanden ihren Platz in den Korridoren. Dort wurden auch ihre europäischen Anekdoten festgehalten: Paganini etwa hatte nach einem unvergesslichen Abend in ihrer Gesellschaft seine Greiftechnik bedeutend verbessert, und als sie bei einer Ballonfahrt gemeinsam mit den Brüdern Montgolfier über Straßburg schwebte, hatte Malus sie mit seinem Teleskop erspäht und, inspiriert von ihrem Anblick, die Polarisation des Lichts entdeckt.

Es war eine anstrengende Arbeit, aber die Tage wurden mir nie so lang wie bei der Plackerei mit diesen stinkenden Fischen. Jeden Monat schaffte ich soundso viele Briefe, jeden Tag soundso viele Wörter, und diese – ganz anders als die Fische, die ihm immer das Gefühl vermittelt hatten, sie führten etwas gegen ihn im Schilde – ließen Billy Goulds Gedanken in Ruhe. Er hätte so glücklich und zufrieden sein können wie nur je ein Sträfling auf einer Gefängnisinsel, aber seine Gedanken irrten immer wieder zurück zu Twopenny Sal.

Er gewann Freunde, sein ernsthafter Fleiß verschaffte ihm Respekt. Bei seiner Arbeit kamen ihm die Fertigkeiten zugute, die er während seiner kurzen Tätigkeit bei dem Kutschenbauer Palmer erworben hatte, aber er entfaltete auch ein bescheidenes Maß an Kreativität und Gestaltungskraft: Er verwendete verschiedene Schriften, mal eine klassische Antiqua, mal eine schwungvolle Schreibschrift, bisweilen verlieh er Lettern einen raffinierten Schein von Räumlichkeit, die Buchstaben in besonders faszinierenden Passagen umgab er mit einem schimmernden Hof, einem Mehr an Raum gewissermaßen, in das sie ihre überquellende Bedeutungsfülle ergießen konnten. Er trug auch immer gebührende Ehrfurcht zur Schau und pflegte bescheiden zu sagen, wenn ein Künstler mit so erhabenem Stoff arbeiten dürfe, schaffe sich das Werk fast von selbst. Aber in Wahrheit hatte er, wenn ihm eine Passage besonders schön gelang, nicht Miss Anne im Sinn, sondern eine andere.

Als es keine Wände mehr zu bemalen gab, erntete ich die Früchte meines schleimerischen Fleißes. Lieutenant Lethborg teilte mir mit, der Kommandant sei hochzufrieden mit meiner Arbeit und habe angeordnet, dass ich eine Reihe von Porträts malen sollte, die ihn in verschiedenen historischen Posen zeigten. Aber bevor ich mich ans Werk machte, sollte ich noch, wenn es mir nichts ausmachte, ein paar Bilder von Rubens anhand von Kupferstichen in einem Buch kopieren.

Während dieser Zeit nahmen die Geschicke von Sarah Island eine Wendung. Der Geldstrom, der sich einst über die Insel ergossen hatte, versiegte. Um seinen ständig wachsenden Verbindlichkeiten gegenüber den chinesischen Piraten und den javanischen Wucherern, die das Bauprojekt finanziert hatten, nachkommen zu können, war der Kommandant gezwungen, alles zu verkaufen, was sich zu Geld machen ließ, unter anderem eine unschätzbar kostbare Sammlung von Rubens-Gemälden.

Als die Große Mah-Jongg-Halle schließlich eröffnet wurde, jubelte die Insel, aber kein zahlendes Publikum von Spielern erschien. Niemand auf Sarah Island konnte sich erklären, warum kein Mensch Lust zu haben schien, über den halben Erdball zu schippern, um in diesem Wunder der Neuen Welt Geld zu verlieren, gleichwohl war es eine Tatsache. Ein kalter Luftzug wehte durch die Eingangshallen, die Salons und prächtigen Spielsäle, deren Decken so hoch waren, dass sich Wolken bildeten, und niemand kam, um gemeinsam mit uns darüber zu staunen, wie so viel so wenig zu bedeuten hatte.

Die Große Mah-Jongg-Halle stand verlassen da. Die schwarzen Kinder, die Twopenny Sal aufzog, liefen durch die hallenden Ball- und Speisesäle, jagten Vögel und spielten Versteck in dem Bau, der langsam verkam und verwilderte.

Die in den Wänden aufsteigende Feuchtigkeit und der niedergehende Dunst ließen Miss Annes Briefe verschwimmen, die Schriftzeichen verblassten und lösten sich auf. Bald waren die feuchten Berichte von den glorreichen Wundern Europas auf den ungezählten Wänden stockfleckig und übersät mit den Hinterlassenschaften der regenbogenbunten Rosellas und schrill rufenden, gelb geschwänzten schwarzen Kakadus, die in Schwärmen durch die öden Räume flogen.

Das eindringende Regenwasser ließ Miss Annes Schilderungen der im neuen Gaslicht erstrahlenden Pall Mall und ihre Bemerkungen zu Graf Rumfords Arbeit über die Armenküche – Forschungen übrigens, denen sie den Weg gewiesen hatte – mit Beschreibungen der Dampfpresse und mesmerianischen Wunderheilungen verschwimmen, und darüber legte sich eine immer dickere Kruste aus Vogeldung. Seeadler kreisten hoch unter der Decke, und die ersten Mauersegler nisteten über Miss Annes lyrischen Berichten von Landstraßen, die nach dem neuen von Macadam erfundenen Verfahren gepflastert worden waren. Fledermäuse huschten vorbei an einer Passage, welche die Erfindung des elektrischen Telegrafen meldeten, ein Schwarm Gelbschopfkakadus bezog zu Häupten eines Abschnitts Quartier, der (in schönstem

Grasmere-Blau) an ihre Verdienste um die letzte Fassung von Wordsworths *Prelude* erinnerte, und in dem Dung, der sich am Boden ansammelte, spross ein kleiner Urwald empor. In dieser fruchtbaren Katastrophe des Verfalls wurde alles überwuchert, und schließlich bedeckte von Läusen und Maden wimmelnder Kot die Fußböden.

Alle diese Inschriften, die dem rastlos schöpferischen Geist Europas, dem europäischen Genius des Fortschritts geweiht waren, wurden von Stalaktiten aus weißem und grünem Vogeldreck besudelt, die täglich länger wurden. Und der Kot, der sich auf dem Boden türmte, stieg empor wie die wunderbaren Stimmen von Kastraten bis in die Höhen der so fein gearbeiteten europäischen Stuckverzierungen, Scheiße tanzte nieder von den hübschen europäischen Wasserspeiern, in eloquenten Windungen, die von Augustinus höchstselbst hätten stammen können. Scheiße schoss aus den großen europäischen Fenstern wie aus dem Krater des Vesuv, Scheiße strömte aus den großen europäischen Portalen wie die mächtigen Wasser der Donau, und am Ende verkaufte der Kommandant diesen traurigen Haufen in Scheiße gehülltes Europa nach Peru. Die Peruaner gaben ihm dafür etliche Kisten mit schlechtem Pisco, einem starken süßen Schnaps, den die Walfänger gerne trinken, und luden das ganze Zeug in Schiffe, um ihre Maisfelder damit zu düngen.

## VI

Der Kommandant stellte seine Rundreisen mit der Eisenbahn ein, verließ nur noch selten seinen Palast und verbrachte fast alle seine Tage und Nächte in seiner Einzelzelle. Manchmal verdammte er den einen oder anderen seiner vertrauten Berater dazu, ein paar Tage in der Nachbarzelle zu leben, damit sie besser verstanden, was das letzte Ziel all seiner Bemühungen war: eine Stadt, in der jeder sein eigener Gefangener war, der in vollkommener Isolation von allen anderen lebte.

Der Kommandant saß jetzt oft lange mit dem alten Dänen zusammen, diktierte ihm Briefe und andere Schreiben und erörterte mit ihm all die Geschäfte, die man eben erledigen muss, wenn man eine aufstrebende Nation regiert. Der Alte erzählte Capois Death, der Kommandant habe einmal im Verlauf einer langen Cribbage-Partie geseufzt und gesagt, eine große Stadt sei eine große Einöde. Ich ahnte gleich, dass er in dieser Bemerkung seine eigentlichen Absichten offenbarte: Er wollte aus der Strafkolonie eine Stadt machen, und diese sollte dann ein größeres, vollständigeres Gefängnis werden.

Wie immer überforderten die Visionen des Kommandanten unsere Kräfte. Er wollte eine Stadt, in der Schweigen herrschte. Die Leute sollten nicht miteinander reden, sondern mit Hilfe eines raffinierten Systems der Nachrichtenübermittlung schriftlich miteinander kommunizieren. Zettel mit Botschaften sollten in zylinderförmigen Holzbehältern, die durch ein Röhrensystem geblasen wurden, an die Adressaten gelangen.

Abgesehen davon, dass so eine Konstruktion technisch

gar nicht zu verwirklichen sei, sagte man dem Kommandanten, der auf dem nackten Fußboden seiner dunklen Zelle saß, mit aller Behutsamkeit, sei es doch höchst unwahrscheinlich, dass die Menschen der Zukunft in einer Welt leben wollten, in der Kommunikation nur noch vermittelt durch solche sterilen Apparate stattfinde und man einander nie begegne oder auch nur zu Gesicht bekomme.

»Die Fähigkeit zu sprechen ist dem Menschen gegeben, damit er seine Gedanken besser verbergen kann«, sagte der Kommandant, der zu dieser Zeit bereits kaum mehr etwas anderes von sich gab als solch karge aphoristische Weisheiten, und manche sagten, im schummrigen Licht habe man erkennen können, dass die Maske lächelte, als er so redete, und seine Federepauletten hätten geschlagen wie Flügel.

Der Kommandant sagte dann noch – und dabei streckte er die Arme aus, als wollte er die Zelle darin einschließen –, dass es genau so und nichts anders kommen werde, was so offensichtlich lachhaft und gegen allen gesunden Menschenverstand war, dass niemand weiter darüber debattieren wollte, und so ließ man den Kommandanten allein im stumpfen Katarrh seiner Zelle neue Abstrusitäten und fein geschliffene Maximen ersinnen, die solche Exzesse der Nutzlosigkeit rechtfertigten.

## VII

Als der Schatten, den die Große Mah-Jongg-Halle warf, schrumpfte, da das Gebäude abgebrochen wurde, fühlte der Kommandant einen anderen Schatten wachsen, und der wurde so groß, dass er schließlich nicht nur Sarah Island, sondern ganz Van Diemens Land bedeckte. Es war ein Schatten, dem nicht ein fest umrissener Körper zugeordnet werden konnte, sondern einer, der, wenn man den Gerüchten glaubte, selbst körperlich allgegenwärtig war.

Der Schatten hieß Matt Brady.

»Mutt Braddy«, hat ein unbekannter Sträfling in den weichen Sandstein der Zellenwand eingeritzt, »– DER BEFREIER!« Der legendäre Bandit Brady war einst Sträfling auf Sarah Island gewesen. Zusammen mit vierzehn anderen stahl er ein Walboot und segelte damit, verfolgt von dem Lotsen Lucas und einer Abteilung Soldaten, an der Küste von Van Diemens Land entlang bis nach Hobart Town, wo sie das Boot verließen, um sich in kurzer Zeit einen Namen als die am meisten gefürchtete und bewunderte Bushranger-Bande des Landes zu machen.

Wie Fische im Wasser schwammen die Bushranger in den unzivilisierten Landstrichen des Ostens, inmitten einer Bevölkerung von Freigelassenen und Sträflingen, die als Viehhirten und Schäfer lebten, und von Wilden, und alle diese Leute halfen den mächtigsten und berühmtesten unter den tasmanischen *banditti*, wo sie nur konnten, gewährten ihnen Unterschlupf und versorgten sie mit Nahrung und Informationen.

Die Berichte und Gerüchte, die uns erreichten, ließen darauf schließen, dass die Zustände in Van Diemens Land außer Kontrolle gerieten. Immer mehr Sträflinge entliefen in die Freiheit und schlossen sich Bushranger-Banden an, die immer größer wurden und immer schlimmer wüteten. Manche, hoffnungslos unbegabt für dieses Handwerk, blieben arme Schlucker, andere machten hauptsächlich durch sinnlose Grausamkeit von sich reden, aber alle trugen in ihrer

Weise dazu bei, dass die Herrschaft englischen Rechts zusammenbrach.

Van Diemens Land, nach dem Willen der Behörden ein Ableger Britanniens, mutiert in einen perversen Bastard des Mutterlandes, und all die Galgenvögel, die diese außer Rand und Band geratene Kolonie bevölkern, sehen mehr und mehr in Brady den Führer ihrer neuen Welt.

Die Insel wartet.

Auf eine entscheidende Konfrontation, eine Abrechnung.

Angesichts von Bradys wachsender Macht, der mit ihr zunehmenden Aufsässigkeit unter den Deportierten, angesichts des unablässigen Krieges mit den Schwarzen, beginnen immer mehr Siedler ihre Farmen zu verlassen und sich in die größeren Städte zurückzuziehen.

Aber Brady, nun ebenso mächtig wie sein Erzfeind, der Gouverneur Arthur, und zudem ein Meister der großen politischen Geste, setzt ihnen unerbittlich nach.

Ein klein gewachsener, gut gekleideter Mann reitet auf einem prächtigen Rotschimmel ins Stadtzentrum von Hobart und hängt in aller Öffentlichkeit ein Plakat auf, und da steht geschrieben, dass auf den Kopf von Gouverneur Arthur eine Belohnung ausgesetzt ist, *gez. Matt Brady, König der Wälder.* Der Mann in dem schicken Anzug wendet seinen Rotschimmel, lächelt, zieht den Hut und schwenkt ihn in Richtung der Menge, die sich um ihn herum versammelt, ein unruhig strudelndes Gewoge am Rande einer Stromschnelle.

Und dann ist die Stromschnelle fort.

Neue Plakate versprechen eine höhere Belohnung. Mehr Geld für Informationen über Brady. Die Freiheit winkt dem Sträfling, der Brady ans Messer liefert. Und Gouverneur

Arthur organisiert ein immer weiter verzweigtes System der Bespitzelung, und seine Leute nutzen die Informationen, die so gesammelt werden, um die Bürger einzuschüchtern und zu erpressen und ein Terrorregime zu errichten, dem niemand entkommt. Auf den dreckigen Straßen von Hobart fließt das Blut. Bis zu vierzehn Paar Beine pro Tag zappeln in der Luft, bis zu vierzehn von Sterbenden verschissene Hosen werden mitsamt ihren stummen Besitzern am Abend verscharrt.

Derweil erobert Brady die Herzen der Frauen, indem er sie höflich, ihre schweren Ehemänner und Väter aber als die aufgeblasenen Trottel, die sie sind, behandelt. Die Frauen macht er zu seinen Komplizen, sein Lächeln, sein Charme, sein elegantes Äußeres – maulbeerfarbene Weste, reich bestickte Hose, eine Emufeder am Hut, das Goldkettchen mit dem diamantenbesetzten Kreuz – machen ihn unwiderstehlich. Er streichelt ihre Handgelenke mit zärtlich schmeichelnden Seidentüchern und erweckt in ihnen schlummernde Begierden, die sie bis an ihr Grab nicht vergessen. Er trägt keine Waffen, und das verleiht ihm – in einer Gesellschaft, in der jeder freie Mann bewaffnet ist und darauf brennt, Brady wie einen Hund abzuknallen – erst recht eine Aura von Unverwundbarkeit und Erwähltheit.

Die Kluft zwischen unseren Träumen und der Wirklichkeit des täglichen Lebens schien sich zu schließen, als das Gerücht aufkam, Matt Brady habe geschworen, sobald die schlimmsten Winterstürme vorüber wären, aufzubrechen und seine Streitkräfte durch die unerforschten Gebirge und Urwälder des Westens nach Sarah Island zu führen, wo er früher selbst gefangen gewesen war. Er werde, so hieß es, die Sträflinge befreien und aus ihnen eine neue Armee formen.

Es war so abwegig, so unmöglich, dass man es einfach

glauben *musste*. Im Lauf der Zeit wurde die Geschichte um einige Elemente erweitert; es hieß, dass der künftige Befreier der Insel sich mit den kriegerischen Wilden verbündet habe, dass er sogar mit einer von ihnen schlief, und diese Eingeborene namens Black Mary würde ihm den Weg durch die unwegsamen Berge nach Westen zeigen, dass er beabsichtige, uns als Basis einer Armee zu benutzen, die eine Republik ausrufen sollte, in der alles Feste sich in Luft auflösen und kein Mensch mehr versklavt werden würde.

Der Kommandant schrieb an den Gouverneur, er brauche unbedingt Verstärkung, um die Ordnung auf der Insel aufrechtzuerhalten, eine Massenflucht zu verhindern und Brady zurückzuschlagen, der mit Sicherheit angreifen werde.

Denn Brady war in den wirren Albträumen des Kommandanten ebenso gegenwärtig wie in unseren fiebrigen Fantasien, Brady, der es allein mit einem Dutzend Rotröcke aufnehmen konnte, der schlaue Brady, der den Gouverneur in die Tasche steckte, der hehre Brady unserer reinsten Sehnsüchte, der verworfene Brady unserer hemmungslos perversen Gedanken, der unsterbliche Krieger Brady, der mit den Staatsdienern, den Reichen, den Denunzianten und Schleimern aufräumte, der furchtlose Brady, der große Brady, der erstaunliche Brady, ein Rum trinkender, verschlagener Fuchs, der Zehne auf einen Streich schlug, Bradyo!, und alle warteten auf seinen triumphalen Auftritt, darauf, dass er die Republik ausrief, denn wir alle wussten jetzt, dass der Tag der Befreiung nahe war.

Dann wache ich auf, und bevor ich richtig wach bin, mache träume bete male ich einen Fisch; ehe noch der klare Blick und Furcht oder Hoffnung, Verstand und Urteil dämmern, erscheint da auf dem Papier ein kleiner Drückerfisch, kein Geschöpf, das Stacheln sträubt, sondern hübsch und nett in seiner Art, ein Fisch, der nicht von anderen Fischen lebt, sondern von Seegras und Tang, mit forschenden Augen, die Rückenflossen knallig gelb, die zarte, weiche Sandpapierhaut unterhalb der Kiemen schimmert intensiv purpurn. Lieber Drückerfisch, schöner Drückerfisch meiner Träume von der nahe bevorstehenden Befreiung, eine Ahnung von Sanftheit nach so viel Schrecken.

## VIII

Und als ich mit dem Bild fertig war und auf den armen Drückerfisch niedersah, der jetzt tot auf dem Tisch lag, fragte ich mich zum ersten Mal, ob nicht jedes Mal wenn ein Fisch stirbt, die Welt um so viel Liebe ärmer wird, wie man für so ein Geschöpf empfinden kann. Ob nicht mit jedem Fisch, den man im Netz herauszieht, die Menge des Wunderbaren in der Welt, die Summe existierender Schönheit kleiner wird. Und was, wenn wir immer so weiter fangen und plündern und töten und wenn die Welt folglich immer ärmer an Liebe und Schönheit wird, wird am Ende übrig bleiben?

Es begann mich zu beunruhigen, verstehen Sie, diese Vernichtung der Fische, dieser Schwund an Liebe, den wir in unserer Blindheit verursachen, und ich stellte mir eine öde Welt der Zukunft vor, eine, deren Bewohner in ihrer nimmersatten Gier alle Fische aufgezehrt hatten: Die Wissenschaft dieser Epoche würde restlos jede Art und jede Gattung und jede Ordnung kennen, aber niemand kannte die Liebe, die zusammen mit den Fischen ausgerottet worden war.

Das Leben ist ein Geheimnis, sagte der alte Gould immer – eine Weisheit, die er von einem dieser niederländischen Maler hatte –, und die Liebe ist das Geheimnis im Innern des Geheimnisses.

Aber wenn keine Fische mehr da sind, welcher freudige Sprung und welches Eintauchen würde anzeigen, wo diese Kreise nun begannen?

## IX

All die feuchte, dampfige Luft, die der Kommandant auf der Baustelle der Großen Mah-Jongg-Halle eingeatmet hatte, war seiner Gesundheit nicht zuträglich gewesen: Seine Schwindsucht – ein Souvenir von den Siamesinnen im Farngesträuch – wurde allen Aderlässen zum Trotz immer schlimmer.

Der Kommandant und der Doktor begannen zu fürchten, dass sie den Hafen mit seinem Blut füllen konnten, ohne etwas zu bewirken. Aber auch die anderen Mittel, die der Doktor sonst mit großem Erfolg anwandte, schlugen in diesem Fall nicht an; der Nachttrunk, den er aus seinem eigenen vergorenen Urin zubereitete, nützte so wenig wie reichliche Gaben von *Album nigrum,* vulgo: Rattendreck, ein Medikament, zu dessen Gunsten sich immerhin sagen lässt, dass es in großen Mengen überall auf der Insel verfügbar war – im Gegensatz zu dem letzten Mittel, auf das der Doktor in seiner Verzweiflung schließlich verfiel, nämlich Tabak, dessen Rauch er dem Patienten nach jeder Darmentleerung rektal verabreichte.

Um dem Kommandanten das Gefühl zu geben, dass man

etwas für ihn tat – außer ihn in Stand zu setzen, Rauch zu furzen –, versuchte es der Doktor dann mit einer neuen Therapie, die in England offenbar einige Erfolge gezeitigt hatte. Zuerst weigerte sich der Kommandant, mehrmals am Tag große Mengen Butter zu essen, und sagte, töricht, wie Patienten nun einmal oft sind, ihm werde übel davon, aber er musste einsehen, dass diesem Verfahren wissenschaftliche Erkenntnisse zu Grunde lagen, die höher waren als alle Vernunft, und dass er sich folglich fügen musste.

Dass der Kommandant nun nicht allein schwindsüchtig, sondern auch fehlernährt war, verbesserte seine seelische Verfassung nicht. Er neigte immer mehr zu Fantastereien und wurde vollends unberechenbar. Albträume suchten ihn heim, in denen er nicht als ein römischer Kaiser erschien, sondern als ein romantischer Seendichter, der sich am Ufer des Grasmere in Träumereien über das Erhabene und Majestätische verlor, und ihm war, als ob sich seine eigenen Träume gegen ihn verschworen hätten; diese Visionen waren so eindringlich, dass er zu ersticken glaubte, denn ein Vater der Nation sollte doch eigentlich für seine Rolle geboren sein, nicht sie täglich neu erkämpfen müssen!

Er wusste, ihm fiel nichts in den Schoß, selbst die Grausamkeit war keine Gabe der Natur, und es machte ihn zornig, dass – gerade jetzt, wo er doch in seinem Elend ein bisschen Verständnis verlangen konnte – so viele ihn verkannten und glaubten, brutale Härte sei ihm eigentümlich, dabei musste er sich seine Bösartigkeit mit schwerer Mühe abringen.

»Verstehen Sie, O'Riordan?«, schrie er, sprang von seinem Infanterie-Strohsack auf, entriss seinem Adjutanten die Muskete und schlug ihm den Kolben ins Gesicht, immer wieder, während der Lieutenant beteuerte, er heiße nicht O'Riordan, sondern Lethborg. Das brachte den Kommandanten nur noch mehr in Wut, denn er wusste genau, dass seine Soldaten ausnahmslos faule, feige irische Bauerntrottel waren, und ganz offensichtlich war dieser O'Riordan der schlimmste von allen diesen feigen irischen Bauerntrotteln, denn er war obendrein auch noch ein Lügner.

Der Kommandant ging dazu über, den Mann mit Tritten in die Eier und an den Kopf zu bearbeiten, wobei er unablässig »Brady-brady-brady« zischte. Man hätte es für einen Wutausbruch halten können, wenn nicht klar erkennbar gewesen wäre, dass beide Männer weinten: Der eine weinte Blut aus Mund und Nase, der andere lediglich Tränen aus den Sehschlitzen der goldenen Maske, denn er war der Kommandant und musste eine gewisse Würde wahren. Ach, warum hatte er es nur so schwer, warum konnte er nicht einfach am Rydal Lake sitzen und *Tintern Abbey* dichten?

Aus keinem anderen Grund, als weil sein Zorn so missdeutet wurde, ließ der Kommandant den Lieutenant und die ganze Kompanie hinterhältiger Papisten, die er kommandierte, festnehmen und binden und knebeln, und weil er das Seufzen von O'Riordans Wunden nicht mehr ertragen konnte, hatte er keine andere Wahl, als die ganze Horde irischer Verräter gefesselt und geknebelt, wie sie waren, ins Meer zu den Fischen werfen zu lassen.

*Seine Symptome werden täglich schlimmer*, schrieb der Doktor an Sir Isaiah Newton, einen renommierten Kollegen und Studiengenossen in Liverpool, den er nun um seinen ärztlichen Rat fragte, *denn seine Brust ächzt hörbar und flattert wie eine eingesperrte Motte*. Da der Mann auf der anderen Seite des Globus lebte, musste es Monate, vielleicht

Jahre dauern, bis eine Antwort von ihm eintraf, und in dieser Zeit wuchs die eingesperrte Motte zu einer wild mit dem Schwanz schlagenden Meerbarbe heran, die im Brustkorb des Kommandanten wie in einer brüchigen Reuse gefangen war.

»Verstehen Sie doch, Herr Kommandant«, stammelte der Doktor, »solche Dinge brauchen Zeit.«

»Zeit!«, brüllte sein Patient, »Zeit, mein lieber Doktor, ist das, was unsere Nation nicht hat!« In seinem Denken waren jetzt sein Schicksal und das seiner Nation ein und dasselbe, und darum konnte er die Stille, die sich nach dem Scheitern des Eisenbahn- und des Mah-Jongg-Projekts und hundert weiteren katastrophalen Fehlschlägen über die Insel gelegt hatte, nicht einfach ignorieren.

Eines Nachts konnte er nicht einschlafen, so sehr vermisste er Geräusche, die vom Leben einer Nation kündeten. Vom Markt her drang kein Geschrei feilschender Händler, kein Summen einer geschäftigen Menge, die Gassen zwischen den Ständen lagen verlassen, und in dem hohlen Raum hallte düster nur das Klatschen der Wellen.

Und als er da wachlag und mit zunehmendem Grausen lauschte, geriet er immer mehr in den Bann dieses einen rhythmisch wiederkehrenden Geräuschs, und er fragte sich, ob es wirklich vom Meer kam oder aus seiner Lunge oder ob es sein Schicksal war, das ihn rief, war es sein eigener rasselnder Atem, der *brady-brady-brady* machte, oder war es das unaufhörliche perfide Geschwätz der Sträflinge, die von nichts anderem faselten als davon, dass Brady sie befreien, sie rächen würde, und wenn er auch noch so viele dieser Galgenvögel in die leeren Buden stellte und reges Markttreiben vortäuschen ließe und noch so viele neue prächtige Steinbauten errichten ließe als Bollwerk gegen die Visionen, die ihn bei Nacht heimsuchten, und wenn er noch so viel Europa aufböte gegen die Stille, es war derselbe Alptraum vom Meer, das höher und höher und höher stieg, und Brady kam immer näher und näher, und die Flammen der Hölle wurden immer heißer …

# Der Schlangenaal

*Der kürzer ist als manche Kapitel – Unbezwingbare Triebe – Der Bau einer Nation – Entmannung des Mr. Lempriere – Ein Bugspriet des Leids – Fässer mit sprechenden schwarzen Köpfen – Aufstieg des Cosmo Wheeler und anderes Ungemach – Trauriges Hinscheiden des Mr. Lempriere – Castlereagh, der Mörder.*

## I

Da ist er also, Gould, dieser elende Fälscher, dieser Trunkenbold, der sein Bestes tut, im Geschäft zu bleiben, damit man ihn nicht wieder in Ketten schließt oder auf den Triangel oder die Wiege schnallt. Er versucht, wenn Sie so wollen – und er für seinen Teil will es ganz entschieden –, sich auf der Leiter der Sträflingsgesellschaft hochzuarbeiten – und was passiert?

Man hat ihn Fische malen lassen und ihn dann von diesen widerlichen schleimigen Viechern erlöst, er bekam den besten Posten, den man sich vorstellen konnte, und durfte den Kommandanten, diesen halbseidenen Halunken, in hundert verschiedenen historischen Posen porträtieren, und was sehen wir jetzt?

Sehen wir einen Mann, der seine Position unmittelbar zu Füßen des Kommandanten zielstrebig nutzt, um vorwärts zu kommen?

Nein.

Einen Mann, der auf dem Weg ist, den Status eines bloßen Lakaien hinter sich zu lassen, zu einem Ratgeber, einem Eingeweihten, einem Vertrauten, ausgestattet mit allen Vorrechten, die eine solche Stellung mit sich bringt, zu werden?

Nein, Sie sehen nichts dergleichen. Gewiss, Gould möchte nur zu gern seine Position zu seinem Vorteil nutzen, aber ihm gehen diese Gedanken im Kopf herum, die ihm schwer zu schaffen machen. Obwohl er sich nichts mehr wünscht als ein angenehmes Leben, ist es so, dass er immer mehr zum Gefangenen gewisser Überlegungen und Fantasien wird.

Was Sie sehen – ich muss es jetzt leider aussprechen –, was Sie sehen, ist ein Idiot, der *ein unerträglich starkes Verlangen* verspürt, wieder Fische zu malen.

Und warum? Ist das eine Leidenschaft?

Nein.

Glaubt er, er müsse seinen Beitrag zum Fortschritt der Wissenschaft leisten?

Nein.

Oder der Kunst?

Um Gottes willen, nein, ganz bestimmt nicht. Sondern weil, ja, wirklich und wahrhaftig, weil er immer deutlicher einen unbezwinglichen Drang zu den Fischen spürt.

Aber bevor ich näher darauf eingehe, muss ich meine Haiknochenfeder spitzen, sie in dieses grüne Laudanum eintauchen und in einen Exkurs abschweifen, der aber nötig ist, damit wir zu unserem vorbestimmten Ziel des geistigen Niederganges unseres Mannes kommen – zu der Salzwasserzelle eines unvermeidlichen und stinkenden Schicksals –, und so biegen wir denn vom geraden Weg ab und wenden uns noch einmal dem Kommandanten und Mr. Lempriere zu, die im Haus des Doktors eines Nachts miteinander saufen.

Wie Sie sich denken können, ist Mr. Lempriere mittlerweile etwas erbittert darüber, dass er in der Erfüllung seines großen wissenschaftlichen Auftrags, die Fischwelt Transsylvaniens zu erforschen, aufgehalten wurde, weil der Kommandant im höheren nationalen Interesse die Kunst dem Dienst der Wissenschaft abspenstig gemacht hatte. Aber wenn Sie erlauben, gehe ich's jetzt an, stoße nieder auf Sarah Island, sause über die Quartiere der molukkischen Leibgarde des Kommandanten hinweg und durch den verrußten Kamin von Mr. Lempriere Kate in das verqualmte Wohnzimmer, wo der Kommandant, voll bis zum Stehkragen, gerade das ganze Übermaß seines Ehrgeizes offen legt.

»Eine Nation zu schaffen, mein Gott, jawohl, eine Nation können und müssen wir werden«, sagt er zu Mr. Lempriere, »und ich schäme mich dessen nicht, o nein! Wie käme ich auch dazu, da mich die Vorsehung dazu bestimmt hat? Eine Nation, und ich ihr Gründer, und zwar eine Nation und nicht eine Strafkolonie, die bloß Abschaum ist. Eine Nation, und ich bin ihr Vater, den sie achten und verehren und in Epen preisen und im Sattel eines feurigen weißen Streitrosses vor dem Hintergrund einer Gewitternacht malen werden. Hören Sie, Lempriere? Und keiner wird wissen, wie viel Arbeit das gekostet hat, unsere Arbeit und unseren Schweiß, und wie wir uns aufgeopfert haben, um diese Insel von einem Gefängnis zu einer Nation zu machen.«

»PISSEN«, murmelte der besoffene Doktor, »ICH MUSS MAL.« Er wuchtete sich aus seinem Sessel, schaffte es irgendwie, das berühmte Schiebefenster in die Höhe zu bekommen, stellte sich davor, den Oberkörper zurückgelehnt, und ließ es rinnen. Dazu seufzte er langsam: »*G-O-U-T-T-E À G-O-U-T-T-E*.«

Mr. Lempriere war nach der Mode von vor dreißig Jahren gekleidet: Er trug Kniehosen und Schuhe mit großen Schnallen, die ich einst jeden Abend hatte polieren müssen. Sie waren aus gewöhnlichem Zinn, aber Mr. Lempriere behauptete steif und fest, es wäre Silber, obwohl die Oberfläche so stumpf wie Spülwasser war. Er schob den Unterleib noch ein bisschen vor und stellte sich auf die Zehenspitzen, um den Pissbogen zum Fenster hinaus besser hinzukriegen.

In diesem Moment gab eine der Schnallen den langen und ungleichen Kampf mit den Zugkräften, die Mr. Lempríeres massiger Körper verursachte, ein für alle Mal auf. Die Schnalle brach. Mr. Lempríeres Fuß schoss nach vorn. Die Hand, die das Fenster hielt, rutschte ab, er schwankte nach hinten, dann nach vorn, und in diesem Augenblick kam das Fenster herunter und knallte auf das Fensterbrett, auf dem wie eine verirrte Raupe Mr. Lemprieres Glied lag.

Sie denken vielleicht, der Doktor hätte jetzt aufgebrüllt wie ein Brahmanenbulle oder in einem schrillen Ton, der durch Mark und Bein ging, gekreischt, aber nein: Abgesehen davon, dass sich sein bleiweiß gepudertes Gesicht exquisit korallenrosa tönte, zeigte er, zumindest vorerst, nichts, das darauf schließen ließ, dass soeben etwas ganz Grauenhaftes passiert war.

Vielleicht wusste er in diesem Moment des Schocks, dass kein noch so markerschütternder Schrei an der unleugbaren Tatsache etwas zu ändern vermochte, dass sein Geschlechtsteil durch den Unfall grässlich zerquetscht worden war. Ihm wurde schwindlig vor Schmerz und Grausen davor, was dies für seine Zukunft bedeuten mochte. Er fühlte noch, wie seine Beine einknickten, wie er wegsackte, und dann wurde es schwarz um ihn.

## II

Als Mr. Lempriere wieder bei Bewusstsein war – der Kommandant hatte ihn mit Riechsalz aus seiner Ohnmacht erweckt –, erhob er energisch Einspruch gegen den Vorschlag, sein eigenes Allheilmittel anzuwenden: Ein Aderlass am Geschlechtsteil eines Mannes, sagte er, sei zutiefst ehrverletzend. Und er berief sich auf Sir Isaiah Newton, der beobachtet hatte, dass Patienten, die man voreilig und unwissenschaftlich auf diese Weise behandelt hatte, dauernd impotent geworden waren. Er griff also nicht zum Schröpfmesser, sondern schluckte große Mengen von dem grün gefärbten Laudanum – denn es wurde in einem Kupfergefäß aufbewahrt – aus dem Vorrat des Kommandanten. Das Opiat bescherte ihm das spektakuläre halluzinatorische Erlebnis, den Kommandanten als einen brünstigen Elefanten zu sehen, verhinderte aber nicht, dass das verletzte Glied sich im Verlauf der folgenden Wochen von einem armseligen roten Wurm in eine große schwarze Nacktschnecke verwandelte. Diese ruhte auf einer kleinen Huonkieferplattform, die er extra für diesen Zweck konstruiert hatte. Es war ein Brettchen, das er mit einem türkisfarbenen Seidenband an seinem Körper befestigte, indem er das Band um seine Leibesmassen herumschlang und über seinen mächtigen, dicht behaarten Arschbacken zu einer prominenten Schleife knüpfte.

So aufgetakelt sah man ihn durch die Kolonie wandern,

die Hemdzipfel wie Segel gebauscht über seinem hölzernen Klüverbaum, seinem Bugspriet des Leids, den er, wenn er allein war, stundenlang beobachtete. Und so entging ihm kein Detail der erstaunlichen Metamorphose, die sich da ereignete: Das Fleisch wurde brandig und faulig, Rot wurde Schwarz, und die Schwärze verfärbte sich grünlich. Der Gestank wurde bald so grauenhaft, dass selbst der Kommandant, ein Liebhaber starker Gerüche, es nicht mehr aushielt und die Initiative ergriff. Mr. Lempriere wurde gefesselt, man steckte ihm trotz heftiger Gegenwehr einen Trichter in den Schlund und flößte ihm mehrere Gläser Pisco ein. Anschließend hielt der Kommandant den Kopf seines lieben Freundes in seinem Schoß gebettet wie einen Säugling und beteuerte unaufhörlich, dass er das alles aus Liebe und nur aus Liebe für seinen Freund tue. Es dauerte eine Viertelstunde, bis der Kommandant seines Mitleids müde geworden war. Er nickte dem Sträfling zu, der die ganze Zeit in einer dunklen Ecke des Zimmers ein langes Filetiermesser – der Mann arbeitete in der Gefängnisküche – am Wetzstahl geschärft hatte. Der Koch trat vor, und ehe Mr. Lempriere auf Französisch oder Englisch protestieren konnte, war das schwärende Glied mit einem einzigen Schnitt abgetrennt.

Nach diesem herben Verlust war Mr. Lempriere zuerst noch aggressiver und bösartiger als früher, aber irgendwann wandelte sich sein cholerisches Temperament, und eine herbstliche Melancholie kam über ihn, er wurde so depressiv, dass er alles Interesse am Leben, ja sogar an seiner wissenschaftlichen Arbeit des Sammelns und Katalogisierens zu verlieren schien.

Er wurde eigenbrötlerisch und brachte täglich viele Stunden an Castlereaghs Pferch zu, wo er über die Grausamkeit des unerbittlichen Schicksals monologisierte und immer wieder voller Kummer die Frage erörterte, was aus ihm hätte werden können, wenn er sich auf Flechten und Moose spezialisiert hätte. Der Eber, der es gewohnt war, den Höllenpfuhl seines Pferchs für sich allein zu haben, und Mr. Lemprieres Reden als Ruhestörung empfand, wurde immer wütender, er stürmte auf die Umzäunung zu, wenn sein Besitzer nahte, und rammte die Balken mit solcher Gewalt, dass die ganze Insel erzitterte. Der Doktor nahm von dem feindseligen Verhalten seines Zuhörers keine Notiz und bemerkte nicht, dass das Tier immer größer und wilder wurde, je länger er redete, so mythisch riesenhaft, dass es die Sonne verdunkelte und die Sterne am Himmel zu verschlingen drohte. Manchmal kreischte der Eber, außer sich vor rasendem Zorn, als müsste er in der Flut von Worten, die sich über ihn ergoss, ersaufen – ein derart hohes schneidendes Geräusch, dass manche Leute auf der Insel sich nicht anders zu helfen wussten, als aufs Meer hinaus zu flüchten, aber Mr. Lempriere blieb völlig ungerührt, ja, diese Äußerungen von Qual schienen seine selbstvergessenen Reden über Leid und Verlust noch zu befeuern.

Unnötig zu erwähnen, dass Mr. Lempriere, verzweifelt, deprimiert, entmannt, ein Wesen, dessen letzter Vertrauter ein monströs aus der Art geschlagenes Schwein war, alles Interesse verloren hatte, mich dem Kommandanten wieder abzuwerben, damit ich meine Fischmalerei fortsetzte.

Ich hatte ein paar Versuche mit den Ölfarben gemacht, die mir für die Porträts zur Verfügung gestellt worden waren. Aber das Element der Ölfarben ist die Erde, sie eignen sich nicht für Fische, sie sind zu dicht und zu schwer. Ich brauchte die Wasserfarben des Doktors.

Ich beschloss, zu Mr. Lempriere zu gehen und mit ihm zu reden. Vielleicht gelang es mir ja, sein Interesse an dem Fischprojekt neu zu beleben. Ich wollte ihn fragen, ob er mir seine Wasserfarben borgte, damit ich nebenbei, wenn ich ein bisschen Zeit fand, mit der Arbeit fortfahren konnte.

Ich redete mir ein, ich machte das lediglich aus Überlebenswillen, um mir, für den Fall, dass der Kommandant eines Tages keine Verwendung mehr für mich hatte, eine Alternative zu sichern, aber das war nur ein Vorwand. Wenn ich es mir auch nicht offen eingestehen wollte, so war es doch eine Tatsache, dass ich nun, da ich nicht mehr gezwungen war, für die Wissenschaft zu arbeiten, ein ganz neues Verhältnis zu den Fischen entwickelte: So sehr ich sie früher gehasst hatte, so sehr vermisste ich sie jetzt, ja – so merkwürdig es auch klingt –, ich stellte plötzlich fest, dass ich sie *brauchte*.

Am Anfang waren die Fische für mich einfach eine Arbeit, aber damit ich diese Arbeit anständig machen und weiterhin die damit verbundenen Vorteile genießen konnte, musste ich mich näher mit ihnen befassen. Ich musste mir genau den Übergang vom dichten Fleisch zu dem durchsichtigen Wunder der feinen Flossenhäute anschauen, ich musste die elastische Festigkeit der Muskeln studieren, das Verhältnis von Mäulern zu überdimensionierten Köpfen und das von Köpfen zu großflächigen Rümpfen, die Art, wie die Schuppen einander fein überlappten, so dass dieser tanzende Schimmer entstand. Bei dem einen Fisch bestand das Problem darin, das unerklärlich sinnliche Maul richtig zu treffen, bei einem anderen waren es die ätherisch durchsichtigen Flossen, die mich herausforderten. Und ich musste mir eingestehen, dass all dieses Malen und nochmals Malen mich zu verwandeln begann.

Vielleicht deswegen, weil ich mich so viel mit ihnen beschäftigte und weil ich gezwungen war, sie besser kennen zu lernen, begannen sie mein Interesse zu wecken, und als sie dann zum Gegenstand meines Ärgers und meines Zorns wurden, so war dies lediglich ein Zeichen, dass sie, wenn ich selbst auch nichts davon ahnte, dabei waren, vollends von mir Besitz zu ergreifen, mich zu kolonisieren, so wie einst Lieutenant Bowen Van Diemens Land kolonisiert hatte.

Sie drangen in mich ein, sickerten in einer Art fürchterlicher Osmose durch meine Poren. Und als in mir die überraschende und etwas erschreckende Erkenntnis aufschimmerte, dass sie im Begriff standen, sich meiner wachen Gedanken wie auch meiner Träume zu bemächtigen, bekam ich es mit der Angst zu tun und wünschte mir sehnlichst, ich könnte sie vertreiben, gegen sie kämpfen so wie die Wilden gegen die Weißen. Aber wie soll man gegen einen sterbenden Knurrhahn Krieg führen? Oder gegen eine Barbe in ihren letzten Zuckungen?

Wenn ein Mensch nur lange genug mit Fischen zusammen ist, so kam es mir vor, springt etwas von ihrem kalten Auge und dem bebenden Fleisch in seine Seele über, das lässt sich gar nicht verhindern.

Ich wähle das Wort »überspringen« mit Bedacht.

Es war, als ob ihr Geist nach einem anderen wässrigen Medium suchte, in dem er überleben konnte, und in einem bestimmten Moment unmittelbar vor dem Tod in einem blitzschnellen Sprung, so schnell und plötzlich, dass das Auge es gar nicht wahrnimmt, das todbringende Medium der Luft durchquerte. Die blaue Flamme, die aus dem Mund des Erhängten in meine Mutter gefahren war, fiel mir ein, und ich fragte mich, ob vielleicht die Geister aller Geschöpfe im schrecklichen Moment des Todes ein Auge suchen, in das sie dringen können, um der Verdammnis in einer Unterwelt der Schatten zu entgehen.

Es war einfach idiotisch, was ich machte – wie damals, als ich Goulds Tochter, nachdem sie sich mit dem Eisenwarenhändler verlobt hatte, bat, mit mir durchzubrennen, und sie mir ins Gesicht lachte –, warum musste ich partout zu diesen Fischen zurück? Solange ich dazu verurteilt war, zuerst von einem verrückten Militärarzt und dann – noch verrückter – von mir selbst, diese erbarmungslosen Kolonisten meiner Seele zu malen, hatte ich offenbar keine Möglichkeit, etwas gegen die schleichende Invasion zu unternehmen, ich konnte nichts dagegen tun, wenn sie bis in die hintersten Winkel meines Herzens, meines Geistes schwammen und sich anschickten, mich ganz und gar ihrer Herrschaft zu unterwerfen.

Aber wie hätte ich an dem Tag, als ich zu Mr. Lempriere ging, ahnen sollen, dass in seinem riesigen Kopf eine letzte schäbige Leidenschaft geboren worden war, nämlich die, die Fische und mich für immer zu vereinen?

## III

Auf meinem Weg zu Mr. Lempriere's Kate – es war ein ruhiger blauer Wintermorgen – kreuzten zwei Sträflinge in schmutzigen Kitteln meinen Weg. Sie zogen schwitzend und fluchend einen Schlitten, auf dem lange schwere Säcke lagen.

»Eine neue Ladung tote Nigger«, sagte einer, ohne aufzuschauen.

Die Wilden waren eine Woche vorher zusammen mit

dem weißen »Friedensstifter« Guster Robinson eingetroffen. Es war kalt und stürmisch gewesen. Die Leute hatten schlecht ausgesehen, sie waren ausgemergelt, einige hatten Ausschlag, viele husteten und röchelten unausgesetzt und zerkratzten sich die kranke Brust und den Hals mit Glasscherben oder scharfen Steinen. Wenn sie Fieber bekamen, malträtierten sie sich auch die Stirn, bis das Blut ihnen in Strömen übers Gesicht lief – sie taten dies, wie sie sagten, um »den Schmerz herauszulassen«. Die ersten starben kurz nach ihrer Ankunft auf der Insel.

Aber diese dem Untergang geweihten Wilden betrachteten uns Sträflinge als Sklaven, die weit unter ihnen standen. Sie waren, ihrer eigenen Einschätzung nach, freie und edle Leute, die ihr Heimatland verlassen hatten und ins Exil gegangen waren, die aber Anspruch darauf hatten, dass die Regierung sich um sie kümmerte, und die nicht wie wir zu arbeiten brauchten. Eines Nachts pinkelten einige Gefangene durch die Ritzen des Bretterbodens auf die Wilden, die im Stockwerk unter uns schliefen, hinunter, um ihnen zu demonstrieren, dass ein gefangener Weißer eben doch etwas Besseres war als ein heimatloser Schwarzer.

Robinson war ein von der Regierung geförderter Don Quijote, der im Dienst einer Mission, welche den großartigen Ehrentitel »Versöhnung« führte, kreuz und quer durch die gottverlassene Wildnis Transsylvaniens zog, um all die Eingeborenen, die schon so lange Krieg mit den Weißen führten und immer noch verstreut in der Wildnis lebten, zusammenzuklauben.

Ich hatte seinerzeit in Hobart Bilder von ihm gesehen, großformatige Ölschinken, die mit wenig Erfolg eine edle und tragische Geschichte der Antipoden zu konstruieren versuchten, eine Heldengeschichte von Rettern und Verdammten. Auf diesen Bildern erschien Guster Robinson als ein pummeliger Hoffnungsträger vor dem trüben Hintergrund dicht zusammengedrängter Wilder, seine Finger wiesen bedeutungsvoll in eine noch unsichtbare Zukunft, ein Renaissanceprophet im Narrengewand der Regency-Epoche, lauter aufgeklärt lichtes Gefältel in Blau und Weiß, Beau Brummel in der Rolle eines unwahrscheinlichen geckenhaften Moses der südlichen Meere.

Aber als ich mich, wie befohlen, bei Guster Robinson einfand, traf ich einen Mann, der alles andere als elegant wirkte.

Die Wilden nannten ihn in ihrer Sprache »den Aal« – ich weiß nicht mehr genau, wie das Wort, das sie benutzten, lautete. Er war ein kleiner Mann und machte einen noch erbärmlicheren Eindruck als seine schwarzen Schützlinge. Seine krumme Gestalt, in Lumpen gekleidet, die genauso dreckig und verlaust waren wie unsere, ließ an einen Apostroph denken, der nicht recht weiß, zu welchem Wort er gehört. Er strahlte vor allem Dünkel aus, das Bewusstsein, dass seine Mission, die er heilig nannte, ihn über den Rest der Menschheit erhob.

Robinson behandelte die Wilden, als wären sie sein Hofstaat, und diese behandelten ihn wie einen der vielen streunenden Hunde, die ihnen auf ihren Wanderungen zugelaufen waren. Er schien ebenso wenig wie sie zu bemerken, dass der Boden unter ihren Füßen wegbrach.

Für Robinson waren Sträflinge nichts Besseres als Abschaum: Er hätte sich auch splitternackt vor uns ausgezogen, das hätte ihm nicht das Geringste ausgemacht, wir zählten ja so wenig wie irgendein Hund, dem man einen Tritt gibt, oder ein Nachttopf, in den man pinkelt. Als ich ins Zimmer trat, redete er gerade mit Musha Pug – wahrscheinlich dachte Robinson, mit einem Kalfaktor, der ja doch ein bisschen höher stand als ein gewöhnlicher Knastbruder, könnte er sich zur Not einlassen – und nahm überhaupt keine Notiz von meiner Anwesenheit, sondern erzählte weiter von den schwarzen Frauen, die von Seehundjägern auf die Inseln verschleppt werden. Diese Frauen, sagte er, behaupten, dass der Teufel zu ihnen komme, während die Kerle auf der Jagd sind, und oft bekämen sie Kinder von diesem Dämon, die sie töteten und draußen im Busch verscharrten. Sie singen für den Teufel, sagen sie, das gefällt ihm, und er befiehlt ihnen, fleißig zu singen.

Diese junge Frau, die beim Kommandanten im Dienst ist, diese Mulattin, sagte er, war auf den Inseln unter dem Namen Kleopatra bekannt. Bevor die Quäker sie zum Christentum bekehrten, war sie berüchtigt: Sie habe den Teufelstanz erfunden. Dieser Tanz, sagte er, sei das Obszönste, was man sich nur vorstellen kann, und nur die Frauen der Robbenjäger auf den Inseln tanzten ihn, auf dem Festland sei er ganz unbekannt.

Sie sei von dem Jäger Clucas verschleppt worden, einem Kerl, der in der ganzen Bass-Straße berüchtigt sei. Dieser Clucas war mit einigen Kumpanen losgezogen, um Frauen zu fangen. Sie überraschten eine Horde Schwarze am Strand, wurden aber zurückgeschlagen und flüchteten zu ihrem Boot. Sie hatten keine Frau erwischt, nur ein Baby, einen kleinen Jungen. Die Jäger machten den Wilden klar, dass sie das Kind behalten würden und dass die Mutter, wenn sie den Jungen haben wollte, mit ihnen kommen musste. Die Mutter war Twopenny Sal.

Sie ging zum Boot und bot sich ihnen an, wenn das Kind zum Stamm zurückkehren dürfe. Die Jäger packten sie, Clucas hob den Säugling an den Beinen hoch und schlugen ihn mit dem Kopf gegen die Uferklippe, dass das Hirn spritzte. Dann ruderten sie mit Twopenny Sal davon. Einer der Wilden schwamm ihnen nach und schaffte es bis zum Boot. Er klammerte sich am Heck fest, aber Clucas hackte ihm mit einem Tomahawk die Hände ab. Auf Clucas' Insel, wo Twopenny Sal als Sklavin gehalten wurde, soll sie zwei Kinder geboren haben, die sie umbrachte, indem sie ihnen Gras in den Mund stopfte.

Als er mit seiner Geschichte fertig war, wandte sich Robinson mir zu und teilte mir mit, dass ich einige seiner »ebenholzfarbenen Brüder« malen sollte; er habe das mit dem Kommandanten so vereinbart. Anfangen sollte ich mit einem Schwarzen, den er Romeo nannte.

Dieser Romeo – in seiner Sprache hieß er Towtereh – war ein hoch gewachsener, eleganter Mann, der in seiner Erscheinung etwas von einem chassidischen Juden des Ostens hatte. Er war, wie sich herausstellte, der Anführer der Wilden von Port Davey und der Vater von Twopenny Sal. Ich war Zeuge ihres Wiedersehens. Beide weinten und schienen sehr bewegt.

Die Gespräche mit Towtereh veränderten meine Einstellung zu den Wilden. Er war ein kluger Kopf und machte gern witzige Wortspiele quer über die schwarz-weiße Sprachgrenze. Und er war ein echter Patriot, der sein Land offenbar aufrichtig liebte. Ich malte Towtereh als einen Mann, der Würde ausstrahlte – ein wirklich gutes Bild, das aber natürlich in einem Buch der Fische fehl am Platz wäre.

Unter den Schwarzen, mit denen mich Towtereh bekannt

machte, war einer, den sie Tracker Marks nannten, ein richtiger Dandy, zumal im Vergleich mit uns Sträflingen. Er war immer wie aus dem Ei gepellt und legte großen Wert darauf, inmitten von all dem Dreck ringsum täglich seine Kleider zu waschen. Er trug ein weißes Hemd mit weitem Kragen, den er gewöhnlich nach außen über den Kragen des Rocks klappte, und jene steife runde Kopfbedeckung – man könnte sagen: eine Kreuzung aus einem Fez und einer Strickmütze –, die man oft auf amerikanischen Walfängern sieht; auf so einem Schiff war er früher durch die südlichen Meere gekreuzt. Er war ein ruhiger, besonnener Typ, aber seine glühenden Augen und ein zorniger Zug um den Mund ließen ahnen, dass man gut daran tat, ihn nicht herauszufordern.

Tracker Marks stammte vom Festland und hatte eine Zeit lang als Scout der Armee in Van Diemens Land im Kampf gegen die Bushranger gedient. Irgendwann hatte er sich dann, aus Gründen, die nicht recht klar wurden, Robinson angeschlossen. Er war, wie es schien, von dessen Mission, die kriegerischen Stämme zu befrieden, nicht restlos überzeugt, aber er stand dem auch nicht feindlich gegenüber. Für ihn war Robinsons Truppe, wie er selbst es ausdrückte, einfach eine Horde, mit der er umherziehen konnte, aber das Land, in dem er umherzog, war nicht das seine, und wenn diese Leute auch schwarz waren wie er, so waren sie doch nicht sein Volk. Anders als Barrabas, der auch aus Neusüdwales stammte, verhöhnte er die vandiemonischen Wilden nicht als Bergaffen und verschmähte es, über den Buckel anderer in der Achtung der Weißen ein bisschen höher zu steigen. Er schien für keinen Menschen etwas zu empfinden, aus ihm sprach nur eine immense wissende Müdigkeit.

Eine Zeit lang war Tracker Marks oft mit Capois Death zusammen. Die zwei unterhielten sich in einem sonderbar bunten Mischmasch aus englisch gefärbtem Kreolisch und Eingeborenenenglisch. Tracker Marks erzählte Capois Death von seinem Volk und dessen Welt, von dem Land, in dem es lebte, und von seinem angestammten Platz darin. Capois Death, der nur eine Vergangenheit kannte, die aus lauter Brüchen bestand, lauschte fasziniert. Jeder der beiden schien im anderen das zu suchen, was er selbst nie gekannt hatte. Capois Death wollte etwas über den Ort wissen, wo ein schwarzer Mann herkam und wohin er zurückkehren würde, und was es bedeutete, einen solchen Ort zu haben, aber am Ende konnte er die tief sitzende, auf den Plantagen von San Domingo tief in ihn hineingeprügelte, dumpfe Überzeugung nicht überwinden, dass die Lebensweise der Weißen, wenn auch nicht die Weißen selbst, der der Schwarzen überlegen war. Denn Capois Death hasste den weißen Mann, aber er liebte seine Zivilisation.

Tracker Marks war anderer Meinung. Obwohl er in gewissem Sinn weißer war als die Weißen, hatte er für ihre Lebensweise nichts übrig. Wenn er sich in seiner Kleidung, seinem Benehmen ihnen anpasste, tat er nichts anderes, als was er auf der Jagd tat: Er hielt sich im Schatten der Bäume, den Wind im Gesicht, versuchte, mit der Welt derer, die er jagte, zu verschmelzen und nicht aufzufallen. Früher einmal hatte er den Emutanz und den Kängurutanz meisterhaft beherrscht, dann wandte er sich dem Weißentanz zu, den er nicht weniger gut konnte, nur war jetzt niemand von seinem Stamm mehr da, der am Feuer stand und lachte und seine Beobachtungsgabe und seine Kunst der Imitation rühmte.

Die Weißen haben kein Gesetz, sagte er zu Capois Death,

und keine Träume. Ihre Art zu leben machte überhaupt keinen Sinn. Trotzdem hasste oder verabscheute er sie nicht. Sie waren unsagbar dumm, aber sie besaßen Macht, und irgendwie waren ihre Dummheit und ihre Macht, so jedenfalls glaubte Tracker Marks, unauflöslich miteinander verquickt. Aber wie?, fragte er Capois Death. Wie können Macht und Unwissen eine so intime Verbindung eingehen? Fragen, auf die Capois Death keine Antwort hatte.

Dann begannen noch mehr Schwarze zu husten und zu keuchen, aus ihren Nasen floss so viel Rotz, dass man die Lagune damit hätte füllen können, über ihre zerschnittenen Gesichter rann genug Blut, um die ganze Insel rosa zu färben, und nach zwei Tagen waren wieder sieben von ihnen gestorben.

Tracker Marks verschwand bald darauf von Sarah Island. Vielleicht hatte er sich besorgt gefragt, wie lange er wohl noch zu leben hätte, wenn er weiter im Dunstkreis jener liebevollen Hochachtung bliebe, die Guster Robinson, wie er unermüdlich beteuerte, vor seinen ebenholzfarbenen Brüdern empfand. Seine Abschiedsworte an Capois Death, einen Mann, der immer wieder seine Geschichte erzählte und ausschmückte in der Überzeugung, sie müsse etwas erklären und bedeuten, blieben dem ehemaligen Sklaven aus San Domingo unverständlich.

»Verbirg dein Leben«, sagte Tracker Marks zu Capois Death. »Vollständig.«

Als ich an jenem Morgen auf dem Weg zu Mr. Lempriere den zwei Sträflingen zusah, die den Inhalt ihrer Säcke in eine große Grube neben der Straße kippten, sah ich mit Entsetzen, dass die schwarzen Leichen keine Köpfe hatten. Die Sträflinge schaufelten die Grube nicht zu, sondern bedeckten die enthaupteten Körper lediglich mit einer dünnen Schicht Erde. Die Grube wurde wohl noch gebraucht, für die nächsten.

»So ist es«, hörte ich den anderen Totengräber sagen, als ich, ohne mich umzusehen, weiterhastete, »tote Nigger. Einer davon heißt Romeo, aber es ist ganz bestimmt keine Julia dabei.«

## IV

Mr. Lemprieres Kate war leer, aber vom Hof dahinter hörte ich undeutlich Geräusche: Poltern und ab und zu Krachen und Knacken von Holz, als ließe ein Rieseneukalyptusbaum die Äste fallen. Ich ging die Seitengasse hinunter und sah, vor den Umbratönen des matschigen Hofes, der an Castlereaghs Pferch grenzte, das Elfenbeinprofil von Lemprieres mächtigem Schädel.

Wie so oft an Wintertagen in Van Diemens Land war die Sonne intensiv dottergelb und der Himmel heiter ultramarin, aber es war ziemlich kalt. Mr. Lempriere brauchte selbst bei solchem Wetter seine Leibesmassen nicht besonders heftig zu bewegen, um in Schweiß zu geraten, aber an diesem Morgen hatte er ohne Zweifel schon ungewöhnlich große Dinge vollbracht, denn über sein bleiweiß gepudertes Gesicht rann das Wasser in Strömen. In einem Kreis stand auf dem Hof etwa ein halbes Dutzend Holzfässer. In eines davon passte gerade ein Böttcher in Sträflingskleidung den Deckel ein, Mr. Lempriere stand an einem anderen, schlug wütend mit den Fäusten auf das Holz und beschimpfte jemanden, den ich nicht sehen konnte, aufs Übelste.

Er bemerkte mich und machte vor seinem Gesicht eine schnelle wegwerfende Handbewegung, offenbar, um mir zu verstehen zu geben, dass die Sache nicht viel zu bedeuten habe.

»EGAL – IMMER DASSELBE«, sagte er. »ABER! – DECKEL ZU – DANN GEBEN SIE RUHE.«

Ich trat näher und sah mir das Fass genauer an. Es schien voll mit Salzlake oder sonst irgendeiner Konservierungsbrühe zu sein. Ich sah vage etwas Dunkles darin schwimmen und glaubte zuerst, er mache Aale ein, denn es hatte in diesem Jahr ungewöhnlich viele gegeben, die ganze Lagune war voll davon gewesen. Aber ich verwarf den Gedanken gleich wieder – es war ja doch nur ein ganz undeutlicher Schemen, wahrscheinlich irgendein südlicher Lichtreflex, der mich dazu brachte, überall Menschen als Fische zu sehen.

Doch dann dämmerte mir mit Entsetzen, so langsam, dass ich mir noch tagelang wie ein Narr vorkam, die Erkenntnis, dass das, was da in den Fässern schwamm, runde Dinger wie Äpfel oder Weißkohl, die sich träge drehten, die an die Oberfläche stiegen und wieder hinabsanken, bestimmt keine Aale waren: Es waren die abgetrennten Köpfe von Schwarzen. Es mussten, schätzte ich, zwischen vierzig und siebzig Köpfe sein, die da an diesem schönen Wintermorgen in den Fässern hinter Mr. Lempriere's Kate eingemacht wurden.

Mir wurde jetzt auch klar, dass Mr. Lempriere glaubte, diese Köpfe von toten Wilden beschimpften und verhöhnten ihn. Er bemühte sich, so zu tun, als ließen ihn diese vermeintlichen Unverschämtheiten kalt, wurde aber immer wieder von Zorn übermannt. Hinterher, ermattet von seinem beherzten Engagement für die Würde der Wissenschaft, blickte er voll Freundlichkeit, fast kokett, hinüber zu dem Schweinepferch, wo Castlereagh in der schmutzigsten Ecke ein Nickerchen machte. Er erlaubte sich die Andeutung eines gerührten Lächelns angesichts dieser idyllischen Szene, ein leichter, gekrümmter Riss in seinem glühenden Globus, und nahm einen Schluck Rum aus dem irdenen Krug, der neben ihm stand, und wischte sich mit einem schmuddeligen gepunkteten Seidentaschentuch die bleiweiße Stirn.

Er erklärte mir, die Köpfe wollten einfach nicht untergehen, sie trieben immer wieder an die Oberfläche der Lake, um trotzige und freche Reden zu führen. Es sei zu fürchten, dass die Gesichter auf dem langen Transport nach England verwesten, wenn sie der Luft ausgesetzt wären. Im Tod wie im Leben waren die schwarzen Köpfe gefährlich, ihre offenen Augen schienen Mr. Lempriere zu verfolgen, wohin er auch ging, und ihm war sehr unwohl dabei. Er sagte zu dem Böttcher, man könnte vielleicht versuchen, die Köpfe mit Steinen zu beschweren. Der Mann unterdrückte einen Seufzer und ging fort, um Bindfaden zu besorgen.

Mr. Lempriere war ein Mann mit vielen Fähigkeiten, und das, was er seinen »gesunden Menschenverstand« nannte, war nicht die geringste darunter. Ich fand es bewundernswert, wie er einen abgetrennten Kopf, der reden konnte, als ob er immer noch lebendig wäre, nicht als eine Anomalie oder ein paranormales Phänomen betrachtete, sondern ganz einfach als ein lästiges Ärgernis. Diese Haltung erschien mir so urwüchsig englisch, dass mich einen Moment lang wilde Sehnsucht nach der guten Alten Welt überwältigte, die solche Giganten wie diesen mondgesichtigen Diener der Wissenschaft hervorbrachte, der, während er mit dem Böttcher darüber beratschlagte, wie das Problem am besten zu lösen wäre, die Köpfe immer wieder zur Ordnung rief.

Umringt von diesen Köpfen, die ihn und seine Arbeit

verhöhnten, war er hocherfreut über meinen Besuch und begrüßte mich fast wie einen lang entbehrten Freund. Er lehnte sich an ein bereits verschlossenes Fass und begann eine lange Rede voller Erbitterung gegen einen Mann, dessen Namen er früher nie anders als im Ton jener Ehrfurcht ausgesprochen hatte, die man einem berühmten Weisen schuldet: Cosmo Wheeler.

»ZUERST NUR SAMMELN – BLUMEN – EIN PAAR BLÄTTER – *SACHEN*«, begann Mr. Lempriere. Er fuhr sich wieder mit seinem dreckigen Taschentuch übers gepuderte Gesicht und legte einen Streifen roter Haut frei, die vom Überwischen noch ein wenig glänzte. »SOLCHE ARBEIT, SAGTE WHEELER – DAMIT KOMME ICH IN DIE SOCIETY, DIE ROYAL – ABER DANN – EIN BRIEF, SONST NICHTS – OFFIZIELLES DANKSCHREIBEN VON DER EMINENTEN GESELLSCHAFT – EHRENVOLL, DAS SCHON – SELTEN – KONSERVIERUNG UND VERPACKUNG EXEMPLARISCH – FÜR WISSENSCHAFTLICHE ZWECKE HERVORRAGEND GEEIGNET – SONST NICHTS! – DAS! EIN BRIEF!

DANN WIRD MR. COSMO WHEELER *SIR* COSMO WHEELER – IN ANERKENNUNG *SEINER* LEISTUNGEN – *SEIN* GROSSES WERK ÜBER DIE FLORA VON AUSTRALIEN – ALS NÄCHSTES WILL ER – *EN UN MOT* – MOLLUSKEN – IST DAS MOLLIG? NEIN! VIEL ARBEIT, GROSSER ZEITAUFWAND – JEDEN FREIEN TAG AN DIESEM VERFLUCHTEN STRAND – HÖCHST UNMOLLIG, STRAPAZEN – SCHINDEREI, JAHRELANG – WIEDER EIN DANKSCHREIBEN VON DER SOCIETY – NOCH SCHMEICHELHAFTER – ABER WAS IST MIT MEINER MITGLIEDSCHAFT? KEIN WORT.«

»Nein!«, sagte ich.

»JA«, sagte er. »NICHTS.«

Er hielt kurz inne, um einem der Köpfe, der sich ihm offenbar mit einer neuerlichen Schmähung bemerkbar gemacht hatte, die gebührende Antwort zu erteilen, dann fuhr er in seiner Geschichte fort:

»ALSO BRACHTE ICH DAS ZUR SPRACHE – MIT ALLEM RESPEKT – BEI *SIR* COSMO – JETZT SEKRETÄR DER SOCIETY IN ANERKENNUNG *SEINER* BAHNBRECHENDEN ARBEIT ÜBER DIE WIRBELLOSEN DER SÜDSEE UNTER BESONDERER BERÜCKSICHTIGUNG DER ANTIPODISCHEN MOLLUSKEN.

SIR COSMO VERSICHERTE MIR IN EINEM PERSÖNLICHEN SCHREIBEN, DASS MEINE BEFÜRCHTUNGEN, VERKANNT UND – ICH HATTE ES IN MEINEN BRIEFEN NIE ZU ERWÄHNEN GEWAGT, NICHT EINMAL GEDACHT! – *AUSGENUTZT* ZU WERDEN – GANZ UNBEGRÜNDET – DIE SACHE AUF BESTEM WEGE – VERSICHERTE MIR – ER UND DIE SOCIETY HÄTTEN ALLERGRÖSSTE HOCHACHTUNG – UNSCHÄTZBARE VERDIENSTE – PRAKTISCHE TÄTIGKEIT, ABER IM HÖCHSTEN GRAD WISSENSCHAFTLICH – ES BRAUCHTE NUR NOCH EINE LETZTE GROSSE ARBEIT, DIE KRÖNUNG MEINES FLEISSES – DANN KÖNNTE ICH IM TRIUMPH NACH ENGLAND HEIMKEHREN.

ALSO – DIESE FISCHSACHE – DAS SOLLTE MEIN GROSSES WERK SEIN – DIE EINTRITTSKARTE FÜR DIE SOCIETY, SARDINEN UND TINTENFISCHE, FÜR DIE *SOCIETY* – ABER JETZT SCHREIBT ER:

›Nein, die Fische hat Hooker gemacht – eine erbärmlich schlechte Arbeit, unter uns gesagt, aber es hilft nichts, die Fische sind abgehakt, aus, vorbei, und verschonen Sie mich mit Ihren Fischbildern, es ist zu spät.‹

GROSS IM KOMMEN IST JETZT – SCHREIBT ER – NEUE WISSENSCHAFT – NEUE GESELLSCHAFT – NEUES ZEITALTER – DIE PHRENOLOGIE, BESONDERS IM HINBLICK AUF DAS STUDIUM DER UNTERWORFENEN UND NIEDEREN RASSEN – WISSENSCHAFTLICHES STUDIUM VON SCHÄDELN WIRD ZU GROSSARTIGEN ERKENNTNISFORTSCHRITTEN FÜHREN – ERKENNTNIS DES MENSCHEN IN SEINEN HÖHEREN UND NIEDEREN FORMEN – ABER ES FEHLT AN GUTEM FORSCHUNGSMATERIAL.«

Den folgenden galoppierenden Satzfragmenten von Mr. Lempriere konnte ich entnehmen, dass Sir Henry Hooker, den Sir Cosmo Wheeler als einen mittelmäßigen Trittbrettfahrer abtat, der aber gleichwohl sein wissenschaftlicher Erzrivale zu sein schien, von seinem Freund Sir Joseph Banks sechs Fässer randvoll mit schwarzen Köpfen erhalten hatte, die dieser vor vielen Jahren in Van Diemens Land gesammelt hatte. Und Hooker hatte die Ergebnisse seiner Forschungen an diesem Material in einem Werk veröffentlicht, das viel Aufsehen erregte, denn es verfocht die These von der natürlichen *Unschuld* der von der weißen Zivilisation nicht berührten Wilden und von einem ursprünglichen *Adel,* der die schwarze Physiognomie präge.

»NICHTS ALS ROUSSEAUISTISCHER UNFUG«, fuhr der Doktor fort, »DIE DAMEN IN DEN SALONS KIPPTEN VOM STUHL VOR ENTZÜCKEN – HA! –

ABER SIR COSMO MEINT, HOOKERS WERK GRÜNDET AUF GANZ FALSCHEN VORAUSSETZUNGEN – MODISCHER MIST AUS FRANKREICH – INTELLEKTUELLE ONANIE!

WENN ER, SIR COSMO, NEUERE SCHWARZE SCHÄDEL HÄTTE – WIRD ER EIN FÜR ALLE MAL DEN BEWEIS FÜHREN – DASS HOOKERS ARBEIT KEINE WISSENSCHAFT IST – NUR GROSSMÄULIGES, LEERES GESCHWÄTZ.

ALSO KEINE BLUMEN UND MUSCHELN UND FISCHE – SCHWARZE KÖPFE! – WENN ICH IN DIE SOCIETY AUFGENOMMEN WERDEN WILL – SCHWARZE KÖPFE! – ABER DAS IST NICHT SO EINFACH – WOHER NEHMEN? – KANN SIE JA NICHT MIT DER ANGEL FANGEN – KANN KEINE KÖPFE VON DEN UFERKLIPPEN KLAUBEN – NEIN! – ICH KANN KEINEN SCHWARZEN KOPF ABZUPFEN WIE EINE BLUME UND PRESSEN UND TROCKNEN – MAN KANN SIE NICHT WIE SCHNEPFEN SCHIESSEN, OBWOHL ES MANCHE TUN – WAS SOLLTE ICH MACHEN?

ICH MUSSTE MICH AUF UNSAUBERE GESCHÄFTE EINLASSEN – ABSCHAUM – TOTENGRÄBER – LEUTE, DIE IM LEICHENSCHAUHAUS ARBEITEN – ANWÄLTE IN SYDNEY – ERGEBNIS? WIE VORAUSZUSEHEN: MEINE ERSPARNISSE SIND FUTSCH – ALLE MÖGLICHEN STINKENDEN KÖPFE, ABER KEINE VON SCHWARZEN – MIT FARBE SCHWARZ GEFÄRBTE STRÄFLINGSSCHÄDEL – AUS IRGENDEINEM ARMENGRAB GESTOHLENE UND MIT TEER BESCHMIERTE KÖPFE – KÖPFE ALLER ART,

AUF ALLE MÖGLICHE ART UND WEISE STÜMPERHAFT GESCHWÄRZT – IMMER IN EXTREM UNAPPETITLICHEM ZUSTAND – VERKAUFEN DIR ALLES – EIN WALFÄNGER WOLLTE MIR ZWEI MAORISCHRUMPFKÖPFE ANDREHEN, WIE ZWEI ZUSAMMENGESCHNURRTE TINTENSCHWARZE ÄPFEL – ABER DANN –«

»Guster Robinson?«, fragte ich, um ihm auf die Sprünge zu helfen.

»*VOYEZ-VOUS*«, sagte er.

»Tragisch«, sagte ich.

»*EN UN MOT* – ABER WO ANDERE EINE TRAGÖDIE SAHEN – SAH ICH – WAS? – ICH SAH EINE GELEGENHEIT.« Er beugte sich in einer Art und Weise vor, die mir mittlerweile vertraut war: Es war die Haltung, die er immer einnahm, wenn er einem etwas mitteilen wollte, was seiner Meinung nach den Rang einer Offenbarung hatte.

»Wissenschaft?«, riet ich.

»SCHWARZE KÖPFE.« Er nickte weise.

Ich strich mit dem Finger über das feuchte Holz des Fasses.

»POSTHUME ERLÖSUNG«, sagte er, »– ANDERNFALLS TRAGISCH – UNCHRISTLICHES LEBEN.«

»Ewiges Heil«, bestätigte ich.

»HOFFNUNG«, meinte er, »UND NICHT ALLEIN FÜR SIE.«

Wieder wischte Mr. Lempriere sich übers Gesicht, dann befahl er dem Böttcher, Tee und mehr Rum aus der Kate zu bringen. Wir setzten uns. »EINFACH NICHT BEACHTEN«, mahnte er leise – offenbar hörte er schon wieder murrende Stimmen aus dem Inneren des Fasses –, »UNDANK

VERDIENT KEINE ANTWORT.« Der Böttcher kam zurück und stellte die Teekanne und den Krug mit Rum auf das Fass.

Er ging wieder und machte sich daran, auch die anderen Fässer zu verschließen, unbelästigt von Gedanken darüber, ob die Köpfe oben schwammen oder nicht, ob sie schmollten oder schrien. Es war wohl nicht gerade ein besonders günstiger Moment, aber ich probierte es trotzdem und ließ eine Rede vom Stapel; die Fische, sagte ich, seien nach wie vor ein Projekt von allerhöchster Bedeutung für die Wissenschaft, und wenn tatsächlich Sir Cosmo Wheeler nicht mehr daran interessiert sein sollte, so möge doch Mr. Lempriere überlegen, ob er die Sache nicht selbst bei dem Drucker Bent in Hobart publizieren wollte.

Ein Buch, auf dessen Titelseite der Erscheinungsort London und der Name von Sir Cosmo Wheeler neben dem seinen prangten, das bedeutete Ruhm und Anerkennung für Mr. Lempriere, das würde ihm den Weg zurück in jene Welt bahnen, die ihm so lange schon verschlossen war, würde ihm einbringen, was er am sehnlichsten begehrte: die Mitgliedschaft in der Royal Society. Aber ein Werk aus Hobart …

»*EST-CE QUE JE SUIS SI MALADE?*«, bellte der Doktor. »EIN IN HOBART GEDRUCKTES BUCH – EIN WIDERSPRUCH IN SICH, SIR! – EIN SCHLAG INS GESICHT DER WISSENSCHAFT – DER KULTUR!«

Dann trank er einen tüchtigen Schluck Rum und Tee und ging von einem Fass zum nächsten und schlug mit dem Hammer auf die Deckel und schrie, die da drinnen sollten endlich Ruhe geben und froh und dankbar sein, dass sie der zivilisierten Menschheit doch noch einen Dienst erweisen konnten.

Er setzte sich wieder hin und erklärte mir, dass die gemäßigten Zonen zwischen dem 40. und dem 50. Breitengrad lägen und dass alle Gedanken und Theorien über die echte Farbe des Menschen und über die verschiedenen Abstufungen von Schönheit korrekterweise bei den Bewohnern dieser Klimazone ansetzen müssten.

»DENN WO SONST HAT ES JE EINE ZIVILISIERTE NATION GEGEBEN? – NUR DIE WEISSEN – DIESE GROSSARTIGEN FABRIKEN – KUNST UND WISSENSCHAFT – WO SONST GIBT ES DAS? – WIE EDEL ER SCHREITET, DER WEISSE, SEINE GANZE ERSCHEINUNG! – UND WO SONST DER BUSEN DER JUNGFRAUEN EUROPAS? – WO FINDET MAN DERGLEICHEN? – *DERGLEICHEN!* – VOLLE SCHWERE, SCHNEEIG WEISSE HEMISPHÄREN – MIT ZINNOBERROTEN SPITZEN?«

Vor meinem armen Geist zogen weiße Halbkugeln vorbei, die keineswegs voll und schwer, und andere, die nicht kugelig waren, und schwarze Halbkugeln mit üppigen pflaumenfarbenen Beeren, und kein einziges dieser Paare, deren mehr oder weniger intime Bekanntschaft ich gemacht hatte, war ohne seine besonderen Reize und Tröstungen gewesen.

Meine Versuche, den Schock zu verbergen, den ich empfand – über die unwillkommene Dominanz schneeig weißer Hemisphären; über diese schwarzen Köpfe, die, wie Mr. Lempriere glaubte, nicht aufhören wollten, zu murren und zu schwatzen, und partout nicht begriffen, dass sich ihre Hemisphären nun einmal auf der falschen Seite des Globus befanden; über die traurige Erkenntnis, dass es auf dieser Welt ganz offensichtlich an gutem Willen fehlte; über die Zerstörung meiner Hoffnungen auf ein angenehmes Dasein als Fischmaler – , müssen offensichtlich gewesen sein.

»ICH WILL WISSENSCHAFT, GOULD – KEINEN ZIRKUS.«

Mr. Lempriere fuhr herum wie von einer Tarantel gestochen, offenbar hatte sich schon wieder einer der Köpfe eine höhnische Bemerkung erlaubt. Mit dem Rücken zu mir brüllte er auf die Fässer ein

»WENN IHR MEINT, DASS ICH EUCH BEMITLEIDE, HABT IHR EUCH GETÄUSCHT – ICH BIN EIN PATRIOT, UND IHR MÜSST GENAUSO WIE ICH OPFER FÜR DIE WISSENSCHAFT BRINGEN – FÜR DIE NATION.«

In seinem Kopf schien sich daraufhin noch lauteres Gemurre aus den Fässern zu erheben, denn er nahm einen Prügel von dem Stapel mit Brennholz, drosch damit auf die Deckel ein und schrie, das sei nun der Dank für alles, was er für sie getan habe. Die Vergangenheit sei aus und vorbei, kreischte er, ihn interessiere die Zukunft und sie sollten überglücklich sein, dass sie zu dem machtvollen Werk der Wissenschaft ihren Beitrag leisten dürften und nicht völlig ohne Nutzen für die Zivilisation blieben. Als wäre dies sein Stichwort, schrak Castlereagh hier aus dem Schlaf hoch und begann quiekend in seinem Pferch umherzutraben. Es war eine allgemeine Kakophonie: Mr. Lempriere schlug mit dem Prügel auf die Fässer ein, dass es dröhnte, und schimpfte aus Leibeskräften, und sein Schwein stieß kreischende Laute aus.

»ICH LIEBE EUCH DOCH – VERSTEHT IHR DAS NICHT?«, schluchzte er nun. »AUS LIEBE – NUR AUS LIEBE – TU ICH DAS FÜR EUCH.«

Schließlich schien Mr. Lempriere zu kapitulieren. Er schleuderte den Prügel fort bis auf den noch unerbauten »Boulevard der Vorsehung« hinaus. Er seufzte tief, wischte sich die Tränen aus den Augen und trottete mit hängenden Schultern hinüber zum Schweinepferch, wo er mit dem schrill quiekenden Castlereagh eine Unterhaltung begann.

»DIE DA« – und er wies mit dem Finger anklagend auf die widerspenstigen Fässer – »WISSEN ES NICHT ZU SCHÄTZEN – SCHÄDELFORM – GRÖSSE – VERHÄLTNIS DER VERSCHIEDENEN TEILE DER HIRNSCHALE – LAUTER SICHERE INDIKATOREN – CHARAKTER UND INTELLEKT – UND – SITZE AN EINER ARBEIT ÜBER DIESES THEMA – *DIE SEELE ALS SOLCHE* – SCHÄDELSTUDIEN WERDEN DIE FUNDAMENTALEN UNTERSCHIEDE ENTHÜLLEN – DAS PRÄZISE WESEN – EXAKTE URSACHEN DER HIERARCHIE DER RASSEN.«

Er drehte sich kopfschüttelnd um und kam zu mir zurück.

»ES IST SO«, fuhr Mr. Lempriere fort, seinen Krug mit Tee und Rum füllend, »DIE WISSENSCHAFT STEHT – *HIER* – VOR IHRER GRÖSSTEN HERAUSFORDERUNG – WHEELER IST ENTSCHLOSSEN – UNSERE EBENHOLZFARBENEN BRÜDER – WIE HUNDE, FLÖHE – STAMMEN NICHT VON ADAM AB – GOTT SCHUF SIE – GETRENNTE, ABER NIEDERE SPEZIES WIE DIE BARBE ODER DER SPERLING – DIE SIND AUCH GESCHÖPFE, ABER ANDERE ARTEN – NICHT SO HOCH WIE DIE WACKEREN ENGLÄNDER – DAS SAGT UNS DER SOLIDE GESUNDE MENSCHENVERSTAND – ABER OHNE WISSENSCHAFTLICHE KLASSIFIKATION UND SYSTEMATIK WISSEN WIR ES NICHT WISSENSCHAFTLICH EXAKT – *NOCH NICHT*.

SIR COSMO BESITZT KRANIOLOGISCHE SCHÄTZE – MATERIAL OHNEGLEICHEN – TIEFE EINSICHTEN IN DIE ANATOMIE – ABER – ES SIND *WEISSE* SCHÄDEL.«

Mr. Lempriere beugte sich vor, drehte seinen großen schweißbedeckten kahlen Kopf in einer Art hin und her, die mich an ein auf einen Bratspieß gestecktes Schwein denken ließ, und als er endlich sicher zu sein schien, dass niemand in der Nähe war und uns belauschte, fuhr er mit leiser Verschwörerstimme fort.

»DAS IST DER SPRINGENDE PUNKT – DAMIT ER SEINE ARBEIT ZU ENDE BRINGEN, DEN WISSENSCHAFTLICHEN BEWEIS FÜHREN KANN – BRAUCHT WHEELER – UNBEDINGT – SCHWARZE SCHÄDEL ZUM AUSWERTEN UND STUDIEREN.«

Mr. Lempriere wälzte den Kopf auf seinen Schultern nach hinten, ein gekochtes Ei, das in seinem Eierbecher wackelte, und zischte –

*»ER BRAUCHT MICH.«*

## V

Eines Morgens, ein paar Tage nach meinem glücklosen Besuch bei Mr. Lempriere, ließ er mir mitteilen, ich sollte mich sofort bei ihm einfinden, er müsse über meine künftigen Aufgaben in seinem Dienst mit mir sprechen. Das beunruhigte mich, ich fürchtete, das könnte für die Fische und mich das Ende bedeuten. Ich beschloss, alles zu tun, was in meiner Macht stand, um ihn davon zu überzeugen, dass es sich lohnte, das Projekt weiterzuführen. Auf dem Weg zu seiner Kate – es war bitterkalt, und ich rieb mir die erstarrten Hände – suchte ich fieberhaft nach wissenschaftlichen Argumenten, die ich aufbieten konnte, denn natürlich kamen nur solche in Frage.

In der Woche, seit ich bei ihm gewesen war, hatte Mr. Lempriere viel Arbeit mit seinen schwarzen Köpfen gehabt. Er hatte beschlossen, sie nun doch nicht mit allem Drum und Dran in Fässern einzupökeln, sondern nur die blanken Knochen nach England zu schicken. Als Präparator beschäftigte er einen stummen Sträfling; die Schädel sollten dann katalogisiert und nach England geschickt werden.

Seltsamerweise traf ich in der Kate niemanden an. Noch merkwürdiger war, dass vom Schweinepferch her kein Quieken und Rumoren zu hören war. Ich ging ums Haus herum, um nachzusehen, ob der Doktor und Castlereagh einander vielleicht ausnahmsweise einmal in stiller Beschaulichkeit Gesellschaft leisteten. Ich fand den Eber, augenscheinlich satt und zufrieden, auf der Seite liegen und selig schlummern. Aber von seinem Herrn und Vertrauten war nichts zu sehen.

Erst später bemerkte ich eine weiße Spur, wie die Bartstoppeln eines alten Mannes, rund um das Maul des Schweins. Fürs Erste jedoch war ich ganz in Anspruch genommen von einem anderen Phänomen, einer ungewöhnlich großen und dichten Dunstwolke, die einen großen Teil des Pferchs verhüllte und mit einem zähen, widerlich sauren Aroma gesättigt war. Ich schloss mit kindlichem Instinkt unwillkürlich die Augen, als könnte ich dadurch die Realität um mich herum auslöschen. Aber der Geruch wurde nur noch intensiver, so aufdringlich aggressiv, dass ich ihn auf mir lasten fühlte, ich spürte ihn feucht wie ätzenden Tau auf meinen Wangen, er brannte mir wie Feuer in der Nase.

Und als ich die Augen schließlich wieder aufschlug und sah, dass der beißende Nebel sich geteilt hatte wie ein Theatervorhang, gab es keinen Zweifel mehr, was sich da mitten in dem sumpfigen Schrecken dieser Bühne vor mir erhob.

## VI

Es war ein Haufen Kot.

Von enormen Ausmaßen.

Es war vielleicht, so dachte ich voller Ehrfurcht, der größte Haufen Schweinemist auf dem Planeten. Vielleicht der größte Haufen aller Zeiten. Sicher ist, dass es ein erstaunlicher Anblick war, den man nicht ohne einige Anstrengung mit dem Begriff von Schweinedung in Verbindung bringen konnte. Das rötliche Licht des Wintermorgens verlieh dem dampfenden Turm aus Kot einen feurigen Glanz. Man hätte das Gebilde für einen ungeheuren, märchenhaft kostbaren Goldklumpen halten können, wenn da nicht ein Stückchen stumpf angelaufenes Metall aus der Pyramide herausgeragt wäre, zerbrochen und verbogen, dennoch unverkennbar eine billige Schuhschnalle aus Zinn, die, wie es schien, früher schon einmal repariert worden war.

Ich stieg auf die Umzäunung und sah mir die Sache genauer an. In der aufgewühlten Erde um den glitzernden Kothaufen herum erkannte ich jetzt Stofffetzen, die von einem bacchantischen Exzess zu zeugen schienen: Stücke von einem Hemd (blutig), einen Rockschoß von einem schwarzen Schwalbenschwanzfrack (zerrissen), einen blauseidenen Ärmel (wie durch einen Fleischwolf gedreht), ein halbes gepunktetes Seidentaschentuch (zermanscht).

Dann stach mir etwas ins Auge, was einem menschlichen Oberschenkelknochen unangenehm ähnlich sah. Und da waren noch mehr Knochen in dem grausigen Gesudel. Rippen, Wadenbeine, Wirbel. Und schließlich ein großer Kürbis, ein mächtiger blutiger Schädel, auf der Seite liegend wie eines dieser umgestürzten Idole auf einer Pazifikinsel.

Castlereagh furzte, ein süßlich beißender, wahrhaft ungeheurer Gestank schlug über mir zusammen und mit ihm die Erkenntnis, dass diese Gaswolke nichts anderes war als der atomisierte Mr. Lempriere.

In einer Ecke des Pferchs sah ich Tonscherben liegen: Es waren die Überreste von Krügen, in denen Twopenny Sal und ich unsere *Larrikin Soup* angesetzt hatten. Irgendwie musste Castlereagh es geschafft haben, sie mit den Vorderfüßen unter der Umzäunung durch in seinen Pferch zu rollen. Dann hatte er sie zerbrochen und den hochprozentigen Inhalt ausgesoffen. Ich schaute zu dem Eber hinüber. Er schlug die Augen auf und blickte mich an.

Ich schwöre bei Gott, dass er grinste.

Von Ekel erfüllt, taumelte ich zurück, die Hand vor dem Mund.

Wie in einem dumpfen Wachtraum sah ich die Szene jetzt vor mir: Mr. Lempriere saß auf der Umzäunung, den Krug in der Hand, schon ziemlich betrunken, und redete auf Castlereagh ein, hielt dem cholerischen Eber einen allerletzten Vortrag über die Wissenschaft und die Zivilisation und über kabbalistische Schriften, die er gelesen hatte, und über schneeige Halbkugeln, die nur mehr eine unscharfe und zudem bittere Erinnerung waren. Ich sah Castlereagh, trunken von unserem Gebräu, umherstapfen, immer zorniger, zur Weißglut gereizt von dem einzigen Gedanken – ich meine:

sofern man das, was einem betrunkenen Eber im Kopf herumgeht, einen Gedanken nennen kann –, dass dieses nervtötende Geschwätz doch endlich aufhören solle. Ich sah, wie Castlereagh schließlich unter ohrenbetäubend schrillem Quieken losstürmte und mit seiner ganzen geballten Körpermasse die Umzäunung rammte.

Und da hatte dann Mr. Lempriere vollends das Gleichgewicht verloren und war ins Leere gestürzt.

Ohne Zweifel sah er jetzt plötzlich noch einmal eine Menge Dinge, vor denen er lange Zeit die Augen verschlossen hatte. Und er hörte ein Schmatzen und Schlabbern, das sich ihm trabend näherte. Und da, glaube ich, an einem gewissen Punkt, muss er gewusst haben, dass es kein Entrinnen mehr gab.

# Der Sägerochen

*Jesus Christus, Kabbalismus und Schweinemist – Ungemach am blanken Heck – Historische Halluzinationen – Rettung des nackten Lebens – Katalogisierung eines Riesenschädels – Jorgen Jorgensen – Wie er König von Island wurde – Nachrichten aus Waterloo – Jorgensens neue Mission – Voltaires Kopf wird entdeckt – Gould hat Pech – Ein zweites* Buch der Fische.

## I

Ich möchte hier nicht so sehr Mr. Lemprieres puerilen und letztlich fatalen Glauben an das Gute im Schwein in den Vordergrund stellen als vielmehr seine, wenn auch kurzlebige, leidenschaftliche Liebe zu den Fischen, die so mächtig in ihm loderte, dass er sich in seinen Spekulationen über diesen Gegenstand bis in religiöse Höhen verstieg. Er wurde in seinen mystischen Fantasien noch bestärkt, als er in einem alten kabbalistischen Traktat, den ihm Jorgen Jorgensen geliehen hatte, las, dass die Anfangsbuchstaben der griechischen Wörter für »Jesus Christus, Gottes Sohn, Heiland« – I-CH-TH-Y-S – das griechische Wort für »Fisch« ergaben: *ichthys*.

»ALLES, WAS LEBT, IST HEILIG, GOULD, ABER FISCHE SIND DAS ALLERHEILIGSTE«, sagte er mir eines Tages – das war zu einer Zeit, als seine irre Leidenschaft noch nicht zu meinem Glauben geworden war –, »UND DARUM WAR DER FISCH FÜR DIE URCHRISTEN DAS SYMBOL FÜR CHRISTUS.«

Bedauerlicherweise weilte Gott unerreichbar fern in Seinem Himmel und der große Naturforscher in einer Pyramide aus Schweinekot und einer stinkenden Methanwolke, und so hatte jetzt ich allein die Fische am Hals. Aber ich bin nicht Gottvater noch der Sohn noch der Heilige Geist und hatte keine Ahnung, was ich mit den Fischen und mit Mr. Lemprieres Überresten machen sollte oder was die aus mir machen würden.

Ich bemühte mich nach Kräften, das Segensvolle an dem Fiasko zu sehen – womöglich hatte gar der alte Ichthys selbst in seinem göttlichen Ratschluss es so gefügt. Das *Buch der Fische* würde niemals unter dem falschen Namen von Sir Cosmo Wheeler annotiert publiziert werden. Es war, als hätte mir der Doktor die Fische zu meiner freien Verfügung hinterlassen, erlöst von den Zwängen, die sich aus den Erfordernissen der Wissenschaft oder aus Mr. Lemprieres gesellschaftlichem Ehrgeiz – aber letztlich war das eine mit dem anderen identisch – ergaben. Alle Beschränkungen fielen weg, es eröffnete sich mit einem Mal für die Fische ein anscheinend unendlicher Raum von Möglichkeiten. Ich hätte mich erleichtert fühlen sollen, aber angesichts meiner gefährlichen Lage empfand ich fürs Erste nichts als entsetzliche Angst: Da in einer Strafkolonie ein Todesfall unweigerlich als Mordfall behandelt wird und da etliche Leute davon wussten, dass ich zu Mr. Lempriere bestellt worden war, musste ich mit dem Schlimmsten rechnen, falls man Mr. Lemprieres traurige Überreste entdeckte, und folglich musste etwas mit seinen Knochen geschehen, damit mir nichts geschah.

Ich will nicht behaupten, dass es besonders schlau oder klug war, was ich tat, aber immerhin schaffte ich mir die unmittelbar drohende Gefahr vom Hals. Ich holte den Rest meines Schwarzgebrannten aus seinem Versteck und schüttete ihn dem mörderischen Schwein, das aus seinem Schlaf erwacht war, hin. Castlereagh schlürfte und schlabberte den Schnaps gierig. Nach einer Viertelstunde war von grausamer Wildheit nichts mehr zu bemerken: Er fiel um, rollte auf den Rücken und schlief sofort ein, die Beine wie vier leere Flaschen in die Luft gestreckt.

Um mich zu versichern, dass er auch wirklich tief schlummerte, bewarf ich ihn mit Steinen, die an seiner borstigen Haut abprallten und zu Boden fielen. Er zeigte keinerlei Reaktion – ich konnte es wagen. Ich stieg in den Pferch und machte mich an die grauenhafte Arbeit, das, was von Mr. Lempriere übrig geblieben war, aus dem Kot zu klauben. Die Kleiderfetzen verbrannte ich in panischer Hektik im Kamin seiner Kate, den Gürtel und die Schuhschnallen vergrub ich, die Knochen warf ich in ein altes Fass, das hinter der Kate stand. Dann trat ich zurück, atmete tief durch und fragte mich, wie und *wo* ich auf dieser Insel, die vor Menschen nur so wimmelte, ein Fass voll stinkender Menschenknochen verstecken konnte.

## II

Twopenny Sal wusste genauso wenig wie Billy Gould, wie man die Knochen loswerden konnte. Ihr winziges, schlecht beleuchtetes Zimmer, kaum besser als eine Gefängniszelle und ebenso feucht und niedrig, fasste kaum das Bett mit dem vergammelten Strohsack und einen ramponierten Korbsessel. Hier breitete er seine Sorgen aus. Er begann mit dem Problem, wie er klammheimlich das Erbe der Vergangenheit loswerden sollte, und gelangte bis an die Schwelle der Freuden der Aufklärung, als die Tür des Zimmers sich knarzend öffnete.

Billy Gould schaffte es gerade noch, seinen nackten Leib unter der Bettdecke von Twopenny Sal verschwinden zu lassen, als er auch schon das unverwechselbare Keuchen des Kommandanten hörte und dann das Knacken und Ächzen des Korbsessels, der kaum bequemer zu sein schien als die Klemme, in der Billy Gould nun steckte. Erst in diesem Augenblick, zu spät, wurde mir bewusst, dass ein prominenter Teil von mir unter der Decke heraussah.

Im Dunkel des Zimmers und in seinem benebelten Zustand hielt der Kommandant die zwei Hinterbacken, die da nackt und bloß unter der Decke hervorsahen, für einen altersschwachen Fußschemel. Er versetzte den flach gedrückten Polstern mit den Hacken seiner Stiefel ein paar kräftige Püffe, um sie ein bisschen aufzuschütteln, dann legte er seine Füße darauf ab. Es dauerte eine Weile, bis sie sich in dem hügeligen Gelände halbwegs komfortabel eingerichtet hatten und zur Ruhe kamen. Sie können sich vorstellen, dass es nicht gerade angenehm ist, wenn man so auf den Knien daliegt und keinen Ton von sich geben darf, während fremde

Stiefel einem den Hintern mit Tritten traktieren. Es war eine Qual, und der langatmige Monolog, den der Kommandant dann begann – nicht ohne vorher ein paar Tropfen Laudanum einzunehmen, wie mir später nach und nach klar wurde –, erleichterte sie nicht.

In zunehmendem Delirium sprach er von der Geschichte, die keineswegs vergangen sei, sondern jederzeit höchst gegenwärtig. Alle die Abenteurer und Entdecker, die irgendwann im Lauf der Jahrhunderte absichtlich oder unabsichtlich nach Van Diemens Land gelangt waren, glaubte er, fanden sich in Sals Zimmerchen ein. In einer Dhau mit dreieckigem Segel kamen arabische Kaufleute aus dem 12. Jahrhundert gefahren, es erschienen japanische Piraten des 14. Jahrhunderts, krank und ausgezehrt nach der langen Reise, und starben, befallen von einer unerklärlichen Melancholie – ihre Leichen, vollkommen haarlose Gummikörper, waren so leicht, dass sie sich in die Luft erhoben und mit Steinen beschwert werden mussten, damit sie in ihren Gräbern blieben. Er sah drei Karavellen mit von Skorbut geschwächten Portugiesen des 15. Jahrhunderts, die Gold und bekehrungsbedürftige Seelen suchten und es schwer fanden, die ungewisse Leere jener *Terra Incognita* im Süden, die auf ihren ptolemäischen Weltkarten eingezeichnet war, mit der Gewissheit nackter schwarzer Eingeborener zu versöhnen, die offensichtlich kein Interesse hatten, Handel zu treiben, denn sie verschmähten alle Geschenke der Portugiesen, nur die roten Taschentücher behielten sie, um sie sich um die wirren Frisuren zu binden.

Der Kommandant schüttelte den Kopf über das Bedauerliche solcher Naivität. Die Portugiesen segelten aus dem Zimmer mit Kurs nach Süden: Irgendwo dort, so hatte ihr

Anführer Amado der Verwegene gehört, lebte auf schwimmenden Eisbergen eine Rasse, mit der man eher Geschäfte machen konnte, Leute, die anstelle einer Nase nur schmale Schlitze wie die Schlangen hatten und sich ausschließlich von Gerüchen ernährten, die man ihnen gegen Gold verkaufen konnte.

Ein Floh biss mich ins Gemächte, unwillkürlich zuckte ich zusammen. Der Kommandant, der offenbar das Gefühl hatte, dass sein Schemel umgekippt war, richtete ihn mit einem Tritt wieder gerade und redete dann weiter über jene, die seiner Meinung nach in der historisch überfüllten Kammer gegenwärtig waren.

Schreiend – vor lauter Aufregung wienerte er einen Stiefel an meinen Eiern – erzählte er von den Holländern, deren plumpe Koggen auf den Wellen von Sals Bettdecke sichtbar wurden, ihnen folgten die lang gestreckten schlanken Proas der Javaner, die es von ihren weit entfernten Fischgründen im Nordwesten hierher verschlagen hatte. Eine französische Expedition von Naturforschern, Astronomen, Künstlern, Philosophen, Enzyklopädisten und Gelehrten traf ein, an ihrer Spitze der kühne Monsieur Peron, der im sechsten Jahr der Republik den sandigen Boden von Van Diemens Land zu betreten wähnte, aber in Wahrheit tat er es jetzt und hier, dieser Monsieur Peron also streifte seinen Handschuh ab, während er sich artig vor einer Schwarzen verbeugte, und diese kreischte entsetzt auf, weil sie glaubte, der Mann hätte sich soeben die Haut von der Hand abgezogen. Sie beruhigte sich erst wieder, als er zu ihrem großen Vergnügen die *Marseillaise* anstimmte und ihr Gelegenheit gab, ihm die Hose auszuziehen und sich davon zu überzeugen, dass er wie alle Männer gebaut war.

Und dann überfiel den Kommandanten die schrecklichste aller Ängste:

»Was ist, wenn die Zeit nie verginge?«, kreischte er. Es war, als ob die Araber, Japaner, Portugiesen, Holländer, Javaner und Franzosen alle gleichzeitig und ohne Ende in Twopenny Sals Zimmer Van Diemens Land entdeckten, und zu ihnen gesellten sich auch noch Major de Groot, der allem Gift zum Trotz immerfort lächelte und plauderte, und diejenigen, die, madig an Leib und Seele, auf der Wiege gestorben waren und nun wieder lebendig mit tausend anderen in einer langen Prozession durch Twopenny Sals Tür hereinströmten, am Ende Lieutenant Lethborg mit seiner Kompanie, lauter aufgedunsene Wasserleichen in Reih und Glied. Abrupt schwang der Kommandant seine Füße von meinem Hinterteil, stand auf und taumelte ohne ein Wort zur Tür hinaus.

Später erzählte mir Capois Death, er habe gehört, dass das Opium beim Kommandanten immer diese Art von Halluzinationen auslöse. Vor vielen Jahren, als er anfing, regelmäßig Laudanum zu nehmen, erschütterte es ihn jedes Mal tief, aber wie alle spirituellen Erfahrungen schliff sich auch diese mit der Zeit ab und verkam zu einer Art Kunstgenuss, wenn nicht gar zu bloßer Unterhaltung.

Jetzt johlte er Beifall, wenn die Javaner verschwanden, buhte die Franzosen aus und lachte über die sterbenden Japaner, aber damals war die so vergegenwärtigte Geschichte ein wirklicher Albtraum für ihn geworden, aus dem er nicht erwachen konnte. In seinem Gesicht unter der goldenen Maske waren lauter Schankergeschwüre aufgeblüht, so sehr nahm ihn die Sache mit. Er entdeckte immer mehr verstörende Anzeichen dafür, dass die Vergangenheit ebenso wie die Gegenwart ein einziges Chaos war, dass es überhaupt keine klare Linie gab, sondern nur immer neue Kreise ohne Ende, Ringe um einen Stein herum, der im Wasser des Jetzt versank. Er nahm immer mehr Laudanum. Er verdoppelte die Dosis Quecksilber und verdoppelte sie dann noch einmal, um der Syphilis, die seinen Körper und seinen Geist aufzufressen schien, Herr zu werden. Mehr als alles andere fürchtete er, verrückt zu sein, ein Gefangener seiner Wahnvorstellungen.

Die Sträflinge konnten ausbrechen, aber ihm stand nicht einmal die Freiheit offen, elend in der Wildnis zu Grunde zu gehen. Er hatte die Mulattin zu sich genommen, um sich bei ihr seiner Existenz zu versichern, um zu vergessen, was für ein Leben er führte, um dieser Wirrnis, die immer mehr Macht über ihn gewann, zu entkommen. Aber es half nichts. Die Mulattin bückte sich, warf das Kleid auf den Rücken, so dass ihr prächtiger Hintern, der ihn so sehr entzückte, frei lag, und sagte, er solle sich beeilen, sie habe zu tun. Der Kommandant rackerte sich einsam unter Flüchen ab und zog sich schließlich in der Haltung eines Triumphators, die aber weder ihn selbst noch sie täuschen konnte, zurück.

Man könnte fragen, warum Twopenny Sal, und natürlich auch Billy Gould, von der Syphilis des Kommandanten verschont blieben. Aber er hatte die Krankheit schon sehr lange, und es lag in der Natur dieses Fluchs, dass er ihm allein gehörte – er konnte ihn genauso wenig mit irgendjemandem teilen wie seine Gedanken.

An jenem Tag vor vielen Jahren, als der Kommandant zum ersten Mal mit dem Horror einer unentrinnbaren Vergangenheit konfrontiert worden war, hatte er ein langes Gespräch mit Jorgen Jorgensen geführt und ihm, während er in eine Ecke seiner Zelle pinkelte, einen unmissverständlichen Befehl erteilt.

»Ich übertrage Ihnen«, hatte der Kommandant gesagt, »die Leitung des Archivs, Sie sind mir für alle schriftlichen Aufzeichnungen auf der Insel verantwortlich.«

Er drehte sich zu dem alten Dänen um und verstaute seinen mit Pusteln bedeckten Penis in der Hose, ohne jede Scham, aber mit einem Beben intensiven Schmerzes.

»Wenn ich auch die Vergangenheit jetzt nicht kontrollieren kann«, fuhr er fort und wischte sich die nassen Finger an einer seiner Mondvogelepauletten ab – seine Maske strahlte so hell, dass es den Dänen blendete –, »so will ich sie wenigstens in der Zukunft kontrollieren.«

Im Vergleich mit diesem wahrlich ehrgeizigen Projekt, die unumschränkte Herrschaft über die Zeit zu gewinnen, müssen Billy Goulds Sorgen trivial erscheinen. Ohne Zweifel werden manche Nachgeborene seine Handlungsweise als Ausdruck einer *inneren Rebellion* oder eines *unbändigen Willens, seine Menschenwürde zu behaupten,* deuten, aber der König und ich wissen es besser: Billy Gould steckte tiefer in der Scheiße als Lempriere s Knochen und musste zusehen, dass er möglichst schnell wieder herauskam.

## III

Ich zog mich an und verließ Twopenny Sals Quartier. Ihr Lösungsvorschlag war nicht gerade überwältigend, aber sie hatte doch immerhin eine Idee gehabt, während mir nichts anderes im Kopf herumging als einzig und allein panische Angst, erwischt zu werden.

Ich schleppte das Fass mit den Knochen auf dem Boulevard der Vorsehung hinunter zum Magazin, wo Mr. Lemprieres Sammlung von Eingeborenenschädeln gelagert wurde. Den Leuten, denen ich auf meinem Weg begegnete, erzählte ich, in dem Fass sei ranziges Pökelfleisch, das der Doktor der Verpflegungsstelle zurückschicke.

In einem fensterlosen Raum des Magazins, schwach erleuchtet von drei Tranfunzeln, deren Geruch die klagenden Schreie sterbender Wale heraufbeschwor, hatte Mr. Lempriere dem stummen Sträfling Heslop geduldig und nur hin und wieder auch mit gewalttätiger Strenge beigebracht, wie er die Köpfe der Schwarzen zu präparieren, zu katalogisieren und korrekt für den Transport nach England zu Sir Cosmo Wheeler zu verpacken hatte.

»EINE BERUFUNG«, hatte er dem Mann erklärt, »RUHMREICHE, HEILIGE PFLICHT – DIE ICH DIR AUFERLEGE – WAS SAGST DU, HESLOP?«, aber der Stumme konnte natürlich nichts sagen.

Heslop war verärgert, als ich ihm noch eine Lieferung Knochen zum Katalogisieren brachte. Er gab mir fuchtelnd zu verstehen, dass er eigentlich angenommen hatte, die Sammlung sei endlich komplett und er könnte wieder zu seiner weniger widerlichen Beschäftigung mit Pflanzen und Blumen zurückkehren. Er warf einen Blick in das Fass, das ich mühsam auf meinem Rücken hergeschleppt hatte – der Geruch nach Schwein war deutlich und unerklärlich –, und sah unter alldem ekelhaften Dreck den mit einer besonders scheußlichen Schmiere bedeckten Schädel. Er schüttelte den Kopf und grunzte zornig.

Der Taube war zweifellos wütend auf Mr. Lempriere, weil dieser ihm eine weitere Ladung Knochen aufhalste. Ich konnte ihn gut verstehen. Am Abend sollte ein Zweimaster nach Hobart auslaufen, und Mr. Lempriere hatte verfügt, dass die ganze Sendung Eingeborenenknochen mit diesem Schiff abgehen und dann von Hobart nach London geschickt werden sollte.

Heslop hatte also keine Wahl, wenn er sich nicht Mr. Lemprieres Zorn zuziehen wollte, und machte sich sogleich an die Arbeit. Die Ausgräber, so musste es ihm scheinen, waren nicht eben sorgsam mit dem Kopf verfahren; er sah aus, als wäre er von einem wilden Tier angefressen worden. Während Heslop das rosa-braune Ungetüm kochte und das Fleisch abschabte, besserte sich seine Laune wieder etwas; er gab mir zu verstehen, es sei doch immerhin angenehm, dass dieses Exemplar im Gegensatz zu den anderen nicht andauernd lautlose Unverschämtheiten von sich gebe. Ich ging ihm, so gut ich es vermochte, zur Hand und vermerkte die genauen Maße in der Inventarliste, die mit den Köpfen nach London geschickt werden sollte.

Mir entgingen nicht die Symmetrie und Schönheit, die in dem Ganzen lagen: Der Große Wissenschaftler war im Tode Teil seines eigenen Unsterblichen Systems geworden. Die Augen wurden mir feucht, als ich die Kennnummer des Schädels, zugleich Mr. Lemprieres Epitaph, in die Liste eintrug, eine knapp exakte Signatur, genau passend. Ich musste an den auf eine schlaffe Ballonhülle reduzierten Igelfisch denken, der im Kaminfeuer verkohlt war. Der Schädel war der sechsunddreißigste der Macquarie-Harbour-Sammlung und trug somit, Lemprieres eigener Systematik folgend, die Signatur MH-36. Ich legte die Feder beiseite, streute Sand auf das Blatt und sah zu, wie diese vier fließenden Lettern zu harter, trockener Wirklichkeit erstarrten.

Am Abend wurden die eigens konstruierten Kisten, jede unterteilt in Fächer, in denen, von harzduftenden Huonkieferspänen schützend umhüllt, die Schädel lagen, aufs Schiff verladen. Auf jedem der Deckel prangte, wie von Mr. Lempriere angeordnet, die Adresse:

*Sir Cosmo Wheeler*
*Royal Society*
*London*

Sonderbar war lediglich, dass der renommierte Naturforscher in seinem Katalog zu dem Schädel mit der Signatur MH-36 keine kommentierenden Bemerkungen gemacht hatte. Dem Stummen fiel es auf, aber er wollte sich keinen Ärger einhandeln und verkniff sich jeden Hinweis darauf.

Ich klopfte Heslop auf die Schulter und dankte ihm für seine gute Arbeit, aber ich hätte eigentlich wissen müssen, dass das Verschwinden von Mr. Lempriere nicht ohne Folgen bleiben würde.

Etliche Tage vergingen. Es regnete die ganze Zeit, und ich arbeitete im Palast an einem Bild, das den Kommandanten in der Lagune schwimmend zeigte, im Hintergrund jubelnde Massen, die sich auf den Kais drängten. Ich hörte ihn nie hereinkommen – das Rauschen des Regens war zu laut –, aber ich roch ihn, wenn er hinter mir stand. Irgendwann an einem späten Nachmittag drehte ich mich um und sah einen dreibeinigen Hund und eine regennasse Gestalt, die ich sofort an dem blitzenden Lapislazulihalsband erkannte.

»*Wer liebt länger*«, zischte Jorgen Jorgensen, »*ein Mann oder eine Frau?*«

Ich schluckte.

Der Köter stellte sich auf die Hinterbeine und winselte. Jorgen Jorgensen gab ihm einen herzhaften Tritt. Was er bei seinem Publikum suchte, war nicht Beifall, sondern Komplizenschaft. So begabt Elsinore sonst auch war, so beschränkt waren ihre Fähigkeiten in dieser besonderen Hinsicht, und das ärgerte Jorgensen oft maßlos.

In seiner ausgestreckten Hand hielt er die halb volle, halb leere Parfümflasche in Gestalt von Voltaires Kopf. Mir fiel zum ersten Mal auf, dass sie türkisfarben war.

## IV

Schon das Wort »türkis« beschwört die Vorstellung vom exotischen Anderen herauf, vom Westen. Es leitet sich, wie mir der Doktor einmal erklärt hatte, von dem französischen *pierre turquoise* ab, das »türkischer Stein« bedeutet. Ebenso geheimnisvoll wie die grüne Tinte, mit der ich diesen Satz schreibe, war für mich der Mann, den ich für immer mit dieser Farbe assoziieren sollte, derjenige, der mir nun Voltaires Kopf, diese tückische Verführung, präsentierte: Jorgen Jorgensen.

Als er an jenem verregneten Nachmittag dastand und mich eines Mordes anklagte, den ich nicht begangen hatte, erkannte ich die schreckliche Wahrheit: Sarah Island war nicht von Menschen bevölkert, sondern von als Menschen verkleideten Fischen. Als er mir in aller Offenheit ankündigte, was ich zu erwarten hatte, sah ich nicht Jorgen Jorgensen vor mir, sondern einen Sägerochen, der mich mit seinem langen Schwert zerstückelte.

Wenn wir Jorgen Jorgensen irgendwelche Motive für sein Verhalten unterschieben wollten – die eifersüchtige Furcht etwa, dass ich zu viel Einfluss auf den Kommandanten gewönne, oder einfach das Bedürfnis des Bürokraten, jeder Ursache prompt und klar durchschaubar ihre Wirkung auf dem Fuß folgen zu sehen –, so wäre das bloße Literatur und nicht das wirkliche Leben, wo es keine Erklärungen oder Motive für die Taten der Menschen gibt. Es war, vermute ich, einfach seine Natur, wie es die des Sägerochens ist.

Später, zu spät, sollte ich entdecken, dass Jorgen Jorgensen wie der Kommandant an dem Gefühl litt, dass ihm die Dinge durch die Finger glitten. Er hatte zu viele Bücher gelesen, und als er, beflügelt von Geschichten, die ihm eine Welt voller Romantik und Abenteuer vorgaukelten, mit sechzehn im Jahre 1798 seine Heimatstadt Kopenhagen verließ, musste er bald entdecken, dass nichts so war, wie seine Lektüre ihn glauben gemacht hatte.

Die Dinge waren voller Brüche, nichts hielt zusammen. Bücher waren fest, die Zeit aber zerschmolz. Bücher waren folgerichtig, Menschen nicht. Bücher handelten von Ursachen und Wirkungen, das Leben war ein unerklärliches Durcheinander. Nichts war so, wie es im Buch stand, und er reagierte darauf mit einem dumpfen Ressentiment, das sich schließlich in Taten der Rache Luft machte.

Nichts hielt der Prüfung stand auf dem vom Sturm umhergetriebenen englischen Kohlenfrachter, auf dem er angeheuert hatte, nicht einmal der Seemann, mit dem er die verlauste Hängematte teilte, denn dieser erwies sich in der unruhig bewegten Dunkelheit des engen Raums, in dem sie beide schliefen, unter seiner bebenden hinabtastenden Hand als Frau. Und wenn er, selten genug, Gelegenheit bekam, an

Land zu gehen, betrogen ihn die Karten, und er verlor alles, was er besaß, und um zu Geld zu kommen, ließ er sich etwas einfallen: Geschichten – Lügen, wenn Sie so wollen –, die ihm Kredit verschafften, so dass er weiterspielen konnte. Er begann damit, dass er Klatsch verbreitete, um sich bei Leuten einzuschmeicheln, und er endete als Spion, der die Agenten diverser Regierungen mit den beunruhigenden Nachrichten versorgte, die sie hören wollten.

Er entdeckte, dass seine Fähigkeit, die Welt neu zu erfinden, allenfalls von der Fähigkeit der Welt, sich selbst zu zerstören, übertroffen wurde. Er halte es, pflegte er zu sagen, mit Erasmus von Rotterdam. »*Die Realität der Dinge*«, zitierte er den wandernden Holländer, »*hängt einzig von der Meinung der Menschen ab.*« Sein eigenes Leben, glaubte Jorgensen, bewies allenthalben die Richtigkeit dieser Maxime. Wenn die Welt schlecht von ihm dachte, erging es ihm übel, er bezog Prügel, wurde eingekerkert und schließlich sogar deportiert, und dies alles auf Grund der irrigen Meinung, er sei nicht gewillt, seine Schulden zu begleichen. »*Es gibt Wörter und Dinge*«, sagte er bei seinem Prozess – denn er hoffte, seine Philosophie, wenn schon nicht sein Lebenswandel, könnte ihm die Sympathien des Gerichts gewinnen –, »*und niemals werden diese beiden zusammenkommen.*« Aber das stimmte nicht, wie er selbst wohl wusste, denn er machte aus Wörtern Dinge – das war seine besondere Begabung, und ebendas war sein Fall gewesen.

Die Nostalgie des Realismus machte ihm schwer zu schaffen, und mit sechsundzwanzig setzte er die große romantische Idee seiner Epoche in die Tat um: die der Revolution. Mit Hilfe eines englischen Freibeuters stürzte er den schutzlosen dänischen Gouverneur von Island: Er zog mit einem

Dutzend Bewaffneter zur Residenz des Gouverneurs in Reykjavík, ließ die eine Hälfte seiner Truppe am Hintereingang, die andere am Hauptportal Aufstellung nehmen, dann marschierte er ins Haus, riss den armen Mann aus seinem Nachmittagsschlaf und erklärte ihn für verhaftet. Er ließ anschließend die uralte ruhmreiche Flagge eines freien Island hissen und gab eine Erklärung heraus, der zufolge das isländische Volk das verhasste Joch der dänischen Herrschaft abgeworfen und ihn einmütig zum neuen Staatsoberhaupt erkoren habe. Schon nach einer Woche verdrängte ihn der Engländer von der Macht, gleichwohl hielt Jorgensen sein Leben lang an dem Titel eines Königs von Island fest.

Er war auch in Waterloo dabei, allerdings kam er erst einen Tag, nachdem die Kräfte der Vergangenheit die große Schlacht um die Zukunft Europas siegreich beendet hatten, dort an. Er erkannte, dass er die eigentümliche Gabe besaß, zu spät am falschen Ort aufzutauchen, und folglich in besonderer Weise für den Beruf des Journalisten qualifiziert war – an sich ein durchaus richtiger Gedankengang, wenn auch sein Schlachtenbericht (größtenteils aus diversen Zeitungsartikeln zusammengestohlen), den Londoner Straßenhändler als Pamphlet im Hungerwinter 1816 unters Volk zu bringen versuchten, kein großer Verkaufserfolg wurde. Da man ihn für einen flüchtigen französischen Soldaten in Zivil hielt, wurde er prompt festgenommen und konnte nur entfliehen, weil er einen Wachposten mit einem Fernglas, das er einem gefallenen englischen Soldaten abgenommen hatte, bestach.

Geschichten waren Jorgen Jorgensens Element, ob wahr oder erlogen, das spielte für ihn wie für seine Zuhörer praktisch keine Rolle. Er handelte mit Geschichten, zog umher und bot sie überall feil, ein Reisender in der Republik der Fiktion. Seine Erzählungen gestaltete er gern im Stil jener von Küchenmägden und arbeitsscheuen Domestiken bevölkerten Schelmenromane aus dem vorigen Jahrhundert, die er selbst so gierig verschlang, und diese Vorliebe war auch später noch so deutlich, dass Mr. Lempriere ihn hinter seinem Rücken spöttisch Joseph Josephson nannte.

Er war ein ungesund blasser Typ mit schmutzig weißem Haar, einer langen spitzen Nase und einem Schnauzbart, der über die Lippen herabhing, weswegen nach dem Essen oft fettige Suppentröpfchen darin glitzerten.

Lange bevor Lieutenant Horace nach Sarah Island gekommen war, hatte Jorgen Jorgensen den Posten des Quartiermeisters erhalten, dem der Versorgungs- und Verpflegungsbereich unterstellt war. Vor allem aber war er als Vertrauensmann von Gouverneur Arthur in diese Stellung gelangt, denn der despotische Herrscher von Van Diemens Land brauchte einen zuverlässigen Informanten, der ihn auf dem Laufenden hielt, falls in diesem entlegenen Winkel seines Reichs irgendwelche Intrigen gegen ihn geschmiedet würden. Aber als dann Lieutenant Horace auftauchte, erkannte Jorgensen, dass er nun seinen wahren Herrn und Meister gefunden hatte.

Später, als ihre gemeinsame Arbeit die beiden so fest aneinander kettete, als einte sie das heilige Band des Mordes, behauptete man, es seien seine konspirativen Fähigkeiten gewesen, die die Aufmerksamkeit des Kommandanten erregt hatten, sein Eifer und sein Talent, für den Kommandanten immer genau die Geschichte zu erfinden, die dieser gerade hören wollte. Es ist gut möglich, dass Jorgen Jorgensen sich mit kühler Berechnung bei dem neuen Kommandanten einschmeichelte, aber vielleicht fand er – an jenem Tag vor langer Zeit, als ihm das Archiv der Insel anvertraut wurde – auch damals schon in ihm einen Spiegel seiner eigenen lange unterdrückten Sehnsucht, die Welt so gründlich zu betrügen, wie sie ihn betrogen hatte, sich für die Ur-Enttäuschung darüber, dass die Welt kein Buch war, zu rächen. Er spürte im Kommandanten jene kreative Manie, die den vollkommenen Zuhörer auszeichnet, den bedingungslosen Wunsch, zu glauben.

Immer noch Voltaires Kopf in der Hand wie Yoricks Schädel, sprach Jorgen Jorgensen weiter in diesem sonderbaren Ton, der, wie ich feststellen sollte, ebenso künstlich affektiert war wie seine allzu zierlich italienische Handschrift. Es sei, sagte er, nicht länger möglich, Mr. Lemprieres Hinscheiden als Folge eines Unglücks zu betrachten. Es sei unter den gegebenen Umständen gelegentlich erforderlich, die Verantwortung jener Bestie, die im Menschen steckte, deutlich zu machen und sie zu bestrafen. Die Familie des Doktors würde sich mit weniger nicht zufriedengeben, und der Kommandant habe wohl kaum ein gesteigertes Interesse daran, dass die Behörden in Hobart eine Untersuchung des Falles anordneten und womöglich das ganze Ausmaß seiner ehrgeizigen kommerziellen und politischen Aktivitäten entdeckten. Der Kommandant würde mich auf ausgesucht barbarische Art und Weise langsam zu Tode foltern lassen, wenn er erführe, dass ich sein Lieblingsparfüm gestohlen hatte. Indes sei er, Jorgen Jorgensen, bereit, mir die Chance zu geben, der Nation und mir selbst einen letzten Gefallen zu erweisen. Hier hielt er kurz inne und fuhr mit seiner Zunge an den traurigen Sägezähnen seines Schnauzbarts entlang, ein obszöner Anblick. Er werde mir, fuhr er dann fort, einen relativ kurzen und schmerzlosen Tod am Galgen ermöglichen, ich brauchte mich lediglich zu dem Mord an Mr. Lempriere zu bekennen, indem ich ein Geständnisprotokoll unterschriebe.

Mit aller aufrichtigen Eindringlichkeit, die mir zu Gebote stand, sagte ich ihm, das Parfüm habe mir der Gehilfe des Lagerverwalters, der Kalfaktor Musha Pug, verkauft, der es – so jedenfalls habe er geprahlt – gestohlen habe, um damit die Gunst der Mulattin, der Hausangestellten des Kommandanten, zu gewinnen – und folglich könne ich nicht unterschreiben.

## V

Ich unterschrieb. Am nächsten Morgen, es regnete noch immer, legte mir Jorgen Jorgensen ein prächtig formuliertes Dokument vor, das im Detail schilderte, wie ich mich Dritten gegenüber gerühmt hätte, Mr. Lempriere ertränkt und an die Haie verfüttert zu haben. Alle Einzelheiten meines Geständnisses wurden durch eine lange schriftliche Aussage, verfasst und unterschrieben von dem schwarzen Hausmädchen des Kommandanten, bestätigt.

Es gab keine Haie in Macquarie Harbour. Aber es schien wenig sinnvoll, darauf oder auf die Tatsache, dass Twopenny Sal Analphabetin war, hinzuweisen. Offen gestanden, schien es mir einfach unvernünftig, nicht zu unterschreiben, nachdem man mir beiläufig erzählt hatte, was Musha Pug passiert war: Man hatte ihn mitten in der Nacht aufgeweckt und ihm mit einem Hammer auf die Eier geschlagen, weswegen er nun ein zu riesiger Größe angeschwollenes Ding zwischen den Beinen hängen hatte, in dem die zu einem grausigen Ragout zerquetschten Reste seiner Männlichkeit schwammen.

Als man mir meinen fairen Prozess wegen Mordes an Mr. Lempriere machte – zusammen mit mir wurde Roaring Tom Weaver abgeurteilt, weil den Unterrock eines Dienstmädchens getragen hatte –, brachte man eine alte Rechtssitte wieder zu Ehren und stellte, damit wir nicht vergäßen, was uns erwartete, wie Hund und Katze zwei Särge neben die Anklagebank.

Roaring Tom Weaver lachte, als er am nächsten Tag die Stufen zu dem Gerüst hinaufging. Mit einem breiten Grinsen nahm er sein Haarband ab und ließ seine blonden Locken auf die Schultern fallen, dann bückte er sich nieder zu seinen Stiefeln, zog sie aus und warf sie Old Bob Muff zu, der sich damals um ihn gekümmert hatte, als er, den Kopf voller Träume von Flucht und Freiheit, nach Sarah Island gekommen war. »Geh mit mir, Bob!«, schrie er, und dann begann er einen wahrhaft spektakulären röhrenden Schwanengesang. Er war stockbetrunken, voll wie eine Haubitze, und wir johlten Beifall und lachten, und sein Geheul erhob sich mit uns, durch uns, jenseits von uns.

Der Henker, erbost darüber, dass die ehrwürdige Macht der Todesstrafe so verhöhnt wurde, machte der Sache ein jähes Ende. Die Falltür klappte auf, Roaring Tom stürzte ab, ein Ruck, er zappelte, sein Brustkorb dehnte sich noch einmal zu röhrendem Gesang, und da wurde offenbar, dass der Henker gepfuscht und die Schlinge Roaring Toms Genick nicht gebrochen hatte. Statt schnell zu sterben, schlug Roaring Tom, dem die Schlinge langsam die Luft abdrückte, wild um sich. Der Henker trat vor, schüttelte den Kopf, sprang hinauf und umklammerte Roaring Toms zappelnde Beine, schaukelte mit ihm hin und her, damit er endlich starb. Es war grauenhaft, selbst Capois Death stieß zu meinem Erstaunen einen erstickten Schrei aus.

Am nächsten Morgen wurden die Sträflinge zum Appell geweckt. Hängematten wurden zusammengerollt und ordentlich an ihren Platz gehängt, aber an einem der Haken hing bereits der alte Bob Muff. Die Haken waren in Hüfthöhe in die Wand eingeschlagen, aber man braucht nicht viel Höhe, um sich aufzuhängen, nur einen Strick und einen starken Willen. Weil sie fürchteten, ich könnte dies auch tun und den Galgen um sein Opfer betrügen, sperrten sie mich in diese Salzwasserzelle, wo ich unter Pobjoys Fuchtel stehe.

Im Prozess wollten sie eine Erklärung von mir, aber was hätte ich sagen sollen? Dass ich zuerst in Fischen Menschen sah? Und dass dann immer mehr von diesen tragischen Geschöpfen auf mich überging, je länger ich zusah, wie sie starben, beobachtete, wie immer wieder die Schwänze leise zuckten und die Kiemen sich in verzweifelter Anstrengung hoben, ein Schrecken, der kein Ende nehmen wollte, je mehr ich in die unergründlichen Tiefen ihrer Augen blickte?

Und was hätte ich gestehen können, das sonderbarer, entsetzlicher gewesen wäre als dies: dass endlich ein kleiner Teil von mir, ohne meinen Willen, sich auf eine lange schicksalhafte Reise in ihr Inneres begeben hatte! Ein kleiner Teil von mir und dann immer mehr und mehr wurde hinabgezogen, fiel durch ihre anklagenden Augen in diesen strudelnden Tunnel, der erst mit der plötzlichen Wahrnehmung endete, dass ich nicht mehr fiel, sondern immer langsamer in der Strömung des Meeres schaukelte, ohne zu wissen, ob ich endlich in Sicherheit war oder endlich tot, und irgendwann, während ich stürzte, wurde mir mit Grausen klar, dass ich zu einem Sägerochen aufblickte, der vorgab, Jorgen Jorgensen zu sein: Ich sah jetzt in den Menschen Fische!

Ich schwitzte, es juckte mich am ganzen Körper, wenn ich nur nachdachte über diese Dinge, sie aber öffentlich auszusprechen war unvorstellbar, denn ich wusste, wie wichtig es war, mein Herz an nichts und niemanden zu hängen, wenn ich überleben und wohl leben wollte, und das wollte ich allerdings. Aber weil ich jetzt diesen Viechern so nahe stand, die mir früher nichts bedeutet hatten als Gestank und Schleim und Schuppen, begann ich davon zu träumen, dass es in diesem großartigen Universum, das sich vor mir auftat, nichts gebe, keinen Mann, keine Frau, keine Pflanze, keinen Baum, keinen Vogel, keinen Fisch, kein Wesen, das mir gleichgültig sein durfte.

Das Verbrechen, dessen ich angeklagt und, natürlich, schuldig befunden wurde, war ein Mord. Aber mein eigentliches Verbrechen …?

Mein eigentliches Verbrechen war, dass ich die Welt so sah, wie sie ist, und sie als eine Fischwelt malte. Aus diesem und keinem anderen Grund unterschrieb ich, heilfroh, dass mir die Wiege und die Röhre erspart bleiben sollten, ein Schuldgeständnis, mochten auch die Einzelheiten, die da geschildert wurden, noch so ungenau sein.

Ich lebe jetzt schon fast anderthalb Jahre in dieser Salzwasserzelle und warte auf meine Hinrichtung, die Pobjoy mit allerlei subversiven Mitteln immer wieder verhindert hat. Am Anfang war mir das ganz recht. Pobjoy hatte sich die ganze Serie von Fischbildern, die ich für Mr. Lempriere gemalt hatte, unter den Nagel gerissen, sie gebunden und sie einem gewissen Doktor Allport in Hobart verkauft. Mir war das egal, denn ich fand keine dieser Arbeiten für Mr. Lemprieres Buch der Fische wirklich gelungen. Es ist komisch: Erst jetzt, da ich im schlechten Licht dieser Zelle und lediglich aus dem Gedächtnis male, einem reichlich unsoliden Gedächtnis, habe ich das Gefühl, dass meine Fische wirklich diesen Namen verdienen.

Pobjoy spürte, dass hier in dieser Salzwasserzelle mein Glaube wieder auflebte, dass sich mein Talent hier entfaltete wie ein Farn im Schatten. Pobjoy, der in mir früher nur ein Objekt, das man prügeln und treten konnte, gesehen hatte, war beeindruckt davon, mit welchem Ernst ich, dem sonst alles egal zu sein schien, die Malerei betrieb, und sogar noch mehr beeindruckte ihn die Summe, die der Mann in Hobart für Mr. Lemprieres Buch der Fische zu zahlen bereit war.

Er begriff, dass Bilder eine gesuchte Währung waren, nützlicher noch als Tabak oder Rum, wenn man sie nur auf dem richtigen Markt anbot. Aber damit ich malen und Pobjoy weiter Geld verdienen konnte, brauchte ich Arbeitsmaterial, und das stellt er mir – in genau bemessener Menge, versteht sich – zur Verfügung.

Ich beschloss, die Möglichkeiten, die mir die Arbeit an den Sträflings-Constables eröffnete, zu nutzen, um alle Fische ein zweites Mal – in meiner Zelle und aus dem Gedächtnis – zu Papier zu bringen und die Bilder um diese Aufzeichnungen hier zu ergänzen. Pobjoy gab mir Ölfarben und Leinwand für die Constables, auch Zeichenpapier, denn ich hatte ihn davon überzeugen können, dass ich Skizzen machen musste, bevor ich mit der eigentlichen Arbeit beginnen konnte. Aber um mein zweites Buch der Fische vollenden zu können, brauchte ich unbedingt Wasserfarben.

Ich sah Twopenny Sal zum letzten Mal, als sie mich unter dem Vorwand, mir etwas zu essen zu bringen, in meiner Zelle besuchte. Mein Leben dort war so eintönig, wie man es sich nur wünschen kann, und ich genoss das unschätzbare Privileg, von keiner Menschenseele – wenn man einmal von Pobjoy absieht – behelligt zu werden. Der Himmel, das sind die anderen, hatte der alte Priester, der mir immer die Füße rieb in der Hoffnung, auch andere Sachen reiben zu dürfen, gesagt, aber mir scheint, dasselbe lässt sich von der Hölle mit gleichem Recht behaupten. Ich legte also keinen besonders großen Wert darauf, dass Twopenny Sal mich besuchen kam, ehrlich gesagt, wollte ich sie überhaupt nie mehr sehen. Aber sie wollte es, und da stand sie nun, bekleidet mit diesem Dienstmädchenkittel, den sie manchmal trug.

Sie hatte einen dicken Bauch, offenbar stand sie kurz vor der Niederkunft. Aber darüber sprachen wir nicht, und auch, dass ihr Vater gestorben war, erwähnte sie nicht. Obwohl sie auch dazu nichts sagte, wusste ich, dass sie schon bald in die Wildnis abhauen und den Kommandanten als einen Mann mit gebrochenem Herzen hinter sich lassen würde und mich als den glücklichen Besitzer von Mr. Lempríeres Wasserfarben, die sie eingeschmuggelt hatte, und seiner Kupferdose mit dem grünen Laudanum, bei dem ich, wie ich gestehe, als sie fort war, Trost suchte.

Grün – Fruchtbarkeit, Geburt, Unsterblichkeit, die Wiederauferstehung der Gerechten. In der Kunst bedeutet es Hoffnung, Freude. Sieg bei den Griechen und Mauren. In der Kirche Gottes Güte, Heiterkeit, Auferstehung. Bei den Planeten Venus. Aber der Gestank von Schweinemist, die böse Macht der Eifersucht und der Fluch halluzinatorischer Visionen sind für mich auf alle Zeit türkis.

Beim Abschied starrte ich auf ihren Bauch und überlegte mir, welcher Teufel wohl dafür verantwortlich war.

»Moinee?«, fragte ich.

»Kumpel«, sagte sie.

## VI

Glauben Sie denn, ich wäre nur ein Opfer gewesen? Ich hätte laut schreien mögen, als sie sich umdrehte und dreimal mit der Faust an die Tür schlug, damit Pobjoy sie hinausließ. Nein, ich war zugleich Täter! Glauben Sie denn, ich hätte nie gelogen, um mit heiler Haut davonzukommen? Nie einen Kumpel bestohlen? Ich habe eine Schwäche für Absinth, alte Frauen, weißen Rum, junge Mädchen, dunkles Bier, Pisco, menschliche Gesellschaft und das Laudanum des Kommandanten. Ich habe große Angst vor Schmerzen. Ich kenne keine Scham. Glauben Sie, ich hätte nie meine Freunde verpfiffen? Ich war ihr Kumpel und Judas in einer Person, ich hatte sie gern und weinte um sie, wenn man sie abführte zum Auspeitschen, weil ich sie angeschwärzt hatte. Ich habe überlebt. Ich war falsch und gemein, um kein Haar besser als die neunschwänzige Katze, die ihnen die Haut in Fetzen vom Rücken riss, als ich Seelen für einen Brocken Brot oder ein bisschen Farbe verkaufte. Ich habe alles, was ich brauchte, weggegeben. Ich war ein übles Zellenschwein. Ich habe den Atem meiner Zellengenossen gerochen, den sauren Gestank ihres verrotteten Lebens. Ich war der stinkende Kakerlak. Die dreckige Laus, die beißt und juckt. Ich war Australien. Ich starb schon, bevor ich geboren wurde. Ich war eine Ratte, die ihre Jungen frisst. Ich war Maria Magdalena. Ich war Jesus. Ich war ein Sünder, ein Heiliger. Ich war Fleisch und Fleischeslust und die Vereinigung des Fleisches, und Tod und Liebe waren in meinen Augen genau gleich ordinär und genau gleich schön. Ich wiegte ihre zerschlagenen, sterbenden Körper in meinen Armen. Ich küsste ihre Pestbeulen. Ich wusch ihre ausgezehrten Schenkel, die mit Geschwüren bedeckt waren, mit fauligen Furunkeln voller Eiter. Ich war dieser Eiter und war der Geist und war Gott und war mir selbst unübersetzbar und unerkennbar. Wie ich mich dafür hasste! Wie sehr ich mir wünschte, dieses geliebte Universum, das auch ich war, kennen zu lernen, zu erfahren, wie es kam, dass ich in meinen Träumen durch Ozeane flog und, wenn ich aufwachte, Erde war, die nach frisch gestochenem Torf roch! Niemand konnte mir Antwort geben auf mein wütendes Gejammer, und niemand konnte meine Witze darüber ertragen, dass ich mit diesem Leben gestraft war. Ich war Gott und ich war der Eiter und alles, was ich war, warst du, und du warst heilig, deine Füße, deine Eingeweide, dein Hügel, deine Achselhöhlen, wie du riechst und klingst und schmeckst, deine gefallene Schönheit, ich war göttlich in deinem Bild und ich war du und ich hatte nicht mehr lange auf dieser großen Erde zu leben, und warum ist es so, dass ich nicht mit Worten zu sagen vermag, wie schrecklich weh mir der Abschied tat?

# Der gestreifte Kofferfisch

*Mrs. Gottliebsens Höfe – Andere überraschende Phänomene – Twopenny Sal und ihre Kreise – Warum der gestreifte Kofferfisch zuckte – Ein mysteriöser Unglücksfall – Entdeckung der Registratur – Die Erfindung des alten Dänen – Ein fatales Zusammentreffen – Die Literatur des Mordes – Der Kopf des Doktors vermehrt sich unaufhörlich – Ein Kokon bricht auf.*

## I

Ich sehe jetzt, dass ich den Wagen meiner Erzählung vor das Pferd gespannt habe, vor Mrs. Gottliebsen, meine ich, die fix und fertig aufgezäumt die ganze Zeit schon mit den Hufen scharrt, bereit, mich schleunigst an meinen Bestimmungsort zu bringen.

Falls der geneigte Leser sich einbilden sollte, dass Billy Gould – als er noch für den Doktor Fische malte und bevor er des Mordes an der Aufklärung überführt wurde – Twopenny Sal treu blieb, dann läge er, der Leser, völlig richtig und zugleich völlig falsch. Sie fing damals etwas mit Musha Pug an, und Billy Gould lernte Mrs. Gottliebsen kennen, die mit ihrem Mann, dem Pastor Gottliebsen, auf ihrer Seereise nach Sydney auf Sarah Island Station machte.

Sie waren die bedauernswerten Opfer von Mr. Lemprieres Gastfreundschaft, der die Außenposten der Kolonie am Oberlauf des Gordon River inspizieren musste und den beiden Reisenden für die Dauer seiner Abwesenheit seine Kate überlassen hatte. Ich war angewiesen worden, meine Malerei ruhen zu lassen und mich als Diener um ihr Wohlbefinden zu kümmern.

Pastor Gottliebsen war ein dürres, zusammengeschnurrtes Männchen. Er strahlte jenes besondere Selbstvertrauen aus, das keinerlei Hirntätigkeit nötig hat, und allein dafür verabscheute ich ihn. Er war ein engstirniger Holzkopf, der sich für einen Ästheten hielt, ja für einen Poeten. Die Vorstellung, dass ein Künstler und ein Verbrecher unter dem Dach ein und derselben Seele wohnten, fand er hochinteressant, und er philosophierte, während ich das Abendessen auftrug, darüber, wie dieses Paradox möglich, ja, ob es nicht vielleicht geradezu notwendig sei.

Ich für meinen Teil finde, dass das ein ziemlich windiges und leckes Dach ist, unter dem nur ein ausgemachter Trottel Zuflucht suchen würde, aber Pastor Gottliebsen fragte mich nicht nach meiner Meinung, und ich behielt sie für mich und beschränkte mich darauf, ihm zu versichern, dass ein Mann wie er, ganz offenbar in der Blüte seiner Jahre, schlechtere Investitionen finden könne als die in Kunst.

»Warum malen Sie?«, fragte er, und ehe ich ihm erklären konnte, dass diese Beschäftigung immerhin ein kleines bisschen angenehmer ist, als sich im Urwald zum Krüppel zu schinden, gab er sich selbst die Antwort: »Weil Sie in dieser zutiefst hässlichen Welt dennoch Schönheit suchen müssen. Weil selbst im Herzen der zutiefst Verworfenen«, sinnierte er weiter – ganz unverkennbar in der Erwartung, dass ich seine platte Erkenntnis eifrig bestätigen würde –, »Hoffnung auf die göttliche Erlösung wohnt, Erlösung durch die Natur, die nichts anderes ist als Kunst.«

»Sie haben nicht zufällig ein bisschen Tabak übrig?«, fragte ich.

Pastor Gottliebsen hielt inne, wandte den Kopf, immer noch im Bann seiner von ihm selbst geoffenbarten Weisheiten. Er nickte ergriffen angesichts der Glorie des Menschen, der unaufhaltsam von der Sphäre des Irdischen zur Höhe hinanstrebt.

»Für meine Pfeife«, fuhr ich fort, »Mr. Lempriere hätte bestimmt nichts dagegen.«

Aber er schien mich gar nicht zu hören. Erst nach einiger Zeit tauchte er aus seiner Versunkenheit auf, bot mir eine Prise Schnupftabak an – besser als gar nichts immerhin – und verabreichte mir dazu noch eine weitere Weisheit: Die Kriminalität habe ihre Ursache in einem Ungleichgewicht der Körpersäfte, diese Störung könne aber im Frühstadium erfolgreich behandelt werden, indem man die Patienten in ihrer Kindheit einige Jahre hindurch mehrere Stunden täglich mit dem Kopf nach unten hängen lasse.

Vielleicht wäre wirklich etwas Besseres aus mir geworden, wenn man mich als Kind mit dem Kopf nach unten an die Wand gehängt hätte, wer weiß? Aber ich habe damals mehr als genug Demütigungen ertragen müssen, die, wie es scheint, nicht viel Wirkung erzielt haben, und eine Menge davon waren schlimmer, als an den Füßen aufgehängt zu werden, das können Sie mir glauben.

Als ich am zweiten Abend einen Krug vom feinsten Rum aus Martinique hereinbrachte – etwas verdünnt, wie es der Doktor angeordnet hatte –, legte Mrs. Gottliebsen ihre Hand auf meine. Sie sagte, ihr Mann habe einige meiner Bilder gesehen und meinte, ich sei ein sinnlicher Charakter, ohne Zweifel infolge der ungleichen Verteilung meiner Körpersäfte. Sie führte meine Hand an ihre Lippen und küsste sie, streichelte meinen Arm und fragte mich dann, ob ich mit ihr schlafen würde – Pastor Gottliebsen wollte aus diskreter Entfernung zusehen. Sie bot mir sechs Unzen Tabak an. Für sechs Unzen, sagte ich, könnte der Pastor aus jeder beliebigen Entfernung oder Nähe zuschauen, aber Mrs. Gottliebsen machte nicht den Eindruck, als legte sie besonderen Wert darauf, dass er uns allzu nahe käme.

Sie verlangte, dass ich ihr die Augen verband und ihre Handgelenke an die Bettpfosten fesselte. Für sechs Unzen Tabak, fand ich, muss man schon was bieten, und so führte ich ihr mein ganzes Repertoire vor, tanzte mit ihr das alte niederländische Genre durch und ging dann zum Aufklärungswalzer über, und sie schrie immer wieder auf in ihrer blinden Lust, und überhaupt gefiel es ihr recht gut, aber mir half das alles nichts, denn der alte Flame kam einfach nicht dazu, endlich mal den Pinsel einzutauchen.

Arme Mrs. Gottliebsen! Die hatte Feuer im Leib, und das sah man ihm auch an: kräftige Alabasterschenkel, einen wogenden Bauch und schwere Brüste mit ungewöhnlich großen Warzenhöfen. Das Gesicht erhitzt von Lust und Anstrengung, schrie sie: »Ja, nimm mich! Nimm mich!« Aber ich konnte ihr nur die Nase zwischen die Schenkel stecken und ihre Brustwarzen befingern und diese köstlichen großen Höfe lecken und immer verzweifelter beklagen, was nun einmal nicht zu ändern war.

Armer Billy Gould! Es war einmal eine Zeit, da hätte er ein Paar Unterhosen auf einer Rattenfalle gerammelt. Aber wo waren seine unausgewogenen Körpersäfte jetzt, da er sie so dringend brauchte? Sie verfluchte mich, schimpfte mich ein perverses Ungeheuer. Ich war hilflos. Sie bäumte und warf sich wie ein gefangener Fisch. »Du Bestie!«, schrie sie. Ich bellte. »Du furchtbares Untier!«, schrie sie entzückt. Ich plärrte wie ein Esel. Mrs. Gottliebsen begann zu stöhnen. Es war schrecklich. Ich wieherte und schnaubte und muhte und blökte. Ich ließ eine ganze brünstige Menagerie ertönen. Aber egal, wie viele lächerliche Laute ich von mir gab, um die Fiktion meiner Leidenschaft ein wenig länger am Leben zu halten – ich war nur ein Echo auf der Suche nach dem verlorenen Rufer. Weder Mrs. Gottliebsens wilde Urschreie noch mein inneres Zureden noch alle Schauspielerei machten Eindruck auf meine kraftlosen Lenden. Die Gottliebsens hatten sich nach einem Leviathan gesehnt, und ich hatte mich in eine Sardine verwandelt.

Es ist schwer zu glauben, das der Anblick von so viel Fleisch Billy Gould ungerührt lassen konnte. Ich wollte Mrs. Gottliebsen nicht kränken, die doch eine hübsche und höchst reizvolle Frau war – abgesehen vielleicht von ihrem Gesicht, aber wer wird denn auf den Kaminsims achten, wenn er im Feuer stochert? Nur leider war es, um im Bild zu bleiben, so, dass ich mich nicht imstande sah, ein Feuer zu entfachen, nicht das kleinste Flämmchen wollte hochschlagen. Ich dachte, vielleicht sei die Augenbinde daran schuld, und versuchte ohne Erfolg, mir Mrs. Gottliebsens Augen vorzustellen, und auch Pastor Gottliebsen störte mich, der auf dem Sofa hinter mir Unaussprechliches trieb, so dass ich mir vorzustellen versuchte, er wäre nicht da.

Ich wurde wütend, dass mich die beiden zu einem Ebenbild jenes Priesters mit den kreidigen Fingern machten. Ich stellte mir die schlimmsten Sachen vor, die man sich denken kann, mein Kopf war mit mehr Vorstellungen gefüllt, als man sich vorstellen kann – dennoch war ich wie ein Kind vor ihr. In meiner Not betete ich zu St. Guignole, zum Patron der Impotenten, in der Hoffnung, es würde mir ebenso ergehen wie der berühmten Statue des Heiligen zu Brest, deren prächtiges Glied dank einer wundersamen Fügung Gottes immer gleich lang und bolzengerade hervorsteht, obwohl sich doch andauernd verzweifelte Liebhaber Späne davon abschnippeln.

Aber die Wahrheit war, dass Twopenny Sal sich meines Kopfes bemächtigt hatte, und soviel ich auch betete und mich anstrengte und allen meinen Willen mobilisierte, sie ließ es doch nicht zu, dass ich mich, wie es die Gelegenheit erforderte, zur Höhe meiner Manneskraft emporreckte. Mrs. Gottliebsen lag hingestreckt vor mir, weißer und weiter als ganz Europa, und ich hätte sie nur sieghaft wie Alexander nehmen müssen – zum Weinen wäre hinterher noch Zeit genug gewesen. Aber ich sah immer nur Twopenny Sals dunkle Arme, Bizeps und Elle wie schlanke Sisaltaue, die Rippen, die den schmalen Brustkorb unter dem Busen, der ein ganz klein wenig hing, zusammenhielten, die Pracht ihres von den Schwangerschaften gezeichneten Bauches, die Lippen wie feuchte Muscheln, die mich einsaugten …

Es war nicht so, dass ich das Gefühl hatte, ich dürfe Twopenny Sal nicht betrügen – schließlich war sie nicht gerade eine vestalische Jungfrau –, aber irgendeine Barriere war zwischen mir und Mrs. Gottliebsen, die sich wand und allerlei schweinische Dinge sagte. Sie sagte auch, ich sei ein wildes Tier – ach, wenn es nur wahr gewesen wäre! Ich wurde immer wütender, weil ich mir selbst und Mrs. Gottliebsen das Vergnügen so gern gegönnt hätte und doch wusste, dass es nicht ging, und weil die Dinge leider nicht so standen, wie sie sollten nach allen Regeln der aufgeklärten Vernunft – und just da kam mir zum Glück der Große Philosoph in den Sinn.

Ich schnappte mir Voltaire und führte ihn zur Attacke, und als er kühn vorstieß, quiekte Mrs. Gottliebsen schlimmer als Castlereagh, und Pastor Gottliebsen ächzte und verdrehte die Augen. Ich bin sicher, dass die beiden vor lauter Stöhnen und Grunzen überhaupt nicht richtig mitkriegten, was da eigentlich vorging, denn am folgenden Tag, als ich sie zum Schiff brachte, fiel mir auf, dass sie andauernd verstohlene Blicke auf meinen Hosenlatz warfen, offenbar in dem Glauben, dahinter verberge sich ein Tal versteckter Giganten und nicht, wie ich nur allzu gut wusste, eine Wüstenei frustrierter Begierde.

Die sechs Unzen Tabak würden, so rechnete ich mir aus, wenn ich haushälterisch damit umging, vier Monate reichen. Ich rauchte die Hälfte in zwei Tagen und ließ dann Twopenny Sal wissen, dass ich Tabak hatte. Ob sie vielleicht daran interessiert war? Ihre Antwort kam am folgenden Tag.

Sie war es.

## II

Auf der Rückseite ihrer schwarzen Waden hatte Twopenny Sal zwei kreisförmige Zeichen. Man hatte sie in die Haut eingeritzt und die Wunde so behandelt, dass sich eine dauernd sichtbare und tastbare Narbe bildete, stahlblau und merkwürdig weich. Sal strich mit dem Finger über den einen Kreis und sagte: »Sonne«, dann über den anderen, der durch eine Mittellinie in zwei Hälften geteilt war, und sagte: »Mond.«

Dann suchte sie sich aus dem Haufen Feuerholz neben dem Kamin des Doktors einen gegabelten Stock und schnitzte die beiden kurzen Enden mit einem Küchenmesser spitz zu. Ich musste mein Hemd ausziehen und mich auf den Bauch legen. Sie setzte die Spitzen bei meinem Kreuz an und begann, links und rechts der Wirbelsäule je einen Kreis einzuritzen. Ich verkrampfte die Muskeln, denn es tat höllisch weh. Als sie daranging, eine Mittellinie in den einen Kreis zu schneiden, zuckte ich heftig zusammen.

Anschließend rieb sie Asche aus dem Kamin in die Wunden, damit sie vernarbten. Sie berührte das eine Zeichen und sagte: »Palawa«, das Wort, mit dem sie ihr Volk bezeichnete. Den anderen Kreis, den mit der Mittellinie, nannte sie »Numminer«. Sie wiederholte das Wort immer wieder, als redete sie mit einem etwas begriffsstutzigen Kind, und lachte: »Numminer, numminer.«

»Ich bin kein Numminer«, sagte ich schließlich und drehte mich um. Ich wusste, dass dieser Begriff sowohl die Geister als auch die Weißen bezeichnete, denn die Eingeborenen glaubten, England wäre der Ort, wohin die Seelen der Abgeschiedenen gingen, um als Weiße wiedergeboren zu werden. Die Engländer waren ihrer Meinung nach ihre Ahnen, die ins Leben zurückgekehrt waren.

Um das zu beweisen, bat ich sie, sich hinzulegen. Ich studierte die kreisrunden Fische und die kreisrunde Leinwand vor mir, die verschiedenen runden Narbenzeichen auf ihrem Körper. Sonne, Mond. Schwarze Frau, weißer Mann. Aber mehr als alle anderen Rundungen bestaunte ich die, auf der ich dann zu malen begann.

Es gibt eine unendliche Vielfalt an Brüsten, und jede Brust beschwört ein Bild herauf, das sowohl lächerlich als auch erhaben schön ist: Brüste, die kaum zu ahnen sind, nur ganz leicht gewölbt und nichts als Vorhof und Warze, als wollte sich all ihre Schönheit in diesem Gipfelpunkt verdichten; üppige Brüste, die umfasst und umschmeichelt werden wollen; kleine Hundetitten und euterähnliche, die ihren besonderen erotischen Reiz haben; Brüste zum Lecken, Brüste, zwischen die man seinen Schwanz legen möchte; Brüste, die leicht schräg nach außen blicken wie zerstrittene Eheleute, die nicht mehr miteinander sprechen und sich doch nicht trennen; blau geäderte Mutterbrüste, die nach saurer Milch riechen; straffe Brüste und schlaffe Brüste; Brüste mit Nippeln wie Pistolenläufe und Brüste mit eingesunkenen Warzen, die man ansaugen muss, Stehaufmännchen, die im Mund strammstehen. Aber das Bild, das Twopenny Sals Brüste an jenem Tag heraufbeschworen, als sie auf dem schmutzigen Fußboden in Mr. Lemprieres Kate lag, war das kleiner runder Fische, bemalt mit einem prächtigen Streifendekor, die wie seltsam kreiselnde Teller zwischen Korallen umherwirbelten.

Ich befeuchtete den Pinsel an ihrer Zunge, dann fuhr ich damit über ihre Wange und den roten Ocker, den sie als Schminke benutzte. Ich leckte eine ihrer braunen Brüste und grundierte die feuchte Fläche, zuerst mit dem Pinsel, der sich stockend und holpernd auf dem weichen Fleisch bewegte, weswegen ich dazu überging, den roten Ocker in langsam kreisenden Bewegungen mit den Fingern aufzutragen. Den unteren Halbmond der Brust ließ ich unbemalt.

Die Fläche rechts von der Brustwarze schattierte ich blau

mit Ultramarin. Die kleinen weißen Hörner des Fisches malte ich mit dem Bleiweiß von Mr. Lempriere, für die intensiv gelbe Iris benutzte ich ein Restchen Blattgold, das ich damals bei der Arbeit an der Dekoration der Großen Mah-Jongg-Halle hatte mitgehen lassen. Ich rieb ganz vorsichtig ihre mit Holzkohle geschwärzten Wimpern zwischen zwei Fingern, um das so gewonnene Pigment mit ein bisschen Spucke auf der Palette ihres Bauchs zu einer dunklen Paste anzurühren. Mit dieser Farbe malte ich die Streifen auf die Wölbung ihrer Brust. Über ihre exzentrische Brustwarze, die lang und dunkel hervorstand vor Staunen, ließ ich dann feine helle Linien laufen, die vorwitzige Brustflosse des Fisches. Das fertige Bild war gewiss nicht vollkommen, aber es wirkte doch ganz und gar lebendig. Twopenny Sal richtete den Oberkörper etwas auf, lag lässig auf die Ellbogen gestützt da, aber ich hatte nur Augen für den gestreiften Kofferfisch, der sich langsam bewegte.

Ich legte den Pinsel weg.

Als ich mich hinabbeugte und die Brustflosse des Fisches mit der Zunge berührte, erschauerte die Flosse wie in Erwartung des Lebens.

Ich hegte zwar durchaus die Hoffnung, dass Twopenny Sal mich nicht unsympathisch fand, wusste aber sehr genau, dass ich mir nicht einzubilden brauchte, sie würde sich je mit besonderer Sehnsucht an mich erinnern, das heißt, falls sie sich überhaupt an mich erinnerte. Ich war nur einer von vielen; ich lieferte etwas zu essen, Alkohol, an jenem Tag Tabak, ansonsten war ich nicht von Bedeutung für sie. Als ich nun daran dachte, wie Geld und Dreck und besinnungslose Brunst und bitterer Nachgeschmack zusammenkommen, wenn einer sich eine Frau kauft oder wie auch immer erhandelt, wurde mir schwindlig, als blickte ich in ein tiefes, schwarzes Loch und spürte seinen Sog. Ich dachte: Das ist nicht verlogen, es ist der ehrlichste Ausdruck dieser ganzen unendlichen Traurigkeit in uns. Ich war widerstandslos wie Quecksilber durch zu viele Frauenhände gegangen, aber ich musste am Ende dafür bezahlen. Es war eine Illusion zu glauben, dass Liebe alle Schulden tilgte. Der Gedanke, die ganze Welt sei auf zwei Personen zusammengeschrumpft, bedeutete keine Erlösung. Denn in ihr war ich, das erkannte ich an jenem Tag, ein Nichts.

Ich starrte hinauf zu den komplizierten Arabesken der Spinnweben an der Decke und den windschiefen Wänden von Mr. Lemprieres schmutziger Kate. Als ich den Blick wieder senkte, sah ich in ihrem Gesicht etwas wie Abwesenheit; vielleicht war es vor allem dieser Ausdruck, der ihr – ich jedenfalls nahm es so wahr – etwas heiter Tiefgründiges verlieh. In ihren Augen lag Weisheit, aber als sie zu reden begann, sagte sie lediglich, dass sie noch einen Schluck Pisco haben wollte, und dann stand sie auf und tanzte.

An diesem Herbsttag in Mr. Lemprieres Kate, um die ein eiskalter Wind pfiff, an diesem einen und einzigen Tag, an dem sie zu mir zurückkam, geködert mit Tabak und Pisco, stand sie nackt vor dem im Kamin lodernden, prasselnden Feuer und tanzte, als müsste sie Gewehrkugeln ausweichen, eine Abfolge von blitzschnellen Finten und Körpertäuschungen. Dieser Tanz hatte nichts Feminines an sich, nichts, was wir mit dem Begriff des Weiblichen verbinden. Es waren heftige, gewalttätige Bewegungen, schamlos, ohne jede Anmut, ein Tanz, der nicht auf Schönheit zielte, der vielmehr einzig und allein eine Geschichte erzählen und sie, wie ich mir schmeichelte, niemand anderem als *mir* erzählen wollte.

Sie wirkte, als wollte sie dem Gesetz der Schwerkraft trotzen. Der gestreifte Kofferfisch sprang und huschte und flitzte durch den Ozean ihres Tanzes.

Danach war sie schweißnass und kalt. Ich wagte es nicht, mich in Mr. Lempriere muffiges Bett zu legen, und sie ekelte sich davor, und so trieben wir es auf dem dreckigen Fußboden. Ich küsste zuerst ihren Rücken, dann drehte sie sich um, und ich begann zu saugen und zu lecken. Als wir zum alten Aufklärungswalzer übergingen und Voltaires Lächeln der Vernunft sich in ihr staute wie eine Woge, die langsam immer höher schwillt, ehe sie bricht, sah ich dies: an einem Handgelenk einen breiten silbernen Armreif, am anderen ein Furunkel. Einen Kofferfisch, der mich anstarrte. Läuse, die über ihren Arm und über einen Fischbusen krabbelten; dieses Bild von dem einen Körper, der anderen weicht, vom Tod, der unaufhaltsam voranschreitet und sich zugleich zu neuem Leben verwandelt, dieses Bild erschreckte und bezauberte mich. Nirgends gab es Versöhnung, überall Schönheit.

Sie schmeckte ein bisschen bitter, ein bisschen nach Salz, ein bisschen nach Frucht, ein bisschen sauer, ein bisschen nach Zimt, ein ungeheuer reiches und starkes und süßes Aroma. Ich lag mit ihr auf dem verdreckten Fußboden und sah ihre dunklen Arme und Schenkel, den ganzen Körper inmitten von Staub und Schmutz und toten Fliegen, und da schien mir das Blau der Narben, der dunkle Ton ihrer Haut nur umso prächtiger und schöner.

Je mehr ich sie liebte an jenem Tag, desto rätselhafter wurde sie mir. Es begann mit lauter Gewissheiten: dass sie schwarz war, dass sie mir Lust bereitete, dass es keine Folgen hatte, wenn wir miteinander schliefen. Am Ende blieben mir nur Zweifel, ich wusste nicht mehr, wer sie war, und, noch schockierender, wer ich selbst war.

Ich drehte ihren Kopf zwischen meinen Handflächen, hielt ihre kurzen gekräuselten Locken in meinen Fingern, krallte mich darin fest, bog ihren Kopf nach hinten, so heftig, dass ich erschrak, weil ich fürchtete, ich hätte ihr wehgetan, aber je fester ich sie gepackt hielt, desto enger schien sich ihr Körper mit meinem zu verbinden im Auf und Ab der Lust, in seinen fordernden Stößen, und je länger ich in dieses Gesicht starrte, desto klarer wurde mir, dass es nichts zu bedeuten hatte, so wenig wie meine leeren, sterilen, törichten Vorstellungen davon, was Schönheit war und wo sie angeblich ihren Sitz hatte, und je länger ich in diesen Augen ganz nahe vor mir forschte, desto klarer wurde mir, dass sie weit, weit weg war, dass sie mir entglitt und nichts anderes von mir verlangte, als dass ich ihren Kopf festhielt und ihn hin und her drehte, mich in ihren Haaren festkrallte, mit aller Kraft die Wellenbewegungen ihres samtigen Schoßes erwiderte, die über mich hereinbrachen wie ein köstlicher Sturm, der mich zerschmettern sollte, während sich der gestreifte Kofferfisch zwischen uns langsam auflöste in Flecken aus verlorenen, staubigen Farben und Schweiß.

## III

Die Wasserfarben waren fast aufgebraucht. Twopenny Sal war fort. Der Doktor längst ein fauliger Pesthauch. Die Dose mit dem Laudanum leer. Pobjoy wurde täglich größer. Capois Death war verschwunden – manche sagten, er sei entkommen, andere, der Kommandant habe ihn nach der großen Katastrophe in den Eiswüsten der Nordwestpassage umbringen lassen: Während einer der nächtlichen Bahnreisen des Kommandanten hatten Funken aus der Dampflokomotive diese Landschaft in Brand gesetzt. Ich hatte niemanden, mit dem ich meine immer prekärer werdende Lage hätte bereden können, denn was ich jetzt erzählen will, geschah, bevor der König zu mir in die Zelle kam.

Es gab, kurz gesagt, nichts mehr, was ich in meiner Chronik zu behandeln hatte. Meine Arbeit und mein Leben strebten gleichermaßen dem Ende zu, und ich war mir dessen wohl bewusst.

Es war Heiligabend – ich weiß es genau, denn ich nahm jetzt das Verstreichen der Zeit, letzter knapper Lebenszeit, deutlicher wahr als früher. Es war an diesem Tag ungewöhnlich heiß gewesen, und ich empfand es als angenehm, als am Abend die Flut einsetzte und das Wasser mich kühl umfing. Der Pegel stieg und ich mit ihm, bis ich in der pechschwarzen Dunkelheit meiner Zelle ganz oben unter der Decke schwamm. Aus keinem besonderen Grund, aus bloßer gedankenloser Tändelei fingerte ich an den großen Steinplatten über meinem Kopf herum, die auf mächtigen Balken ruhten und die Decke meiner Zelle bildeten.

Ich hörte den Wellen zu, die träge außen an die Mauer klatschten, einem Geräusch, das mir einen unerklärlichen Trost spendete, und fuhr mit meinem vom Wasser runzligen Handrücken an der weichen Festigkeit der Decke entlang, tastete daran herum, drückte dagegen, alles ohne besondere Absicht und ohne mir etwas dabei zu denken. Ich weiß nicht, wie lange das so gegangen war, als etwas ganz Schreckliches passierte.

Ich wurde plötzlich gewaltsam in das kalte, schwarze

Wasser hinuntergedrückt. Ich fuchtelte und strampelte, aber ich sank immer tiefer. Meine Gedanken rasten wild, verwandelten sich in aufwärts strebende Luftblasen, lauter wirre Fragen, die unmöglich zu beantworten waren. Rückten Bradys Scharen des Lichts an, die Insel zu erobern, beschossen sie das Gebäude, in dem ich gefangen gehalten wurde, mit Kanonen? Hatte einer von Pobjoys Kunden seine Liebe zu Tizian entdeckt und voller Empörung angesichts meiner Pseudo-Constables, die ihm nun plötzlich als schwächlicher Schund erschienen, beschlossen, mich bei Nacht und Nebel zu ersäufen?

Während ich mich noch verzweifelt fragte, wie lang es dauern würde, bis der Schmerz in meinen Lungen, das Dröhnen in meinem Kopf, der Würgegriff, der mir die Kehle zuschnürte, sich in den Tod verwandeln würde, spürte ich plötzlich, wie das schwere Gewicht, das mich unter Wasser gedrückt hatte, von meiner Brust glitt und mir im Fallen die Haut von den Rippen schrammte. Mein Körper stieg nach oben.

Ich tauchte auf, schnappte gurgelnd und hustend nach Luft wie ein Verhungernder, der Brot in sich hineinstopft und doch das übermächtige Gefühl der Not nicht los wird. Erst nach einer Weile dämmerte mir, was passiert war. Ich streckte den Arm nach oben und merkte, dass da über meinem Kopf nicht mehr nur Decke war, sondern auch leerer Raum, ein Loch, dessen bröckelnde steinerne Ränder ich ertasten konnte.

Feuchter, salziger Sand und Steinchen rieselten auf mich herab, während ich so herumtastete, fielen auf mein Gesicht, in den halb offenen Mund. Und dann verstand ich plötzlich: Der von Natur aus wenig widerstandsfähige Sandstein, den man auf der Insel als Baumaterial benutzte, war täglich dem Salzwasser ausgesetzt, das ihn weich und brüchig machte, und als ich nun die Decke über mir befingert hatte, war eine große Platte herausgebrochen und hatte mich auf den Grund meiner überfluteten Zelle hinabgedrückt.

Gedanken, die ich lange unterdrückt hatte, schossen nun wieder an die Oberfläche. Beseelt von einer Euphorie, derer ich mich noch eine Minute zuvor nicht für fähig gehalten hätte, suchte ich wie ein Blinder mit den Händen die Ränder des Lochs ab nach einer Spalte oder einem Vorsprung, an dem ich Halt finden konnte. Kleine Steinchen regneten auf mein Gesicht, aber ich achtete nicht darauf; wie im Fieber fuhrwerkte ich herum, so wild, dass ich mir die vom Wasser aufgeweichte Haut aufriss und der raue Sandstein mich wie mit tausend Nadeln stach.

Ich hatte keinen Plan, keinen klaren Gedanken, was ich mir eigentlich erhoffte. Ich wusste nicht einmal, ob der dämmrige Raum, der sich da oben eröffnete, freier Himmel oder nur eine andere Gefängniszelle war. Ich streckte die Hand hinauf in das unbekannte Dunkel, fand schließlich festen Halt und begann mich hochzuziehen.

## IV

Nicht ohne einige Schwierigkeiten hievte ich mich hinauf, quetschte mich durch das Loch zwischen gesplittertem Holz und Geröll in die schöne neue Welt, die sich mir da oben eröffnete. Für einen Mann, der immer stolz darauf gewesen war, physisch nicht besonders kräftig zu sein, und der obendrein etliche Monate lang in einer engen Gefängniszelle von den spärlichen Brocken gelebt hatte, die Pobjoy ihm hinwarf, war das keine kleine Leistung.

Der Boden, auf dem ich keuchend lag, war feucht und aus Stein, die Luft, die ich atmete, gesättigt von einer verwirrenden Geruchsmischung: Staub, getrocknete Rattenköttel, feuchtes Leder, Tabakrauch, vor allem aber ein mir fremdes, modriges Aroma – erst später sollte mir klar werden, dass es der Geruch von Pergament war, in den sich der des nahen Todes mischte.

Als ich versuchte aufzustehen, schlug ich mir den Kopf an: Offenbar befand ich mich unter einem Tisch oder einem ähnlichen Möbel. Ich ließ mich wieder auf alle viere nieder, krabbelte darunter hervor und richtete mich auf. Ich stand mitten in einem großen Raum, durchflutet von kalt schimmerndem Mondlicht. Um mich herum war gähnende Leere, es gab nur dieses mysteriös tiefblaue Licht und, natürlich, jetzt sah ich es, Bücher.

Überall standen Bücher und immer mehr Bücher, wohin ich auch blickte, alle in Reih und Glied in massiven, plumpen Holzregalen, die bis zur Decke reichten und auf allen Seiten vom Zentrum fortstrebten wie die Speichen eines Rads. Die Nabe dieses Rades war ein großer kreisrunder Schreibtisch, ebendas Möbel, unter dem ich hervorgekrochen war wie ein Nachtfalter aus seinem Kokon, ungelenk und steif.

Der Anblick dieser Unmenge von Büchern um mich herum war Schwindel erregend, es war einfach unglaublich, dass es so viele Bücher auf der Welt geben konnte, mehr noch, dass sie in diesem einen Raum versammelt sein sollten. Großformatige in Velin gebundene Werke über mir und verstaubte dicke Wälzer zu meinen Füßen, hinter mir große und kleinere Bündel von Manuskripten, vor mir Reihen von neueren kleineren Bänden in dunklem Marokko-Leder.

Ich könnte behaupten, das Mondlicht, das aus den hoch gelegenen Fenstern einfiel, hätte dem Raum die Farbe von dunklem Honig verliehen, hätte den bernsteinschimmernden Zauber, den altehrwürdige Bibliotheken an sich haben, ausgegossen, aber das wäre gelogen. Es wäre genau die Sorte Unfug, die Pobjoy von mir gemalt sehen möchte und die man in Miss Annes Briefen allenthalben findet. Die Wahrheit ist, dass die Umgebung, in der ich mich befand, ein Labyrinth von gespenstischen grauen und blauen Schatten war, hässlich und unheimlich.

Auf dem runden Schreibtisch lag aufgeschlagen ein Folioband, exquisit in jenes allerfeinste Velin gebunden, das man aus dem Fell von ungeborenen Kälbern gewinnt. Ich blickte nieder auf mit blauer Tinte geschriebene Seiten, eine schwungvolle Kursive mit altertümlich prächtigen Schleifen und Haarstrichen und Schnörkeln, wahrhaft monströsen Schlingen, die alle Wörter zu fangen und zu fesseln schienen.

Als ich dann las, was da geschrieben stand, geriet ich in immer größere Verwirrung: Die Aufzeichnungen erweckten den Anschein, als dokumentierten sie die Ereignisse der letzten sechs Monate in der Sträflingskolonie, aber sie erschienen mir bis ins letzte Detail falsch. Immerhin wurde mir bei der Lektüre klar, wo ich mich befand: Ich hatte die geheimnisumwitterte Registratur gefunden. In den Regalen ringsum stand das gesammelte Aktenmaterial der Insel, und der Schreibtisch in der Mitte war wahrscheinlich der Arbeitsplatz des alten dänischen Schreibers, der Ort, an den Jorgen Jorgensen täglich verschwand, um die einzige Erinnerung unserer seltsamen Welt zu verfassen, die Bestand haben würde.

Der Morgen dämmerte, es wurde heller, und ich konnte die Schrift jetzt besser entziffern. Ich war mit der Lektüre noch lange nicht fertig, und es fiel mir schwer, mich loszureißen, aber es musste sein. Ich klappte das Buch zu und schickte mich an, in die Unterwelt zurückzukehren.

Ich überlegte mir, wie ich meinen Zugang zu dem Raum tarnen konnte. Zum Glück lag die Stelle, an der die Bodenplatte herausgebrochen war, gut geschützt in der feuchten Dunkelheit unter dem Schreibtisch, nahezu unsichtbar für jeden, der nicht gerade am Boden herumkroch. Ich holte mir aus einem der Regale einen großen Band, der ganz oben in der Reihe stand und wohl kaum häufig benutzt wurde. Damit wollte ich das Loch abdecken, ein Notbehelf, aber ich fand keine bessere Lösung.

Dann schlüpfte ich durch das Loch, schob die primitive Falltür über mir zurecht und kletterte in meine Zelle hinunter. Ich richtete die gebrochenen Balken, so gut es eben ging, die herausgebrochene Bodenplatte deckte ich mit Kieseln und Steinchen zu, die in meiner Zelle herumlagen, damit Pobjoy nichts bemerkte. Dass ihm das Loch in der Decke auffiel, war kaum zu befürchten: Da er die Zelle immer in geduckter Haltung betrat, um sich nicht den Kopf anzustoßen, bestand keine Gefahr, dass er überhaupt je den Blick nach oben wendete, und die Decke lag ohnedies in tiefem Schatten.

Sie fragen sich vielleicht, warum Billy Gould nicht einfach die Gelegenheit nutzte und durch die unversperrte Tür der Registratur entfloh. Er hatte es erwogen, war dann aber mit der einzigartigen Kühnheit, die in seinem Charakter lag, zu dem Entschluss gelangt, die Flucht erst nach gründlicher Vorbereitung zu wagen. Letztlich erging es ihm, glaube ich, wie einem Vogel, wenn man ihn aus seinem Käfig holt – er hatte instinktiv zuerst einmal Angst und wollte in seine vertraute Umgebung zurück, in seine Salzwasserzelle.

Und dann war da noch das aufgeschlagene Buch, in dem er in jener ersten Nacht gelesen hatte: Was da geschrieben stand, war in seiner Frechheit so unerklärlich und schockierend und doch gleichzeitig so zwingend in seinem luziden Irrsinn, dass er es unbedingt genauer untersuchen musste, um weiter in das Geheimnis vorzudringen und, so hoffte er, das Rätsel zu ergründen.

## V

An den folgenden sieben Abenden konnte ich es kaum erwarten, bis die Flut kam, langsam, viel zu langsam, über meine verschorften Knöchel stieg, meine verlausten Eier und meinen grindigen Bauch netzte, es zog sich so unerträglich lange hin wie einer von Miss Annes Briefen, bis mich das Wasser endlich so weit emportrug, dass ich den rauen Sandstein fassen und mich durch das Loch in die Registratur hebeln konnte.

Sieben Nächte lang saß ich neben dem Schreibtisch – auf dem Fußboden zusammengekauert, damit mein Licht mich nicht verriet – und las in der kleinen Lichtpfütze einer Registraturkerze und in der größeren, stumpfen Illumination des Mondes weiter in dem Buch und anderen Bänden, die so groß und schwer waren, dass ich sie kaum aus den Regalen hieven konnte.

Was ich zwischen diesen Deckeln fand, war keine Chronik der Strafkolonie, die ich kannte, nichts, was von der Existenz der Nation Nova Venezia Kunde gab. Ich durchforstete die Hauptbücher, in denen die laufenden Dienstgeschäfte dokumentiert waren, Briefbände, Häftlingsmatrikel, suchte Entwürfe, Baupläne der Großen Mah-Jongg-Halle, irgendwelche Unterlagen zu diesem gigantischen Projekt.

Es gab keine.

Sieben Nächte durchsuchte ich die Kommissariatsakten nach Rechnungen, Quittungen, Lieferscheinen, irgendetwas, was bewies, dass der Kapitän eine Lokomotive und Waggons gekauft hatte, ich suchte nach irgendwelchen Schriftstücken die den Verkauf der transsylvanischen Wildnis oder den noch kühneren Handel mit dem australischen Festland belegten, die bestätigten, dass er molukkischen Schmuck, chinesische Drogen, Seegurken, javanische Möbel und Schiffsladungen siamesischer Mädchen erworben hatte.

Es gab keine.

Sieben Nächte forschte ich in Privatbriefen und Tagebüchern des Kommandanten nach einem noch so winzigen Hinweis auf seine Albträume von einer Vergangenheit, die nicht verging, auf arabische Händler und unsterbliche japanische Piraten und nackte französische Rationalisten.

Es gab keine.

Während ich so die Werke des alten Dänen durcharbeitete, wich die Verblüffung langsam der Frage, warum er diese Masse an schriftlichem Material anhäufte, die so wenig Bezug zur Wirklichkeit hatte.

Dass er Gouverneur Arthur in Hobart und die Kolonialverwaltung in London täuschen musste, war mir ohne weiteres einsichtig. Ich fand allerlei Briefe aus London, in denen

Rechenschaftsberichte, Offenlegung der Bücher, Auskunft über Ausgaben und Einnahmen und Vermögenswerte gefordert wurden, und natürlich mussten alle diese Schreiben wahrheitswidrig beantwortet, musste das Porträt einer Strafkolonie entworfen werden, wie die Beamten sie sich vorstellten, und nicht wie wir sie kannten.

An welchem Punkt und warum das notwendige Maß der Irreführung überschritten wurde und sich der bloße Betrug zu dem weit größer angelegten Projekt der Neuerfindung der Strafkolonie auswuchs, weiß ich nicht. Klar war nur, dass der alte Däne vom Kommandanten ausgewählt worden war, den gesamten Dokumentenbestand der Strafkolonie so umzuarbeiten, dass er den Erwartungen entsprach und nicht der Realität.

Aber irgendwann ließ Jorgen Jorgensens Werk in seiner irren Perfektion selbst die ehrgeizigen Träume seines Herrn und Meisters hinter sich. Wenn er sich anfangs auch ganz von den Wünschen und Launen des Kommandanten leiten ließ und lediglich als dessen willenloses Instrument fungierte, geriet sein Projekt doch langsam und immer mehr in die Bahn seiner außergewöhnlichen Idee von einer völlig anders gearteten Welt.

Die Nächte vergingen, und je mehr ich las, desto deutlicher erkannte ich die ganze Kühnheit des Unternehmens, und mein Staunen verwandelte sich in Ehrfurcht.

Die Welt, die Jorgen Jorgensen auf allen diesen Seiten aus blauer Tinte erschaffen hatte, lag mit der Wirklichkeit, in der wir lebten, im Krieg. Und die Realität war dabei, den Krieg zu verlieren. Sie war schon nicht mehr klar erkennbar. Es war unerträglich. Es war unmenschlich. Es war auch unmöglich, mit dem Lesen aufzuhören.

Ich stellte mir vor, wie der alte Däne angefangen hatte, die Barbarei und den ganzen Horror der Zustände in dieser Strafkolonie in lauter Ordnung und materiellen und moralischen und spirituellen Fortschritt umzudichten, wie er beim Licht einer Tranfunzel in seiner eleganten italienischen Handschrift offizielle Dokumente verfasste, die von nichts als positiven Entwicklungen berichteten. Er tat es einfach, weil es ihm befohlen worden war, und empfand es, vermute ich, zunächst lediglich als eine notwendige Bürde. Am Anfang glaubte er wahrscheinlich, dass er sein Überleben gegen eine unglaubliche und durch und durch unwahre Geschichte eintauschte, so wie er früher alle möglichen Lügen gegen Kredit eingetauscht hatte, um in den Casinos von Europa spielen zu können.

Aber irgendwann – nach einem Jahr? nach mehreren Jahren? – kam dann vielleicht ein Moment der Euphorie, eine Erfahrung von heiterer Leichtigkeit, die ihn für immer zum Gefangenen seiner verrückten Befreiungsidee machte, der Moment, in dem er zum ersten Mal in Regionen jenseits des Bewussten vorstieß, schrieb, als führte ein Dämon die Feder, und mit Staunen und Schrecken entdeckte, dass in ihm eine ganze Menschheit verborgen war: Alles Gute, alles Böse, alle Liebe, aller Hass und alle Zeit der Welt waren in diesem Augenblick in ihm präsent, und seine Seele zerbarst in Millionen Wassertröpfchen, und durch diesen Dunst sickerte das Licht seiner Fantasie und brach sich zu einem Regenbogen von Geschichten, die in Beichten, Dienstanweisungen, Verträgen, Briefkopierbüchern und Memoranden konkrete Gestalt annahmen.

Denn in den Berichten des alten Dänen war alles anders. Jedes Leben, jede einzelne Handlung, jedes Motiv, jede Wirkung. Für den Kommandanten war Zeit unser aller Lebensstoff, unser eigentliches Wesen, unsere Lebenskraft – in den Berichten des Dänen war sie etwas, das mit uns nichts zu tun hatte, lauter massive Ziegelsteine, die alle zusammen eine Mauer der Gegenwart ergaben, und diese Mauer trennte uns von aller Vergangenheit und damit von allem, was wir von uns wussten.

In der Wahrnehmung des Kommandanten waren Tag und Traum und Albtraum zu einem einzigen wirren Ganzen vermischt gewesen, aber der alte Däne sorgte in seinen Aufzeichnungen gnadenlos für Ordnung: Albträume wurden verbannt, Lebenswirklichkeit und Traum streng voneinander geschieden. Es war das größte Stück Falschspielerei in der Geschichte. Der gute alte Marschall Blücher, dachte ich, wäre stolz auf seinen einstigen Skatbruder gewesen.

## VI

Ich muss zugeben, dass das Feuer meiner eigenen Bewunderung für Jorgensen immer heftiger loderte, erst recht, nachdem ich in der siebten Nacht hinter einem Stapel vergilbter Formblätter seine dänischen Aquavitvorräte entdeckt hatte. Ich saß zu Füßen des runden Schreibtischs im Licht des zunehmenden Sommermonds und las, völlig hingerissen von meiner Lektüre, die ich nur gelegentlich unterbrach, um einen Moskito zu zerquetschen oder mir einen Schluck Schnaps einzugießen oder durch das Loch im Fußboden in meine Zelle zu pinkeln. Die Erfindungsgabe des Dänen schien unerschöpflich, erst jetzt erkannte ich so recht die ganze Subtilität des Werks: Kein noch so triviales Detail des

Universums, das er in jahrelanger Arbeit für seinen Gebieter geschaffen hatte, war isoliert, jede Einzelheit war in die Gesamtkomposition eingebettet und durch Querverbindungen beglaubigt und statistisch belegt.

Ich konnte nur staunen angesichts dessen, was Jorgensen geschaffen hatte. So hatte er zum Beispiel in Form von Tabellen Zahlenmaterial zusammengestellt, dem zu entnehmen war, dass im Verlauf etlicher Jahre die Bedeutung der Prügelstrafe zurückgegangen war, es gab handgeschriebene Erbauungsbücher, Pläne, die den Bau neuer Zellen belegten, und vieles andere mehr, lauter Indizien, die in ihrer Gesamtheit darauf verwiesen, dass die Gefängnisleitung zunehmend auf körperliche Züchtigung verzichtete – nicht ganz, schließlich hatte man es mit hartgesottenen, brutalen Berufsverbrechern zu tun – und mehr auf aufgeklärte Mittel wie Einzelhaft und moralische Erziehung durch methodistische Prediger setzte, um die Disziplin aufrechtzuerhalten.

Es war ohne Zweifel eine langwierige und oft langweilige Arbeit gewesen, aber Jorgensen hatte logisch stimmige Muster und Abläufe geschaffen, die – obwohl das Leben nicht von ihnen geprägt ist – der Nachwelt ein glaubhaftes Bild von dieser Strafanstalt vermitteln würden, einer Institution, deren kluge Leitung die bestialischen Triebe der Sträflinge zu bändigen wusste und in vorbildlicher Weise mit unnachsichtiger, aber gemäßigter Strenge Taschendiebe zu Schustern und Sodomiten zu Christen machte.

In diesen Bänden lagen die Lebensgeschichten Einzelner begraben – verschlungen wie die fedrigen Wurzeln der Quecke, die man vorsichtig herauszupfen konnte –, hauptsächlich von Sträflingen, aber auch von ihren Bewachern – so die nüchterne, aber erfolgreiche Laufbahn von Lieutenant Horace, später der Kommandant, so unplausibel wie das Leben eines Heiligen. Er stammte aus bescheidensten Verhältnissen, war in einer Hütte geboren, die er mit eigenen Händen erbaut hatte, war Fähnrich im 91. Regiment gewesen, hatte sich auf verschiedenen Verwaltungsposten durch seinen Heldenmut ausgezeichnet und als Stabsoffizier in Britisch-Honduras Hervorragendes geleistet, hatte dort die Indianer aufgeklärt human behandelt, bevor sie alle an die Wand gestellt wurden, und war dann nach Sarah Island versetzt worden – ein Zeugnis des Humanismus, wie auch aus den Abschriften von mehreren Briefen an seinen lieben Freund William Wilberforce hervorging, in denen er beredt über das Übel der Sklaverei klagte.

Ich hob mein Glas und ließ diese segensreiche Anstalt hochleben, in deren Mauern jedermann mit Freuden seine Tage zubringen wollte, und ich trank darauf, wie Jorgensen selbst uns Sträflingen eine tragende Rolle in seiner Welt zudiktierte. Ich hob mein Glas mehrmals angesichts verschiedener raffiniert gefälschter Kassiber, die offizielle Berichte über Fälle von Arbeitsverweigerung und Meuterei bestätigten und mit Details unterfütterten. Ganz oben auf einem Regal fanden sich sogar Gläser mit konservierten Fetzen tätowierter Haut von Erhängten, und diese Beweisstücke ergänzten das, was in verschiedenen Dokumenten über Häftlinge und deren Bestrafung berichtet wurde, so dass Jorgensens Geschichten, so möchte man geradezu sagen, diesen Leichenteilen authentisches Leben einhauchten, und ich trank auf alle die in Spiritus dümpelnden Anker und Engel mitsamt den dazugehörigen Sinnsprüchen in blauer Tinte.

Immer neue Geschichten las ich und immer mehr Schnaps kippte ich hinunter. Ich trank immer wieder auf Jorgensens

Wohl, und wenn Jorgensens Glas leer war, füllte ich es wieder, denn es war nur recht und billig, auf diese wunderbare Welt, die er geschaffen hatte, zu trinken: ein segensreiches, wahrhaft aufgeklärtes System des Strafvollzugs, das eine Art Völkerwanderung in Gang setzte, in dem nur ausnahmsweise, wenn es sich durchaus nicht vermeiden ließ, brutale Mittel eingesetzt wurden und das die Menschen besser statt schlechter machte. Diese Welt war keine Schöpfung, in der sich die Menschen immer wieder neu erfanden und bestimmten, sondern ein Mechanismus, in dem jedem Einzelnen ein Platz, eine Funktion zugewiesen wurde, die vielleicht nicht besonders ehrenvoll, aber ebenso notwendig war wie die eines Druckzylinders oder eines Treibriemens in jenen Dampfmaschinen, die der schottische Weber einst so erbittert bekämpft hatte.

Ich kippte einen aufs höhere Wohl der Maschinen und Systeme, und dann wurde mir schwindlig beim Gedanken an alle diese gefälschten Dokumente, die steif und frech behaupteten, der ganze monströse Irrsinn dieser Strafkolonie, den ich doch so gründlich kennen gelernt hatte, von dem ich selber ein Teil war, existiere überhaupt nicht.

Ich trank auf die Nicht-Existenz solcher Dinge und auf all die neuen prächtigen Lügen. Und dann gingen mir die Dinge aus, auf die ich einen Toast ausbringen konnte, darum trank ich direkt aus der Flasche, und dann kam der Katzenjammer über mich, und ich fragte mich, ob Jorgensens Welt vielleicht die Hölle war, die der Maschinenstürmer gesehen hatte, bevor Capois Death sich auf ihn setzte.

Dann – es ist mir so peinlich, dass ich in der dritten Person von mir selbst reden muss – merkte Billy Gould, dass ihm übel wurde. An sich fand Billy Gould das nicht schlimm, denn der Doktor hatte ihn gelehrt, dass es ganz natürlich sei, wenn der Körper sich unerwünschter Flüssigkeiten und Körpersäfte entledige und damit Katerbeschwerden und Blähungen am folgenden Tag vorbeuge.

Ja, um die heilsame Entleerung, die auch Pastor Gottliebsen gewiss gutgeheißen hätte, zu beschleunigen, steckte sich Billy Gould zwei Finger tief in den Rachen und bewegte sie hin und her, bis sich plötzlich gleichzeitig mit dem Strom nie gegessener Tomaten und Karotten, der ihm in die Kehle und aus dem Mund schoss, die schreckliche Erkenntnis Bahn brach, dass alles das, was er da in den Büchern beschrieben gefunden hatte, ja nichts anderes war als die rationale Idealgesellschaft, nach der sich der Kommandant sehnte, eine Gesellschaft, die kein Gefängnis mehr brauchte, weil sie selbst ein Gefängnis *war,* und dass diese letzte Schöpfung, so kühn, dass nicht einmal Miss Anne in Europa davon zu träumen gewagt hatte, vielleicht in gewisser Weise die ungeheuerlichste seiner Leistungen war, noch monströser als der Bau der Großen Mah-Jongg-Halle und die Gründung der Nationalen Eisenbahngesellschaft, eine ebenso unbewusste wie groteske Huldigung an die Adresse der Alten Welt.

Das war schon eine ganze Menge, was ihm da bewusst wurde, zu viel, um ganz ehrlich zu sein, für einen Kerl, der sich außerdem auch noch die Füße und die Kleider bekleckert hatte, trotzdem hätte Billy Gould sich sogleich unverdrossen an die Arbeit gemacht, um die Schweinerei aus lauter halb verdautem Europa zu beseitigen, hätte ihn nicht eine zweite Erkenntnis überfallen, die noch schlimmer war.

Sie traf ihn mit der Wucht eines Hammerschlags vor den Kopf, als er sich eben mit dem Handrücken über den Mund wischte, und es war ein absolut unerträglicher Gedanke: In dieser allumfassenden Geschichte, die er da gelesen hatte, war alles das, was er gesehen und erfahren, erlebt und erlitten hatte, ausgelöscht, wie nie gewesen, bedeutungslos wie ein Traum, der sich beim Erwachen in Nichts auflöst. Wenn Freiheit nur im Raum der Erinnerung existierte, wie Capois Death, der die Geister der Vergangenheit in einer Flasche Würzbier bei sich trug, behauptet hatte, dann waren er und alle um ihn herum zu ewiger Gefangenschaft verurteilt.

## VII

Das Grauen, das ich fühlte, ist unbeschreiblich. Ich glaubte oben vor den Fenstern Höllenfratzen zu sehen, die um Linderung ihrer endlosen Leiden flehten, deren niemand gedachte und von denen niemand berichtete. Diese schrecklich zugerichteten Köpfe – wie von Hunden zerfleischt, an vielen Stellen sah der nackte Knochen hervor – näherten sich und wichen zurück, sie schienen von mir zu erwarten, dass ich der Vergangenheit zu ihrem Recht verhalf, aber das war mir völlig unmöglich.

Ich hatte gelesen und gelesen, und doch blieb die Vergangenheit ungerächt und vergessen, wie sollte ich etwas daran ändern können? Aus den anklagenden, starren Augenhöhlen der Schädel des schottischen Webers und Roaring Tom Weavers, des gestohlenen Schädels von Towtereh, des zerschmetterten Schädels seines Enkels krochen Kakerlaken. Flöhe krabbelten aus den gezackten Nasenöffnungen. Die Schädel weinten jetzt stinkende Blut- und Eitertränen, die durch das Glas drangen und mich benetzten. In panischer Angst wischte ich an meinen Schultern, meinen Armen, meinem Kopf herum, als könnte ich sie abwehren. *Nein!*, rief ich aus, *nein, lasst mich in Ruhe!* Aber die schrecklichen Schemen verschwanden nicht, bettelten immer weiter, dass ich das Unmögliche versuchte. Überall an mir klebte ihr verfaultes Fleisch, ich spürte auf meiner Haut all die Maden wimmeln, die über den Körper der angepflockten toten Schwarzen gekrochen waren, ich stank nach Verfall und Kotze und Wiederkehr, sah die Welt leibhaftig an mir vorüberziehen in all ihrem Schrecken und all ihrer Schönheit und wusste, dass beides unausweichlich war. Aber wie konnte ich ihnen das sagen?

Ich bin nur der Leser, versuchte ich ihnen klarzumachen. Aber sie hörten nicht zu, konnten nicht zuhören, würden niemals zuhören können, wollten nichts anderes, als dass ich das Instrument ihrer Rache würde.

Und dann wurde Billy Gould nicht einfach nur schlecht, ihm wurde mit einem Mal sterbenselend.

Denn die Welt wartete nicht mehr darauf, ein Buch zu werden. Jetzt existierte ein Buch, das den obszönen Ehrgeiz hatte, die Welt zu werden.

## VIII

Ich sank zu Boden. Ich lag dort eine Weile wie eine lichtentleerte chinesische Laterne, zerknittert, flach, den Kopf in Unglauben und Verwirrung gesenkt. Sah die Vergangenheit, an die sich die Menschen eines Tages erinnern würden, so aus?

Und da hörte ich ein bizarr schrilles Pfeifen. Ich zuckte entsetzt zusammen, fuhr herum und riss instinktiv die Arme hoch, wie um Schläge abzuwehren.

Vor mir im Mondlicht stand ein kleiner räudiger Köter auf seinen Hinterbeinen und pfiff. Dann brach er ab, ließ sich nieder auf sein eines gesundes Vorderbein und blickte über meine Schulter nach oben. Ich brauchte mich nicht umzudrehen, um zu wissen, wer hinter mir stand.

»*Du bist ein Fälscher, Gould*«, sagte er. Seine Stimme war ebenso glatt und geschmeidig wie seine Handschrift.

Ich drehte mich langsam um und sah niemand anderen als Jorgen Jorgensen, der auf mich herablächelte. Einen Augenblick lang dachte ich, er stehe auf einem Stuhl oder einer Bücherkiste, so übergroß kam er mir vor. Er beugte sich über mich, warf seinen Schatten auf mich, sah aus wie ein Regal, das gleich umkippen würde. Sehr langsam, ohne ihn aus den Augen zu lassen, stand ich auf.

Jorgen Jorgensen wirkte wie alles in dem Raum monochrom und kühl. Auf seiner grauen Haut zeichnete sich ein Gewirr weißer Linien ab, eine war die eines Speichelfadens an einem Winkel seines höhnisch verzogenen Munds, weiß waren auch die Strähnen seines Haars, die wie zerrissene Spinnweben über das schief geneigte Gesicht fielen.

»*Verdammt*«, fuhr er fort, jedes Wort genüsslich auskostend, »*ewige Qualen zu leiden*.«

Jorgen Jorgensen eignete sich schlecht für die Rolle von Gottvater, schon deswegen, weil er nicht den richtigen Bart dafür hatte, nur diesen kümmerlichen Schnurrbart, in dem noch feucht glänzend die Reste der Abendsuppe hingen. Außerdem roch er nach vergammelten Schlachtabfällen, und wenn man auch Gott nachsagt, Er sei alle Dinge, so ist damit doch wohl nur gemeint, dass Er solche Dinge sei wie Narzissen und Liebe und Sonnenuntergänge etc. und nicht etwa auch alle üblen Gerüche. Aber Jorgensen schien nun einmal Gottvater spielen zu wollen – immerhin hatte ja auch er eine neue Welt erschaffen – und hatte offensichtlich beschlossen, von der Schwelle seiner Himmelstür ein paar markige Worte zu sprechen, und das Erste, was er mir verkündete, war, dass ich sterben müsse.

Immer seit mir dieser Priester im Armenhaus im Namen Gottes die Füße rieb, war ich der Meinung, dass man, selbst wenn man einsieht, dass dieses oder jenes Gottes Wille ist, nicht notwendigerweise damit einverstanden sein muss. Man kann zum Beispiel der Meinung sein, es sei Gottes Wille, dass es regnet, aber das bedeutet nicht, dass man draußen stehen bleiben muss, bis man tropfnass ist. Und genauso ist es mit anderen Dingen. Wenn Jorgensen meinte, ein elender Schuft wie ich verdiene einen elenden Tod, so leuchtete mir dieser Gedankengang durchaus ein, allerdings war ich nicht damit einverstanden, dass ich hier und jetzt sterben sollte. Und so wich ich, als er plötzlich mit einer Kraft und Agilität, die in keinem Verhältnis zu seinem elenden Körper und seinem Alter stand, auf mich zusprang und mit seinem rostigen Degen auf mein Herz zielte, zur Seite und warf dabei meine Kerze auf dem Fußboden um.

Die Kerze erlosch, und ich lief, um mich hinter einem der Regale zu verstecken, aber Jorgensen kannte sich in diesem Bücherlabyrinth so gut aus wie eine Ratte in ihrem Bau, und bevor ich noch den Geruch von verwesender Leber wahrnahm, spürte ich bereits die kalte Klinge an meinem Hals.

»*Wie Dantes Adamo von Brescia, dem Falschmünzer, soll es dir ergehen*«, zischte er, »*aufschwellen wie eine Mandoline soll dein Leib von der Folter der Wassersucht im dunklen stinkenden Höllenpfuhl der Malebolge!*«

Als er so poetisch wurde, traten ihm schaumige Tröpfchen vor den zahnlosen Mund, er sprudelte geradezu. Er drückte die flache Klinge stärker gegen meinen Kehle, ich bekam kaum mehr Luft. Ich zitterte so heftig, dass das Regal, an dem ich lehnte, zu schwanken anfing. Es war roh zusammengezimmert und stand auf unebenem Boden, ich spürte, dass es nicht sehr stabil war.

Der alte Däne rückte mir noch näher auf den Leib und vermittelte mir seine Vision der Hölle, die mir bevorstand, nicht nur mit Worten, sondern auch mit tröpfelndem Geifer, der sie begleitete und wie Gischt über mein Gesicht wehte.

»*Durst und scheußliche Krankheiten werden dich quälen*«, sprühte er, »*Du wirst zu der unermesslich großen Schar gefolterter Seelen gehören, unter lauter grässlich verstümmelten Schatten wandeln, verdammt zu einem Dasein in Verwesungsgestank, denn eure Leiber, ihr Fälscher, werden mit Geschwüren übersät sein, und fauliges Fleisch wird sich von euren Knochen schälen.*«

Mit diesen Worten drückte er die Klinge in meinen Hals, die rostige Schneide zog eine dünne, gebrochene Linie aus Blut über meine Kehle. Ich fuhr unwillkürlich zurück, rutschte auf dem Schleim, der an meinen Sohlen klebte, aus, verlor das Gleichgewicht und krachte gegen das wacklige Regal hinter mir, dessen schwere Masse die Möglichkeit eines Kreiselns erwog. Ich dachte an Twopenny Sal, ihre kreisenden Hüften, aber es wäre falsch, dem, was ich tat, die Würde des Wortes »Idee« zuzuschreiben.

Mit aller Kraft, die mir geblieben war, rammte ich meinen Hintern gegen das schwankende Gebäude des Buchregals hinter mir.

Der giftige dänische Bücherwurm muss ein Geräusch gehört haben – vielleicht das Knacken von Holz oder den dumpfen Knall eines Bandes, der dominoartig in den nächsten fiel –, denn er blickte plötzlich nach oben. Ich weiß nicht, ob er sah, dass das Regal wankte, oder nicht, jedenfalls schaute er hoch, wich zurück, stolperte dabei über die eigenen Füße – das alles ging so schnell, dass es wie eine einzige Bewegung wirkte – und fiel hin, und da stürzten auch schon die ersten Bücher zur Erde.

Das Letzte, was ich von ihm sah, war der fuchtelnde Degen, mit dem er die riesigen Wälzer abzuwehren versuchte, schwer wie Felsen, allgegenwärtig wie Regen, schrecklich wie eine Lawine. Als jene Bände nun auf Jorgen Jorgensen niederstürzten, hörte ich ihn schreien, dass nichts hielt, nicht einmal Bücher.

Dann konnte ich nichts mehr hören, denn ich stand mit eingezogenem Kopf und aufgerecktem Hintern, umgeben von fallenden Büchern, eng an das Regal gepresst, und bemühte mich mit aller Kraft darum, das Möbel hinter mir weiter zu schaukeln. Da die Bücher, die in den oberen Reihen standen, am weitesten geschleudert wurden, war ich an meinem Platz direkt vor dem Regal weniger gefährdet, denn ich wurde lediglich von Bänden aus den unteren Reihen getroffen, die keinen so langen Fallweg hatten und mir nur wehtaten, mich jedoch nicht verletzten. Aber dann löste sich ein Regalbrett weiter oben, beschrieb einen wilden Bogen und raste auf mich zu.

Ich spürte den Schlag nicht.

Ich fiel und fiel, ohne zu wissen, ob ich unter der Last so vieler Wörter am Leben bleiben würde.

## IX

Ich hörte die Morgengeräusche: Befehle vom Appellplatz, Hühnergegacker, aus der Ferne fröhliches Quieken des mörderischen Castlereagh. Aber um mich herum war es dunkel. Ich hatte keine Ahnung, wie lange ich in dieser Dunkelheit gelegen hatte. Mein Kopf war benebelt und schwerfällig – einen Moment lang geriet ich in Panik, weil ich mir vorstellte, mein Kopf, abgetrennt, aber noch denkend, dümpelte in einem Fass, das nach England unterwegs war.

Dann wurde mir klar, dass über meinem Gesicht ein aufgeschlagenes Buch lag, die Ecken anderer Wälzer stachen mich in die Rippen und in den Bauch, auf meiner Brust türmten sich etliche schwere Bände, und da wusste ich, dass mein Kopf und ich noch einträchtig beieinander waren. Ich roch Pergament, Velin, sauren Schweiß und den verwesenden Nierengeruch von Jorgensen. In meinem Hinterkopf pochte ein dumpfer Schmerz, für den ich das Regalbrett verantwortlich machte, das neben mir lag. Irgendwo draußen wurden Namen gerufen, Antworten kamen, ich hörte das dumpfe Klicken und Tappen der Männer in Fußketten, als sie zur Arbeit aufbrachen. Die Flüche der Holzfäller, das Bellen der Konstabler.

Aber niemand schien von mir Notiz zu nehmen, nicht einmal, als ich heftig niesen musste, weil mir der Papierstaub von all den Büchern um mich herum in die Nase gestiegen war.

Ich versuchte mir ein Bild von meiner Lage zu machen.

Ich hörte Geräusche. Ich roch etwas. Aber ich sah nichts.

Diese ungeheure Masse an totem Material, die Jorgensen so wichtig gewesen war, nahm mir die Sicht und den Atem, drohte mich zu ersticken. Ich musste es irgendwie schaffen, mich zu befreien. Ich hatte das Gefühl, ich könnte jeden Moment anfangen, panisch zu schreien in dieser verdammten Enge. Die Bücher hielten mich wie mit Widerhaken fest, sie waren nicht abzuschütteln, schienen sich mir zum Hohn nur noch fester um mich herum zu verkeilen, als ich mich wand und wälzte, um mir Raum zu verschaffen. Es kostete mich schwere Mühe, aber irgendwann gelang es mir, mich aus der Finsternis herauszuwühlen.

Mir war übel und schwindlig. Über zersplitterten Brettern des umgekippten Regals schwebte Harzgeruch. Irgendwie schaffte ich es aufzustehen.

Und dann sah ich an der anderen Ecke des Regals eine schwarze Pfütze. Ich taumelte, kroch durch das Chaos aus Büchern und zerschlagenen Balken darauf zu. Es war eine Lache von halb geronnenem Blut, Staub schwamm darauf, weiß zeichneten sich ein paar Haarsträhnen ab, die unter einem großen Buch hervorkamen.

Ich schob das Buch weg.

Ein Auge des alten Dänen hing lose aus der blutverschmierten Augenhöhle heraus, offenbar von der Ecke eines Buchs oder Regalbretts getroffen. Sein Degen hatte sich in den Deckel eines zerlesenen alten Bandes gebohrt, der *Naturgeschichte* des Plinius, wie sich beim näheren Hinsehen zeigte. Ich fragte mich, ob er wirklich tot war oder vielleicht in einem ähnlichen Zustand der Gnade wie die heilige Christina, die ganz plötzlich zusammenbrach und für tot gehalten wurde, die dann aber, als man die Totenmesse las, vor der versammelten Trauergemeinde aus ihrem Sarg empor bis zu den Deckenbalken der Kirche schwebte. Jorgensen freilich machte auf mich nicht den Eindruck, als ob er sich irgendeiner Gnade erfreute. Ich stupste ihn an und trat ihm ein paar Mal mit dem Fuß in die Seite, aber er wurde schon steif.

Ich schaute ihn lange an.

Ich weiß nicht, wie lange.

Nach langer oder kurzer Zeit, nach einer Ewigkeit oder ein paar Sekunden durchsuchte ich seine Taschen. Neben einem ganzen Inventar von Müll fand ich doch etliche recht nützliche Dinge: zwei abgebrochene Federkiele, ein Taschenmesser, ein bisschen gutes Kommissbrot (die Sorte, die für die Offiziere gebacken wurde – ohne Sägemehl und Dreck), eine Brille (ein Glas hatte einen Sprung) und einen goldenen Ring. In den Kragen eingenäht war ein Dutzend bengalische Dollars, die sich später als unschätzbar wertvoll erweisen sollten.

An seinem faltigen Hals blinkte etwas intensiv Blaues. Der alte Gould hatte mir gesagt, Blau sei die weibliche Farbe schlechthin; blau malten deswegen die Künstler den Mantel der Jungfrau Maria. Ultramarin war das teuerste aller Pigmente, es wurde aus dem Vorderen Orient importiert – daher der Name: »Von jenseits des Meeres«.

Ich brauchte nicht so weit zu reisen, ich brauchte nur die Hand auszustrecken und das Lapislazuli-Kollier vom Hals des Toten loszumachen. Noch am selben Tag zermörserte ich die Steine mit großen Kieseln zu feinem Pulver, um daraus die Ultramarintinte herzustellen, mit der ich ebenjetzt diese Geschichte vom kalten Tod schreibe. Blau redet zu uns vom Morgen, vom Himmel, vom Meer. Aber von den changierenden Fischen habe ich gelernt, dass jede Farbe immer zugleich ihr Gegenteil enthält, und darum ist Blau auch die Farbe des Leids und der Qual und der Unzucht. Und was da an diesem warmen Sommermorgen, der immer intensiver in dem verfluchten Blau erstrahlte, vor mir lag und immer mehr Schmeißfliegen anzog, war eine Leiche, die mir, wenn ich nicht bald etwas unternahm, einen zweiten Mord zur Last legen würde.

Der Tod ist eine einfache Sache, aber er kann, wie Castlereaghs Kothaufen mich gelehrt hatte, doch einige unvorhersehbare Konsequenzen nach sich ziehen, und das wollte ich in diesem Fall unbedingt verhindern. Ich schleifte den einstigen König von Island zum Schreibtisch, räumte eine leere Schnapsflasche aus dem Weg, öffnete die improvisierte Falltür, manövrierte die Leiche durch eine Pfütze Erbrochenes zu dem Loch und ließ sie in meine Welt hinunterplumpsen.

Was ich tat, war dumm, aber ich tat es und konnte es dann nicht mehr rückgängig machen. Bei Ebbe, jetzt zum Beispiel, verstecke ich die Leiche hinter der Tür meiner Zelle, wo ich auch die Splitter von gebrochenen Balken und den anderen Schutt, der aus dem Loch in der Decke gefallen ist, aufbewahre, und wenn die Flut kommt, schwimmt sie einfach mit mir in der Zelle umher.

Eine Leiche ist in mehr als einer Hinsicht das Negativ des lebenden Menschen, und ich habe immer wieder die Erfahrung gemacht, dass speziell diese Leiche eine sehr viel angenehmere Gesellschaft ist als der Mann, der früher diese verwesliche Hülle bewohnte. Während Jorgen Jorgensen versuchte, die Welt nach seinen Wünschen umzuformen, ist seine Leiche, der König, geradezu ein Muster abendländischer Abgeklärtheit, und der Ausdruck der Subordination, den er früher zur Schau tragen musste wie der Kommandant seine Maske, ist zusammen mit dem Fleisch von seinem Gesicht abgefallen. Und ganz im Gegensatz zu Jorgen Jorgensen, der das starke Bedürfnis hatte, der Nachwelt seine Gedanken mitzuteilen, gibt sich der König damit zufrieden, über mein wenig gehaltvolles Geschwafel nachzusinnen.

Aus dem, was ich bereits erzählt habe, ist wohl hinreichend deutlich geworden, wie sehr seine Gesellschaft meine leere Existenz hier bereichert hat und warum ich ihn so schätzen gelernt habe. Insbesondere dieses *Buch der Fische* verdankt ihm und seiner steten Ermutigung unschätzbar viel. Er hat meine Bemühungen nie bekrittelt, nie über meinen Ehrgeiz die Nase gerümpft, nie meinen armseligen Stil verhöhnt. Die wohlwollende Nichtachtung, die er mir entgegenbrachte, hat, davon bin ich fest überzeugt, meine Arbeit sehr gefördert.

Am Anfang allerdings empfand ich die Gesellschaft dieser Leiche mit ihren milchig weißen Augen und eingesunkenen Wangen, eines Kadavers, dessen Bart und Nägel weiter wuchsen, ehrlich gesagt, als ziemlich verstörend, und dies erst recht, als das Leichengas Jorgen Jorgensens Körper auftrieb, als er schwarz, dann grün und schleimig wurde, als das Fleisch in widerlichen, schmierigen Fetzen von dem aufgeblasenen Monstrum abfiel, das bei Flut wie ein stinkender Ballon neben mir schwamm und immer wieder mit mir zusammenstieß.

Von Ekel geschüttelt, versuchte ich dann, ihn mir vom Leib zu halten und fortzustoßen, und machte dabei immer wieder die verblüffende Erfahrung, dass das faulige, aufgeblähte Fleisch meiner Hand gar keinen Widerstand bot: Sie drang wie durch Zauberei einfach durch die wabblige Masse, bis sie auf etwas Festes stieß, auf einen Arm- oder Beinknochen, auf den Brustkorb, auf den Schädelknochen. Mir fielen die letzten Worte des Königs in jener Nacht in der Registratur ein: Er hatte von den Qualen der Wassersucht gesprochen, die in Dantes Inferno den Fälschern zugedacht waren und die, wie er meinte, folglich auch mich erwarteten – und jetzt schwamm er selbst als eine wassersüchtig aufgetriebene Leiche neben mir als der wahre Fälscher, als ein König, dessen letztes Reich, meine Zelle, zugleich sein Höllenkreis war.

## X

Am Abend danach stieg ich wieder in die Registratur hinauf. Es war ein extrem heißer Tag gewesen, und die Luft war immer noch dampfig und drückend schwül. Ich fand alles so vor, wie ich es verlassen hatte: das umgestürzte Regal, bedeckt und umgeben von Holzsplittern und wild umhergestreuten Büchern. Niemand hatte die Registratur betreten: Sie war Jorgensens Reich, und solange seine Abwesenheit nicht auffiel, was durchaus mehrere Tage dauern konnte, würde niemand es wagen, hierher zu kommen. Ich hob das Buch auf, das auf dem Gesicht des Toten gelegen hatte – an der Ecke, die ihm das Auge ausgeschlagen hatte, klebte dunkles, geronnenes Blut –, um nachzusehen, ob es zum Thema »ungeplanter Mord« etwas zu sagen hatte.

Es war ein großformatiger, elegant gestalteter Band, offensichtlich erst vor kurzem veröffentlicht. In goldgeprägten Frakturlettern stand auf dem Buchdeckel der Titel:

CRANIA TASMANIAE
Sir Cosmo Wheeler

Ich schlug das Buch auf und las die Widmung:

*Für Toby Lempriere*
*Von Ihrem Kameraden im Dienst der Wissenschaft –*
*Cosmo Wheeler K.C.B.*

Es lagen mehrere Ausschnitte aus gelehrten Zeitschriften bei, Rezensionen, die ausnahmslos das Werk, Wheelers *magnum opus,* wie ein Kritiker es nannte, in den höchsten Tönen priesen. In einer der Besprechungen, die Wheeler als den britischen Blumenbach hochleben ließ, hieß es:

*... Während indes der große preußische Pionier der Kraniometrie, Johann Friedrich Blumenbach, die Existenz einer europäischen Rasse, die er die kaukasische nennt und exakt von den vier anderen Menschenrassen unterscheidet, unzweifelhaft bewiesen hat, war die von ihm postulierte Überlegenheit des kaukasischen Menschen über alle anderen Rassen bislang – nämlich bis zur Publikation der* Crania Tasmaniae *– mehr eine teutonisch kühne Theorie denn eine wissenschaftlich fundierte Tatsache.*

*Das Gegenstück zu jenem Schädel aus der Kaukasusregion, der nach Blumenbach alle Kennzeichen höchster Veredelung des Menschen idealtypisch in sich vereinigt und dem zu Ehren der Forscher den Begriff der »kaukasischen« Rasse geprägt hat, ist, wie Sir Cosmo Wheeler zeigt, ein negroider Schädel aus Van Diemens Land, der die Signatur MH-36 trägt und die ganze degenerierte und ...*

Ich war so verblüfft, dass mir das Papier aus den schweißnassen Fingern glitt. Darunter war eine weitere Kritik, die Folgendes feststellte:

*Eine Neigung zu exzessiver animalischer Leidenschaft der sexuellen Art ist unverkennbar. Der stark sinnliche Charakter wird aus der Gestalt des Schädels ohne weiteres ersichtlich, da das lebenslange dekadente Übermaß an sexuellen Energien auf beiden Seiten des Kopfes zwischen dem Warzenfortsatz am unteren Ende des Schläfenbeins und dem Gehörgang eine auffallend vergrößerte Höhlung verursacht (welche alles Wachstum des Gehirns retardiert). Sir Cosmo Wheeler nennt diese sinnlichen Höhlungen – besonders prominent ausgeprägt bei dem Exemplar MH-36 – treffend den »großen Südkontinent des menschlichen Gehirns, einen dunklen Abgrund von ungeheuren Ausmaßen, der noch kaum wissenschaftlich erforscht ist«.*

Das alles kam mir, wenn ich daran dachte, wie es dem armen Penis von MH-36 ergangen war, wie grausame Ironie vor. Die letzte Rezension, die ich las, vertrat ganz entschieden die Meinung, dass

*… man lediglich MH-36 studieren muss, in seiner viehischen Missgestalt ein knöcherner Ausdruck moralischer Verkommenheit und degenerierter Hässlichkeit, um zu erkennen, dass* Crania Tasmaniae *eine der ganz großen wissenschaftlichen Leistungen unserer Epoche ist.*

*Wheeler beweist zweifelsfrei, dass der tasmanische Neger, womöglich noch barbarischer als der Neuholländer, dem Tier nahe steht und eine gesonderte Spezies ist.*

*Die geistige Unterlegenheit und rassische Degeneration zeigt sich, wie der Autor glänzend demonstriert, allenthalben in Anomalien der Schädelbildung. Das Werk insgesamt verleiht der auf zahlreichen wissenschaftlichen Erkenntnissen fußenden These, dass eine solch minderwertige, wenn auch hochinteressante Spezies nicht gemeinsam mit dem europäischen Menschen erschaffen worden sein könne, zusätzliches Gewicht. Ihr Ursprünge liegen nicht im Garten Eden, sondern außerhalb, eine Erkenntnis von weitreichender Bedeutung im praktischen wie auch im moralischen und sprirituellen Bereich.*

Ich blätterte das Buch durch, die unaufgeschnittenen Seiten riss ich einfach mit dem Zeigefinger auf. Es enthielt viele hervorragend gezeichnete Abbildungen von Eingeborenenschädeln. Besondere Sorgfalt und Mühe hatte der Kupferstecher den verschiedenen Ansichten des so unendlich bedeutungsvollen Exemplars MH-36 gewidmet, es wurde in allen Details von oben, von unten, von den Seiten gezeigt – so viel ehrfürchtige Andacht wurde ihm zuteil, dass ich unwillkürlich an St. Agapitus denken musste, von dem nicht weniger als fünf perfekt konservierte Schädel auf der ganzen italienischen Halbinsel verehrt werden.

Dem Buch lagen zwei an Mr. Lempriere adressierte Briefe bei. Der erste trug das noch intakte Siegel der Royal Society und enthielt die Mitteilung, dass man beschlossen habe, Mr. Lempriere für seine eifrige und beharrliche Sammeltätigkeit eine offizielle Belobigung auszusprechen.

Der zweite war ein persönliches Schreiben von Sir Cosmo Wheeler. Der große Phrenologe unseres Zeitalters versicherte darin seinem lieben Freund, dass er wie ein Löwe gekämpft habe, Lemprieres Aufnahme in die Society durchzusetzen. Er habe seinen Kollegen eindringlich dargestellt, wie wichtig die Arbeit seines Schülers gewesen, dass erst die von ihm zusammengestellte Schädelsammlung und insbesondere der Schädel mit der Signatur MH-36 Sir Cosmo Wheeler in die Lage versetzt habe, endlich zweifelsfrei zu beweisen, was er schon lange vermutet habe. Mehr als irgendein Schädel, der ihm je untergekommen sei, habe MH-36 die moralische Unterlegenheit, den in der Schädelform angelegten Mangel an Intelligenz, die ganze regressive Natur der tasmanischen Negerrasse deutlich gemacht, die aufgrund dieser Defizite und ganz unabhängig von der Ankunft der zivilisierten und fortgeschrittenen Europäer früher oder später untergehen müsse.

Er habe mit Engelszungen geredet, aber leider, leider habe das alles nichts genutzt, und sein Antrag, Lempriere in die Society zu berufen, sei von der Mehrheit abgelehnt worden. Immerhin, so meinte Sir Cosmo tröstend, sei eine offizielle Belobigung von einer so angesehenen Körperschaft nicht zu verachten und werde ohne Zweifel das ihre dazu beitragen, Lempriere den Weg zu seinem Ziel zu ebnen.

Hatte er inzwischen schon mal daran gedacht, Eier zu sammeln? Bowdler-Sharpe sei hoffnungslos unzulänglich, und er, Sir Cosmo, überlege, ob er nicht eine vergleichende Studie über Eier der Alten und der Neuen Welt herausbringen sollte. Vielleicht habe Toby ja Interesse, Teil dieses großen gemeinschaftlichen Unternehmens zu werden?

## XI

Mir war, als müsste ich ersticken, als fielen Papierblätter, so groß wie Häuser, auf mich und pressten mich wie Blumen und Blätter für ein Herbarium, als wickelte sich ein Buch, so weit wie der Himmel, um meine geschrumpfte Gestalt und schlösse mich für immer in sich ein.

Das Leben des Menschen ist kein Prozess steten Fortschreitens, wie es gewöhnlich in der Historienmalerei erscheint, und auch keine Abfolge von Tatsachen, die man nur schön ordentlich der Reihe nach aufzählen muss, um sie zu verstehen. Es ist eher eine Abfolge von Transformationen, die sich teils schockierend plötzlich ereignen, teils unmerklich langsam vor sich gehen und dennoch einen Menschen so tiefgreifend verändern, dass er, wenn er im Alter auf sein Leben zurückblickt, tatsächlich außerstande ist, auch nur eine Spur Ähnlichkeit zu finden, die ihn mit jener jungen Person, die er einmal war, verbindet.

Ich könnte nicht sagen, wann es mir zum ersten Mal bewusst wurde, dass ich während der langen Zeit auf Sarah Island einen unendlich langsamen Prozess der Metamorphose durchmachte. Als ich mich zögerlich tastend daranmachte, mir einen Weg aus dem Dunkel der *Crania Tasmaniae* und der beigelegten Briefe zurück ins Freie zu bahnen, konnte ich nicht ahnen, dass ich bald neu und verwandelt wieder geboren würde. Und ebenso wenig war mir natürlich klar, dass die Fischmalerei nicht deswegen so schmerzhaft und mühsam gewesen war, weil die Fische starben und weil ihre Gestalt so schwierig zu erfassen war, sondern weil ich, damit meine Gestalt sich verwandeln konnte, zuerst sterben musste. Wie hätte ich wissen können, dass meine Malerei in all dieser langen Zeit Verwandlungsarbeit war, dass ich mit dem Pinsel nicht so sehr Bilder schuf als vielmehr Fäden spann, dass ich dabei war, mich in einem Kokon aus Bildern zu verpuppen?

Und wie hätte ich wissen können, dass, als ich jenen Brief fallen ließ, um endlich aus meiner Hülle zu schlüpfen, meine verzweifelten Anstrengungen, auszubrechen, zu entkommen, in diesem Moment begannen?

# Der Haubenfisch

*Von einer kühnen und wagemutigen Flucht –*
*Der Schlitten der vereitelten Erinnerung –*
*Brady, ein Racheengel – Die Wiederkehr des Capois Death –*
*Angriff der Schwarzen – Ein Mord – Der Scheiterhaufen.*

## I

Am Anfang war das Wort, und das Wort war bei Gott, und Gott war das Wort. Das Wort war am Anfang bei dem alten Dänen nicht minder als bei Gott. Alle Dinge waren von ihm gemacht, und ohne ihn war nichts gemacht, was gemacht war.

Aber dann ward das Wort Fleisch und wohnte unter uns als Teil unserer Finsternis und begriff unsere Finsternis nicht, denn das Fleisch verweste und blähte sich auf und zerfiel in schleimige grüne Fetzen, die in meiner Zelle umhertrieben. Und nachts, während ich versuchte, den Kopf über diesem Schleim, der immer höher stieg, zu halten, damit ich nicht auf ewig hinabgezogen wurde in die Ursuppe des Schöpfungsworts, wurde ich ergriffen von dem mächtigen heiligen Drang, Zeugnis abzulegen davon, dass das Wort und die Welt nicht mehr waren, was sie zu sein schienen, und dass sie nicht mehr eins waren.

Es war der Neujahrstag das Jahres 1831, und ich war fest entschlossen abzuhauen – aber mein Ehrgeiz beschränkte sich nicht darauf, lediglich auszubrechen, nein, ich wollte ein für alle Mal dieses System des Strafvollzugs vernichten. Und das Mittel, dessen ich mich bedienen wollte, war eine umfangreiche Auswahl von Akten, die ich aus der Registratur gestohlen hatte.

Rolo Palma und seine Fischermannschaft hatten sich bereit erklärt, dieses ganze Material und mich dazu im Schutz der Dunkelheit von der Insel fort nach Van Diemens Land hinüberzuschaffen. Dafür gab ich ihnen die Garantie, dass weder sie noch irgendwelche Behörden ihre Sträflingsakten jemals wieder zu Gesicht bekommen würden, außerdem sechs bengalische Dollar und ein Exemplar der viel gerühmten, wenn auch etwas billig gemachten Ausgabe der *Naturgeschichte* von Plinius dem Älteren in der ersten englischen Übersetzung von Philemon Holland (Rotterdam 1628). Das Werk war gekürzt, die Berichte von all den sonderbaren Menschenrassen, die Plinius kannte, waren jedoch vollständig enthalten, von den Thybiern, die in dem einen Auge zwei Pupillen und im anderen das Bild eines Pferdes hatten, den Monocoli, die auf ihrem einzigen Bein erstaunlich schnell hüpfen konnten und, wenn sie an heißen Tagen ein Schläfchen halten wollten, dieses eine Bein hochstreckten, um es als Sonnenschirm zu benutzen, von den Astomi, die weder einen Mund noch eine richtige Nase hatten, sondern nur, ähnlich wie die Schlangen, einfache Riechöffnungen, durch die sie ihre Nahrung einsogen, denn sie lebten von Gerüchen.

Die Kolonie war in heller Aufregung: Das unerklärliche Verschwinden des alten Dänen und Gerüchte von einer unmittelbar bevorstehenden Invasion Matt Bradys und seiner Armee des Lichts sorgten für Unruhe, der Kommandant lebte zurückgezogen wie ein Einsiedler und ließ den Dingen ihren Lauf, niemand hatte mehr einen genauen Überblick über das hektische Treiben. Diese Auflösungserscheinungen begünstigten natürlich meine Flucht. Ich will hier nicht die ganze Geschichte vom ersten nächtlichen Treffen mit Rolo Palma in allen Details langatmig ausbreiten und erzählen, was alles bedacht und besorgt werden musste – ich brauchte eine landwärts ziehende Tide, und ein Viertelmond sollte Licht spenden, aber nicht zu viel, und Mehl und Pökelfleisch und eine Axt und einen Topf und Stiefel und einen Schlitten – und wie ich all das zusammen mit meiner Freiheit kaufte. Details haben mich noch nie interessiert. Es war jedenfalls keine Frage des Mutes und der Kühnheit, sondern – wie es bei solchen Unternehmungen meistens ist – eine der Organisation und des Schmiergeldes.

Die Fischer, die mich in ihrem Boot zum Festland hinüberbrachten, erzählten später, das Letzte, was sie im grauen Dämmerlicht von mir gesehen hätten, sei diese irre Menge von Sträflingsmatrikeln, Kopierbüchern, marmorierten Aktenordnern, Papieren und Manuskripten aller Art gewesen, die auf einem Schlitten aus Sassafrasholz aufgetürmt waren.

Rolo Palmas Leute zogen ihre schweren Ruder durch und spürten, wie das Boot leicht erzitterte, sich, zuerst kaum merklich, in Bewegung setzte und endlich in stetiger Fahrt über das glatte schwarze Wasser glitt, zurück nach Sarah Island.

Es war kühl zu dieser frühen Stunde, die Männer legten sich ordentlich ins Zeug, um warm zu werden. Ich hörte sie reden und sah die weißen Atemwölkchen vor ihren Mündern dort draußen über dem ruhigen Wasser, während ich mich abmühte, meine schwere Last in die noch dunkle und tauige Wildnis zu schleppen, ein zerlumpter Kerl, der mit einem Zuggeschirr aus Känguruleder vor einen Schlitten gespannt war.

»Der kommt mir vor«, hörte ich Rolo Palma sagen, »wie eine Heuschrecke, die einen Ziegelstein ziehen will.«

Dann ging die Sonne auf, und ich hörte sie aufschreien, offenbar vor Erstaunen darüber, dass sich der Papierberg ähnlich wie ihr Walboot schließlich doch in Bewegung gesetzt hatte und, ohne Zweifel auf Nimmerwiedersehen, verschwunden war, mitsamt diesem entsprungenen Irren verschluckt von einer unübersehbaren Masse Grün, die sich über Hunderte Meilen nach Osten erstreckte, verloren in einer ungeheuren Fläche, in der es nur Schwarze und wilde Tiere und noch wildere Flüsse gab und Gott weiß was sonst noch für monströse Rassen und Geschöpfe.

## II

Man muss sich klarmachen, dass Billy Gould den Aufzeichnungen, die er dabeihatte, eine Macht zuschrieb, die nur ein Mensch wenigstens ungefähr erahnen kann, der zu lange inmitten von Papierbergen gelebt hat. Ich fürchtete, dass die Lügen, die ich jetzt hinter mir herschleppte, eines Tages das Einzige sein würden, was von dieser Strafkolonie übrig blieb, und dass die Nachwelt dann Capois Death, Mr. Lempriere, den Kommandanten und sogar den armen Castlereagh und auch mich, uns alle durch die Maschine der monströsen Fiktionen des Kommandanten beurteilen würde.

Als ob dieses Zeug die Wahrheit wäre! Als ob die Geschichte und das geschriebene Wort Freunde wären und nicht Widersacher!

Es gab, das wusste ich, nur einen einzigen Mann, der wusste, was zu tun war.

Matt Brady war für uns alle ein Rätsel, aber in der Dunkelheit meiner stinkenden Zelle, die ich mit dem Kadaver des alten dänischen Schreibers teilte, war Brady für mich ein Fanal geworden, ein Licht, das mir den Weg wies. Niemand, den ich kannte, hatte ihn je gesehen, und folglich waren ganz verschiedene Beschreibungen seines Äußeren im Umlauf. Trotzdem war ich überzeugt, dass ich Brady, wenn er mir begegnete, erkennen würde. Manche sagten, er sei groß gewachsen und dunkelhäutig, und eine Hälfte seines Gesichts in der bei den Maoris üblichen Art tätowiert, andere behaupteten, er sei ein Halbsamoaner und dies erkläre seine kriegerische Natur, wieder andere hielten ihn für einen kleinen Mann mit Sommersprossen, der sein rotes Haar in zwei langen Pferdeschwänzen trug. Für die Schotten war er William Wallace, für die die Iren Cú Cuculain, für alle ein Held.

Aber nur für mich war Brady der, der die Geschichte rächen konnte.

Meine Wünsche waren, wie Sie sehen, vielfältig; ich hätte wissen müssen, dass sie zugleich unrealisierbar waren. Zuerst und vor allem wollte ich die Kolonie in ihrem Lebensnerv treffen, indem ich ihr die Grundlage entzog, die Papiere, die ihre erfundene Geschichte belegten, die notwendige Fiktion, die die Realität der Gefängnisinsel erst ermöglichte. Und ich war entschlossen, Brady zu finden und ihm dieses ganze Material zu übergeben. Denn ich litt an einer Illusion, die noch grotesker und gröber zusammengepfuscht war als mein Sassafrasschlitten: Ich glaubte, wenn Brady erst einmal im Besitz der Lügendokumente wäre, die durch mein wahres Zeugnis ergänzt und berichtigt würden, könnte er nach der Befreiung von Sarah Island planvoll Rache üben.

Brady würde die Ratten, die andere verpfiffen, die Kapos, die sich auf Kosten ihrer Kameraden ein gutes Leben machten, einer göttlichen Gerechtigkeit überantworten, denn sie alle wurden in den Akten als Helden, als ehrenwerte und geachtete Sträflinge gezeichnet. Allen anderen würde Brady die Freiheit schenken, und ein Sträfling ohne Akte würde ein freier Mann bleiben, denn für mich stand jetzt fest, dass es diese geschriebenen Lügen waren, die uns zu Sklaven machten. Wenn es diese Papiere nicht mehr gab, dann gab es nichts mehr, was einen Sträfling von einem Freien unterschied. Die Leute konnten dann gehen, wohin sie wollten, als freie Männer, und da die Dokumente nicht mehr da waren, konnte ihnen niemand ihre Freiheit absprechen. Und weiter würde Brady die ganze scheußliche Wahrheit dieser Kolonie öffentlich machen, jedermann würde erkennen, dass die offiziellen Papiere, alle offiziellen Papiere, nichts als Lügen enthielten, und überall in Van Diemens Land würde ein Geist der Rebellion um sich greifen.

So zog ich denn mit meiner sonderbaren Last durch die unbekannte Wildnis, langsam und unter großen Mühen, aber in dem Bewusstsein, einem glorreichen Ziel zu dienen, und immer das leuchtende Bild meines Erlösers Brady vor Augen.

Aber selbst wenn man von meinem Schlitten, schwer beladen mit überspannten Erwartungen, einmal absieht, war diese Reise durch unerforschtes, menschenfeindliches Land einfach absurd. Irgendwo in dieser Wildnis von der Größe

Englands sollte sich Brady aufhalten, aber ich hatte nicht die geringste Ahnung, wo. Dicht wuchernde Vegetation überall, oft undurchdringlich, uralte Bäume und Farngesträuch. Es gab steil aufragende Berge, jäh dahinstürzende Wasserfälle, glitzernd weiß wie Granit.

Der Marsch wurde zu einer unvorstellbaren Quälerei. Aber ich schleppte meinen Schlitten in Schneegestöber und Eisregen, durch Täler und über weite Grasebenen, über Gebirgskämme und durch angeschwollene Flüsse, und nie, selbst in Momenten tiefster Verzweiflung, grausam folternder Schinderei nicht, zog ich den Gedanken in Erwägung, dass ich Brady nicht finden würde. Denn Brady, wenn ich ihn fand, würde es sofort verstehen. Brady würde mir erklären, was ich nicht durchschaute. Er würde mir sagen, wie diese Welt auf den Kopf gestellt und wieder in Ordnung gebracht werden konnte, so wie sie es früher war und wie sie sein sollte.

## III

Er trat eines frühen Abends in den Lichtkreis meines flackernden Feuers. Sein mit Grind und Schrunden übersäter Körper, welk und ausgezehrt, war nackt. Er trug einen aus Gras geflochtenen Hut, in der rechten Hand hatte er eine angeschlagene alte Tonflasche, auf einer Hinterbacke prangte ein eingebranntes »S«, das an zwei ineinander verschlungene Hufeisen erinnerte.

Ich saß zusammengekauert im Schutz eines schuppigen Felsens aus Schiefer und war vollkommen verblüfft von der verzweifelten Kühnheit dieses Mannes, der mir zuerst ganz fremd war. Ich griff nach meiner Axt. Aber als ich hörte, was er zu sagen hatte, wusste ich sofort, wer er war, denn wer sonst, der so wenig zu bieten hatte, wäre je auf die Idee gekommen, mir einen Handel vorzuschlagen?

»Wenn du dein Essen mit mir teilst«, sagte Capois Death, »helfe ich dir, deine Bürde zu schleppen.«

Ich gab ihm ein bisschen Pökelfleisch. Ich sah zu, wie er es auf einer Seite des Mundes kaute wie ein Hund – vermutlich waren ihm auf der anderen Seite alle Zähne ausgefallen. Ich fragte ihn, warum er abgehauen war, schließlich hatte er doch ein privilegiertes Leben gehabt, weit besser als das der meisten auf der Insel.

Immer noch kauend, nahm Capois Death seinen Grashut ab und zog ein schmutziges, zerknittertes Stück Papier darunter hervor. Es war so oft gefaltet und aufgefaltet worden, dass die Falze durchgescheuert waren, so dass es praktisch aus vier fast getrennten Stücken bestand.

»*Mein Alter*«, las ich,
»*du warst immer mein ein und alles, und so lieb und gut und ich werde nie dein schiefes süßes Lächeln vergessen und deine Ringellöckchen und dich immer lieben*
*dein Schatz auf ewig*
*Tommy*«

Ich gab Capois Death den Brief zurück.

Nachdem sie Roaring Tom Weaver letzten Winter aufgehängt hatten, sagte er, sei ihm das Herz gebrochen. Zuerst wollte er sich umbringen, aber dann beschloss er abzuhauen. Vor etlichen Wochen im Sommer war er dann zusammen mit fünf anderen geflohen. Als ihre Vorräte zu Ende gingen, trennten sie sich in zwei Gruppen. Einer seiner Gefährten war ertrunken, als sie einen Fluss durchschritten, der andere hatte aufgegeben und war zum Lager der Kalkbrenner zurückmarschiert. Vor einer Woche hatte Capois Death einem Beutelteufel den Kadaver eines Wombats abgejagt, seitdem hatte er nichts mehr zwischen die Zähne bekommen.

»Ja«, sagte er – es klang wie eine Antwort, aber ich wusste nicht, worauf – und entkorkte seine Flasche, in der sich immer noch ein Rest pissefarbene *Larrikin Soup* befand und dazu eine Geschichte, die, sagte er – ich merkte, dass er ziemlich wirr im Kopf war –, früher die seine gewesen war. Er zog einen schleimigen schlappen Grashalm heraus und fing an zu erzählen, wie er einmal, ganz am Anfang seiner Zeit auf Sarah Island, beim Verhör eines entflohenen Sträflings, den man wieder eingefangen hatte, dabeigewesen war.

Der Sträfling, ein Bäcker aus Birmingham, war mehrere Wochen lang mit drei anderen, die spurlos verschwunden waren, auf der Flucht gewesen. Die Gruppe hatte vergeblich versucht, durch die wilden Berge des Westens in den besiedelten Osten zu gelangen. Man nahm an, dass der Mann auf dem Marsch seine drei Gefährten gefressen hatte, bevor er endlich, zum Skelett abgemagert, aufgab und in die Kolonie zurückkehrte.

Er sagte, ihm liege nichts mehr am Leben, und bekannte sich offen zu seinen kannibalistischen Verbrechen, aber man glaubte ihm nicht, bis er seine Mokassins auszog und vorzeigte. Sie waren aus Menschenhaut gemacht. Musha Pug, der die Vernehmung durchführte, interessierten allerdings solche Abgründe der Verworfenheit weniger als handfeste Informationen über die Geographie der unerforschten Wildnis Transsylvaniens, die der Bäcker durchwandert hatte.

Irgendwann im Lauf des Verhörs beugte sich der Delinquent, entnervt von all den Fragen, zu Jorgen Jorgensen hinüber, der Protokoll führte, nahm – nicht ohne vorher den Kommandanten um Erlaubnis zu bitten – von dessen Tisch ein Blatt Papier und zerknüllte es mit einer heftigen Handbewegung.

»Sir«, sagte er ruhig, »Transsylvanien sieht so aus«, und ließ das zerknüllte Stück Papier auf den Boden fallen.

In ein so labyrinthisch zerknittertes Chaos aus Wasserfällen und Regenwald und Schluchten und Kalksteinterrassen folgte mir Capois Death für das bisschen Essen, das ich noch mit ihm teilen konnte – in eine Landschaft, die sich vor unseren Augen zu etwas Unsagbarem entfaltete.

Wir hielten auf Frenchman's Cap zu, das große Gebirgsmassiv in Transsylvanien. Seine gebrochene Halbmond-Silhouette war aus hundert Meilen Entfernung aus jeder Richtung zu sehen: Für uns Sträflinge auf Sarah Island waren diese Gipfel in der Ferne die französische Freiheitsmütze gewesen, und dort vermutete ich (auf Grund der umlaufenden Gerüchte und gewisser geheimer Briefe des Gouverneurs an den Kommandanten, die ich gefunden hatte) das Lager von Brady.

Wir waren nicht die Ersten, die sich auf den Weg nach Frenchman's Cap gemacht hatten. Wir stießen auf Feuerstellen, wo hier und da Schenkelknochen lagen oder ein Knochen des Unterarms. Wir stießen auf Myrtenwurzeln, die in dem Handschellen tragenden Skelett eines namenlosen geflüchteten Sträflings wucherten.

Wir blieben stehen und lauschten, ich weiß nicht, auf was.

»Was willst du jetzt machen?«, fragte Capois Death und kratzte sich am Arm, wo sich über dem Brandzeichen der lächelnden Maske ein großes, bös entzündetes Geschwür gebildet hatte.

Wir schleppten uns weiter. Unser Vorrat an gepökeltem Schweinefleisch ging zu Ende. Die Bücher wurden feucht, Moos und Flechten siedelten sich in ihnen an, Insekten und kleine Pflanzen. Das Geschwür an Capois Deaths Arm wurde brandig, er bewegte sich nur mehr langsam, er fantasierte im Fieber. Wir hatten keinen Tee mehr. Irgendwie ging unsere Axt verloren – ich vermute, dass Capois Death sie wegwarf, damit nicht einer von uns in Versuchung käme, es dem Bäcker gleichzutun. Dann war auch der letzte Rest Mehl aufgezehrt. In einem Flusstal stießen wir auf einen mächtigen toten Eukalyptusbaum. An den weißen Stamm waren in gerader Linie nebeneinander dunkle Stückchen von etwas angenagelt, was aus einiger Entfernung wie Rinde aussah. In seinem Fieberwahn glaubte Capois Death, die Augen des Maschinenstürmers hätten sich vervielfacht und starrten ihn voller Rachsucht an. Aber es war nichts dergleichen: Als ich mir die vermeintlichen Rindenstückchen aus der Nähe ansah, stellte ich fest, dass dort zwei Dutzend verschrumpelter schwarzer Ohren an den Stamm genagelt waren.

Später stiegen wir von einem hohen felsigen Kamm hinunter in eine weite mit Knopfgras und brusthohen Stauden bewachsene Ebene. Ein leuchtend goldener Ton von kleinen Blumen und jungem Grün lag über der Fläche. Aber wir sahen noch etwas anderes dort draußen, Gestalten, die sich auf uns zubewegten, und als sie näher kamen, erkannten wir zwei Schwarze.

Wir hoben unsere Stöcke an die Schulter, als legten wir Musketen an, aber sie ließen sich von dem alten Trick nicht beeindrucken. Wir wussten, dass es sinnlos war, wegzurennen, und hofften einfach, dass sie uns nichts Böses tun würden, ja, vielleicht würden sie uns sogar etwas von dem erlegten Känguru anbieten, das einer der beiden über der Schulter trug.

Aber als sie dann auf uns zugingen, war klar, dass sie nicht vorhatten, ihre Jagdbeute mit uns zu teilen. Der eine war groß gewachsen und etwas grindig, der andere klein und kräftig gebaut. Sie waren zornig, das sahen wir deutlich, ihre Speere, die sie mit den Zehen gefasst hielten, so dass sie im Gras verborgen blieben, sahen wir nicht.

»Numminer? Numminer?«, fragten sie, und ich, ein blöder Weißer, der glaubte, Numminer bezeichne die Weißen, die den Wilden alle möglichen Scheußlichkeiten angetan hatten, sagte: »Nein, ich nicht Numminer.« Capois Death, ein schlauer Schwarzer, meinte, Numminer bedeute »Geist«, und sah seine Chance gekommen, diesen schlichten Gemütern zu imponieren, indem er sich als Furcht erregendes Gespenst ausgab. Er nahm all seinen Willen zusammen, um die Fieberschauer zu unterdrücken, die ihn schüttelten, reckte sich zu seiner ganzen Größe auf und sagte in einem Ton, der so kraftstrotzend und mächtig klang, wie es ihm nur immer möglich war:

»Ja, ich Numminer, ich gottverdammt großer Numminer.«

## IV

Das Letzte, was Capois Death vor seinem traurigen Ende sah, waren die Bilder seines an Leiden reichen Lebens in umgekehrter Reihenfolge. Alles, was ihm auf Sarah Island begegnet war, den Maschinenstürmer, die Eierraspel, seine Erfolge als Kneipenwirt in Hobart, die Zeiten in Liverpool, alle Ereignisse seines Lebens sah er rückwärts durch das aus seiner Flasche sich ergießende Würzbier vor sich ablaufen.

Er blickte auf und sah, wie er zurück zu einem Sklavenschiff schwamm und sich, nachdem er einem weißen Wachsoldaten einen erniedrigenden Gefallen getan hatte, in die Knechtschaft auslieferte, sah traurig zu, wie sein wilder Freiheitsdrang nach und nach erstarb, während lachende Franzosen Nägel aus den hölzernen Epauletten zogen, die in die Schultern des schwarzen Generals Maurepas geschlagen worden waren.

Maurepas sah verständnislos die heiteren Franzosen an, während seine Frau und seine Kinder aus dem Meer auftauchten und Hunde Fleischfetzen ausspien, die sich zu menschlichen Gestalten formten. Der Sklavenaufstand wurde brutal niedergeschlagen, es folgte eine kurze Periode der Freiheit und schließlich wieder Sklaverei, Knechtschaft ohne Ende.

Capois Death spürte seinen lodernden Zorn und seine Entschlossenheit, der Sklaverei zu entkommen, schwinden und erlöschen wie eine flackernde Kerzenflamme, und als er die Kraft des Mannes verlor und zu einem immer schwächer werdenden kindähnlichen Wesen wurde, nahm er es als unabänderlich und selbstverständlich hin, dass das Leben aus lauter Schinderei und sinnloser Grausamkeit und Gewalt bestand, das war nun einmal der Lauf der Welt hier, dort und überall. Erst der Geschmack einer Guave, die ihm aus dem Mund genommen und auf einen Baum zurückgesteckt wurde, erlöste ihn von dieser Zeit, die endete, als eine weinende schwarze Frau vom schwarzen Aufseher herbeigeschleppt wurde.

Mit großer Kraft drängte eine weiße Frau der kreischenden Schwarzen den neugeborenen Capois Death auf. Diese hörte zu schreien auf und hielt das noch feuchte und blutige

Baby an ihre Brust gedrückt, erhob sich nach einer kurzen Weile, um sich in einem staubigen Hof unter einem Guavenbaum niederzuhocken, und ließ Capois Death endlich mit den Füßen voraus durch die blutige, zerrissene Öffnung ihres Schoßes in die einzige vollkommen heitere, wenn auch vollkommen unbekannte Periode seines Lebens zurückkehren.

Und in diesem letzten Moment, bevor ihn für immer Dunkelheit umfing, wandte sich Capois Death noch einmal um und sah sich selbst gespiegelt in einer sich leerenden Würzbierflasche, aber die Zeit bewegte sich jetzt nicht mehr rückwärts, sie drehte sich schnell voran. Capois Death sah seine Zukunft ungerührt, nahm gleichgültig die Offenbarung seines Schicksals zur Kenntnis: Während ich aus dem Zuggeschirr des Schlittens schlüpfte und davonlief, trafen und durchbohrten zwei Speere seinen fiebernden Körper.

Capois Death drehte sich um, atmete tief, machte ganz langsam drei Schritte von der Flasche weg, die sich rückwärts und vorwärts in der Zeit bewegte, aber dann spürte er den ersten Speer wie einen gewaltigen Hammerschlag; er wankte, dann traf ihn ein zweiter Schlag mit noch größerer Macht. Er fuhr herum, ein aufgespießter Vogel, und brach in die Knie. Während er wegzukriechen versuchte, spürte er, wie die Keulen der zwei Schwarzen auf ihn einschlugen und wie die Wörter in ihm

fort

trieben und miteinanderverschwammen un dimmerwe nigerSinnerga benund dannka mderDuft derGuavewieder undTommygehundrede mitmir und weitweitwegund Tommy! Tommy!kaltundkalt und

und————————

Im Davonlaufen sah ich über die Schulter, wie die Schwarzen mit ihren Keulen auf Capois Death eindroschen, als wollten sie ihm jeden einzelnen Knochen brechen. Ich sah, wie er in einer seltsam unbeholfenen Geste langsam einen Arm hob. Als ob er zum Abschied winken wollte. Sie schlugen ihm mit aller Wucht auf den Kopf. Im dichten Gestrüpp einer Gruppe von Teesträuchern versteckt, sah ich, wie sie schließlich von dem Sterbenden abließen und verschwanden.

Am nächsten Morgen schlich ich mich sehr vorsichtig zu der Stelle, um den Schlitten zu holen. Ich fand ihn unberührt, über Capois Deaths Leiche dagegen hatten sich Beutelteufel und Beutelwölfe hergemacht: Aus der Bauchhöhle hingen Därme und innere Organe wie Würste in der Farbe von geronnenem Blut.

Neben seinem Kopf lag die zerbrochene leere Geisterflasche, seine milchigen Augen schienen sie anzustarren. Um die Scherben herum waren die Geschichten verstreut: ein halber Granatring; einige Kiesel und Wasserpflanzen und drei kleine Muscheln – eine Meerschnecke, eine kleine Miesmuschel und eine Kammmuschel. Er war jetzt *Larrikin Soup* ohne Wermut, Vogelblut ohne einen menschlichen Körper, den man damit beschmieren konnte, so dass er flog. Er war Geschichte.

Mit meinen schwachen Malerhänden und dürren Ästen, die mir immer wieder abbrachen, begann ich, ein Grab in den mageren, steinigen Boden unter dem Knopfgras zu scharren. Nach einer Weile gab ich es erschöpft auf, schleppte Capois Deaths Leiche zu der flachen Mulde, die ich gegraben hatte, und machte mich fluchtartig davon, ohne mich noch einmal nach ihm umzudrehen.

Die Zeit verging.

Ich begann zu fantasieren.

Die Zeit verging nicht. Die inneren und äußeren Bilder vermengten sich, wurden ununterscheidbar. Die Zeit drehte sich im Kreis. Ich schleppte einen Schlitten voller Lügen, genannt Geschichte, durch eine Wildnis. Die Zeit lachte. Ich erwartete einen Tod, der in der Zelle auf Sarah Island nie möglich gewesen wäre. Die Zeit verhöhnte mich, beleidigte, verletzte mich. Sie brach entzwei. Ich schrieb in einer anderen Zeit ein Buch und versuchte zu verstehen, warum es keine Worte gab für das, was passiert war.

Keine.

Nichts.

Halb nackt, bis auf die Knochen abgemagert, begann ich endlich den Aufstieg zum Frenchman's Cap. Jeden Tag schnitt ich einen Streifen von meiner Weste aus Känguruleder ab, um darauf zu kauen. Das Kleidungsstück gab an die zwanzig Streifen her und diente mir nicht nur als Nahrungsersatz, sondern zugleich als Kalender. Während meine Kleidung täglich weniger wurde, entzündete sich mein Zahnfleisch, meine Zähne begannen zu wackeln, einige fielen aus.

Im Windschatten eines großen Granitblocks auf halber Höhe eines Kamms, der sich nach Westen erstreckte, fand ich sehr viel später im Schein eines kleinen Feuers, das sich mühsam gegen den Regen behauptete, zu meiner Überraschung eine Gruppe bekannter Gesichter. Zwei Tage zuvor hatte ich den letzten Streifen meiner Weste verzehrt.

## V

Da waren drei kleine Mädchen und ein kleiner Junge, alle zart und mager und so gut wie nackt, etliche ausgehungerte räudige Hunde und eine barfüßige Frau, die dürre Zweige brach und ins Feuer warf. Es war keine andere als die, die der Kommandant die Mulattin und Robinson Kleopatra genannt hatte und die ich und die anderen Sträflinge unter dem Namen Twopenny Sal kannten. Sie boten einen Anblick, der wahrscheinlich, nein, ganz bestimmt, nur wenige Menschen in helles Entzücken versetzt hätte, aber mir, der ich seit einer Ewigkeit kein menschliches Wesen mehr gesehen hatte, kamen sie überirdisch schön vor.

Twopenny Sal trug einen alten schwarzen Baumwollrock, eine grobwollene gelbe Sträflingsjacke und eine rote Strickmütze. In einem Wallabyfell an ihren Rücken gebunden lag ein Säugling, offenbar der Zwilling des Kindes, dessen winziger Totenschädel an Twopenny Sals Kleidung hing, wie es den bei ihrem Volk üblichen Trauersitten entsprach. Das Baby, ein Mädchen, hatte etwas hellere Haut als die anderen Kinder und blaue Augen. Vielleicht war es, dachte ich, von mir. Oder hatte Twopenny Sal ein Kind von mir geboren und es getötet? Mit dem Rücken zu mir saß ein Schwarzer vor dem Feuer; er spießte gerade drei Kaninchenkängurus auf Stöcke, um sie zu braten. Er schaute nicht einmal auf, als ich ihn beim Namen rief.

Aber als Tracker Marks dann den Kopf hob und mich ansah, war ich zutiefst schockiert. Er war nicht mehr der elegante kräftige Mann, der mir vor etlichen Monaten auf Sarah Island begegnet war, sondern eine ausgemergelte Elendsgestalt. Sein schöner brauner Rock war nur mehr ein schmuddeliger schwarzer Fetzen, der schwer an ihm herunterhing, das feine blau gestreifte Hemd verblichen und zerlumpt, die dunkle Moleskinhose schlotterte zerfetzt um seine fleischlosen Schenkel.

Er bot einen grotesken Anblick. Sein Gesicht war verstümmelt: Als ich näher kam, sah ich, dass man ihm Ohren und Nase abgeschnitten hatte, nur noch formlose, rot entzündete Reste waren davon übrig. Und überall auf der grindigen Haut sah man wie Fleisch fressende Käfer scheußliche Furunkel: Er hatte die Pocken. Tracker Marks, den ich immer in Gestalt des Dandys unter den Fischen, des Haubenfisches, malen wollte, sah jetzt eher aus wie das schlaffe, stinkende Fleisch, zu dem die Fische wurden, wenn sie mir einige Tage lang in Mr. Lemprieres Kate Modell gesessen hatten.

Ich starrte ihn entsetzt an, ich konnte nicht anders. Dann tat Tracker Marks etwas, womit ich nie gerechnet hätte, und wenn ich auch tausend Meilen durch hundert Wildnisse gewandert wäre, um diesen einen Ort zu finden.

Er streckte den Arm aus.

Er führte die Hand in Richtung meines Gesichts.

Mit der Oberseite seiner Finger strich er mir über Wange und Lippen.

## VI

Er ließ die Hand sinken, und ich setzte mich zu ihnen ans Feuer. Während das Fell der Kaninchenkängurus in der Glut zischte, teilte mir Tracker Marks durch Gebärden und auf *dementung,* dem landesüblichen Mischmasch aus Eingeborenensprachen und Sträflingsenglisch, mit, dass sie mich schon seit einigen Tagen erwartet hatten; der Rauch meiner

Lagerfeuer hatte ihnen verraten, dass sich jemand langsam über die Flanke des Berges näherte.

Twopenny Sal zündete eine Pfeife an und reichte sie nach einigen Zügen an mich weiter. Es war irgendein einheimisches Kraut darin, das stark und ölig und frisch schmeckte. Ich gab die Pfeife Tracker Marks, der einen Zug nahm und einen schlimmen Hustenanfall bekam, ein dumpf bellendes Husten, das ziemlich übel klang. Dann erzählte er, wie es ihm ergangen war. Er war von Sarah Island aufs Festland gefahren, um Kängurus zu jagen. Nach einigen Tagen hatte er an der Flussmündung, die die Weißen Pieman Heads nannten, eine Abteilung Soldaten getroffen, die ausgeschickt worden waren, ihn zu suchen: Er sollte ihnen helfen, den berüchtigten Bushranger Matthew Brady aufzuspüren.

Hier unterbrach Tracker Marks seinen Bericht, nahm die angebrannten Kaninchenkängurus aus der Glut und weidete sie mit einem scharfen Stein geschickt aus. Dann legte er sie wieder ins Feuer und fuhr, nach einem erneuten Hustenanfall, mit seiner Erzählung fort.

Die Soldaten versprachen ihm Gold und Land bei Jericho, wo der Tracker seine eigene Farm aufbauen könne. Einige Wochen lang zogen sie dann kreuz und quer durch Transsylvanien. Tracker Marks zeigte ihnen Felsen, die Brady waren, und Gebirgsseen, die Brady waren, und die Fische waren auch Brady, er ließ sie durch reißende Wildwasser schwimmen, die Brady waren, und in dem eisigen Wind stehen, der Brady war, und irgendwann hatten sie genug davon und sie schnitten Tracker Marks die Nase und die Ohren ab und auf der einen Seite noch ein Stück von der Wange, und dann verabreichten sie ihm eine Tracht Prügel und sagten, wenn er ihnen noch einmal über den Weg liefe, würden sie ihn abknallen, weil er, dieser unverschämte Hund, sie so lange in die Irre geführt hatte.

Ich spürte Erregung in mir aufsteigen, während ich zuhörte. Das Herz war mir aufgegangen in dieser unerwarteten Gesellschaft, und der Tabak bewirkte ein sonderbares Gefühl von Hellsichtigkeit. Wie eine Offenbarung kam die Erkenntnis über mich, dass meine Reise sich ihrem fabelhaften Ende näherte. Ganz offensichtlich kannte Tracker Bradys Aufenthaltsort, und er hatte dafür gesorgt, dass die Soldaten ihm nicht zu nahe kamen. Aber mich würde er hinführen.

## VII

Die Welt wurde grau, riesige schwarze Wolken zogen auf und verdunkelten fast alles Licht, beschleunigten den Beginn der Nacht. Praktisch von einem Augenblick zum nächsten – eine perverse Eigenart des Sommers in Van Diemens Land – begann es zu hageln.

Begleitet vom boshaften Zischen schwerer Körner, die in die Flammen fielen, nahm Tracker Marks die fertig gebratenen Tiere aus dem Feuer, schnitt sie auf und teilte jedem in der Runde seine Portion zu. Er selbst aß nichts, auch nicht, als Twopenny Sal einen Beinknochen aufknackte und ihm vor den Mund hielt, damit er das Mark aussaugte. Alles Bitten war vergebens, und so strich sie ihm schließlich das Mark auf die Wangen und die Stirn, als hoffte sie, die Kraft, die in der Nahrung steckte, würde sich ihm durch die Haut mitteilen.

Nach dem Essen fragte ich Tracker Marks, wo Brady zu

finden war, aber er sagte nur, die Felsen seien Brady und die Seen seien Brady und die Fische seien Brady…

Man könnte glauben, ich wäre tief enttäuscht gewesen, weil offenbar sein Geist nicht minder angegriffen war als sein Körper, aber ich spürte, erschöpft von dieser Mahlzeit nach langem Hunger, kaum etwas anderes als eine große Müdigkeit, mir war ein bisschen übel, und doch fühlte ich mich sonderbar satt und zufrieden. Ich rückte näher ans Feuer und saß dort, bis Twopenny Sal mich schließlich aufforderte, in die kleine höhlenartige Nische am Fuß des Felsens zu kommen, wohin sich alle zurückgezogen hatten.

Dort wies mir Tracker Marks einen Schlafplatz an. Vor uns das Feuer, um uns herum zusammengerollt die Hunde, die Kinder an meiner Seite, auf der anderen Seite Twopenny Sal, neben ihr Tracker Marks, lagen wir eng beieinander.

Mir war diese intime Nähe ungewohnt, und ich fand sie, ehrlich gesagt, ein bisschen unpassend, aber da sich niemand etwas dabei zu denken schien, rollte ich mich bequem auf meine Schlafseite, die Nase an den Rücken der Frau geschmiegt, die der Kommandant die Mulattin, Robinson Kleopatra, die Sträflinge und ich Twopenny Sal nannten und nach deren Eingeborenennamen ich, wie mir nun plötzlich mit Scham bewusst wurde, nie gefragt hatte.

Ich fühlte mich wie ein Kind, und mit dem undeutlich verschwommenen Gedanken, dass meine kindliche Ahnungslosigkeit eine unnennbare, aber sehr reale Sünde war, eine unaussprechlich schreckliche Sünde, die mir dennoch verziehen worden war, schlummerte ich ein. Und im Schlaf spürte ich, wie meine Muskeln und Knochen warm wurden und sich entspannten, und zum ersten Mal seit vielen, vielen Tagen fühlte ich mich in Sicherheit.

## VIII

Als ich aufwachte, war es Nacht, nur vom Feuer kam Licht. Am Abend hatte es kümmerlich gebrannt, als müsste es bald in der Kälte und Feuchtigkeit ersterben – jetzt fauchte es wild und loderte hoch, und der tanzende gelbe Schein der Flammen erhellte unsere Schlafhöhle.

Tracker Marks, Twopenny Sal, die Kinder und die Hunde – alle waren weg. Ein rauchiger, irgendwie vertrauter Geruch stieg mir in die Nase, der mich an das eigenartige Aroma erinnerte, das ich in der Registratur wahrgenommen hatte.

Dann sah ich jenseits des lodernden Feuers Twopenny Sal inmitten der Kinder tanzen. Sie hatte ihre europäischen Kleider abgelegt und trug nur ein mit rotem Ocker verschmiertes Halsband aus Tiersehnen und einen mehrmals um die Taille geschlungenen Streifen Kängurufell, an dem der winzig kleine Säuglingsschädel baumelte. Ihr Gesicht war mit Ocker beschmiert, ebenso ihr Schamhaar, das wirkte wie rostige Eisenspäne, angezogen vom Magneten ihres Geschlechts. Sie hatte ihr Haar mit einer Pomade aus rotem Ocker und Fett zu einer Frisur geformt, die an einander überlappende Fischschuppen erinnerte. Die Kinder waren ebenfalls nackt und ähnlich aufgeputzt.

Als ich um das Feuer herum auf sie zuging, streifte mich etwas hinten an der Schulter und fiel auf die Erde. Ich blieb stehen und drehte mich um. Da lag auf dem Boden ein qualmender Armstumpf mit einer angesengten schwarzen Hand.

# Der Süßwasserkrebs

*König Knut – Ein antipodisches Autodafé –
Abschied von Twopenny Sal – Metamorphose – Die Schädelstätte – Lied Salomos – Der Bienenkorb –
Schädlichkeit des Lesens – Bradys ungenießbares Tagebuch –
Universum des Schreckens, Unendlichkeit der Liebe –
Kopf an Kopf mit Clucas – Lohn seiner
Schlechtigkeit.*

## I

Voller Grausen drehte ich mich zum Feuer und schaute auf. Zuerst wollte ich einfach nicht glauben, was ich sah: Es musste eine Sinnestäuschung sein, die unendlich wandelbaren Flammen gaukelten mir ein Trugbild vor. Aber je länger ich starrte, desto sicherer wusste ich, dass ein Irrtum unmöglich war.

Denn hoch oben mitten im Feuer stand aufrecht, auf allen Seiten gestützt von brennenden Ästen, ein lodernder dunkler Baumstamm. Es war ein schwarzer König Knut, der dort in Herrlichkeit thronte, umtost von einer gelben und blauen Flammenflut, die immer höher stieg. Ich blinzelte, einmal, zweimal, aber es war kein Zweifel möglich: König

Knut war der tote Tracker Marks, der soeben eingeäschert wurde.

Der bellende Husten des schwarzen Dandys war in den lodernden Flammen für immer verstummt, er selbst verkohlte zu einer formlosen Masse. Rote Flammen strichen schmeichelnd um seine Taille, liebkosten seine Brust, reckten sich voller Begierde nach seinem Kinn. Ein Arm endete in einem brennenden Ellbogen. Vor einer Ohröffnung schwebte ein sanftes gelbes Flämmchen wie das Licht einer Öllampe.

Ich hörte ein Japsen und sah einen der Hunde, der sich die heruntergefallene Hand von Tracker Marks geschnappt hatte und Anstalten machte, sie wegzuschleppen. Ein Fuß trat auf die Hand, ein lebendiger Fuß, der zum Glück nicht brannte und der Twopenny Sal gehörte. Sie beugte sich nieder, entwand dem Hund seine Beute, gab ihm einen Tritt und warf die noch qualmende Hand mit leichtem Schwung zurück ins Feuer.

Falls der Leser denken sollte, Billy Gould hätte jetzt entsetzt aufgeschrien, täuscht er sich. Noch gründlicher irrt er, wenn er meint, Billy Gould hätte kühn entschlossen den Leichnam aus dem Feuer gerissen, um ihm ein christliches Begräbnis zuteil werden zu lassen.

Denn erstens hatte ich Mühe, auf den Beinen zu bleiben. Und zweitens habe ich mich noch nie dazu berufen gefühlt, anderen Leuten zu sagen, wie sie ihr Leben führen sollen, und es schien mir vernünftig – zumal wenn ich meine Erfahrungen auf diesem Gebiet bedachte –, mich nun auch mit Ratschlägen bezüglich des Todes zurückzuhalten. Ich hatte schon zweimal mit Leichen zu tun gehabt; die eine war aus einem Kothaufen zu wissenschaftlichen Ehren aufgestiegen, die andere hatte sich in einen schleimigen Weisen verwandelt. Es war mir klar geworden, dass nichts Gutes, weder wissenschaftlich noch spirituell, dabei herauskommt, wenn man mit Toten Unfug anstellt. Und im Übrigen fand ich, dass Tracker ganz zufrieden wirkte da oben auf seinem Scheiterhaufen, wie der leuchtende Stern von Bethlehem auf der Spitze des Christbaums kam er mir vor. Es war nicht schön und nicht hässlich. Es war nicht richtig und nicht falsch. Es roch so ähnlich, wie, so hoffte ich wenigstens, Castlereagh eines Tages riechen würde.

Ich merkte, dass Twopenny Sal mich ansah. Ich spürte die Hitze des Feuers auf meinem Gesicht, sah die Flammen mit rotem Licht und schwarzen Schatten über ihren Körper, ihr Gesicht, in ihren schwarzen tränennassen Augen spielen. Aus einem kleinen Kängurulederbeutel, der an ihrem aus Tiersehnen geflochtenen Gürtel hing, nahm sie einen Klumpen Ocker. Sie zerdrückte ihn in meiner Hand und verrührte das Pulver mit Speichel zu einer Paste, dazu murmelte sie immer wieder das eine Wort: *Ballewinny – ballewinny – ballewinny*, und sie weinte, und ihr Gesicht zuckte und bebte in dem unruhig huschenden Licht, und sie sah mich die ganze Zeit an, und ich blickte nur verlegen auf meine Hand und rührte mich nicht, auch nicht, als sie dann mit einem rot beschmierten Finger Zeichen auf mein Gesicht zu malen begann.

Und während sie so malte, starrte sie mich an, als wäre ich ein längst verlorener Freund, als wäre ich ihr Mann, ihr Bruder, ihr Vater, ihre Söhne, alle die anderen vor Tracker Marks, die sie, das Gesicht mit Ocker, den Körper mit Holzkohle geschminkt, betrauert hatte, als sie, einer nach dem anderen, starben, an Grippe und Pocken und Syphilis und

Gewehrkugeln, als hätten wir etwas gemeinsam, das nicht von dieser Welt unserer Körper, unserer Vergangenheit und Zukunft war, und als teilte sie mir, indem sie mich so mit rotem Ocker zeichnete, ein Wissen davon mit.

Aber als ich da stand im zuckenden Feuerschein, im Gesicht Zeichen, die von den Mysterien des Todes und des Lebens sprachen, spürte ich lediglich, dass ich nichts von alledem wusste.

Die schwarze Frau wandte sich ab, nahm einen langen Ast und schlug damit hart auf Tracker Marks' brennenden Kopf: Der Schädel brach auf und gab seinen Inhalt in vollkommenem Zustand den Flammen preis. Sie ging dann um das Feuer herum und machte sich mit dem Ast an der Leiche zu schaffen, drehte hier etwas um, schob dort etwas tiefer in die Glut, offenbar um sicherzustellen, dass Tracker vollständig und ordentlich zu Asche verbrannte.

Dann begann sie zu singen, und die Kinder stimmten im Chor mit ein, genau eine Oktave tiefer, und das fügte sich so harmonisch zu einer Einheit, dass es mich tief bewegte, obwohl ich kein Wort verstand.

Und als ich so zuhörte und mir den dumpfen Ärger darüber, dass ich die Worte nicht verstand, auszureden versuchte und doch gleichzeitig den schrecklichen Verdacht nicht loswurde, dass ich nur allzu genau wusste, was sie sang, da trat diese Frau mit den vielen Namen, die mir nun auf einmal so fremd war, wieder zum Feuer und begann Seiten aus einem Buch zu reißen, die sie in die Flammen warf.

Ich blickte hoch und erkannte, dass Trackers nach Norden gerichteter Kopf eingehüllt war in lauter Papier, in Seiten aus Akten der Sträflingsregistratur, aus Kopien und Befehlen: Dieses ganze Archiv von Sarah Island war jetzt nur mehr Brennstoff für eine Leichenverbrennung und ging in lodernde Flammen auf und wurde hochgewirbelt und schwebte um Trackers schwarz verkohltes Gesicht, beleuchtet von der Flamme aus seinem Ohr, und verschwand, in Aschefetzen verwandelt, im Nachthimmel.

Als sie nun um das Feuer herum zu mir kam, wurde mir plötzlich klar, dass Twopenny Sal die ganze Zeit, während sie tanzte, wie besessen Seiten aus den Büchern gefetzt und verbrannt hatte.

Die Papiere!

All die Dokumente, die ich unter solchen Entbehrungen all die Tage durch die Wildnis geschleppt hatte! Die ich Brady übergeben musste, damit er uns befreite! Die Dokumente, die Jorgen Jorgensen getötet hatten, für die ich mein Leben riskiert hatte, um derentwillen Capois Death gestorben war …

Ich fuhr hoch und packte den Band, den sie soeben verfeuern wollte, ich war fest entschlossen, wenigstens ein Buch aus diesem irrwitzigen antipodischen Autodafé zu retten, aber zu meiner Überraschung leistete sie keinerlei Widerstand und ließ los.

Das Buch hatte an den Rändern bereits Feuer gefangen. Ich schlug auf die Flammen ein, um sie zu ersticken. Dabei sprangen mir einige sehr verwirrende Sätze in die Augen: Da war von Leuten die Rede, die Stühle kauften, um irgendeine nicht näher bezeichnete, doch sehr reale Sündenschuld zu tilgen. Es dauerte nur einen Moment, dann loderte die Flamme hoch, und das lose Blatt, auf dem dieses ungereimte Zeug stand, fiel ins Feuer. Ich sah Twopenny Sal an, die starr auf das Buch niederblickte, und dort las ich dann auf einer halb abgerissenen Seite die Worte:

»… denn ich bin William Buelow Gould, ein Mann mit einer Schlehenseele, Zahnlücken, grünen Augen, zottigen Haaren und einem grimmenden Bauch, und ich bin entschlossen, Fische zu malen und in diesen Bildern eine verwandte Seele einzufangen …«

Mich beschlich ein undeutliches Gefühl von befremdeter Vertrautheit, und ich blätterte weiter. In den Bildern und Texten, die mir begegneten, fand ich manches, was ich als meine Arbeit wiedererkannte, aber es gab auch Passagen, die einfach lächerlich blödsinnig waren, wenngleich nicht zu leugnen ist, dass sie manchmal der Realität von Sarah Island merkwürdig, ja beunruhigend nahe kamen.

Aber erst als mein Blick auf einige Zeilen ganz unten auf einer der ersten Seiten des Buchs fiel, spürte ich etwas wie Panik aufsteigen.

»William Buelow Gould«, las ich da, »war mit Erinnerungen geboren worden, denen aber keine tatsächlich erlebte Geschichte entsprach, und er hatte sich sein Leben lang bemüht, zu erfinden, was nicht existierte – in dem sonderbaren Glauben, das Fantasierte könnte zu seiner Erfahrung werden und sein Leiden, eine untröstliche Erinnerung, zugleich erklären und heilen.«

Entschlossen, mich mit solchen Fantastereien nicht weiter abzugeben, riss ich die Seite heraus und warf sie ins Feuer, aber daraufhin wurde mein Atem kurz, ich keuchte, auf meinem Rücken bildete sich Angstschweiß, und in meinem Magen begann so etwas wie ein wässriger Tanz.

Twopenny Sal wischte sich Tränen vom Gesicht und gab mir zu verstehen, dass das Feuer auf der anderen Seite des Haufens neue Nahrung brauche. Es erbitterte mich, dass sie sich nicht im Geringsten darum scherte, was ich fühlte, und war entschlossen, kein Wort mehr von all diesem Zeug zu lesen, ich wollte es aus meinem Leben tilgen.

Ich würde weiter nach Brady suchen, und er würde mir bestätigen, dass alles das, was ich hier erlebte, nur die Hirngespinste eines armen Kerls waren, der halb verhungert in der Wildnis von Transsylvanien zu delirieren angefangen hatte. Aber es half nichts – Billy Gould wurde den Verdacht nicht los, dass er zum Gefangenen eines Buchs geworden war, zu einer Figur, deren Zukunft ebenso unabänderlich festgelegt und vorbestimmt war wie seine Vergangenheit, eine unerträgliche Vorstellung! Er hatte keine andere Wahl, er musste dieses Buch vernichten.

Ich riss mit großer Energie ein Dutzend Seiten heraus und warf sie in die Flammen, aber die heiße Luft wirbelte sie hoch und wehte mir eines der Blätter direkt ins Gesicht. Und als ich das angesengte Stück Papier in die Hand nahm, las ich unwillkürlich, was darauf geschrieben stand:

»... drehte mich um. Da lag auf dem Boden ein qualmender Armstumpf mit einer angesengten schwarzen Hand.«

Ich knüllte das Blatt wütend zusammen und warf es in die Glut, aber dann fiel mein Blick auf ein anderes Blatt vor mir, und darauf war ein Bild des Süßwasserkrebses. Das Tier war in vollkommener Nachahmung meines Stils gemalt. Mir drängte sich der Gedanke auf, dass dieses Buch der Fische, wenn es denn die vollständige Geschichte der Strafkolonie enthielt, auch über deren künftige Geschichte Auskunft geben musste. Ich kämpfte verzweifelt dagegen an, doch dann wurde mir plötzlich bewusst, dass das, was ich eben gelesen hatte, nicht das Ende des Buchs war, dass noch etliche Kapitel folgten, und ich las mit wachsendem Schrecken auf der nächsten Seite: »... dass das, was ich eben gelesen hatte, nicht das Ende des Buchs war, dass noch etliche Kapitel folgten, und ich las mit wachsendem Schrecken auf der nächsten Seite …«

## II

… Seltsamerweise, aber für mich selbst nicht mehr unerklärlich, ließ ich das ganze *Buch der Fische* in das Inferno fallen und ging dann gemeinsam mit der schwarzen Frau daran, auch die anderen Bücher zu zerreißen und die Seiten ins Feuer zu werfen.

Alle die Beschreibungen so vieler Vergangenheiten und dazu die Vorstellung einer einzig möglichen Zukunft landeten auf dem Scheiterhaufen, und die gierigen Flammen schienen zu jauchzen. Wie Pobjoy einmal vor langer Zeit bemerkte, gehören Definitionen dem, der definiert, und nicht dem, der definiert wird, und ich wollte es nicht länger dulden, dass mein Leben und Sterben von jemand anderem festgeschrieben und vorwegerzählt würden. Ich hatte es mir zu lange gefallen lassen, auf eine Idee reduziert zu werden. Auf den Scheiterhaufen warf ich all die Wörter, die mich so lange geknebelt und gehindert hatten, meine Geschichten zu erzählen, ins Feuer mit dieser ganzen Lügenliteratur, die mich gefesselt und unterjocht hatte wie Halseisen und Fußketten und Eisenkugeln und das Messer des Barbiers, der den Sträflingen die Köpfe kahl schert.

Ich wollte nicht mehr all die Lügen lesen, wer ich angeblich war und warum. Ich wusste, wer ich war: Ich war das Opfer, das ausgepeitscht wurde, aber jetzt bin ich der Mann, der die Peitsche in den Eimer mit Sand taucht, damit die Schnüre schärfer ins Fleisch schneiden; ich war der, der mit schrillem Schrei abstürzte, wenn sich die grüne Falltür unter dem Galgen auftat, aber jetzt bin ich der Henker, der sich an die Beine des Sterbenden hängt; ich wurde verkauft und angekettet und von Seehundjägern vergewaltigt, aber jetzt bin ich der Jäger, der die Schwarze zwingt, Fleisch von ihrem eigenen Schenkel und ihre abgeschnittenen Ohren zu essen.

Auf den Scheiterhaufen warf ich diese Bücher voller Verrat und fantastischer Gerüchte und ein kleines bisschen wahrer und fast ganz erlogener Geschichten, die allesamt letztlich nur dazu dienten, die schändliche Wahrheit vor uns zu verbergen: dass wir Gefangene und Kerkermeister zugleich waren. Niemand sollte diese Schande je vergessen, die Scham sollte uns und unseren Kindern und Kindeskindern bleiben, wenn auch die Erinnerung an ihre Ursache längst verschollen wäre. Auf den Scheiterhaufen warf ich die *Crania Tasmaniae* mitsamt den wunderschönen Lithografien von gestohlenen Schädeln, und auch sie tanzten um den verkohlten Leichnam. Ins Feuer und in sein hungriges Herz warfen wir all die Bücher, diese Lügen, die das Geheimnis und die Hinweise und Echos und Fragen und Antworten verdunkelten, denn ich wollte, dass wir diesem Gefängnis ganz und für immer entkamen, ins Feuer warfen wir jede Akte und jedes lose Blatt, und alles, alles verbrannte.

Zuerst schwelte die große Masse feuchten Papiers nur, aber bald schlugen die Flammen wieder hoch und loderten wild. Es war, als spie der Drache eines tyrannischen Systems, der da verröchelte, noch einmal Feuer, um einen Weltenbrand zu entfachen, als würden tausend wilde Dämonen losgelassen. Das Feuer kreischte und krachte und sprühte Funkenfontänen in den Himmel, und die Wildnis war hell erleuchtet von der roten tanzenden Glut.

Die Flammen tobten, ihr heißer Atem setzte das Gesträuch ringsum in Brand, der Nachthimmel erzitterte unter ihrem dämonischen Fauchen. Das Feuer breitete sich aus, erfasste einzelne Bäume, bald brannte der ganze Wald, und alles, so weit ich sehen konnte, stand in Flammen, und irgendwann, ohne eigentlich zu wissen, was ich tat, ließ ich mich von der schwarzen Frau mitreißen und tanzte zusammen mit ihr in der Flut des wilden ockerroten Höllenlichts.

Ich versuchte mit meinen dürren Beinen mühsam, ihre Sprünge nachzuahmen, und wir beide tanzten gemeinsam mit den Kindern so vieles, was tief in meiner Seele lag, dass es mir vorkam, als wäre dieser Tanz selbst ein reinigendes Feuer. Es war Freude darin und Trauer, und es war unbeschreiblich. Der Weber und meine arme Mutter waren darin, Audubon und alle die Vögel, die er erlegt hatte, der alte Gould und die Tochter des alten Gould, Voltaire und Mrs. Gottliebsen, der Doktor und die Fische, der Kommandant und Towtereh, Capois Death und sein geliebter Tommy, die Kaninchenkängurus und Tracker Marks. Wir tanzten etwas, was mit Worten nicht zu sagen ist. Mein Körper gewann ein so wildes Eigenleben, so gewalttätig pflügten meine Füße unermüdlich die Erde, dass ich fürchtete, meine kaputten alten Knochen müssten brechen und zerspringen.

Nach langer Zeit – das Feuer war weitergezogen in tiefer gelegene Regionen, im frühen Tageslicht waberten über fernen Ketten und Terrassen dunkle Rauchschwaden, und um uns herum war der Boden überall von warmer Asche bedeckt – sah ich, wie die schwarze Frau die Asche des toten Tracker Marks sammelte und sie mit Wasser zu einem grauen, grießigen Brei anrührte, mit dem sie dann sich selbst und die Kinder beschmierte. So in die Nachtfarbe der

Trauer gehüllt und doch, wie es schien, entschlossen, den jungen Morgen anzunehmen, machten sie sich bereit zum Aufbruch.

»Nicht Kummer haben, Tracker nach England gegangen«, sagte sie zu mir. »Tracker jetzt kleines Numminerbaby.«

»Er ist tot«, sagte ich. »Wenn man stirbt, wird man nicht als Engländer wiedergeboren.«

»Numminer!«, schrie sie. »Tracker Numminer! Gould Numminer, aber lang vorher warst du Palawa.« Und sie deutete auf mich und zeichnete mit dem ausgestreckten Arm einen weiten Bogen durch den Morgenhimmel, ihr Zeigefinger begann bei mir und schloss am anderen Ende ihrer Welt, hinunter weisend auf die verkohlte Erde.

»Vor langer Zeit«, sagte sie, »wart ihr wir.«

Ich sah sie an, aber ich hielt es nicht lange aus und senkte den Blick auf die vom Tanz zerwühlte Asche zu unseren Füßen.

»Gould, komm mit!«, sagte sie

Ich scharrte mit den Zehen im Dreck, ich fühlte, wie ich bebte und schluckte.

Und sie sagte: »Komm zurück, Kumpel.«

## III

Aber ich, der so ganz im Bann der Vergangenheit und ihrer Chroniken gewesen war, hatte weder den Willen noch die Kraft, mit Twopenny Sal in die Zukunft zu gehen.

Ich hatte ihnen nachgeschaut – dieser Frau, deren Namen ich nie erfahren hatte, und ihren mit Asche beschmierten Kindern, von denen eines vielleicht meines war –, wie sie in den niedergebrannten, schwelenden Wald gingen. Bald waren die nackten Gestalten verschwunden, verschmolzen mit Baumstümpfen und Stämmchen, die in der schön geschwärzten Landschaft aufragten.

Ich ging in die entgegengesetzte Richtung, im Gesicht den Ostwind, der das Feuer, eine ferne langgestreckte Linie aus dunklem Rauch, von mir weg nach Westen trieb. Ich wanderte bergan durch eine alpine Landschaft mit magerem Gras und niedrigem Gestrüpp, noch immer dem Gipfel des Frenchman's Cap zu. Jetzt, da ich von dem Schlitten und all den Büchern befreit war, kam ich selbst in meinem geschwächten Zustand viel leichter voran.

Irgendwann am Nachmittag gelangte ich zu einem tief eingeschnittenen Gebirgsbach. Er entsprang ein paar hundert Schritt weiter in einem alpinen Bergsee, einem kleinen Gewässer, vom Tal wie in der Handfläche gehalten. Jetzt im Sommer führte der Bach wenig Wasser und schlängelte sich in harmlosen Kaskaden zwischen mächtigen Felsblöcken. Auf einem sah ich etwas grün und rosig glitzern, ein Tier offenbar, das aus einer gut ein Yard langen Muschel hervorkroch.

Im ersten Augenblick wusste ich nicht, was es war, aber dann erkannte ich es: ein Süßwasserkrebs, wie ihn die Sträflinge manchmal in den Flüssen fingen. Er häutete sich gerade, schlüpfte als ein neues und größeres Wesen aus seinem Panzer und blieb doch er selbst. Ich blickte auf die durchscheinende Hülle, die das Tier abstreifte, und staunte über die Verwandlung, die da vor sich ging: Der Krebs konnte wie durch Zauberei seine Gestalt verändern, ein Bild seiner selbst, das seinem Wesen nicht mehr gemäß war, hinter sich lassen.

Erst dann dachte ich daran, dass sein Fleisch köstlich schmeckte. Aber in dem Augenblick, als ich einen faustgroßen Kiesel warf, um ihn zu erlegen, sprang der Krebs rückwärts ins Wasser. Der Stein klackte an der Stelle auf, wo das Tier einen Lidschlag früher gesessen hatte. Der Krebs war verschwunden, nur der leere Panzer, eine feuchte Spur auf dem Uferfelsen und ein Wirbel im Wasser verrieten, dass er jemals da gewesen war.

Ich gab auf und wanderte weiter. Oberhalb des Bergsees durchquerte ich ein Nadelwäldchen und gelangte auf eine Lichtung, auf der in einem Kreis angeordnet etwa ein Dutzend Hütten stand. Ihre Form erinnerte an Bienenkörbe, und sie waren mit kunstvoll verflochtenen Teestrauchzweigen und Gras gedeckt – ganz offensichtlich war dies eine Siedlung von Schwarzen.

Aber es waren keine Schwarzen zu sehen.

Die Feuerstelle in der Mitte war von Flechten überwuchert, dazwischen lagen – wie zur Erklärung – Haufen von Knochen und Menschenschädeln, die schon vor langer Zeit von Tieren, Vögeln, Insekten sauber abgenagt worden waren. An manchen Knochen hingen noch Reste von Schmuck, wie ihn die Eingeborenen tragen. Schädel mit ein oder zwei kleinen Löchern, von Musketenkugeln offenbar, Schädel, die von Aasfressern aufgeknackt worden waren, weiß gebleichte Schädel und mit Moos überwachsene Schädel, große Schädel und ganz kleine, zahnlose, durchscheinend wie Pergament.

## IV

Ich lag auf der Erde, keuchend und bebend vor Angst. Um mich herum sanfte, todesschwere Gebirgserde. Mein Körper immer schwerer, mein Kopf ein Stein, in mir eine Stimme, die mich niederzog, mich unablässig drängte zu schlafen – schlaf, Billy, schlaf. Durch einen feuchten Schleier hindurch sah ich wenige Yards entfernt undeutlich den Eingang zu einer der größeren Hütten, ein Durchschlupf eher, vielleicht einen Fuß breit und nicht mehr als zwei Fuß hoch.

Ich kroch auf dieses Loch zu, weg von der Feuerstelle, weg von all diesen Totenschädeln, quälte mich unendlich langsam über den mit zersplitterten Tierknochen und Emufedern übersäten Boden, über kunstvoll aus Gras geflochtene Taschen, die halb verrottet dalagen, zerdrückte kleine Pflanzen, die aus dem vertrockneten Gras wuchsen.

Irgendwann hielt ich inne, um zu verschnaufen, und sah vor mir all die Buchstaben, die ich als Kind zum Himmel emporgeschickt hatte: Meine Gebete waren, wie es schien, abgeprallt und hatten sich auf lauter mit rotem Ocker verschmierten Papierfetzen, die hier verstreut lagen, neu formiert. Es waren, wie ich bei näherer Betrachtung sah, aus einer Bibel herausgerissene Blätter, und sie enthielten Passagen wie »Schwarz bin ich, aber schön, ihr Töchter Jerusalems« und »Dein Nabel ist wie ein rundes Becken, dem es nie an Würzwein gebricht; dein Leib wie ein Haufen von Weizen, umgeben mit Lilien« – die Art Schmus, die man gebrauchen kann, um eine wie die Frau des Wirts damals rumzukriegen. Aber für mich in meinem Zustand war das alles so nutzlos und unpassend, dass ich gar nicht anders konnte, als blasphemischen Gebrauch davon zu machen und mir mit dem Papier den Rotz abzuwischen. Ich hatte so oft 26 Buchstaben zu Gott hinaufgeschickt – gewiss, das war lange her – und fand, dass ich wirklich etwas Besseres verdient hatte. Das letzte Blatt, das ich mir ansah, lag direkt vor dem Eingangsloch der Hütte, und der Text, der darauf geschrieben stand, war am allerwenigsten zu gebrauchen: »Zum Lachen sprach ich: Du bist toll! und zur Freude: Was schaffst du?«

Zum Teufel damit. Ich warf es weg. Endlich in der Hütte, schlug mir eine überwältigende Vielzahl von Gerüchen entgegen – stinkende Ausdünstungen von Menschen und Tieren, Qualm, der Geruch von gekochtem Fleisch und von Wachstum und, dies vor allem, von Fäulnis und Verfall. Mir drehte sich der Magen um, aber die Kaninchenkängurus von Tracker Marks wollten nicht raus, nur ätzende Galle stieg mir wie Feuer in der Kehle hoch. Ich wälzte meinen armen geschundenen Kadaver auf den Rücken. Lange Zeit lag ich da in der Nähe des Eingangs, erschöpft, zerschlagen, und versuchte an gar nichts zu denken.

Langsam gewöhnten sich meine Augen an die Dunkelheit. Ein großer Raum, überraschend gemütlich und bemerkenswert warm und trocken, nahm allmählich um mich herum Gestalt an, ein Raum, der vielleicht zwanzig Personen Platz bieten mochte – zur Zeit freilich wohnten dort nur zwei Kaninchenkängurus und eine getigerte Katze, die nach meiner Ankunft erschreckt das Weite gesucht hatten.

Ich kam mir vor wie in einem umgedrehten übergroßen Seeadlernest, denn die Seitenwände der Kuppel, in der ich mich befand, waren mit Federn von schwefelfarbenen Kakadus und rabenschwarzen Würgerkrähen bedeckt. Hier und dort waren Tierhäute mit Pflöcken an der Wand ausgespannt. Um mich herum lagen eine Menge scharfkantige

Steine verstreut, wie sie von den Schwarzen als Werkzeuge benutzt werden, dazwischen fand ich den Rahmen eines Taschenspiegels und ein Stück Eisen – vielleicht vom Zündschloss einer Muskete –, das jemand zu einem scharfen messerähnlichen kleinen Werkzeug zurechtgeschmiedet hatte. Und auch meine Nase gewöhnte sich an die Umgebung: Die starken Gerüche, die mich vorher in Panik versetzt hatten, nahmen etwas tröstlich Anheimelndes an, halb zwischen abkühlendem Essen und Nachhausekommen.

Ich setzte mich auf. Ich starrte lange auf die erloschene Feuerstelle in der Mitte der Hütte. Es war trostlos – was sollte ich jetzt tun? So weit war ich gekommen, nur um alle meine Papiere verbrennen zu sehen. Um zu erkennen, dass ich nicht weiterkonnte. Um festzustellen, dass es mir egal war, ob ich weiterlebte oder starb, ob ich Brady fand oder nicht. Meine Vorräte, meine Kraft, mein ganzes Leben schien ich aufgezehrt zu haben, in einem bizarren Unternehmen, das zu nichts geführt hatte als zu der Einsicht, dass alles eine große Illusion gewesen war.

Mein Rücken tat mir weh, lauter hart verkrampfte Muskeln, die sich immer fester zusammenzogen. Die Gelenke in meinen Beinen fühlten sich an, als würden Bachkiesel aufeinander reiben. Ein leichtes Fieber verwirrte mir den Kopf. Frierend, alt, allein in einem Land, das auf keiner Karte beschrieben war, in dem sich kein Weißer zurechtfand, gottverlassen in einer Eingeborenenhütte voller Federn. Es war warm hier drinnen, trotzdem spürte ich, wie nach und nach eine schreckliche Kälte über mich kam. Ich fühlte mich ganz ruhig, und doch war da in mir und um mich herum ein hektisch wirbelndes Kreisen. Mit plötzlicher Klarheit wusste ich, dass dies der Tod war und dass es mir, wenn ich nicht schnell etwas unternahm, gleichgültig sein würde, dass ich starb. Mir wurde klar, dass ich gegen den Tod kämpfte und zugleich, schrecklicher noch, gegen meinen Lebenswillen.

Ich war so voller Angst.

Ich beschloss, zu Gott zu beten.

Ich beschloss, Ihm alle meine Sünden zu bekennen.

Ich räusperte mich verlegen. Ich ermahnte mich, eine würdige Haltung einzunehmen, und kniete nieder. Ich musste nur die Schleusen öffnen und es laufen lassen, alles sollte zur Sprache kommen, Castlereaghs Trinkgewohnheiten und Ackermanns scheußliche Zähne und Hunderte anderer Sachen, und es sollte eine ungeheure Sache werden, dies alles endlich auszusprechen und nichts zu verschweigen.

»Lieber Gott«, begann ich, und mein Beichtgebet lautete:

## V

»A-B-C-D-E-F-G-H-I-J-K-L-M-N-O-P-Q-R-S-T-U-V-W-X-Y-Z.«

## VI

Sie war ein staunenswürdiges Ding, die Beichte, eine wahre Arche, denn ich packte alles hinein, was nur irgend denkbar ist, damit es am Leben bleibe: sämtliche Pflanzen und Vögel und Fische und Tiere, die ich liebte, nicht zu reden vom Mundgeruch des Kommandanten und von Mrs. Gottliebsens spektakulären Brustwarzen und von Twopenny Sals Tanz, und doch war das Ganze nur 26 Buchstaben lang.

Aber es half nichts – hat Beten je geholfen? Und da ich nicht länger auf dem Felsen der Kirche knien konnte, schwankte ich und fiel träumend der Erde in die Arme.

## VII

Wahrscheinlich wäre ich danach nicht mehr lange am Leben geblieben, wenn ich nicht sehr schmerzhaft auf einen kleinen Haufen mit Ocker beschmierter Steine gefallen wäre. Er bescherte mir etliche neue Beulen und Leiden, aber als ich mir unter Ächzen und Stöhnen die halb zusammengebrochene Pyramide näher besah, bemerkte ich, dass unter den Steinen die Ecke eines Buchs hervorschaute.

Einem Menschen in meiner Lage konnte schwerlich etwas begegnen, was geeigneter war, ihn vollends niederzuschmettern, als ein Buch: Lesen war mir zur Quelle aller Übel geworden, hatte mir nichts als Enttäuschung und Desillusion beschert, in einem Maße, das mein ganzes Leben auf den Kopf gestellt und mich unendlich verstört und unglücklich gemacht und mich veranlasst hatte, alle meine Annahmen über die Welt für schief und falsch zu halten.

Ich wusste jetzt, wie Mrs. Gottliebsen sich gefühlt hätte, wenn mir nicht im letzten Augenblick Voltaire zu Hilfe gekommen wäre. Sie hätte sich so betrogen gefühlt wie ich von meinen Büchern.

Lesen war Jorgensen zum Verhängnis geworden: Hatten ihn nicht all die Romane und Abenteuergeschichten, die er in seiner Jugend verschlungen hatte, zu dem Glauben verführt, er könnte die Welt im Bild eines Buches neu erschaffen? Was sonst als die Lektüre von Miss Annes idiotischen

Sendschreiben hatte den Kommandanten zu seinen irrwitzigen Projekten angestiftet? Und was, wenn nicht die Lektüre all der Werke von Linnaeus und Lamarck, hatte den Igelfisch in den Wahn getrieben, er wäre berufen, seinen Beitrag zu einem großen Ordnungswerk zu leisten, in dessen Annalen er jedoch nur als bestes Beispiel eines degenerierten Schädels eingeordnet werden sollte?

Der Irrsinn all ihrer Lektüre und mein eigener, der mich dazu verleitete, meine Nase in der Registratur in Bücher zu stecken, die mich nichts angingen, hatten mich dahin gebracht, wo ich jetzt war, in einen namenlosen Wald, wo ich einsam sterben würde.

Und ich dachte: Nur ein Narr würde das anrühren.

Meine Finger strichen über den staubigen Einband. Ich zog die Hand zurück, blickte zur Decke, ich ignorierte dieses elende Buch zwischen den Steinen, das mich stumm und doch unmissverständlich lockte wie damals vor vielen Jahren die Frau des Wirts hinter dem Schanktisch mit ihrem schwülen, stummen: Komm! Ich wälzte mich auf die Seite, schob die Steine weg und nahm das Buch in die Hand.

Es war nicht groß und schwer wie die Bände, in denen Jorgen Jorgensen seine Schöpfung niedergeschrieben hatte, sondern von kleinem Format und grob gearbeitet. Die Seiten waren mit weich gekauten Darmsehnen zusammengeheftet, wie die Schwarzen sie verwenden. Der Einband – aus Wallabyleder wie der Rest des Buches – war ockerrot verschmiert, dieselbe Farbe – ich fuhr mir mit dem Finger über das Gesicht –, die noch auf meinen Wangen war, wo die schwarze Frau sie hingestrichen hatte.

Und ich dachte: Nur ein Verrückter würde es aufschlagen.

Das Buch in meiner ausgestreckten Hand öffnete sich, und auf der ersten Seite stand in überraschend kindlicher Schrift ein Name:

*Matt Brady.*

Und ich dachte: Ich lese den Rest nicht, ich ertrage es nicht.

Und als ich dann alles zu Ende gelesen hatte, atmete ich tief durch. Ich spürte ein Prickeln auf der Haut und schnappte nach Luft. Ich presste die Faust an den Mund, um das Schluchzen niederzuhalten, aber es drängte sich in bitteren Wellen aus meiner Kehle wie Blasen aus kochendem Wasser, es schüttelte mich.

Ich empfand nur eine immense Leere. Eine große Enttäuschung. Die Zeit … nun, was lag mir an der Zeit! Vielleicht blieb sie stehen oder begann erst oder tanzte im Kreis herum oder machte ein Nickerchen oder war in die Kneipe gegangen, um ein paar Gläser *Larrikin Soup* zu trinken, was kümmerte es mich? Meine Übelkeit ebbte ab. Hunger, Heißhunger überkam mich. Ich biss in den Ledereinband und versuchte das Buch zu essen, beides, damit es weg war und um meinen Magen zu beruhigen.

Aber es gelang mir nicht, das Buch war ebenso ungenießbar wie unverständlich. Wie soll ich die ganze Belanglosigkeit dessen, was ich da las, schildern? Es war eine Art Tagebuch, wenn man so sagen will, geschrieben mit Kängurublut, jedenfalls behauptete das der Verfasser. Ein Rest davon fand sich in einem kleinen irdenen Tintenfass, zwischen den Steinen, neben der Stelle, wo ich das Buch hervorgezogen hatte.

Der Inhalt war eine Ansammlung von allem möglichen Krimskrams. Es gab ganz beliebig anmutende Bemerkungen über Sitten und Gewohnheiten der Schwarzen. Vulgäre

Witze wurden in einer Ausführlichkeit wiedergegeben, die alle Komik im Keim erstickte. Es gab verstreute Aphorismen, die, vermute ich, den Charakter von Leitsätzen einer individuellen Lebensphilosophie haben sollten, darunter diverse Gemeinplätze zum Thema Freundschaft – etwa: »Liebe braucht die stete Bereitschaft zu verzeihen« – und ähnlicher Schrott. Rezepte für Heiltränke und medizinische Hausmittel. Naturkundliche Beobachtungen. Die Würgerkrähe. Der Beutelmarder. Der Seeadler. Der Beutelwolf. Hatte der Mann kein Gewehr? Konnte er es nicht einfach so machen wie Audubon und ein paar von den Viechern schießen, um sie recht und schlecht zu zeichnen, statt darüber zu faseln? Nein. Sein Stil war gar zu kunstlos. »Der Ruf der Würgerkrähe klingt hübsch, als hätte der Vogel einen alten Kumpel verloren. Er schreit: Jo Witty? Jo Witty?« Der Mann hatte überhaupt keinen Ehrgeiz. Er schrieb einfach alles so hin, wie es kam, ohne je etwas zu Ende zu denken und Schlüsse zu ziehen, und sagte dann: »Und so weiter und so fort und immer rundherum«, als könnte er Idiotie an die Stelle von Schlüssen setzen.

Ich suchte vergebens auf all diesen Blättern, manche dick und steif, andere hauchdünn wie gepresste Blüten, nach aufrührerischen Ideen, nach Hinweisen auf eine bevorstehende Rebellion, einen Volksaufstand, eine Revolution, nach konkreten Plänen, einer ausgearbeiteten Strategie für eine Erhebung im großen Stil, nach dem Entwurf einer Unabhängigkeitserklärung – nach irgendetwas, das eine ernsthafte Bedrohung des Systems dargestellt hätte.

Da war nichts.

Dafür gab es jede Menge Passagen, in denen die Liebe zwischen einem Weißen und einer Schwarzen pathetisch gefeiert wurde. Mir war nicht recht wohl dabei. An einer Stelle hieß es kryptisch: »Liebe ist nicht sicher.«

Was sollte das bedeuten?

Ich wurde nicht schlau daraus.

Die Tinte in dem Tintenfass war eingetrocknet, und die Träume in dem Buch handelten immer nur von Bradys Liebe zu einer Schwarzen und dass er dieser schwarz-weißen Liebe eine Heimstatt errichten wollte, die etwas ganz Neues sein sollte und nicht bloß ein Nebeneinander von Schwarz und Weiß, ein Heim, verziert mit Federn von Mondvögeln und schwarzen Schwänen, drum herum ein großer Gemüsegarten, und dort würden sie leben, in Eintracht mit ihrer Umgebung und untereinander und mit der Familie, und zusammen alt werden.

Liebe ist nicht sicher. Ein Kreis – schwarzer Mann. Ein in der Mitte geteilter Kreis – weißer Mann. Es war genau wie bei Descartes, oder Descartes war genau wie er, denn der eine dachte in Spiralen und der andere in Kreisen, und das alles war ziemlich ähnlicher Blödsinn. Liebe. Verzeihen. Liebe, Liebe, Liebe, dachte ich, soll das alles sein?

Ja, abgesehen von einem Rezept für Kängurupastetchen, war das alles.

Ich klappte das Buch zu.

Wer war dieser Brady?

Mir kam der Gedanke, dass er vielleicht Tracker Marks war. Oder René Descartes. Oder vielleicht war er die schwarze Frau, deren Namen ich nie erfahren hatte. Ich erwog sogar, ob er nicht am Ende lediglich eine Idee sein könnte, aber dann gehörte ja diese Geschichte ins Reich der Literatur und nicht hierher, wo in aller Wahrheitsliebe von real existierenden Fischen berichtet wird.

Und was war passiert?

Hatte er die Schwarzen getötet, die in dieser und den anderen Hütten gelebt hatten? Oder war er zusammen mit ihnen getötet worden? War er in eine Unterwelt verbannt, wie sie Plinius der Ältere in dem Buch beschrieb, das der Degen des alten Dänen durchbohrt hatte, und lebte er dort jetzt inmitten von Monocoli und Astomi und anderen Fabelmenschen?

Ich drehte mich auf den Rücken, zu Tode erschöpft, am Ende aller Hoffnung angelangt.

## VIII

Ich bereitete mich auf den Tod vor.

Einige Stunden lang ließ ich meinen Blick durch die Hütte irren, starrte das Dach aus Teestrauchzweigen an, die Federn an den Wänden, die rau und sanft zugleich wirkten, die ganze Hütte, die mir vorkam, wie gichtgekrümmte alte Hände, die zu mächtigen Schwingen gewachsen waren und mich umfassten, die matte Tabakfarbe des Raums, die wohl von dem Rauch des Feuers kam, das einst dort in der Mitte geflackert hatte, wo jetzt nur tote Asche lag.

Häute von Wallabys und anderen Beuteltieren hingen in ungewöhnlichen Winkeln aufgespannt an den Wänden, man konnte glauben, sie könnten jeden Moment ihre lebendige Gestalt annehmen und herunterspringen. Bilder waren darauf gemalt mit Fett, dem Holzkohle oder roter Ocker beigemischt war. Sie zeigten Beutelwölfe und Beutelteufel und Kängurus, Jagdszenen und tanzende Männer und Frauen, den Mond in seinen verschiedenen Gestalten, und es ging, ich kann es nicht leugnen, eine hypnotisierende Kraft von ihnen aus.

Ich nahm die Häute von der Wand, breitete sie auf dem Boden aus, legte mich darauf, deckte mich damit zu. Ich rollte mich eng zusammen zu einer Kugel, umgeben von Kängurus und Wombats und Beutelteufeln und Jägern und Tänzern und dem Mond, alle eingeschlossen in Geschichten, die mir ewig unzugänglich bleiben mussten. In dem freundlichen Dunkel der Federhütte, inmitten von unverständlichen Geschichten, an meiner Seite Bradys Buch von ungenießbarer Liebe, schlief ich endlich ein.

Wie der Krebs, der aus seinem Panzer geschlüpft und rückwärts ins Wasser gesprungen war, stand ich im Begriff, die Hülle dessen, was ich war, abzustreifen und mich zu verwandeln. Wie mit einem inneren Auge sah ich, wie all die um mich tanzenden Geschöpfe eine blau schimmernde Flamme, die nach versengtem Schwulst roch, aus meiner Nase hervorlockten und sie aus der Hütte schleuderten, und dann spürte ich, wie meine Seele sich zum Flug erhob.

Geschriebene Geschichten sind immer linear, ein Satz folgt auf den anderen und baut auf ihm auf wie ein Ziegel auf dem anderen, die ewig unergründliche Schönheit des Lebens dagegen ist zirkulär. Sonne und Mond, endlos kreisende Sphären. Schwarzer Mann, ein Kreis – weißer Mann, ein geteilter Kreis; das Leben, der dritte Kreis, geht immer weiter und so fort und rundherum.

Ich träumte, ich spuckte auf das hart eingetrocknete Kängurublut am Boden von Bradys Tintenfass und rührte es zu einer Tinte an, scharlachrot wie ein wolkenverhangener Sonnenaufgang. In diese dämonisch dunkle Flüssigkeit tauchte ich die Spitze einer alten Feder und schrieb dort, wo Bradys

Träume abbrachen und die leeren Seiten anfingen, auf das Wallabypergament seines Tagebuchs die lateinischen Worte

*Orbis tertius,*

die jenen dritten Kreis bezeichneten.

Und dann endlich zerriss das Spinnennetz einer unendlichen Erinnerung, das mich umhüllt hatte, und ich träumte von dem Mann, der ich gewesen war, ein verurteilter Fälscher, der sich William Buelow Gould nannte, der entdeckte, dass in einem einzigen Seepferdchen das Universum enthalten war, dass in jedem Menschen die Möglichkeit steckte, ein anderer, etwas anderes zu werden, dass Numminer Palawa und Palawa Numminer waren, der ein paar sonderbare Fischbilder malte und starb.

## IX

Ich habe Gott Lieder gestohlen.

## X

Später im Schlaf fragte ich mich verwundert, ob denn, wenn das alles nur ein Traum und ich der Träumer war, die vielen sonderbaren Gestalten meines Traums auch ich sein konnten. Konnte ich der Untergebene des Kommandanten und zugleich der Kommandant selbst sein? War es möglich, dass Mr. Lempriere mir befahl, die Fische zu malen, und dass ich zugleich Mr. Lempriere war? Und dass ich die Fische malte und zugleich …?

Aber ich konnte es nicht zu Ende denken.

Da war plötzlich Lärm, Männer fluchten, Stiefel trampelten, jemand schrie überrascht auf, es roch scharf nach Angstschweiß, Gewehrschlösser klickten. Ich schlug die Augen auf und sah Musketenläufe strahlenförmig von meinem Kopf abstehen wie die Stacheln eines Seeigels. Wer die Waffen hielt, waren ein paar Soldaten, große täppisch gründelnde Knurrhähne mit Stielaugen und Pausbacken, die noch röter waren als ihre abgewetzten Uniformröcke. Ehe ich mich besann, hatten sie mich schon aus meinem Bett aus Tierhäuten gezogen und nach draußen geschafft. Da lag ich nun ächzend, spuckte ein Stück Erde aus, das mir bei meiner unsanften Landung in den Mund geraten war, dann hob ich den Kopf.

Und sah neben mir eine räudige Mütze aus getigertem Fell und tote Augen in einem scheußlich blutverschmierten Kopf, der mir irgendwie bekannt vorkam, und nicht weit davon den nackten Körper, von dem er abgehackt worden war, und das alles gehörte, wie ich nun endlich erkannte, keinem anderen als dem Banditen, Verräter, Kindermörder, Vergewaltiger und Seehundjäger Clucas. Ich wusste zu dem Zeitpunkt noch nicht, dass man ihm eine Lieferung von etlichen Fässern Schießpulver in der ihm vertrauten Münze des Todes bezahlt hatte. Aber ich brauchte nur den Blick ein wenig zu heben, um zu wissen – ohne dass ich sein Gesicht sah –, wer ihn umgebracht hatte. Denn in der Hose direkt vor mir blähte sich, so monströs aufgeschwollen, dass er die aufgehende Sonne verdunkelte, der ungeheure Sack des Musha Pug.

# Der Petersfisch

*Von den Merkwürdigkeiten der Zeit –*
*Brand von Nova Venezia – Verrat eines Opiumessers –*
*Vorgeschmack der Unsterblichkeit – Eine Ausweidung –*
*Meuterei – Der Petersfisch detoniert –*
*Es regnet Träume und Hoffnungen und Eisenbahnwaggons –*
*Mörderische Liebeskunst – Gedanken über*
*Rembrandt van Rijn und verschiedene andere Dinge –*
*Die Fische planen Rache.*

## I

Billy Gould wachte verwirrt auf. Er schüttelte den Kopf, fuhr mit der Hand über seine Bartstoppeln, kratzte sich an allerlei Stellen, wo ihn die Läuse bissen. Von einem plötzlichen Bewegungsdrang gepackt – wenn auch nur, um das Jucken der Läuse oder die Aufdringlichkeit der Träume abzuschütteln –, sprang Billy Gould auf, fasste eine Gitterstange des schmalen Fensters oben in der Mauer und zog sich daran hoch, um hinauszusehen. Erleichtert sah ich ringsum die schäbige Herrlichkeit von Nova Venezia und empfand nichts als tiefe Dankbarkeit für Musha Pug, der mich hierher zurückgebracht hatte.

Eigentlich hätte ich wissen müssen, warum ich hier war, aber ich hatte keine Ahnung. Wenn ich ehrlich bin, muss ich zugeben, dass ich, abgesehen von dem, was ich gemalt habe, praktisch überhaupt nichts weiß. Desto imposanter ist die Masse all dessen, was ich nicht weiß – die Bibliothek von Alexandria könnte es nicht fassen. Zum Beispiel weiß ich nicht, warum ich für zwei Morde, die ich nicht begangen habe, am Galgen baumeln soll, während für die Untaten, von denen ein Haufen Schädel dort an jener Feuerstelle zeugt, niemand zur Rechenschaft gezogen wird. Ich weiß auch nicht, warum es ein Verbrechen sein soll, den Pudding oder Jorgensen umzubringen, da doch die Ermordung eines ganzen Volks bestenfalls als nicht ganz unbedenklich angesehen und im schlimmsten Fall als eine von der Wissenschaft gebotene Maßnahme ausdrücklich propagiert wird. Es gibt noch viel mehr, was ich nicht weiß. Zum Beispiel: Warum die Leute Bowdler-Sharpe lesen und Märchen als wirklichkeitsfremden Unsinn abtun; warum eine Welt ein Alphabet in sich fassen kann, aber ein Alphabet keine Welt. Das und noch viel mehr ist mir vollkommen rätselhaft. Warum schwimmt ein Boot? Warum denken wir uns das Leben als eine Leiter, da sich doch die ganze Welt um uns herum in Kreisbahnen bewegt? Wie wird Mörtel fest wie Stein? Warum bebt ein Mann wie ein Fisch, wenn eine Frau vorbeigeht? Warum stürzen Häuser nicht einfach ein? Warum können wir gehen, aber nicht fliegen? Warum habe ich geträumt, ich hätte mich in einen Wald verwandelt, um beim Aufwachen mit dem Kinn die Erde zu pflügen und vor Musha Pugs Stiefelspitzen zu landen?

Was für dunkle Geschäfte auch immer Pug und seine Leute nebenbei zu besorgen hatten, so waren sie doch nicht ohne einen offiziellen Auftrag unterwegs gewesen: Sie sollten erkunden, wo Brady sich aufhielt und was er vorhatte. Und als sie mich im Schlaf überraschten, dachten sie im ersten Moment, sie hätten den großen Mann höchstpersönlich erwischt. Ich sagte, ich wäre ihm tatsächlich begegnet, und zeigte ihnen, wo sie suchen sollten, nämlich fernab von Gegenden, in denen sie Twopenny Sals Weg kreuzen konnten.

»Du hast wohl gedacht, Brady könnte dich retten«, höhnte Musha Pug und versetzte mir einen Tritt gegen den Kopf.

»Natürlich«, sagte ich, denn das wollte er hören, aber ich wusste jetzt, was ich von Brady zu erwarten hatte.

Selbst wenn die ganze Weltgeschichte und alle Leiden der Menschheit offen vor ihm ausgebreitet gelegen hätten, wäre Matt Brady, wer oder was immer sich hinter diesem Namen verbergen mochte, einfach nicht in der Lage gewesen, uns zu retten. Nichts konnte uns retten. Die Wissenschaft des Doktors nicht und nicht die Kultur des Kommandanten. Nicht Gott, dessen Wesen unbegrenzte Zeit ist. Noch konnten wir selbst uns retten. Es gab keinen Trost für uns, nicht in der Vergangenheit noch in der Zukunft, selbst im Gedanken einer Erlösung lag kein Trost. Es gab nur Musha Pugs Stiefel, der noch einmal mit Wucht in meinem Gesicht landete, und als er über meinen Mund schrammte, küsste ich ihn. Ich küsste ihn, weil es sonst nichts mehr gab, was ich lieben konnte.

## II

Durch die vergitterte Luke sah ich nieder auf eine ebenso prächtige wie lehrreiche Szene: Auf dem aus rohen Planken gezimmerten Anlegesteg der Fischer wurde gerade ein Galgen errichtet, sein Anblick sollte uns verdammte Seelen, die wir von oben zusahen, zur Reue anspornen, bevor es zu spät war. Bei Ebbe wurden dort draußen im seichten Wasser und auf dem Sand einige angeschwemmte Schädel und Knochen von Leuten aus Lieutenant Lethborgs Kompanie sichtbar. Man hatte mich nach meiner Gefangennahme in eine neue Zelle, eine Todeszelle, gebracht, wo ich die acht Tage, die mir noch beschieden waren, verleben sollte.

Mein neues Heim hatte ohne Zweifel einige Vorteile. Es wurde nicht regelmäßig überflutet, und die Decke sah nicht so aus, als würde sie einbrechen. Meine Wohnung war eine von drei Todeszellen, die isoliert von den großen Gebäudekomplexen der eigentlichen Kolonie auf der anderen Seite der Insel lagen. Ich hätte glücklich und zufrieden meiner Hinrichtung entgegensehen können, wenn da nicht Pobjoy gewesen wäre, der just an diesem Punkt der Geschichte auftrat und meine prächtige Einsamkeit störte.

Ich versuchte da am Fenster hängen zu bleiben wie Christus am Kreuz, aber andererseits war ich nicht so besonders scharf darauf, um meinetwillen zu leiden, und hatte erst recht nicht den Ehrgeiz, durch Leiden die Welt zu erlösen, wie der alte Priester es gelehrt hatte. Meine schwachen Arme hielten selbst das geringe Gewicht meines elenden Körpers nicht lange aus, und so ließ ich los und fiel ins Dunkel meiner Zelle zurück, wo Pobjoy, wie immer in gebückter Haltung, mich aufforderte, ihm seine Ölfarben zurückzugeben.

Bis dahin war ich der Meinung gewesen, Pobjoys selbstsüchtiges Interesse an einer stetigen Produktion immer neuer Constables könnte meinem Verlangen, am Leben zu bleiben, entsprechen. Ganz im Gegenteil: Er teilte mir in aller Gelassenheit mit, dass der Gedanke an mein baldiges Ableben ihn nicht mehr beunruhige.

»Ich glaube –«, sagte er und schnappte sich entschlossen den Malkasten und das jüngste Produkt meines Fleißes, dann korrigierte er sich: »ich *weiß,* dass ich sehr wohl in der Lage bin, deine Arbeit fortzusetzen.«

Ausnahmsweise blickte ich ihm ins Gesicht. Obwohl er hoch gewachsen war, hatte er ein rötliches Mondgesicht mit einem schielenden Auge, das vielleicht seine schiefe Sicht der Welt erklärte. Seine Unterlippe stand vor, an seinem Kinn leuchtete rot eine wunde Stelle, wo er sich beim Rasieren verletzt hatte, und er ähnelte dem Maul eines Petersfisches. Ich weiß nicht genau, warum, aber ich habe mich nie an diesem Fisch versucht, ich spürte, dass er nichts Gutes bedeutete.

Ich hätte es eigentlich schon an seiner dandyhaften Kleidung sehen können, dass der unwiderstehliche Drang über ihn gekommen war – er hatte sich in letzter Zeit angewöhnt, seinen roten Uniformrock nur noch halb zuzuknöpfen. Sein Verlangen trieb ihn zu großen Dingen: »Ich will«, sagte er und warf den Kopf ruckartig, zugleich hochmütig und nervös, nach hinten, als stünde er im Begriff, sich zu einer verbotenen Leidenschaft zu bekennen und damit seine ganze Existenz aufs Spiel zu setzen, »Künstler werden.« Ich sagte, das sei bestimmt kein übles Streben, aber ich hätte mich vergeblich bemüht, wenn ich versucht hätte, mich auf ein übleres zu besinnen.

Je mehr er redete, desto röter wurde sein Gesicht und desto hektischer ruckte sein Kopf vor und zurück. Und je mehr seine Wangen glühten, je heftiger seine Zuckungen wurden, desto länger schoben sich seine Lippen vor, als ob er es endlich geschafft hätte, eine alte Sprachhemmung, die ihn sein Leben lang geplagt hatte, ein für alle Mal zu überwinden. Und je weiter seine Lippen vorstanden wie das unbegrenzt dehnbare Maul des Petersfisches, desto stärker wurde der Eindruck, er wollte mir mit diesem Riesenmaul nicht so sehr etwas mitteilen, als vielmehr mich aussaugen, irgendetwas aus mir schlürfen, was er unbedingt brauchte, um diesen Künstlerwahn, von dem er besessen war, zu nähren.

Dann – vielleicht übermannt von einer plötzlichen Sehnsucht nach alten glücklicheren Tagen – versetzte er mir ein paar kräftige Fußtritte. Hinterher versicherte ich ihm, es fehle ihm an nichts von alledem, was ein Mann brauche, um als Künstler Karriere zu machen – leider konnte ich ihm, weil mein Mund zu stark geschwollen war, diese Tugenden nicht alle der Reihe nach aufzählen: Mittelmäßigkeit; die Gewaltbereitschaft, die ein Künstler braucht, um im Konkurrenzkampf zu bestehen; der Wille zum Erfolg und dazu das Verlangen, die Kollegen scheitern zu sehen; Unaufrichtigkeit in allen Dingen; die Fähigkeit zum Verrat. Das Glück begünstigt den Narren, wollte ich noch sagen, aber ich brachte nur Blut und ausgeschlagene Zähne hervor.

Dann begann Pobjoy zu weinen, weil er sein Leben lang immer nur Pech gehabt hatte. Sein Unglück hatte damit angefangen, dass er zum Dienst in der Armee gepresst wurde, und dann wurde er auf diesen unglückseligen Außenposten am Ende der Welt geschickt, und das schlimmste Unglück von allen war, dass er solche Idioten, wie ich einer war, bewachen musste. Ich hatte mich so weit erholt, dass ich meine Lippen wieder ein bisschen bewegen konnte, und wollte ihm was erzählen, um ihn zu trösten, aber da wurde er wieder wütend und sagte, ich sollte das Maul halten.

»Ich lasse dich vierteilen«, schrie er. »Ich werde dich auspeitschen, bis von deinem Rücken nichts mehr übrig ist und die Knoten der Knute deine Brüste kitzeln.«

Er zog einen Klumpen Rotz hoch und spuckte ihn aus seiner großen Höhe auf mich nieder.

»Bist du wirklich ein solcher Volltrottel, Gould?«

Ich hütete mich natürlich, einen Disput mit der Staatsgewalt anzufangen, und so wischte ich mir den Schleim aus dem Gesicht und sagte in aller Bescheidenheit, dass ich das sicher sei.

»Halt's Maul. Halt's Maul, du dämlicher Bastard. Bist du zu dämlich, um zu kapieren, dass ich dich und deine dämlichen Geschichten satt habe? Wenn du noch einziges Wort sagst, dann tret ich dich wieder zusammen.«

Also erzählte ich ihm die Geschichte von Ned Hennessy aus der Gegend um Waterford, der auch ein Trottel war und dem seine Freunde einmal einen Streich spielen wollten. Einer von ihnen legte sich in einen Sarg und stellte sich tot, und dann gaben seine Kumpel Ned Hennessy eine Pistole und sagten ihm, er müsse den Leichnam bewachen, damit ihn nicht in der Nacht Geister aus dem Jenseits raubten. Und irgendwann mitten in der Nacht richtete sich der Tote plötzlich auf und sagte: »Hallo, Ned«, und Ned, der im Dunkeln Angst hatte und in der Hosentasche eine Pistole, schoss – peng! – dem Spaßvogel eine Kugel mitten durch die Stirn.

»Halt's Maul«, sagte Pobjoy dumpf.

»Ned Hennessy«, schloss ich, »war ein echter Knallkopf.«

Noch einmal prügelte Pobjoy mit den Fäusten auf mich ein und stieß mich mit dem Kopf, und ein paar Mal schlug er mich sogar mit dem Farbkasten, aber er trat mich nicht mehr mit den Stiefeln, und da wusste ich, dass er mit dem Herzen nicht bei der Sache war. Armer Pobjoy!

»Ein Mann wie Sie«, begann ich, aber ich hatte den Mund voller Blut, und das Sprechen fiel mir schwer, und da ich zusammengekrümmt auf dem Boden lag, konnte ich nicht sehr viel sehen, »in der Blüte seiner Jahre …«, doch dann hörte ich, wie die Tür meiner Zelle zuschlug und der Riegel vorgeschoben wurde. Ich spuckte noch ein paar Zähne aus und zog Bilanz. Ohne Zweifel war die Begegnung nicht restlos erfreulich gewesen. Meine Farben waren weg, und ich musste damit rechnen, dass es diesmal tatsächlich ernst werden konnte.

## III

Am nächsten Morgen, als ich wieder an den Gitterstäben des Fensters hing und hinausschaute, vermied ich es, den Galgen ins Visier zu nehmen, und konzentrierte mich stattdessen auf die Rauchwolken in der Ferne, die von Frenchman's Cap her jeden Tag näher zu uns heranrückten. Die Leute auf der Insel nahmen zunächst kaum Notiz von dem Feuer dort drüben, das die großen unerforschten Wälder aus Myrten und Kiefern vernichtete, die der Kommandant nicht verkauft und die Japaner nicht abgeholzt hatten.

Kein Mensch hätte mir geglaubt, wenn ich erzählt hätte, wie der Brand entstanden war. Und warum hätte ich es jemandem erzählen sollen? War es meine Sache, darauf hinzuweisen, dass die Poesie des Systems die zündenden Funken geliefert hatte?

Am Anfang war das Feuer für uns alle lediglich ein Gegenstand eitler Projektion und selbstsüchtiger Spekulation. Manche Sträflinge betrachteten die Rauchwolken wie eine neue Schikane einer Natur, die mit den Mächten der Repression verbündet war, während der Kommandant die Katastrophe im goldenen Licht seiner utopischen Hoffnungen sah und ein Geschäft witterte: Er schickte sogleich Botschafter aus, die in verschiedenen portugiesischen Kolonien Holzkohle, die zur Verhüttung von Golderz in den fernen Dschungeln der Neuen Welt gebraucht wurde, zum Kauf anboten. Und ähnlich deutete jeder von uns das Feuer als ein Phänomen seiner eigenen Welt und nicht als eine Macht, die alle diese Welten vernichten sollte.

Fünf Tage vor meinem Hinrichtungstermin fielen die ersten Ascheflöckchen vom Himmel. Als der Wind auffrischte, brachte er Myrtenblätter und Farnwedel mit, hauchzarte, leichte Gebilde, verkohlt, aber in ihrer Form und Struktur unversehrt, Vorzeichen unseres Schicksals, die auf unsere Haare, Nasen, Schultern niederregneten, Antworten aus einer anderen Welt und einer anderen Zeit, die wir nicht verstanden und deshalb unwiederbringlich zerstört hatten.

Drei Tage, bevor ich hängen sollte, war schon so viel Asche gefallen, dass die Leute an manchen Stellen der Insel, wo sich Aschewehen gebildet hatten, bis zu den Oberschenkeln darin versanken, und am Morgen danach ragten nur noch die großen Pfosten der Umzäunung und die oberen Stockwerke der größeren Gebäude aus der Asche hervor, und zahlreiche Arbeitskommandos waren ständig damit beschäftigt, die Straßen und Gassen der Kolonie freizuschippen. Nur diese Dinge und diese Arbeiten wiesen noch darauf hin, dass sich auf der Insel der Aschenberge einmal eine Siedlung befunden hatte.

Als der Nordostwind stärker und immer stärker wurde und das Feuer immer näher rückte, begannen die Sträflinge überall auf der Insel zu ahnen, wie gewaltig dieses Feuer war, und waren überzeugt, dass es Bradys Werk war, Teil seines großen Plans, uns alle zu befreien. Oh, was für ein genialer Geist! Er machte die Natur, die uns gefangen gehalten hatte, seinem Befreiungswerk dienstbar, und zugleich vernichtete er sie! Und alle warteten auf den Moment, da er und McCabe und all die anderen wie apokalyptische Reiter aus diesem Inferno hervorbrechen und mit donnernden Musketen der Gerechtigkeit unnachsichtig ihr Urteil vollstrecken würden.

Weil sie wussten, dass der Tag des Gerichts nahe war, kündigten die Sträflinge den Wachsoldaten und Kalfaktoren den Gehorsam auf. Einen Tag, bevor ich erhängt werden sollte, hörte ich die Posten vor der Zelle miteinander flüstern, Ben Joshua habe sich offen geweigert, an die Säge zu gehen, und zu Musha gesagt: »Dich wird Brady auch kriegen, und er wird dich an deinem Riesensack aufhängen und dir die Röhre in deine dreckige Fresse rammen und dich unter Wasser drücken, bis deine Augen zu Perlen werden, und dann kannst du fünf Faden tief auf dem Grund liegen bleiben, bis dich die Flundern fressen.«

Musha Pug hatte ihn geschlagen, aber nur so, wie man einer Frau eine scheuert, mit der Rückseite der Hand, nicht mit der Faust, und dann hatte er sich umgedreht und war weggegangen auf seinen drei Beinen, und alle hatten gesehen, dass er nicht ordentlich zugeschlagen hatte. Alle hatten gesehen, wie er den Rückzug antrat, und alle wussten, warum er nicht richtig hingelangt hatte. Die Leute lachten die Sträflingskonstabler aus, wenn sie ihnen sagten, sie sollten an die Arbeit gehen, und die Konstabler weigerten sich, Gewalt anzuwenden, wenn die Offiziere ihnen befahlen, für Ordnung zu sorgen. Statt die aufsässigen Sträflinge auf der Stelle zu prügeln bis sie das Bewusstsein verloren, verschwanden sie in ihren Schuppen und ließen sich nicht mehr sehen, oder sie versuchten sich bei den Sträflingen einzuschmeicheln, boten Tabak an und machten Witze und spekulierten gemeinsam mit ihnen darüber, wann und wie der große Brady endlich erscheinen werde und wie prachtvoll er aussah und wie stark seine Truppen waren.

Die Holzfäller weigerten sich, die Insel zu verlassen und in die Wälder am Fluss zu ziehen. Die Schiffszimmerleute lagen faul im Rumpf des Schiffes, das sie bauen sollten, die Böttcher ließen die halb fertigen Fässer, deren lose Dauben an knospende oder schon verwelkte Blütenblätter erinnerten, im Stich, kein Sträfling machte mehr einen Finger krumm, mochten die Aufseher auch noch so viel drohen oder betteln, und schon bald kam aller Betrieb auf der Insel zum Erliegen, und alle, Wächter und Bewachte gleichermaßen, warteten nur noch.

Dann stach Musha Pug ein Fass Rum an und noch eines und lud die Holzfäller und Schiffbauer und Böttcher ein, sich zu bedienen, und wurde nicht müde zu sagen, dass die Sträflinge doch alle Kumpel seien und zusammenhalten müssten. Später kamen dann Soldaten angerückt, aber nur, um sich auch ein Fässchen zu holen, und dann verzogen sie sich in ihre Unterkünfte, wo sie schweigend und trübsinnig beieinander saßen und versuchten, im Rum Mut oder Vergessen zu finden. Als die Sonne unterging, war die ganze Insel sternhagelblau, alle faselten wirr von den neuen Zeiten, die anbrechen sollten, alle Augen blickten gespannt zu den Bergen im Osten, suchten im Rauch nach einem Zeichen, das Bradys unmittelbar bevorstehende Ankunft verkündete, und selbst ich, der ich in der fast völlig dunklen Todeszelle auf meine Hinrichtung am folgenden Tag wartete, konnte einen leisen Anflug von Hoffnung nicht unterdrücken.

## IV

Keiner von den wenigen Überlebenden konnte später je angemessen die Seltsamkeit dieser Zeit beschreiben, so viele Bilder des Grauens, um die das Feuer der Hölle züngelte und flatterte wie die Mondvogelepauletten des Kommandanten.

Stellen Sie es sich vor, so wie ich es mir vorstellen musste an jenem Morgen, acht Tage nachdem das Feuer zum ersten Mal gesichtet worden war, nur wenige Stunden vor meiner Hinrichtung. Nackt stand ich in dem rauchigen Backofen meiner Zelle und presste immer wieder den Mund an den Türfalz, wo die leise Andeutung eines abgestandenen Luftzugs für mich zu einer willkommenen Brise wurde, ein Mistral, der in seinem trägen Heckwasser woanders Schreckensbilder heraufbeschwor.

Stellen sie sich im Rauch erstickte Vögel vor – alle die Segler und Graspapageien, die noch nicht gefangen und gemalt, die Häher, die noch nicht gefangen und aufgegessen worden sind, die Seeadler und schwarzen Kakadus und Fliegenschnäpper und Zaunkönige –, die vom Himmel tot in die kochende See fallen. Ihre angeschwemmten Leichen bildeten einen Tidenring um die Ufer der Insel, einen Wall von Vögeln, an dem sich unsere Hoffnung brach, denn nun begann auch die Insel selbst zu schwelen, und woanders konnte man nicht hin, man konnte nur verkohlte Vögel in die Flammen werfen, die jetzt überall auf der Insel auftauchten.

Sehen Sie zu, wie die Insel sich in eine einzige lodernde Feuerstelle verwandelt, eine unermesslich große Höllenflamme, eine Ewigkeit der Leiden, in der nichts existiert als Brennstoff, der das Feuer weitertreibt ins Zentrum der Siedlung.

Überall und über allem ist nichts als Feuer und Glutwind und Rauch, Rauch, bitter wie die Sünde, zäh wie Dreck, Hitze, unter deren Hauch die Haut Blasen wirft, die den Menschen das Haar vom Kopf sengt, und allenthalben züngelt das bösartige Rot.

Stellen Sie sich menschliche Gestalten vor, die aus dem Rauch auftauchen und darin verschwinden in kopfloser Flucht vor einem Feuer ins andere, ununterscheidbar, eine einzige wimmelnde Menge jetzt, da der Mahlstrom die Insel erreicht hat. Bedauern Sie die Soldaten und Sträflinge, die den aussichtslosen Kampf gegen den Feuersturm aufgegeben haben und nur noch mit letzter Kraft rennen, ein Schwarm von Leibern in roten Röcken und kanariengelben Sträflingsjacken, eine panisch bewegte gesprenkelte Masse, die sich in Richtung des Hafens wälzt, Gestalten, die unter den Piers, im Wasser Schutz suchen, die ins Meer zurückkehren, um der höllischen Hitze zu entfliehen, und wer noch am Leben ist, wünscht sich den Tod.

Sie rennen über glühende Erde, vorbei an Karren, Fässern, halb fertig gebauten Schiffen, Kaianlagen, an Männern, die schlagartig, wie vom Blitz getroffen, in Flammen aufgehen und nicht einmal Zeit haben, ihre letzte Qual hinauszuschreien, sie rennen weg von wirbelnden Feuersäulen, die hundert Yards hoch in den Himmel lodern, sie verfluchen die verhasste Flamme, die ihnen in den Rücken fällt, den gelben und blauen und roten Sturm, der vom Himmel über sie hereinbricht, und sie haben nur den einen Gedanken: *Weg!*

## V

Aber halten Sie inne, schöpfen Sie Atem, wenn Sie irgend können, und denken Sie auch einmal, nur einen Moment lang, an Billy Gould in seiner elenden Zelle. Er konnte nicht wegrennen. Sie glauben vielleicht, man hätte die Zellentüren aufgesperrt, damit die Gefangenen, die in Einzelhaft saßen, sich vor dem Feuer retten konnten, aber da täuschen Sie sich. Die Wachsoldaten hatten sich geweigert, ohne ausdrücklichen Befehl Pobjoys die Zellen aufzuschließen, und waren hinunter zur Anlegestelle geflüchtet. Und Pobjoy war – aus Gründen, die noch zu erläutern sind – kurz bevor dort die Lage zu einem vollständigen Inferno wurde, in die Siedlung gerufen worden, von wo er, obwohl keiner von uns das wissen konnte, nie mehr zurückkehren sollte.

Sie ließen mich also in meiner Zelle braten. Dichter beißender Rauch füllte den Raum und setzte sich als eine stinkende, ätzende Schmiere in meiner Kehle fest, meine Augen tränten so stark, dass ich mit dem Wasser ein ganzes Bild hätte malen können. Und der geringe Trost, der mir blieb in meiner hilflosen Lage, bestand darin, an den einzigen Menschen zu denken, der noch schlechter dran war als ich, der, ebenso wie ich und anders als alle anderen, nicht rannte, freilich nicht deswegen, weil er eingesperrt gewesen wäre, sondern weil er nicht rennen wollte.

Der Kommandant saß auf einem Sofa in seinem Palast, wohin er sich geflüchtet hatte, nachdem das Feuer seine Zelle in Schutt und Asche gelegt hatte. Der Palast war eines der letzten Gebäude auf der Insel, die noch standen. Er spürte, wie das nasse, mit Huonkiefernöl parfümierte Handtuch, das über seiner Maske lag, wegglitt, und öffnete die Augen, um weiter mit unverminderter Lust dieses großartige Schauspiel des Brandes zu genießen. Das Feuer hatte jetzt auch auf den Palast übergegriffen. Er hustete. Blut rann in dünnen Fäden über seine schwarzen Lippen und das verschmierte Gold der Maske.

Die wenigen Getreuen, die noch da waren, umsorgten ihn und bemühten sich nach Kräften, ihm Trost zu spenden, berichteten von angeblichen Erfolgen im Kampf gegen das Feuer, reichten kalten Sassafrastee, der seiner vom Husten wunden Kehle wohl tat, aber alle ihre Aufmerksamkeiten bestärkten ihn nur noch mehr in dem Gefühl, dass sie ihm ganz fern standen und von seinem wahren Wesen nichts wussten.

Denn seit dem Tag, da er der Mulattin zum ersten Mal begegnet war, hatte er kein größeres Glücksgefühl empfunden als heute. Eine hämische Seligkeit erfüllte ihn beim Anblick brennender Dächer, die in sich zusammensackten und in glühenden Kaskaden niederstürzten. Und dann, als alles, was er aufgebaut, wofür er gekämpft und gemordet hatte, vor seinen Augen vom Feuer verzehrt wurde, wich dieses boshafte Entzücken einem Gefühl großer Ruhe; als die unerträgliche Last all der unbeseelten Dinge verschwand, die ihn wie ein mächtiger Anker festgehalten, an eine Person – die des Kommandanten – gekettet hatten, die er nicht länger sein wollte, an einen Ort – Sarah Island –, den er sich nicht ausgesucht hatte, der damals einfach nur der einzig mögliche, der einzige sichere Ort auf Erden gewesen war, an ein Leben – sein Leben –, das er jetzt als offensichtlich absurd erkannte.

In dem Salon, wo er ausländische Würdenträger empfangen hatte, im Ballsaal, wo die großen Feste und Orgien stattgefunden hatten, wo er hinter den langen grünen Vorhängen aus japanischer Seide der Mulattin aufgelauert hatte, um sie an Ort und Stelle zu nehmen, in der Großen Halle der Nationalen Geschichte mit den lebensgroßen Porträts von ihm, die ich gemalt hatte – der Kommandant als Edler Weiser, als Volksheld, als Antiker Philosoph, als Moderner Heiland, als Römischer Kaiser und Napoleonischer Befreier auf einem feurigen weißen Ross –, überall fing es nun zu knistern an, Blasen zeigten sich, Flammen schlugen hoch, und als die Leinwände sich in der Hitze aufblähten, schien es fast, als wären alle diese Gestalten, die da aus den Rahmen hervortraten, plötzlich beseelt und erlöst aus ihrem Exil dort an den fernen Wänden, als wären sie endlich frei, sich davonzumachen und mitsamt ihren verrückten Eitelkeiten und irren Begierden in den Rauch zu entschwinden.

In diese Flammen ließ er nun einen acht Monate alten Brief fallen, den er eben erst erhalten hatte. Der Verfasser, Thomas De Quincey, schrieb ihm voller Gram, dass Miss Anne verschwunden sei und dass er sich große Sorgen um sie mache.

Er hatte im Opiumrausch einen Traum gehabt:

»In unermesslicher Ferne waren, wie Flecken am Horizont, die Dome und Kuppeln einer großen Stadt zu sehn – das Bild mochte der blasse Abglanz einer Darstellung der

Stadt Jerusalem sein, die ich vielleicht in meiner Kindheit einmal gesehen hatte. Und kaum einen Pfeilschuss entfernt von mir saß ein Weib auf einem Stein im Schatten der Palmen Judas, und ich schaute hinüber zu ihr und sah, dass es Miss Anne war! Ruhevoll sah sie aus, doch ihre Miene wirkte sonderbar feierlich, so dass ich sie mit einiger Scheu betrachtete. Da wurden auf einmal ihre Züge matt, und als ich mich zu den Bergen wandte, sah ich, wie der Nebeldampf sich zwischen uns wälzte, und augenblicks war alles ausgelöscht…«

Der Kommandant, dem der Fluch, einem Publikum gefallen zu wollen, wohl vertraut war, spürte, dass De Quincey nichts schreiben konnte, ohne so zu klingen, als sehnte er sich nach dem höflichen Applaus eines Salons, und genau so klangen auch die langatmigen Klagen, die der Londoner Literat in diesem Brief anstimmte: Sie war nirgends zu finden, alle möglichen Gerüchte gingen um – es wurde behauptet, sie sei tot, ja, noch schlimmer, sie habe niemals existiert, sei nur eine Figur eines modernen Romans, dessen Autor ihrer müde geworden sei, weswegen er sie in die Kolonien habe auswandern lassen. Hatte er, ihr geliebter Bruder, sie vielleicht gesehen?

Aber selbst dem tränenumschleierten Blick des Kommandanten konnte nicht verborgen bleiben, was so offensichtlich war: Die Handschrift von De Quincey und die von Miss Anne waren identisch!

Seine Schwester war eine Fälschung, nicht echter als ihr Bruder, und seine Nation lag in Schutt und Asche. Der Kommandant wischte das parfümierte Handtuch beiseite und atmete so tief den stechenden Qualm um ihn herum ein, dass es ihn würgte. Die Idee von einem künftigen Goldenen

Zeitalter, einem tiefen Fall, der bald jedermann offenbar werden würde, von einer geschändeten Utopie, von einer Hölle, die nur leugnen konnte, wer finster entschlossen war, sich an nichts zu erinnern – alles das roch er im Rauch seines brennenden Palastes als die Torheit jener, die das Leben nicht akzeptieren können.

Ihn ergriff das Gefühl, dass er aufwachte, nicht aus einem Traum, nein, im Gegenteil und weit schrecklicher, dass er aus der Wirklichkeit zu der Wahrnehmung erwachte, dass alles Leben eigentlich ein wilder Traum ist, in dem man umhergeworfen und umgetrieben wird von den Gezeiten und Winden und in dem Wissen, dass man – stets am Rand des Abgrunds – immer nur ehrfürchtig staunender Zeuge des Außerordentlichen ist, das sich jeden Tag ereignet.

Er dachte – wagen Sie es nicht, mich zu fragen, wie Billy Gould wissen konnte, was er dachte, denn wenn Sie immer noch nicht verstanden haben, dass er viel mehr wusste, als er zugab, dann werden Sie es nie verstehen –, er dachte verschiedene banale Dinge, die ich ganz ungeordnet wiedergebe.

– Es gibt kein Europa, das es wert wäre, imitiert zu werden, und keine Weisheit jenseits der Flammen, die meinen Palast vernichten. Es gibt nur dieses Leben, das wir kennen, in all seiner staunenswerten Verkommenheit und Pracht.

– Die Idee der Vergangenheit ist ebenso nutzlos wie die der Zukunft. Jedermann kann sich bei jeder beliebigen Gelegenheit auf diese wie auf jene berufen. Es gibt nicht mehr Schönheit als die, die jetzt ist. Es gibt keine Freude, keine Trauer, keine Wunder als die der Gegenwart. Über das hinaus, was jetzt ist, gibt es nichts Vollkommenes, nichts Böses und nichts Gutes.

– Ich habe ein bedeutungsloses Leben gelebt, um in diesem einen bedeutungsvollen Moment all die Dinge, die ich jetzt weiß, zu erfahren, und dieses Wissen wird so abrupt aus meinem Herzen und Hirn verschwinden, wie es gekommen ist.

Er fragte sich, ob selbst der Parfumier Chardin imstande wäre, Voltaires Kopf mit einem solch überwältigenden Duft von Aufklärung zu füllen.

Und es kam ihm so vor, als wäre sein Wissen von all diesen Dingen vollkommen, und er empfand es als eine Gnade, dass sein sonst ganz und gar sinnloses Leben zu solcher Erfüllung gelangen durfte. Aber dann wusste er, dass auch diese Gedanken eine letzte zwecklose Eitelkeit waren und dass sie ebenso wie sein Palast in Rauch aufgehen würden, und er saß da, in der Hand eine Tasse mit Sassafrastee, der sich gespenstisch erwärmte.

Als das brennende Dach des Palastes mit brechenden, verkohlten Balken und in kreischenden Flammen zusammenfiel, begann sich der rauchverhangene Himmel vor den schreckensstarren Augen des Kommandanten zu verdunkeln: Tausende und Abertausende von Mondvögeln kehrten heim zu ihren Nistplätzen in den Dünen. Als hätte er es in einer Offenbarung erfahren, wusste der Kommandant, dass Nacht über ihn kommen würde.

Er dachte:

Ich bin alles gewesen – nur um zu entdecken, dass alles nichts ist.

Und vermutete:

Der Rest ist Schweigen.

Der Tee in der Tasse begann zu brodeln, und noch ehe er sie vor Schmerz fallen ließ, bemerkte er mit Entsetzen, dass auch seine Goldmaske heiß wurde und zäh wie Melasse an seinem Gesicht hinunterlief, roch zu spät, dass sein Fleisch verschmorte, spürte, wie seine Haut versengt wurde, und plötzlich schrie er auf, denn er wusste, dass die Maske auf seinem Gesicht schmolz und ihm für immer ihr Bild einbrannte, das Bild einer Person, die nicht er war und die er doch von nun an sein musste.

Allein in seinem Palast, wusste er jetzt, dass Sein Schicksal und das Seiner Nation ein und dasselbe waren. Auf den verlassenen Korridoren war es still, nur der Widerhall vom Fauchen und Kreischen des Feuers drang von dort draußen zu ihm herein. Woher kam dieses *tap-tap-tap*? Waren es seine Lungen oder die Flammen, oder war es sein Schicksal, das ihn rief? Und dieses *brady-brady-brady,* war das sein eigener rasselnder Atem oder das Feuer, das immer näher tanzte, hüpfte, flog, war es derselbe Alptraum vom Meer, das höher und höher und höher stieg, und das *brady-brady-brady* kam immer näher und näher, und die Flammen der Hölle wurden immer heißer…

## VI

Irgendwann wurde es wieder hell um ihn. Der Kommandant lag auf dem Achterdeck dieses schwarzen Schiffs und hustete Blut, und da wusste er, dass es so war, wie er immer gefürchtet hatte: Er war unsterblich. Er sollte sich nicht in einen Wal verwandeln, wie einige von denen, die ihn auf dem Gewissen hatten, später behaupteten, richtig war aber, dass er ins Meer zurückkehrte, woher er gekommen war.

Als ihn eine große Abteilung handverlesener Soldaten in den noch schwelenden Ruinen seines Palastes gefunden und, eingeschnürt in eine vor Dreck starrende Zwangsjacke, durch Qualm und glimmende Balken hinausgeschleppt hatten, wussten alle, die ihn durch den dicken Rauch sahen, dass dieser sich windende sabbernde Zwerg nichts mit dem tyrannischen Visionär zu tun hatte, der so lange unser Führer gewesen war.

Dieser kreischende Wicht in verschissenen und verpissten Hosen, der wild den Kopf umherwarf, dass der von Quecksilber schwarze Geifer nur so spritzte, diese Kreatur, deren Gesicht wie rohes Hackfleisch aussah, nachdem die Soldaten mit Kneifzangen das geschmolzene Gold der Maske herausgeklaubt hatten, konnte unmöglich mit dem gefürchteten und ruhmreichen Patriarchen identisch sein, der uns regiert hatte, der vor unseren Augen Schiffe in Wolken verwandelt und uns eingeladen hatte, mit ihm zu fliegen, der, wie er uns schwor, eine gewöhnliche Strafkolonie zu einem neuen Venedig gemacht hatte.

Aber schon lange vor dem Putsch unter der Führung von Musha Pug waren die Zeichen des Verfalls jedem aufmerksamen Beobachter deutlich geworden: Pilze brachen aus dem Pflaster hervor, Farn wuchs aus Mauerritzen, in Dachrinnen gingen Tannensamen auf. Zuerst freilich waren nur wenige bereit, zur Kenntnis zu nehmen, dass alle imposant inszenierte Betriebsamkeit, dieser ganze prächtige Karneval quirliger Geschäftstätigkeit nur Theater war, das den Untertanen eines bankrotten Regimes triumphale wirtschaftliche Erfolge vorspiegelte.

Aber in den Monaten vor dem Staatsstreich wollte Musha Pug das offenbar nicht sehen. Er entwickelte eine rege konspirative Tätigkeit: Man sah ihn mit pendelndem Sack umherhumpeln wie eine dreibeinige bösartige Missgeburt und mit den Leuten flüstern, er redete von Rache und streute zweideutige Verheißungen von künftiger Macht und Beute aus. Gleichzeitig ging er daran, im oberen Stockwerk der Windmühle, wo bereits zweihundertvierzig überflüssige Mah-Jongg-Spiele lagerten, eine geheime Waffenkammer einzurichten, bestückt mit modernen amerikanischen Gewehren und einigen Dutzend Fässern chinesischen Schießpulvers.

Aber alles, wonach Musha Pug strebte, zerbröckelte bereits. In dem Sommer vor dem großen Feuer erschienen weitere Zeichen, die – so jedenfalls erscheint es im Nachhinein – den unaufhaltsamen Gang des Schicksals, das über die Kolonie verhängt war, deutlich machten. Beutelteufel und Wildschweine streiften durch die leeren Lagerhäuser, Opossums nahmen die verwaisten Kontore und Schreibstuben in Besitz und fraßen die Brokatvorhänge. Die Poller an den Kais verrosteten, weil keine Taue sie mehr polierten, und überall trat man auf schleimig verrottende Geranienblüten, deren fleischiges Rosa sich in Kotbraun verwandelte.

*Scheiße*, dachte der Kommandant, als die Männer, die er als Verräter und Meuterer zutiefst verachtete, sich um ihn scharten und ihn aufforderten, sich zu ergeben, *es ist alles zu Scheiße geworden.* Aber er sagte nichts und hob nur die Hände – die absolute Einsamkeit, die nun über ihn kommen sollte, forderte Stille.

Sie setzten den Kommandanten auf einen Stuhl und zwangen ihn, Bajonette im Rücken, etliche Geständnisse zu unterschreiben, die allesamt falsch waren und, so viele kriminelle Absichten sie ihm auch unterstellten, doch seinen wirklichen Untaten nirgends gerecht wurden. Aber der Kommandant unterschrieb trotzdem, denn er sah ein, dass alles seine Ordnung haben musste, denn die Akten waren der Streich, den Gott der Erinnerung spielte, der einzige Blick auf das Heute, der für morgen blieb.

»Die Geschichte, die grausamste aller Gottheiten«, sagte der Kommandant und gab die Feder zurück, nachdem er sich mit seiner Unterschrift zu lauter erdichteten Verbrechen, die er erstaunlich banal fand, bekannt hatte, »fährt mit ihrem Streitwagen über die Leichen der Erschlagenen.«

»Langsam«, antwortete der Matrose, der den Kommandanten bewachte, als dieser ihn höflich fragte, auf welche Weise man ihn umzubringen gedachte. Das schwarze Schiff segelte jetzt durch Hells Gates hinaus auf eine wilde See, wo man ihn in die Tiefe werfen würde. Die Meuterer hatten gar keine andere Wahl: Die ganze Geschichte war zu verrückt, die Verbrechen des Kommandanten zu ungeheuerlich, und es waren zu viele Leute darin verwickelt, die ihm geglaubt und ihn unterstützt und sich mitschuldig gemacht hatten. Der Prophet musste sterben, damit seinen Gefolgsleuten die Strafe erspart blieb. »Nicht nur deswegen, weil wir müssen«, sagte der Matrose lächelnd, er hatte einen sanften, hübschen Mund, »sondern auch, weil es uns ein Vergnügen sein wird.«

Am Ende war es so, wie der Kommandant längst vermutet hatte: Um ihm das Gesetz von Ursache und Wirkung in Erinnerung zu rufen und ihm klarzumachen, dass das Leben stupid linear und nicht mysteriös zirkulär verläuft, hatte Marschall Musha (so nannte er sich jetzt) befohlen, ihn zu zwingen, sich selbst die Eier mit einem Hammer zu Brei zu schlagen, dann schnitten sie ihm den Brustkorb auf – zuerst versuchten sie es mit einem Messer, sahen aber bald ein, dass es mit einer Säge besser ging – und rissen das Herz heraus, das sie johlend in der Luft schwenkten und riefen: »Herzloser Bastard! Wer hat dir das gegeben?«

Und keiner sah, dass klar und deutlich der Name der Mulattin darauf geschrieben stand, dass dieses verfettete Herz ihr Eigentum war für immer und ewig, und sie lachten nur und lachten. Aber einige gab es, die in alldem Trubel still blieben, nicht aus Mitleid oder Furcht, sondern vor Staunen darüber, dass er ein Mensch war, wenn auch ein Ungeheuer von einem Menschen, und sie fragten sich, wie er so werden konnte und was ihn von ihnen unterschied.

Er hätte gern noch gesagt, dass er endlich die Antwort auf die Frage gefunden hatte, die ihm so lange im Kopf herumgegangen war. Das Streben nach Macht, so erkannte er in seinen letzten klaren Momenten, ist der traurigste Ausdruck eines Mangels an Liebe und, noch bitterer, an der Fähigkeit zu lieben. Er hätte herausschreien wollen: *Ich bin gefangen in der Einsamkeit meiner Liebe!* Und: *Seht, seht her! Das ist alles, was es gibt, und ich habe es nicht gesehen!* Und vielleicht hatte er es tatsächlich gesagt, denn seine Peiniger wichen erschrocken zurück, als aus seinem Mund ein leises Stöhnen drang, aber dann sagten sie sich, dass es nichts war als eine Luftblase, die aus dem gefledderten Brustkorb aufgestiegen war, und lachten und metzelten noch eine Weile weiter dort auf dem mit Essig gesäuberten Achterdeck.

## VII

Zu genau der Zeit, da der Kommandant sich in eine Walfisch-Legende verwandelte, stand Pobjoy mit hochrotem Gesicht – nicht allein wegen der steigenden Hitze – vor der Windmühle, dem Hauptquartier der Putschisten, das man erfolgreich gegen die Flammen verteidigt hatte. Er war von Angst erfüllt. Wenige Tage zuvor hatte er Musha Pug gegen eine beträchtliche Anzahl von Bengal-Dollars einen echten Constable verkauft, mein letztes Werk. Als man das Bild aufhängte, entdeckte man auf der Rückseite der Leinwand das Bild eines Petersfisches, und Marschall Musha hatte sofort erkannt, wo der herkam und dass er betrogen worden war.

In der Mühle hatte Marschall Musha, ermutigt durch die Leichtigkeit, mit der er die Macht ergriffen hatte, ohne die beträchtliche Feuerkraft, die er auf dem Stockwerk über ihm angesammelt hatte, einzusetzen, die letzte Stunde damit zugebracht, seine neuen Diener anzuschnauzen, dass er zu vertieft in wichtige Staatsgeschäfte sei, um gestört zu werden. Denn er stellte gerade eine Liste von möglichen neuen Titeln für sich zusammen.

Der Titel *Marschall Musha* hatte etwas Zwangloses an sich, das nach Kameradentum und Kaserne klang und dem neuen Herrscher der Insel zuerst gefallen hatte, aber jetzt störte es ihn. Der Kommandant war von der Idee besessen gewesen, er sei berufen, aus einer Strafkolonie eine Nation zu formen, doch Musha Pug wusste es besser: Man musste sie zu einem Wirtschaftsunternehmen machen. Er hatte die Kandidaten *Der Allerhöchste, Der Erste Konsul, Seine Bonnefitzienz* (die Orthographie dieses Worts hatte ihm viel Kopfzerbrechen bereitet) durchgestrichen und ringelte gerade *Der Vorsitzende* ein, als Pobjoy hereingeführt wurde.

Die Lehre, die Marshall Musha den Anwesenden vermitteln wollte, lautete: *Zeit ist Geld*, und so hielt er sich nicht mit langen Reden auf, sondern trat vor den falschen Constable an der Wand, riss die Leinwand aus dem Rahmen, knüllte sie zusammen und warf sie Pobjoy vor die Füße. Bis zum nächsten Morgen, sagte er dann, habe Pobjoy ihm den

Kaufpreis in doppelter Höhe zurückzuerstatten, sonst werde es ihm noch schlimmer ergehen als diesem elenden Schmierfinken Gould. Und damit war das Gespräch beendet.

Nachdem Pobjoy gegangen war, schickte Marschall Musha in aller Eile eine Abteilung Soldaten auf die andere Seite der Insel, die dafür zu sorgen hatten, dass die Hinrichtung des William Buelow Gould unterblieb. Ein gut gefälschter Constable mochte auf Sarah Island eine hübsche Stange Geld bringen, aber ganz sicher brachte er in London noch weit mehr. Das Verbrechen des Kommandanten bestand darin, dass er zu viel träumte, dachte Marschall Musha, Pobjoy dagegen träumte entschieden zu wenig. Er, Musha, war entschlossen, weiter jene strikt gewinnorientierte Politik der moderaten Auspressung zu verfolgen, die sich im Umgang mit Clucas und seinesgleichen so prächtig bewährt hatte.

Draußen vor der Tür ließ Pobjoy die zerknüllte Leinwand in die Asche fallen, die jetzt die ganze Fläche der Insel bedeckte. Ein Stückchen Glut brannte ein Loch in den Leinwandball. Pobjoy spuckte in die Hände. Wenn er auch ein Bild eingebüßt hatte, so sagte er sich, hatte er doch auch etwas gewonnen, und er griff nach den Holmen der Schubkarre, auf die Castlereagh gebunden war. Ächzend vor Anstrengung, hob er die schwere Last. Er dachte dabei an seinen erfolgreichen Coup, daran, wie er eine halbe Stunde vorher, begünstigt von dem allgemeinen Tumult, den das Feuer und die Meuterei ausgelöst hatten, das Schwein aus seinem Pferch gestohlen hatte, und er sah nicht, wie der zornige heiße Wind das zusammengeknüllte Stück Leinwand hochwirbelte und in der Luft vor sich hertrieb.

Vor meinem inneren Auge sehe ich den Fisch, das Schwein, Pobjoy, kurz: die ganze Malaise. Da geht er, mein

Gott, sehen Sie nur, wie er sich auf dem Boulevard der Vorsehung von der Windmühle entfernt, schwitzend von der ungewohnten Anstrengung, tief gebeugt und schnaufend, ein schlaffer Spargel von einem Mann, der das fest auf die viel zu kleine Karre gezurrte Ungetüm voranschiebt, und weder Castlereagh noch Pobjoy ahnt etwas davon, dass der Wind, der um den Leinwandball streicht, die Glut an den Rändern des Lochs zur Flamme angefacht hat.

Fragen Sie mich bitte nicht, woher ich solche Dinge weiß. Bitte: Mir bleibt nichts verborgen, was mit Fischen zu tun hat, oder fast nichts, und im Übrigen wäre es grob ungezogen, mich zu unterbrechen, während ich mittendrin bin zu erzählen, wie aus diesem armen zerknüllten Petersfisch Flammen schlugen, wie er sich in einen Feuerball verwandelte, wie dieser Feuerball in seiner lodernden Pracht im Wind tanzte, hinaufflog zum oberen Stockwerk der Windmühle und durch ein Fenster in die geheime Waffenkammer des Vorsitzenden, um dort inmitten von etlichen Dutzend Fässern Schießpulver zu landen.

## VIII

Ich hörte einen gewaltigen Knall.

Ich spürte Luft und Erde erzittern, als wären sie lebendige beeindruckbare Wesen.

Mir kam es wie eine ganze Lebensspanne vor, aber in Wahrheit können es höchstens zwei Sekunden gewesen sein, die vergingen, da hörte ich die entsetzten Schreie von Leuten, die, anders als ich in meiner Zelle, Augenzeugen des spektakulären Schauspiels wurden, wie eine statische Welt plötzlich in majestätische Bewegung geriet – hier sprang die Lokomotive des Kommandanten in Stücken zum Himmel; dort fuhren Waggons wie Stöckchen für einen Hund zu den Sternen empor; überall flogen mächtige eiserne Räder herum wie platt gewalzte Kanonenkugeln; Gipsbüsten von Cicero und Trümmer von Regalen aus der Registratur; aufgeschlagene Bücher, die mit den Flügeln schlugen wie sterbende Vögel; ganze Wände mitsamt Bildern und Spiegeln flatterten durch die Luft wie Papierblätter; verkrümmte schlaffe Leichen, durchbohrt von eisernen Schürhaken, Teilen von Treppengeländern, Stuhlbeinen, geborstenen Bodendielen wirbelten wie sonderbar aufgespießte Herbstblätter der zornig roten Sonne zu; Miss Annes Briefe, die das Werden Europas besangen, zerbarsten in Tausende von Fetzen, ein Chaos von Misstönen, und Marschall Mushas letzter Schrei wurde ebenso pulverisiert wie sein Sack.

Die Sonne wurde immer größer und röter, bis sie eine monströse blutige Scheibe war, deren genaue Umrisslinie sich im Dunkel dieser Katastrophe der Erinnerung verlor, und verloren waren darin auch für immer Brady und seine Befreiungsarmee, Schweinshaxen, die Naturwunder des Plinius, unsere Hoffnungen, die Vision des Kommandanten von einer Nation, Liebesbriefe, Mah-Jongg-Steine, die Republik der Träume, Eisbein und Pobjoy.

Aber wie hätte ich in meiner Zelle etwas davon wissen sollen, dass andere die Siedlung wiederaufbauen, die Geschichte der Insel neu schreiben, uns alle noch einmal verurteilen würden? Alles, was ich fühlte, als ich meine Hand durch das Gitter hinausstreckte, war ein sanfter schwarzer Regen, der auf die Insel niederfiel, alles, was ich sehen konnte, waren unsere eitlen Wünsche und Ambitionen, die in

Asche verwandelt zu uns zurückkehrten, und was ich unmöglich wissen konnte, war, dass über der rauchenden See die Bildfetzen dessen verstreut lagen, der für diese apokalyptische Katastrophe verantwortlich war, die verkohlten Reste des Petersfisches.

## IX

Halseisen, Ketten und scharfkantige Fußschellen, den Geruch von sterbenden Seelen und lebenden Leibern, dazu der wahre Humor im Leid, die wunderbare Wahrheit in der Verachtung, die herrliche Freiheit der Gleichgültigkeit, die stumme Angst vieler Fische, meine unerwiderte Liebe zu ihnen – alles das habe ich erfahren und werde es nie wieder erfahren. Diese Welt hat mich geschunden, bis ich meine Seele preisgab, sie bloßlegte in Wörtern und Bildern, aber ich durfte es tun, ohne jemandem etwas zu schulden, ungeblendet von allem außer dieser selben zitternden nackten Seele.

Wenn meine Malerei mich berühmt gemacht hätte, wäre es mir ganz anders ergangen: Man hätte mich umworben, umschmeichelt, belogen, man hätte meine lächerlichen Ansichten bedeutend gefunden, meine trübe Ausstrahlung faszinierend, meine schlichte Visage attraktiv. Ich hätte eine unechte Würde angenommen, die steinerne Miene der Wichtigkeit, hätte mich in die Zwänge meiner Reputation gefügt, Männer hätten mich mit Gold zu blenden versucht, Frauen hätten mich begehrt, alle hätten sich um meine Gesellschaft bemüht oder darum, doch wenigstens ein winziges Zeichen meiner Wertschätzung zu erhalten, eine Skizze, ein paar Zeilen von meiner Hand. Alles hätte mir zu Füßen gelegen, und mein Name wäre wichtiger gewesen als mein Werk. Und mein Werk hätte immer weniger bedeutet, besonders mir selbst. Ich hätte mir den Tod gewünscht.

Viele Jahre lang habe ich Fische gemalt, und ich muss zugeben, dass ich ihnen zuletzt untreu geworden bin. Ich habe mich von ihnen abgewendet und meine Bilder verbrannt, aber ich habe nie aufgehört, sie zu lieben. Es ging mir wie Voltaire, der Madame du Chatelet über alles liebte und sie doch verließ, um sich mit einer ganzen Menge anderer Frauen herumzutreiben, bis sie sich schließlich auf ein flüchtiges Abenteuer einließ und schwanger wurde. Zu spät erkannte Voltaire, was er zu verlieren riskierte, und kehrte zu ihr zurück, aber er musste erleben, dass seine große Liebe im Kindbett starb. Und weil er solches Unheil angerichtet hatte, ist es nur recht und billig, dass er dazu verdammt wurde, in alle Ewigkeit als hohlköpfige Parfümflasche den Frauen Freuden zu spenden.

Die Welt draußen ist in rote Glut getaucht. Ich in meiner Zelle schildere die letzten Stunden der Kolonie, die auch meine eigenen letzten Stunden sind. Ich schreibe mit brauner Tinte, einem letzten verzweifelten Notbehelf; ich habe sie angerührt mit Spucke und jenem Stoff, mit dem ich früher immer Pobjoy beschossen habe, um ihm eine kleine Freude zu machen. Das ist die wahre Sträflingstinte, das Umbra des armen Mannes, das er benutzt, um seinen Protest, seine Wut, seinen Hass, seine Furcht vor dieser beschissenen Welt mit scheißebeschmierten Händen auf die Wände seiner Zelle zu tünchen in der Hoffnung, dass dieser letzte Appell nicht vergebens sei, dass die Liebe ihn zuletzt doch noch finden werde, wenn er nur tief genug in seinem eigenen Dreck wühlt.

Billy Gould bevorzugt Wörter und das Papier, das er von

Pobjoy hat, aber letztlich läuft es auf dasselbe hinaus: Deuten Sie seine Schmierereien, wie Sie möchten – als Aufforderung, ihm erneut eine Tracht Prügel zu verabreichen, wie Pobjoy es täte, als sinnloses Toben gegen die Nacht, wie dieser oder jener Rezensent behaupten wird, als Glaubensbekenntnis meinetwegen oder, wie Gould selbst, als Eingeständnis des Scheiterns.

Viele Jahre lang habe ich Fische gemalt, und ich möchte behaupten, dass diese Beschäftigung, die am Anfang nichts als Schwindel war – ein Schwindel, zu dem ich gezwungen wurde, aber irgendwann wuchs mir die Arbeit ans Herz, und schließlich ließ ich mich auch durch strengste Verbote nicht davon abhalten –, zu meiner großen Liebe wurde. Zuerst wollte ich, so ungenügend auch meine künstlerischen Fähigkeiten waren, etwas schaffen, was von diesem Ort Kunde gab, eine vollständige Geschichte der Menschen, die hier lebten, und die Fische sollten das Vehikel dieser Geschichte sein. Alle diese gesichtslosen Leute sollten darin aufgehoben sein, von denen es keine Bilder gibt, von deren Existenz, wenn sie gestorben sind, nur noch die Kopie eines Gerichtsurteils, eine Sträflingsakte, eine Liste von Auspeitschungen zeugen, die Anfangsbuchstaben eines Namens, die blau in den Arm oder die haarige Brust eines Kumpels eintätowiert sind, ein billiges Liebespfand, das an einem Kettchen um einen verrunzelten Hals hängt, einen Hals, der einst der einer jungen Frau mit festem, süßem Fleisch war, eine Erinnerung, die schneller dahinschwindet als Hoffnung.

Ich stellte mir vor, ich würde bessere Fische malen als irgendjemand vor mir – Rembrandt van Rijn und Rubens oder die Meister der Renaissance würden Billy Gould nicht das Wasser reichen können, meine Fische würden in den vornehmsten Häusern hängen, und Generationen von Professoren würden das Detail von Schuppen und Kiemen preisen.

Diese verwandelten Abbilder würden ein ganzes großes Museum in London füllen, und die Leute, die sich in sie versenkten, würden bald die sonderbare Erfahrung machen, dass sie in einem Ozean dahintrieben, der ihnen fremd war, mit großem Schmerz würden sie sehen, was sie waren, und eine große Liebe zu allem, was sie nicht waren, würde über sie kommen, und alles das würde nebelhaft und zugleich klar sein, und nie wären sie in der Lage, es jemandem zu erklären.

Dann gelangte ich zu der Erkenntnis, dass dies Eitelkeit war. Ich beschäftigte mich nicht mehr mit Fantasien darüber, wo meine Bilder hängen sollten, und kümmerte mich nicht einmal mehr darum, ob sie akkurat oder richtig gemalt waren, ich meine: so, wie nach Maßgabe des Doktors und seiner linnéschen Wissenschaft Fische gemalt werden mussten. Ich wollte nur noch eine Geschichte von der Liebe erzählen, und die handelte von Fischen und von mir und von allem. Aber weil ich natürlich nicht alles malen konnte, sondern nur Fische und meine Liebe und selbst das nicht allzu gut, kann es schon sein, dass die Geschichte Sie nicht besonders beeindruckt.

Ich wurde älter. Mein Auftraggeber wurde ein Schwein. Ich wurde zum Tod verurteilt. Wir setzten die Welt in Brand. Ich erkannte, dass ich in Wahrheit gar nicht Fische fangen wollte, wenn ich mein Netz auswarf, sondern Wasser, nämlich das Meer, und dass ich so wenig das Meer malen wie mit einem Netz Wasser fischen konnte.

Trotzdem setzte ich meine Arbeit an diesem *Buch der Fische* fort, weil ich es nicht lachen oder tanzen konnte, so wie es vielleicht Twopenny Sal an meiner Stelle getan hätte, ich konnte es auch nicht schwimmen und leben wie meine Sujets – mir standen nun einmal nur diese ganz unzureichenden Mittel der Kommunikation, diese Bilder und Wörter, die tot geboren aus meinem Pinsel und meiner Feder hervorkamen, zur Verfügung.

Aber ich sollte, so hatte es der Doktor befohlen, nach dem Leben malen, nicht nach dem Tod. Ich musste die Fische in Bewegung sehen, musste das Spiel der Flossen, der Kiemen, des ganzen Körpers verstehen, damit ich sie richtig darstellen konnte, und darum gab ich Acht, dass ich sie nicht zu lange auf dem Tisch vor mir liegen ließ, und tat sie immer wieder für eine Weile in einen Bottich mit Wasser zurück, um die knapp bemessene Spanne ihres Lebens, genau wie die meine, ein wenig auszudehnen.

Ich wollte von Liebe erzählen, während ich diese Fische langsam umbrachte. Ich spürte sehr wohl, dass das nicht richtig sein konnte, und fing an, mit ihnen zu reden, während ihre Bewegungen immer müder wurden und ihre Gehirne, weil sie zu wenig Sauerstoff bekamen, langsam abstarben.

Ich erzählte ihnen alles von mir, dass ich ein mieser Kerl war, der sich eine neue Existenz als noch mieserer Maler erschwindelt hatte. Aber ich war doch jedenfalls ein Maler und wollte von Liebe erzählen, während ich diese Fische langsam umbrachte, und ich sagte ihnen, dass ich nicht für die Wissenschaft oder die Kunst arbeitete, sondern für Menschen, um Menschen zum Lachen, zum Denken zu bringen, meine Bilder sollten ihnen Gesellschaft leisten und ihnen Hoffnung schenken und ihnen alle die in Erinnerung rufen, die sie geliebt hatten und von denen sie immer noch geliebt wurden, auch wenn ein Ozean oder selbst der Tod sie von ihnen trennte, und ich sagte ihnen, dass es mir richtig schien, so zu malen, wie ich malte.

Aber solche Dinge waren nicht das, was die Menschen in ihren Bildern wollen, sie wollen ihre Tiere und Ehefrauen lieber tot, sie wollen etwas haben, was ihnen hilft, die toten Tiere und toten Ehefrauen und die Kinder, die auch bald tot sein werden, zu klassifizieren und ihnen ihren ordentlichen Platz zuzuweisen, wo sie, sicher verwahrt im Gefängnis des Rahmens, bleiben müssen, und wenn ich nun daherkomme und Hoffnung in diese Bilder schmuggle, dann könnten sie das höchst bedenklich finden, denn möglicherweise ist das die Axt, die das gefrorene Meer da drinnen aufhackt und die Toten weckt und sie in die Freiheit schwimmen lässt. Und folglich ist solche Malerei keinen Pfifferling wert, ja, sie ist ein Verbrechen schlimmer als Diebstahl.

Ich redete mir ein, dass der Tod, den all die Fische, die ich malte, erleiden mussten, für sie vielleicht eine tiefe Erlösung bedeutete, dass sie ihm mit ähnlichen Gefühlen entgegensahen wie ich jetzt dem Galgen.

Aber in Wahrheit spürten die Fische, dass auch ich bereits mit dem Tod kämpfte, dass auch ich es mit jedem Tag mühsamer fand, die Luft dieser stinkenden Kolonie zu atmen, diese dichte Wolke von Zwang und Unterdrückung und Erniedrigung. Auch meine Bewegungen wurden schlaff, auch meine Haut brannte, und meine Augen trübten sich, und wir alle wussten, dass die Fische, die so lange schon der Gegenstand meiner Verzückung gewesen waren, sich bald rächen würden.

# Der Seedrache

*Von Bradys tragischem Tod – Eine kurze Schlacht –*
*Dramatische Rettung vor dem Galgen –*
*Über das Leben mit Fischen – Seenot – Die Insel des*
*Vergessens – Ketzerische Gedanken –*
*Die Wiederkehr des Mr. Hung – Drohende Gefangenschaft.*

## I

Meine Tragödie war, dass ich ein Fisch wurde. Bradys Tragödie war, dass er keiner wurde. Denn ich lebe noch, während Brady tot ist, ohne jeden Zweifel – ich selbst habe von seiner kopflosen Leiche (sein Kopf, im Gegensatz zu seinem Leben, war für den Gouverneur von Wert) geschmaust, die man vom Constitution Dock in den Derwent River warf. Die Veränderung meiner Gestalt war mir nicht als eine magische Verwandlung erschienen: Als mir die Haare ausfielen und meine Haut langsam hart wurde und sich in lauter Schuppen aufteilte, als meine Gliedmaßen zuckten und durchsichtig und dünn zu Flossen wurden, als ich die vorwärts treibende Kraft in der langen Schwanzflosse spürte, die aus meinem Hinterteil herausgewachsen war, und zu ahnen begann, wie sensibel dieses Steuerruder funktionierte, löste dies kein Staunen bei mir aus, und ich fühlte keine Panik in mir aufsteigen, als Kiemen sich hinter meinem Mund auftaten und mein Bedürfnis nach Wasser quälender und tiefer wurde, als man je mit dem Wort »Durst« beschreiben kann.

Ich hatte einfach zu lange Zeit in ihrer Gesellschaft zugebracht, sie angestarrt, mich dem geradezu kriminellen Wahn hingegeben, sie hätten etwas individuell Menschliches an sich, da doch in Wahrheit genau das Gegenteil zutrifft: Wir alle haben etwas unheilbar Fischiges an uns. Da stand ich, ein verurteilter Fälscher, ein Ganove, der sich als Künstler ausgab, auf dem Galgengerüst am Pier, und plötzlich wusste ich, dass in mir noch ein Rest Energie steckte, den ich aufbieten musste. Und ich schlüpfte aus der Schlinge, streifte in einem mächtigen Satz einen Pfosten des Landungsstegs und stürzte kopfüber ins Meer.

Aber ich muss genauer sein.

Wir Todeskandidaten und unser Dutzend Bewacher hatten von den Katastrophen, die über die Insel hereingebrochen waren, nur wenig mitbekommen. Die Gewalt des Feuersturms hatte sich an dem Höhenkamm unmittelbar hinter unseren Zellen gebrochen, die Meuterer hatten die Soldaten auf den Außenposten nicht in ihre Pläne eingeweiht, und so blieben wir von den Flammen verschont und wussten nicht, was jenseits der Höhe auf der anderen Seite der Insel vor sich ging. Aber es kamen Gerüchte auf, die einerseits von einer Invasion der englischen Flotte berichteten, andererseits von einem Staatsstreich und der Ermordung und wunderbaren Wiederauferstehung des Kommandanten, doch dann hörte man diese gewaltige Explosion, und einige Überlebende, die auf unsere Seite der Insel flüchteten, jämmerliche Gestalten, verwundet und von Pulverdampf geschwärzt, erzählten, das sei der Anfang der Rache des Kommandanten. Alle diese Nachrichten versetzten die kleine Abteilung in große Unruhe. Dem Sergeanten gelang es schließlich, seine Leute auf eine gemeinsame Linie einzuschwören: Der Kommandant würde, so meinte er, allen Ungehorsam mit dem Tod bestrafen, und daher sei es am sichersten, nach Dienstplan zu verfahren und die anstehende Hinrichtung vorzunehmen.

Man hatte mich also zur Anlegestelle geführt, ich war zum Gerüst hinaufgestiegen, ich hatte meine verbundenen Augen nach oben gewandt zu dem rauchumschleierten lachsfarbenen Himmel und gespürt, dass dieser Himmel nicht leer war, sondern bevölkert von toten Seelen, die mir winkten, zu ihnen zu kommen. Ich hatte nicht auf die Gebete des Priesters geachtet und heiter in die Richtung gewinkt, wo ich die kleine Schar Sträflinge rumoren hörte, die dem Ereignis zusehen mussten. Ich hatte ein paar Scherze gemacht und die Bewunderung genossen, die sie meiner Kleidung zollten: Ich trug ein wallendes weißes Gewand mit weiten Ärmeln, die bis über meine Hände fielen, ein Fisch war auf Höhe meines Herzens eingestickt. Meine Bewacher hatten mir lange Striemen Riementang übergeworfen und verhöhnten mich: *Ah, Seine Majestät König Neptun!* Aber ich hatte, lang bevor sie die anrückenden Soldaten sahen, gewusst, dass mir ein weit unheimlicheres Schicksal beschieden war.

In dem Dunkel, das mich umhüllte, spürte ich sie kommen, fühlte den schweren Tritt ihrer Stiefel und fing an im Geist ein Buch zu schreiben, mein ureigenes Groschenheftchen, das wie alle guten Memoiren von armen Sündern am Anfang anfing, mit den Worten: *Meine Mutter ist ein Fisch*, und so endet: *klick-klack, ratatatam, der Spinner Billy Gould reitet ein Seepferd nach Banbury Cross.* Dieses Buch der Fische, das ich Wort für Wort, Pinselstrich für Pinselstrich in meinem Geist schrieb und malte, in jenem einzigen Augenblick, in dem ich nicht von dieser Welt und nicht von jener war und der urplötzlich endete mit –

Aber da – ein Schrei. Ich machte keine Anstalten zu fliehen, sondern wandte mich mit gespannten Sinnen meinem Schicksal zu.

Als die Wachen eine Abteilung Soldaten mit aufgepflanzten Bajonetten anrücken sahen, schlug ihre Nervosität in panischen Schrecken um: Sie nahmen die vermeintlichen Angreifer unter Feuer, und diese gingen sofort hinter einem Walboot, das auf dem Strand lag, in Deckung und bereiteten sich auf den Kampf vor. Kein Schuss galt mir, das weiß ich jetzt, die heranrückenden Soldaten sollten mich retten und befreien – oder?

Aber Musketen sind gefährlich unpräzise Waffen, und da meine Bewacher sich hinter dem Galgengerüst verschanzt hatten, war ich dort oben auf dem Podium, den Hals in der losen Schlinge, die einzige Person weit und breit, die sich ungeschützt als Zielscheibe anbot.

Ich roch den scharfen Pulverdampf, noch bevor die anderen ihre Gegner anlegen und feuern sahen, niemand sonst als ich spürte den leichten Luftzug der Kugel, die vom Walboot her in Richtung des Galgens unterwegs war, unendlich lange, während ich ruhig die unvermeidliche Explosion in meiner Brust erwartete.

Sie sehen also, dass ich sowohl mein Geschick annahm als auch dagegen rebellierte, dass ich bereit war, die Kugel in meiner Brust zu empfangen, und dass doch dieses Ereignis mir den Anstoß gab, meinen Kopf aus der losen Schlinge zu ziehen und mich mit einem kühnen Hechtsprung aus der Knechtschaft zu befreien, vom Gerüst auf den Landungssteg. Mein Oberkörper bog sich nach hinten, wie ein Segel bauschte ich mich, wenn der Wind hineinfährt und die Reise ins Unbekannte beginnt, und so geschwellt fiel ich von dem Steg in die ockerrote See, und da wurde die Binde vor meinen Augen weggeschwemmt, und meine trüben Augen sahen wieder, und ich wusste, dass ich fast am Ende meiner Bekenntnisse angelangt war und dass meine Bestrafung begonnen hatte.

Mein Körper brannte in unsäglicher Qual der Reue. Mein Gleichgewichtsgefühl hatte in der langen Zeit, die ich auf dem Trockenen zugebracht hatte, schwer gelitten, so dass ich zuerst auf der Seite liegend und wie gelähmt dahintrieb. Erst nach ein paar tiefen Atemzügen Wasser gewann ich die Kraft, mich zu bewegen.

Ich hörte den Anführer der Soldaten hinter dem Walboot schreien: »Wir wollen nichts von euch. Wir wollen nur Gould, den Maler, wir sollen ihn holen.«

Ich spürte die trampelnden Schritte von Soldaten und Sträflingen, die aufgeregt auf dem Steg umherliefen und über das Wunder redeten, das eben stattgefunden hatte.

Ich hörte sie wirr durcheinander schreien, aber es waren nicht so sehr Töne, was ich wahrnahm, als vielmehr eine Art sonderbar gedämpfter Schwingungen von oben: Ich spürte den Streit zwischen denen, die es gesehen hatten, und den anderen, die zu stumpf waren, um je irgendetwas zu sehen, als ein fernes aufgeregtes Gerumpel. Ich sah die Musketenkugeln ins Wasser eindringen, wo sie sofort alle Wucht einbüßten und langsam wie träger schwarzer Hagel auf den

Grund sanken, dann die Ruder, mit denen die Soldaten hilflos aufs Wasser patschten, wohl in der Hoffnung, sie könnten mir damit eins auf die Birne geben, und schließlich, was immerhin schlauer war, ein Netz, das dicht an mir vorbeigezogen wurde.

Dann sah ich die langen Enterhaken durchs Wasser auf mich zukommen und wusste, dass sie mich damit zurück in die Sklaverei holen wollten. In einer Agonie, die kein Mensch je verstehen und kein Fisch je beschreiben kann, zwang ich meinen Körper hinunter, fern, fern, fern von jedem Licht.

## II

Ich trieb, atmete Wasser, sank, stieg auf, mein Gewicht im Vergleich zu früher ein Nichts, schwebte ich, tauchte hinab, glitt durch tanzende Tangwälder, streifte Grünalgen, Korallen, alle die Menschen, die ich gekannt hatte, dickbäuchige Seepferdchen, Igelfische, Himmelsgucker, Drückerfische, Schlangenaale, Sägerochen, Hauben- und Petersfische, und das Meer war unendliche Liebe, die nicht nur die einschloss, die ich geliebt hatte, sondern auch alle anderen, den Kommandanten ebenso wie Capois Death, die Schwarzen, die Capois Death getötet hatten, ebenso wie Tracker Marks, den Doktor ebenso wie den Maschinenstürmer, und sie alle berührten mich und ich sie so wie damals in einem anderen Leben Tracker Marks, der die Hand ausstreckte und mich berührte.

Wie sollte man sich vor solcher Seligkeit fürchten?

Beim Riff traf ich den gestreiften Kofferfisch, und sie sagte mir ihren wahren Namen, und ich schlüpfte mit meiner

Zunge in die Falte zwischen ihrem Hintern und dem Oberschenkel und leckte sie auf der Suche nach der verheißenen Fülle ihres Dufts, und dann lief meine Zunge an ihrem Oberschenkel entlang zu ihren Wadenmuskeln und über die wunderbare Wölbung ihres Spanns und zu ihren wonnig runden Zehen, und in alldem schmeckte ich die tausend Ingredienzen ihres Dufts, aber noch nicht ihren Duft, und ihr Name lag mir auf der Zunge, und alles um uns herum war Wasser, ich schmeckte die salzige Mulde ihres Rückens, und sie drehte sich um und sah zur Seite, aber ich hatte nur Augen für ihre wunderschönen Brüste und spürte mit den Lippen ihrem Gewicht nach und probierte von ihren Schultern, suhlte mich in den herrlichen Gruben ihrer Achselhöhlen und merkte, wie ihre Bewegungen, die zuerst willig, aber ein bisschen steif gewesen waren, weit wurden und weich, und dann sah sie mich an und schloss die Augen und öffnete sich wie eine Blüte, und ich leckte die Stelle, die ein bisschen nach Salz und ein bisschen sauer und doch auch wieder ganz anders schmeckte, und ihr Atem ging in heißen, rauen Stößen, und ich knetete ihren Hintern, und meine Nasenflügel begannen zu flattern, und ich begann zu ahnen, dass die Fülle ihres Dufts selbst eine Verheißung war und musste an die Astomi denken, die von Gerüchen lebten, wie Plinius einst berichtet hatte, und nach denen Amado der Verwegene die Meere des Südens vergeblich absuchte – wie hätte ich wissen können, dass ich fast zweihundert Jahre lang auch so gelebt hatte, von nichts als dem Duft einer Frau? –, und dann gab es kein Lecken und Sehen und Schmecken mehr, denn ihr Duft trug mich dahin und sie meiner, und dann war ich ihr Duft, und wir waren über ihren Duft hinaus, und wir brachen durch ins Freie, und ich dachte:

*Ach, meine Süße, dafür hab ich immer gelebt!*
und ich dachte:
*Wie könnte ich sterben, da ich das erfahren habe?*
– dies alles, das jenseits von uns ist, das immer weiter geht, immer weiter ins Weite, eine Welt ohne Ende, unser dritter Kreis.

## III

Das war vor langer, langer Zeit.

Ich lebe jetzt in vollkommener Einsamkeit. Wir Fische bilden zwar Gemeinschaften, aber unsere Gedanken sind unsere eigenen und nicht kommunizierbar. Unsere Gedanken sind tiefer als Worte, wir verstehen einander in einer Weise, die nur Wesen begreiflich ist, die nicht den Beschränkungen der Sprache unterworfen sind. Manche glauben, dass wir weder denken noch fühlen, aber das ist ganz falsch: Außer essen und schwimmen ist denken und fühlen das Einzige, womit wir uns beschäftigen.

Ich mag meine Mitfische. Sie jammern nicht um Dinge, die nichts zu bedeuten haben, tun, was sie tun, ohne schlechtes Gewissen, verbreiten nicht die Seuche einer Moral, die lehrt, dass man vor anderen kriechen, dass man es im Leben zu etwas bringen, dass man Besitz anhäufen muss. Sie gehen mir nicht auf die Nerven mit Geschwätz über ihre Pflichten gegenüber der Gesellschaft oder der Wissenschaft oder irgendeinem Gott. Die Gewalt, die sie einander antun – Mord, Kannibalismus –, ist ehrlich und nicht böse.

Manche Dinge allerdings werden mir immer weniger verständlich, je mehr ich darüber nachdenke.

Bevor ich ein Fisch war, gab es eine Zeit, da war ich ganz

besessen von dem Gedanken, dass meine Bilder zu anderen sprechen würden, ihnen, wenn ich längst tot war, etwas von meinen Gefühlen mitteilen würden. Sie sollten zu Menschen reden, die Trost brauchten, die verängstigt waren.

Ich muss zugeben, dass ich mir manchmal, wenn auch nur für kurze Momente, wünsche, ich könnte wieder sprechen wie ein Mensch, so dass ich erklären könnte, wie das damals war, als ich mich nach einem Leben sehnte, das wie ein Regenbogen in lauter Farben explodiert, wenn das harte Sonnenlicht im weichen Regen auseinander fällt, und mich doch immer nur damit zufrieden geben musste, verwischte Zeichen auf billiges Papier zu krakeln. So dass ich beschreiben könnte, wie hoch hinaus ich wollte und wie tief hinab ins Meer, ich wollte die Himmel erschüttern und die Erde bewegen, die Schönheit und alle Wunder dieser Welt erfahren, die, wie ich heute weiß, ebenso grenzenlos sind wie ihr Gegenteil, und ich wollte so sehr, dass andere an meinem Wissen teilhatten, und es war doch alles eitel.

Ich wünschte mir, dass meine Bilder sprächen, aber hörte irgendwer zu? Das war mein fundamentaler Irrtum, und so habe ich mein Leben daran vergeudet. Ich beklage mich nicht, verstehen Sie mich recht, aber es war einfach sinnlos. Meine Gefühle beendeten ihre Reise nie als etwas Bedeutungsvolles, das andere als ihr Brot brechen und teilen konnten. Meine Bilder blieben stumm.

Ich öffnete mich allen Dingen. Je mehr ich empfand und je mehr davon ich in meine Fische legte, desto mehr Gefühle nahm ich um mich herum wahr. So viel Schmerz und Traurigkeit und hoffnungslose Liebe in jedem dieser zerbrochenen Leben und verdunkelten Herzen, und eines Tages konnte ich all dieses Übermaß an Leiden und Liebe nicht mehr ertragen, und ich warf mein Buch der Fische ins Feuer, weg damit und fort mit Schaden. Ich tarnte mich, so dass ich wie die anderen aussah, ließ mir Tangblätter um den Torso wachsen, die mich so gut wie unsichtbar machen in den Riementang- und Seegraswäldern, wo jetzt manchmal Taucher umherstreifen und mich suchen.

Manche haben Netze dabei, um mich zu fangen. Sie wollen mich an die Nachkommen jener chinesischen Heilkundigen verkaufen, mit denen der Kommandant seinerzeit einen schwungvollen Handel betrieb: Diese Gelehrten würden meinen Körper trocknen und in einem Mörser zu einem feinen Pulver zermahlen, dem eine fabelhafte potenzsteigernde Wirkung nachgesagt wird und das sich entsprechend teuer verkaufen lässt. Man sagt, es sei angenehm, wenn die Leute sich um einen reißen, aber ich bin nicht so überzeugt davon. Jeder Ehrgeiz, hat Capois Death mir einmal gesagt, ist gut, solange er befriedigt wird, aber früher einmal war ich doch anspruchsvoll genug gewesen, um mir einzubilden, dass ich auf Erden etwas Größeres bewirken könnte als die eine oder andere vorübergehende Erektion.

Andere sind mit Unterwasserkameras ausgerüstet. Sie filmen und fotografieren mich, den Seedrachen, denn ich gelte als Repräsentant einer atavistischen Form von Leben, die vom Aussterben bedroht ist. Früher einmal war ich Künstler, jetzt bin ich ein Sujet, und während ich früher beim Klassifizieren half, gehöre ich jetzt zu den Klassifizierten. Meine feinen, durchsichtigen Flossen flattern wie Feenflügel, ich starre die Taucher an und sie mich, voller Ehrfurcht angesichts meiner Farbenpracht und meiner Grazie, und ich denke nach.

Die Frage, die mich beschäftigt, während ich mich von

ihnen jagen lasse und selber kleine Krebschen jage oder müßig zwischen den fischreichen Riffen vor Bruny Island herumschwimme, wo ich jetzt wohne, ist diese: Ist es leichter für einen Menschen, das Leben eines Fisches zu leben, als das Wunder, ein Mensch zu sein, anzunehmen?

So allein, so verängstigt, so bedürftig in unserer Not, die wir nicht zu benennen wagen. Zwischen den Toten und den Lebenden – was?

Und wenn ich so in meiner von langen Bahnen von Licht und Schatten schräg gestreiften Wasserwelt umherschwamm, verspürte ich oft das Bedürfnis, die Taucher dies und noch mehr zu fragen: Wie kommt es, dass ich von zwei einander genau entgegengesetzten Gefühlen getrieben bin? Können Sie mir das erklären? Es ist nicht zu erklären, und doch hätte ich gern gewusst, wie es kommt, dass ich, obwohl ich mein Leben lang erfahren habe, dass die Welt abscheulicher stinkt als der in den Wellen auf- und niedergehende Kadaver des alten Dänen, nicht aufhören kann zu glauben, dass die Welt gut ist und dass ich ohne Liebe ein Nichts bin.

Manchmal möchte ich mit meiner langen Schnauze an die Gläser ihrer Taucherbrillen klopfen und sagen: Wollen Sie wissen, was aus diesem Land werden wird? Fragen Sie mich – wenn Sie einem Lügner und Fälscher, einem Mann, der sich und seine Kumpane verkauft und verraten hat, einem verurteilten Mörder und Dieb nicht trauen, werden Sie dieses Land nie verstehen. Wir alle arrangieren uns mit der Macht, und die allermeisten würden ihre Brüder und Schwestern ans Messer liefern für ein bisschen Ruhe und Frieden. Man hat uns beigebracht, ein Leben in moralischer Feigheit zu führen, und wir trösten uns mit dem Gedanken, dass wir von Natur aus Rebellen seien, darüber hinweg. Aber in Wahrheit haben wir uns nie gegen irgendetwas empört, uns nie aufgelehnt, wir sind wie die Schafe, die wir in Massen eingeführt haben, nachdem wir die Eingeborenen, um Platz zu schaffen, abgeknallt hatten: fügsam noch unterm Messer.

Alle Übel dieses Landes sind in meiner Geschichte bereits da: Die Einwohner haben in all der Zeit, seit der Kommandant versuchte, Sarah Island als Neu-Venedig neu zu erfinden, nie etwas anderes getan, als ihr Land zu einer Insel des Vergessens zu machen, denn alles ist leichter als die Erinnerung. Sie werden vergessen, was hier hundert Jahre lang und länger geschehen ist, und dann die Geschichte in der Art, wie es der alte Däne gemacht hat, neu stricken, denn alles ist besser als die traurige Wahrheit, dass es eben nicht die Engländer waren, die uns das alles angetan haben, sondern wir selbst: Sträflinge peitschten Sträflinge und pissten auf Schwarze und bespitzelten einander, Schwarze tauschten schwarze Frauen gegen Hunde und brachten entflohene Sträflinge um, weiße Seehundjäger ermordeten und vergewaltigten schwarze Frauen, und schwarze Frauen töteten die Kinder, die sie gebaren.

Da sehen Sie es: Diese zwei Dinge kann ich nicht zusammenbringen, sie zerreißen mich. Wie könnte ich je das Wissen, dass diese Welt schrecklich ist, mit der Erfahrung eines so außerordentlichen Lebens versöhnen? Kann ein Mensch ein Fisch werden? All ihr Taucher, die ihr von weit her gekommen seid, mein Geheimnis zu ergründen, diesen Fragen, dieser Qual, diesem Guten und Bösen, dieser Liebe und diesem Hass, diesem Leben nachzuspüren, löst das Rätsel, gebt meiner Geschichte einen Sinn, macht mich eins mit diesem Leben, sagt mir, dass dieser Widerspruch kein unabdingbarer Teil meines Wesens ist, ich flehe euch an …

Denn ich bin nicht versöhnt mit dieser Welt.

Ich wollte es gern sein und war es nicht, und so schrieb ich diese Welt neu als ein Buch der Fische und suchte sie auf diese Weise, die einzig mögliche, wie mir schien, in Ordnung zu bringen.

Aber ich erreichte niemanden, meine Schreie blieben ungehört, man spuckte auf meine Bilder, bevor sie für alle Ewigkeit verloren gingen. Jetzt beobachte ich nur noch und denke das Lächerliche, das Unwahrscheinliche: Die Welt ist gut, denke ich, und die Welt ist gut, und die Welt ist gut.

Nichts davon vermag etwas zu ändern, ich weiß.

Es ist bestenfalls ein ketzerischer Gedanke, der bestraft werden wird, und zwar bald. Matt Bradys Buch der Träume hatte Recht: Liebe ist nicht sicher.

Hinter der Maske des Tauchers, der jetzt mit einem Netz auf mich zukommt, erkenne ich das unverwechselbare Gesicht von Mr. Hung, der noch ein paar originelle Stücke für sein Aquarium sucht, und ich weiß, dass es nur eine Frage der Zeit ist, bis ich aus ebendem neonbeleuchteten Glaskasten glotze, vor dem ich einst wie gebannt gestanden habe. Während die Conga und Mr. Hung einen neuen Schwindel aushecken – sie wollen ein angeblich zweihundert Jahre altes Tagebuch eines Sträflings fabrizieren und als historisches Dokument auf den Markt bringen – und sich vielleicht, wenn ihr Blick auf mich fällt, gelegentlich fragen, wie es ist, ein Fisch zu sein, werde ich sie anstarren und mich fragen, wie es wäre, wie sie zu sein. Ich weiß, dass ein Schwindel nur ein Traum ist, aber ein Traum ist eine gefährliche Sache, wenn man zu sehr daran glaubt.

Denn dort draußen ist das Netz immer gegenwärtig, wir sehen es nur noch nicht. Jederzeit kann es sich zuziehen und uns nach oben bringen, und wir sind darin gefangen und zappeln und schlagen hilflos mit den Flossen, einem unbekannten Schicksal entgegengehend. Liebe und Wasser. Sid Hammet starrt mich unverwandt an, zu lange. Ich habe keine Angst, ich habe nie Angst gehabt. Ich werde du sein. Ich steige auf aus der Nacht, schwebe, schwimme, fließe durch Glas und Luft hinüber in seine traurigen Augen. Wer bin ich? – jetzt kann er sich das nicht mehr fragen, und ich – die genau passende Strafe für einen, der ein Leben genommen, aber dafür keines gekriegt hat – kann mir nur wünschen, ich könnte selbstgewiss antworten: Ich bin William Buelow Gould, und mein Name ist ein Lied, das viel gesungen werden wird, klick-klack, ratatatam, ein Bild einen Penny, der Spinner Billy Gould reitet ein Seepferd nach Banbury Cross …

# Epilog

*Eintrag in den Akten des Kolonialsekretariats*
*vom 5. April 1831*

(ARCHIV VON TASMANIEN)

GOULD, William Buelow, *Häftlingsnummer* 873645; *alias* Sid Hammet, »der Doktor«, Jorgen Jorgensen, Capois Death, Pobjoy, »der Kommandant«; *besondere Kennzeichen:* Tätowierung über der linken Brust, roter Anker mit blauen Flügeln, darunter die Devise: »Liebe und Freiheit; von Sarah Island entwichen am 29. Februar 1831, auf der Flucht ertrunken.

Das Zitat von Thomas de Quincey auf Seite 426 f. folgt der Übersetzung von Walter Schmiele: Thomas de Quincey, *Bekenntnisse eines englischen Opiumessers*, München 1965, S. 78.

Die Wiedergabe der Fischgemälde des vandiemonischen Sträflingskünstlers William Buelow Gould aus dessen *BOOK OF FISH* erfolgt mit freundlicher Genehmigung der Allport Library and Museum of Fine Arts, State Library of Tasmania.

Die Originalausgabe erschien 2001 unter dem Titel
*Gould's BOOK OF FISH. A Novel in Twelve Fish*
bei Picador / Pan Macmillan Australia

Schutzumschlaggestaltung:
Nina Rothfos und Patrick Gabler, Hamburg
Typografie und Gestaltung: Renate Stefan, Berlin
Gesetzt aus der Stempel Garamond
durch Offizin Götz Gorissen, Berlin
Druck und Bindung: Medialis, Berlin
Printed in Germany 2002
ISBN 3-8270-0477-2